Peter Garski

Das Fuggerei-Phantom

Ein Augsburg-Krimi
mit dem Ermittler-Duo
Klaus Kessler und Helle

Diesen Augsburg-Krimi widme ich
allen Fuggerei-Bewohnern, allen Fuggerei-Mitarbeitern
und allen Fuggerei-Besuchern aus der ganzen Welt.
Ebenso allen einstigen, jetzigen und zukünftigen Bewohnern
des Meister-Veits-Gässchens.

Den Insassen der JVA Augsburg
wünsche ich eine gute Zukunft.

Ich danke meinem Verleger Dieter Auer,
der mich auf die Idee mit dem tanzenden Helle brachte. Ebenso dem
Journalisten Sascha Borowski,
der mich zu der Gefängnis-Reportage ermunterte.

Ich danke den Buchhändlerinnen und Buchhändlern
und auch unseren Verlags-Mitarbeiterinnen,
egal, ob rothaarig – oder nicht,
egal ob Sommersprossen – oder nicht,
egal ob zaubersüß – oder nicht,
die auch mithelfen meine Augsburg-Krimis
in Bestseller zu verwandeln.

... und liebe/r Leser/in, schreib doch mal eine nette E-Mail an die
Zucker-Susi (Susi.suedzucker@suedzucker.de), mit lesensgefährlichen
Grüßen von mir ...

Impressum
Das Fuggerei-Phantom / Peter Garski
Original-Ausgabe
Bearbeitung: Elbo & Team JK+UHM
Cover-Design: www.propagandanet.de

ISBN 3-923914-62-8
A-Crime
Verlags-Kontakt:
a-crime@web.de

Der Autor:

Peter Garski wurde am 15.4.1959 in Augsburg geboren. Nach seiner Kindheit in Augsburg-Lechhausen zog er mit seinen Eltern nach Augsburg-Oberhausen und besuchte dort die Löweneckschule. Nach einer Schweißer-Lehre bei der M.A.N. kam er über die Fachoberschule zur Konzert-Agentur AK Afra und gründete dann mit Freunden das Underground-Magazin Datschi-Explosion. Später war er Mitbegründer der Magazine Lueginsland und Szene. In den späten 70ern zog Garski nach West-Berlin. In den 80ern nach Wien. Dort wurde er Aushilfspförtner im Bestattungs-Museum und begann hinterher seine Karriere als Herausgeber und Autor von Vampir-Büchern. Nach Tätigkeiten als Sex-Shop-Dekorateur, Bier-Auslieferer, Sondermüll-Sortierer, Pflastermaler und Food-Designer eröffnete er – nach einer kurzen Zeit als Gefängniskoch in Jamaika – in Neuguinea ein Survival-Hotel. Er arbeitet seit dem Jahr 2000 in Augsburg als Schriftsteller und ist als Reise-Reporter unterwegs.

Weitere Augsburg-Krimis von Peter Garski mit Klaus Kessler und Helle:

Der Perlachmord
Mord beim Historischen Bürgerfest in Augsburg.
Der Intendant stirbt dramatisch
Mord im Augsburger Theater.
Der Plärrer-Killer
Mord beim Augsburger Volksfest.

Infos zu Peter Garski und seinen Krimis:
www.garski.krimis.page.ms
www.weltpresse.org

Kontakt zum Autor: peter.garski@gmx.de

Das Fuggerei-Phantom / Der Inhalt:

Klaus Kessler stößt in der Fuggerei, Augsburgs bekanntester Sehenswürdigkeit, auf eine brutal verstümmelte Leiche. Kessler wird für den Mörder gehalten. Dadurch gerät er in die Aktivitäten einer deutsch-russischen Bande. Will ihn jemand aus Rache massakrieren? Was haben augenlose Opfer mit Kaviar zu tun? Was weiß die Kommissarin Sara Insagg wirklich? Klaus Kessler stürzt durch seine Probleme ins Bodenlose, er wird von der deutsch-russischen Mafia gejagt und muss sogar im Obdachlosen-Asyl übernachten. Er erlebt eine gefährliche Odyssee durch Augsburgs unbekannte Unterwelt, muss ins Gefängnis und schläft in einem Brauereikeller. Wie soll Klaus Kessler unter diesen widrigen Umständen das gefährliche Fuggerei-Phantom finden?

Klaus Kessler und Helle / Die Ermittler:

Klaus Kessler, ehemaliger Pressesprecher der Augsburger Polizei, ist mit seinem Freund und Kollegen Helmut »Helle« Bärwasser als Verleger tätig. Manchmal werden sie auch als private Ermittler engagiert. In den Fall des Fuggerei-Phantoms stolpern sie rein zufällig hinein. Sie haben eigentlich ganz andere Sorgen als Verbrecher und Mörder zu jagen. Helle, der gerne ein Bierchen oder mehr konsumiert, muss meistens bei seiner Mutter im Garten arbeiten oder plaudert gerne im nächsten Getränke-Depot. Außerdem muss er zur Kur nach Bad Wörishofen. Ausgerechnet nach einem heftigen Streit mit Klaus, der ihre Freundschaft auf eine schwere Probe stellt. Helle redet nicht viel, doch er ist meistens zur Stelle, wenn ihn Klaus braucht. Es gelingt dem ungleichen Duo trotz aller Sorgen und Nöte, vieler Komplikationen, seelischen Krisen, Streit und Chaos, die verdächtigen Spuren im Auge zu behalten.

Die Hauptpersonen

Klaus Kessler: Verleger und Ermittler
Helmut »Helle« Bärwasser: Partner von Klaus Kessler
Sara Insagg: Kommissarin
Anna Insagg: Mutter der Kommissarin
Igor: Rentner in der Fuggerei
Sophia: Igors Gattin
Nadja: Leiterin einer Schönheitsfarm
Tamara: Kaviar-Expertin
Thomas: Wasser-Spezialist
Jelena: Thomas' Freundin
Kalinka: Jelenas Mutter
Oma: Mutter von Kalinka
Corinna von Heufeldingen: Gast einer Schönheitsfarm
Werner Leinfelder: Anwalt
Frau Moser: Nachbarin von Jelena
Sergeij: Russischer Kommissar
Iris: Bedienung im Fuggerei-Biergarten
Seibold: Besitzer eines Farbengeschäfts
Klaus Eder: Frisör
Ursula: Krankenschwester
Gerhard Schlich: Stadthauptmann
Heinz Schulan: Spielt Jakob Fugger
Zapata: Gefängis-Insasse
Herr Färber: JVA-Beamter
Herr Sünder: JVA-Beamter
Frau Doktor Wurst: JVA-Ärztin
Lady Fragezeichen: JVA-Leiterin
Mandi: Polizeibeamter

Kapitel 1

Klaus Kessler und Helle radeln zur Kulper-Hütte / Warum streiten sich die Karten-Spieler so heftig? / Ruft der Wirt die Polizei?/ Welches Bier schmeckt besser? / Warum haut Helle ab?

Wir saßen in legerer Freizeitkleidung im Biergarten der Kulper-Hütte. Zwischen Wertach und Wertach-Kanal. Dem einzigen Augsburger Biergarten auf einer schmalen Landzunge, die über ein Wehr und eine Brücke erreichbar ist. In der Nähe des Rosenau-Stadions. Helle und ich waren mit dem Rad unterwegs. Auf Recherche. Wir machten Fotos für unser nächstes Gastro-Buch mit dem Titel »Augsburgs schönste Biergärten«, das nächstes Frühjahr herauskommen sollte. Damit die Biergärten auch sommerlich genug aussahen, mussten wir sie schon einen Sommer vorher fotografieren. Ich trank ein Radler, Helle ein Weizen. Er holte einen Kamm heraus und fuhr sich durch seine Entenschwanzfrisur, die hinten leicht über den Kragen hinauslugte. Ich schaute mich um. Es sind eigentlich zwei Hütten, die durch den kiesigen Weg getrennt werden. Eine braune und eine graublaue, ein Kiosk für Eis, Süßigkeiten, Brotzeiten und Ausschank. Die nach vorne heruntergeklappten Fensterläden dienen als Theke. Die Sommer-Sonne brannte herunter. Wir rollten einen Sonnenschirm an unseren Tisch. Neben uns saß ein Mann ohne Hemd, der in der Zeitung las. Ohne Sonnenschirm. Sein Hund hatte sich in den Schatten, geworfen von Herrle, Tisch und Stuhl, duldend hingekrümmt. Manchmal knurrte der Hund kurz, wenn andere Hunde vorbeitrotteten. Einige Tische weiter hinten schlief eine ältere Frau. Neben ihr standen Plastiktüten. Bei der braunen Hütte saßen einige Gäste und kartelten. Irgendwann sprach ich mit Helle über unsere Finanzen. Bis »Augsburgs schönste Biergärten« herauskam würde nichts in die Kasse fließen. Das war zu wenig. Wir machten uns Gedanken, wie wir die geldlose Zeit bis zum Frühjahr überbrücken konnten.

Doch unsere Aufmerksamkeit wurde von der Kartlerrunde an der braunen Hütte in Anspruch genommen. Dort war es lauter geworden. Heftige Worte drangen an unser Ohr. Auf Russisch. Ein Kartenspieler, der jüngste von den Vieren, der keinen Bart hatte, sprang auf. Dabei fiel der Klappstuhl um. Ein Mitspieler redete beruhigend auf ihn ein, zog ihn am Ärmel wieder auf seinen Stuhl. Nach wenigen Sekunden Pause ging der Streit in dieser Ecke wieder los. Noch heftiger. Zwei Spieler beugten sich über den Tisch und packten sich mit den Händen an ihren Hemden. Ein Kartenspieler packte den Bartlosen und presste sein Gesicht auf die Tischplatte.

Ich bekam ein mulmiges Gefühl. Helle schmeckte durch die aggressive Atmosphäre in unserer Nähe das Bier nicht mehr.

»Soll ich was sagen, oder sagst du was zum Wirt?«, fragte ich Helle.

»Du.«

Ich ging zum Wirt.

»Gehts bei euch immer so zu?«

»Die streiten schon die ganze Zeit. Das gäbs bestimmt nicht wenn der Toni da wär, der würde schon für Ordnung sorgen bei denen.«

»Können Sie da nichts tun? Das ist nicht gerade die friedliche Biergarten-Atmosphäre, die man sich wünscht.«

»Wenns schlimmer wird, rufe ich die Polizei, ich glaube, die haben sich wieder eingekriegt.«

Der Wirt ging zu den kartenspielenden Streithähnen. Er redete auf sie ein. Dazu wedelte er mit seinem Handy. Das war wohl die Polizei-Androhung. Seine Worte schienen zu wirken. Sie setzten sich brav hin, als wäre nichts gewesen. Einer mischte die Karten und teilte sie aus. Einer zündete sich eine Zigarette an. Der Bartlose blickte sich um. Fast wie hilfesuchend. Ich beobachtete das Karten-Quartett aus dem Augenwinkel. Ich war mir sicher, der Streit würde in den nächsten Minuten wieder losgehen. Wahrscheinlich noch heftiger. Ich hatte das Gefühl, wir würden bald eine Schlägerei erleben. Das gemütliche Biergarten-Feeling hatte sich ziemlich verflüchtigt.

»Ich weiß gar nicht, was die haben, die zocken nicht, die spielen nur Mau Mau«, kam der Wirt bei uns vorbei. »Die trinken einfach zu viel Wodka.«

Was den Wirt nicht hinderte vier weitere Wodka-Gläser an den Tisch mit den Kartenspielern zu bringen. Schnaps ist halt ein schneller und einfacher Umsatzbringer für Wirte.

Es dauerte ein weiteres Radler und ein weiteres Weizen, bis wir darauf kamen, dass ein schöner Augsburg-Kalender fürs kommende Weihnachtsgeschäft ein relativ einfaches Unterfangen sei. Pro Monat ein Foto. Also zwölf Fotos insgesamt, das ist leicht zu schaffen. Aber welche Fotos? Fotos von Augsburger Sehenswürdigkeiten, klar, den typischen. Wir begannen aufzuzählen: Perlachturm mit Rathaus, Fünffingerlesturm, Steinerner Mann, Rotes Tor, Handwerkermuseum mit den Wassertürmen, Schwedenstiege und – dann mussten zwei weitere Weizen auch noch die fehlenden vier Sehenswürdigkeiten aus unseren Gehirnwindungen herauskitzeln. Wir kamen noch auf die Kahnfahrt, den Hochablass, den Kuhsee und die Kajakstrecke. Helle plädierte noch für den Dom. Ich meinte, die Kirchen, das sei ein eigenes Kalender-Thema. Helle plädierte für den Herkules-Brunnen. Ich meinte, die Brunnen, das sei ein eigenes Kalender-Thema. Dann seien die Türme und Tore, die ich aufgezählt habe, aber auch ein eigenes Thema, knatschte Helle. Bevor wir uns in die Haare gerieten, blätterten wir in Gedanken noch mal unser Heimatkunde-Buch durch. Ich kam auf den Glaspalast und Helle auf die Freilichtbühne. Dort hatten wir gestern, bei einem Biergarten, der Trattoria am Roten Tor, einige Fotos gemacht. Ich bekam langsam Hunger. Ich sah zu den kreidebeschriebenen Angebots-Tafeln der Kulper-Hütte. Am Eck der Hütte stand ein Ansichtskarten-Ständer. Eine Karte leuchtete mir in der Abendsonne mit einem ocker-goldfarbenen Ton entgegen. Ich kannte diesen Farbton. Ich habe als Jugendlicher in den 70ern einige Jahre mit meinen Eltern in der Jakober Vorstadt gewohnt. In einer Gasse, die nach einem Bürstenbinder benannt ist, dem Meister-Veits-Gässchen. Es wurde nur bekannt, weil der Biergarten des Gasthauses Drei Königinnen mit seiner sommerlichen Veranstaltungsreihe »Literatur im Biergarten« zu den schönsten in der Augsburger Innenstadt gezählt wird. Im Meister-Veits-Gässchen zieht sich an einer Seite eine Ziegelstein-Mauer entlang, die eine Stadt in der Stadt umgibt, die älteste Sozial-Siedlung der Welt, wie Augsburgs Touristenführer gerne sagen.

»Es gibt noch eine wichtige Sehenswürdigkeit, mit der hätten wir die zwölf, rate mal«, grinste ich Helle an.

»Hmm«, sagte er und zählte alle noch mal auf, die uns bisher eingefallen waren.

»Die Ulrichskirche«, meinte er dann.

»Kirchen werden ein eigener Kalender«, wiederholte ich penetrant.

»Weberhaus?«

»Ist doch erst abgebrannt.«

»Doch nur der Dachstuhl.«

»Egal. Die Wandbilder sind auch schon total verwaschen. Das taugt nichts für einen Kalender.«

»Merkurbrunnen?«

»Brunnen werden ein eigener Kalender.«

Wir drehten uns im Kreis.

»Sie geht mit F los und hört mit ei auf,« gab ich Helle einen Tipp.

»Eff? Eff? Und Ei am Schluss?« Helle geriet ins Grübeln.

»Ich gebe dir ein Weizen aus, wenn du draufkommst«, spornte ich Helle zu übermenschlichen Leistungen an.

Seine Stirn runzelte sich wie ein frisch gepflügter Kartoffelacker.

»Ich gebe dir drei Minuten, wenn du nicht draufkommst, dann musst du mir ein Radler zahlen. Abgemacht?« Helle schlug ein.

Er begann systematisch zu raten:

»Fa? Fe? Fi? Fo?« Ich schaute unbeteiligt in den blauen Himmel.

»Tschuldigung, ist bei Ihnen noch ein Platz frei?«, tauchten an unserem Tisch ein Radler und eine Radlerin auf. Erkennbar durch ihre Helme und die enganliegenden Trikots und kurzen Hosen.

Wir luden sie ein, sich zu setzen. Der Radler nahm die beiden abgenommenen Helme und hängte sie an die Räder, die er mit einem Kabelschloss an einer Holzstange befestigte. Die Radlerin legte einen Stadtplan auf den Tisch.

»Wo sind wir hier eigentlich?«, fragte sie uns.

»Im Kulperhüttle«, antwortete Helle. »Das wär doch auch eine Sehenswürdigkeit für unseren Kalender«, versuchte er aus dem risikovollen Ratespiel auszusteigen.

»Wir nehmen lieber die mit dem F und dem ei«, blockte ich ab.

»Aha, danke«, sagte die Radlerin. Und »du, Schatz, wir sind hier im Kulperhüttchen«, klärte sie ihren Partner auf, der sich, uns begrüßend, auch an den Tisch setzte. Das mit dem le am Schluss der Augsburger Wörter hatte sie schon herausbekommen. Wir Menschen zwischen Lech und Wertach, wir verkleinern gern alles mit einem le am Schluss des Wortes. Das wirkt für uns gemütlicher. Ein Bierle trinkt sich leichter als ein Bier und ein Wolkenkratzerle, der kann auch in Deutschlands nettester Großstadt, also in Augsburg stehen. Bei den Preußen ist das ein Bierchen und ein Wolkenkratzerchen. Klingt längst nicht so harmlos wie mit unseren beiden Verkleinerungsbuchstaben.

Es war ein greller Wutschrei bei den vier Kartlern, der alle Köpfe im Biergarten in ihre Richtung drehte. Der Bartlose warf seine Spielkarten einem Mitspieler ins Gesicht. Blitzartig sprangen die drei anderen an seinem Tisch auf. Zwei drückten den Bartlosen an die Bretter der braunen Hütte, die nur im Winter als Gasthaus benutzt wird. Der Kartenspieler, der die Karten ins Gesicht bekommen hatte, klaubte die auf dem Boden herumliegenden Karten auf. Dann ging er langsam mit federndem Gang auf den Bartlosen zu, der hilflos an der Wand klebte. Ein Kerl hielt seine linke Hand an die Schuppenwand gepresst, der andere Kerl die rechte Hand. Der Bartlose zappelte wie eine Fliege am Fliegenfänger. Zuerst bekam er von dem Typen mit den Karten in der linken Hand einen rechten Schwinger in den Magen verpasst. Der Getroffene gab nur einen kurzen dumpfen Schmerzlaut von sich und japste mit weit geöffnetem Mund nach Luft. Der Schläger schob dem Bartlosen das Kartenspiel in den Mund. Die anderen beiden grinsten dabei giftig. Dann hielt der Schläger dem Bartlosen den Mund zu.

Er schien ihm den Befehl zu geben, die Karten aufzuessen. Die russischen Worte verstand ich nicht, aber die Gestik verriet es mir.

Hatte der Bartlose die anderen beim Kartenspielen beschissen?, fragte ich mich. Ich merkte, wie ich von dem Geschehen gefesselt wurde. Nicht nur ich, der ganze Biergarten beobachtete das ungewöhnliche Spektakel.

Der Wirt, der gerade wieder vier Wodka-Gläser an der Theke zwischen einer Dose Gummibären und einer Schachtel rosarot gefüllter Waffeln einschenkte, blickte entsetzt auf.

Das wurde Helle und mir zuviel. Ich löste mich aus dem Geschehen. Wir wollten eigentlich nur bei einem Getränkle auf Einnahme-Ideen kommen. Wir hatten keine Lust hier einzugreifen. Erstens sah es zu gefährlich aus. Bei diesen unkontrollierbaren Heißspornen aus dem Osten, da konnte schnell ein Messer aufblitzen. Zweitens war das die Party des Wirtes, der musste sich seinen Umsatz doch etwas schwerer verdienen, als nur die Wodkaflasche schräg über kleine Gläser halten. Ging uns doch auch nicht anders, oder? Wir tranken die Restle schnell aus, zahlten schnell und griffen uns die Räder. Die Hochsauerländer mussten noch sitzenbleiben, sie hatten ihr Bier gerade erst bestellt. Wir sahen noch wie der Wirt zum Handy griff und wählte. Schnell radelten wir über die Brücke und das Wehr wertachabwärts davon. Vorbei an Schrebergärten, Bäumen, Büschen, einem Kajak-Lager und einem Kraftwerk. Manchmal sonnten sich Frauen und Männer in mehr oder weniger Badekleidung auf dem Grünstreifen zwischen Wertach und Wertachkanal. Es war so schwül geworden. Wir schwitzten. Wir stießen nach einer Weile auf den nächsten Kiosk mit Biergarten zwischen Wertach und Wertachkanal. »Sonnenglück«, nannte sich die Hütte mit den Biertischen und -bänken in der grünen Wiese. Ich zog meine Digi-Cam aus der Umhängetasche. Das war auch ein Biergarten für unseren Biergartenführer. Helle ging gleich an den SB-Kiosk und holte sich ein »schnelles Helles«, wie er meinte.

Ich besorgte mir ein Weizen. Ich brauchte nun etwas Stärkeres für meine aufgewühlten Nerven.

Nach einer Weile kamen auch die Hochsauerländer angeradelt.

»War noch was?«, erkundigte sich Helle bei ihnen.

Sie stellten ihre Räder ab und setzten sich wieder zu uns.

»Da war noch einiges, das war richtig schrecklich, was die mit dem einen angestellt haben«, legte die Frau ihren Fahrradhelm auf den Tisch. »Wir hätten gleich mit Ihnen losfahren sollen.«

»Wir hatten doch noch ein volles Glas vor uns. Ich hätte auch nicht gedacht, dass es in Augsburg derartig brutal zugeht«, schnaufte der Mann, der seinen Helm neben dem seiner Frau platzierte.

»Lesen Sie keine Zeitung«, fragte ich. »Wir sind in letzter Zeit öfters mit hochkarätigen Verbrechen deutschlandweit in den Schlagzeilen. Allerdings sind es meistens die Türken die ihre Familien spektakulär abmetzeln. Das liegt wohl auch an dieser kulturellen Spannung zwischen Morgen- und Abendland, die solche Familien aushalten müssen.«

»Es gibt aber auch Vorfälle vor russischen Diskos, wo auf die Türsteher geschossen wird«, versuchte Helle die Augsburger Kriminalität etwas multikultureller zu gestalten. »Und waren das Zigeuner oder Romas oder Jenische, die neulich in einer Oberhauser Wirtschaft mit dem Messer aufeinander losgingen?«

»Weiß ich nicht mehr. Professor Schaffer, ein Ausländer-Experte, erzählte mir mal, dass heutzutage in Augsburg rund hunderttausend Menschen leben, die ausländische Wurzeln haben. Dazu zählen auch die Menschen, die als Deutschstämmige aus der ehemaligen Sowjetunion kommen. Aber lass uns doch hören, was beim Kulperhüttle noch passiert ist?«, wandte ich mich den Hochsauerländern zu.

»Einer hatte ein blutiges Messer, der hat auf den an der Wand eingestochen, am hellichten Tag, es war schrecklich, so schrecklich, ich dachte schon, die gehen auch noch auf uns los«, erzählte die Frau mit einem ängstlichen Unterton in der Stimme. »Mein Mann hat denen nämlich zugerufen, sie sollen sofort aufhören.«

»Das dachte ich auch schon«, schloss sich ihr Mann an.

Die Frau war nachträglich schockiert über den bösen Zwischenfall an der Kulper-Hütte.

»Hat der Wirt keine Polizei gerufen?«, erkundigte sich Helle.

»Doch, doch. Die kam ja auch.«

»Und? Wurden die Messerstecher festgenommen«, wollte ich wissen.

»Sie haben keinen erwischt. Ich weiß nicht wie, aber die waren alle urplötzlich verschwunden.«

»Der Verletzte auch?«

»Der war auch weg, obwohl er blutete. Die Polizei fragte ein wenig die Gäste aus, uns auch, dann fuhr sie wieder davon«, sagte der Mann.

»Auf den Schreck sollten Sie ein Riegele Commerzienrat trinken«, meinte Helle. »Gutes Augsburger Bier, das beruhigt die Nerven, das gibts nämlich hier.«

»Ich wundere mich, dass ich, wie in Trance, unsere Ansichtspostkarte gerettet habe«, fing sich die Hochsauerländerin wieder. »Dann können wir Tante Friederike die Postkarte schreiben. Was zum Schreiben dabei?«

»Nein«, antwortete ihr Partner. »Hat von den Herren einer was zum Schreiben dabei?«

Helle schüttelte verneinend den Kopf und versuchte mit der herausgepressten Frage »Firnhaberau« zu seinem nächsten Weizen zu kommen.

»Aua!«, verzog ich das Gesicht. »Au! Das tut weh. Ich glaube noch ein Weizen tut dir nicht gut. Der Anfang war richtig, aber am Schluss ist ein ei. Kein au. Soll ich dir die zwölfte Augsburger Sehenswürdigkeit verraten?«

Helle konnte meine verächtliche Mimik nicht sehen. Ich beschäftigte mich nebenbei mit meinem Schlüsselbund, an dem ich ein kleines grünes Taschenmesser hängen hatte. Dieses Taschenmesser hatte einen Kugelschreiber eingebaut. Ich entfernte das Taschenmesser vom Schlüsselbund, schob die Kugelschreiber-Mine mit dem Daumen in den schreibbereiten Zustand und reichte das Kugelschreiber-Messer dann zu der Radlerin über die Tischplatte hinüber.

»Fuggerei!«, überraschte mich Helle.

»Genau. Wie bist du da jetzt draufgekommen?«, wunderte ich mich.

Helle zeigte auf die Ansichtskarte, die der Radler vor sich hingelegt hatte. Eine Ansichtskarte der Fuggerei. Er hielt mir die Hand hin, in die ich drei Euros legte und ging zur Hütte, damit er dort sein gewonnenes Weizen ordern konnte.

»Was schreiben wir der Tante?«, fragte die Radlerin?

»Liebe Tante Friederike, das Wetter ist schön und das Bier schmeckt hier fast so gut, wie bei uns. Viele Grüße aus Augsburg.«

»Das ist doch gelogen, wir haben vor wenigen Minuten fast einen Mord erlebt«, meinte die Frau.

»Das können wir Tante Friederike nicht schreiben, die regt sich zu sehr auf, die kann nicht mehr schlafen«, meinte er.

»Probieren Sie mal ein Augsburger Riegele, dann können Sie Ihr Preußen-Gesöff vergessen«, spottete Helle derart laut, dass es alle ringsum hören konnten. Er war empört, fühlte sich persönlich angegriffen.

»Papperlapapp. Bei uns im Sauerland wird das beste Bier gemacht«, behauptete der Radler. »Wir haben Veltins, Warsteiner, Krombacher, das Westheimer, Essel-Bräu und das Biggs aus dem Behinderten-Heim in Bigge.«

»Ach was, das beste Bier kommt aus Augsburg. Unsere Brauereien machen schon seit ein paar hundert Jahren das Bier nach dem bayerischen Reinheitsgebot. Es geht nichts über mein Commerzienrat Riegele.«

Ich lehnte mich zurück. Ich wusste, eine Bierdiskussion mit Helle konnte länger dauern. Ich sortierte im Geiste für unseren Augsburg-Kalender die zwölf Bilder mit den Monaten. Wir befanden uns im Monat August. Wann kauft man einen Kalender fürs nächste Jahr? Im Herbst des Vorjahres, spätestens im November. Also mussten wir das Ding schnellstmöglich herstellen und schnellstmöglich zum Verkauf in die Geschäfte bringen. Wie konnte das gehen, wenn wir zwölf Sehenswürdigkeiten zum Fotografieren abfahren mussten? Sagen wir mal jeden Tag eine. Falls das Wetter mitmachte. Für gute Fotos war gutes Wetter notwendig. Heute war es schön. Aber es war ein durchwachsener Sommer. Kaum drei schöne Tage folgten aufeinander. Und ich hatte den Verdacht, das würde bis in den Winter so bleiben. Wenn wir also im Schnitt zwei Tage für ein Foto bräuchten, dann waren das schon 24 Tage, fast ein Monat.

»Das müssen wir aber ausdiskutieren«, meinte der Radler. Helle wurde nervös.

Ich nahm diese Aktion gar nicht richtig wahr. Ich plante noch. Wenn das Wetter noch ungnädiger war, konnten wir das Kalenderprojekt vergessen. Wir sollten die zwölf Kalender-Fotos an einem Tag schaffen, das wäre es, überlegte ich.

Helle begann unsere verbliebenen vier örtlichen Brauereien Augusta, Thorbräu, Hasen und Riegele aufzuzählen und schwor, dass er noch nie ein Bier aus dem Hochsauerlandkreis getrunken habe, von dort auch keins kenne, noch nie von einer Brauerei dort gehört habe und er alle Augsburger Biere blind am Geschmack erkennen könne.

Das nahm ihm der Radler nicht ab. Er schloss mit Helle eine Wette ab. Helle würde das Commerzienrat Riegele nicht erkennen, wenn man es ihm zwischen drei Sauerland-Bieren in neutralen Gläsern hinstellen würde. Helle protestierte sofort. Sie wetteten um ein weiteres Weizen. Der Radler holte aus seiner Fahrradtasche drei Bierdosen. Sie stammten aus drei verschiedenen Brauereien im Hochsauerlandkreis. Ich sollte den neutralen Schiedsrichter machen. Machte ich gerne, weil ich schon länger den Verdacht hatte, dass Helles Biergeschmackserkennungsgaumen vielleicht zu sehr gelobt wurde. Für mich war Bier halt Bier. Mal ein bisschen würziger, mal ein bisschen fader. Aber kein Grund, um darüber stundenlang zu diskutieren und philosophieren. Helle ließ nicht locker, wenn er mir erklärte, warum es wichtig sei, dass ein Bier richtig schmecke und warum die Jugend total plemplem sei, weil sie mexikanische oder amerikanische oder sonstige Modebiere hinunterschüttete, was mich aber auch völlig kühl ließ. Der Radler holte drei leere Gläser und ein volles Commerzienrat Riegele von der Theke und ich musste den Schiedsrichter spielen. Die Radlerin sollte mir assistieren, aber sie wollte nicht, weil sie noch am Text für die Postkarte an Friederike herumbastelte. Wir verbanden Helle die Augen mit einer Stoffserviette. Er hielt sich mit den Händen an der Tischkante fest.

»Wo ist mein Weizen?«, war seine erste Frage.

»Hier, neben deiner rechten Hand.« Ich legte seine Finger um das gesuchte Weizenglas. Ich kenne niemanden, der mit verbundenen Augen so gut ein Weizen trinken kann wie Helle.

Der Radler öffnete die drei Bierdosen und ich schüttete sie nacheinander in die Gläser. Damit wir die Biersorten wieder erkannten, lieh ich mir kurz meinen Taschenmesser-Kugelschreiber aus und schrieb den Bier-Namen auf die Unterseite des Bierdeckels des jeweiligen Glases. Nachdem alle Biersorten in den Gläsern gleich ausschauten, die gleiche Schaumhöhe hatten, konnte Helles großer Bier-Test beginnen. Wir nahmen ihm die Serviette ab.

»Mit welchem Glas soll ich anfangen?«

»Einfach von links nach rechts«, riet ich ihm.

Der Radler nickte. Die Radlerin malte eine strahlende Sonne in der Form einer Radfelge über einer Hütte auf die Rückseite der Fuggerei-Karte.

Helle nahm einen Schluck aus dem ersten Bierglas. Er schloss die Augen, behielt das Bier eine Weile im Mund. Dann schluckte er es mit einem leichten Grunzen hinunter. Beim dritten und vierten Glas hatte er den Verdacht, dass es sich um das Commerzienrat Riegele handelte.

»Kann ich bei den beiden nochmal probieren?«, bat er uns.

Am Himmel erschienen dunkle Wolken. Es sah nach einem Gewitter aus, das aber auch vorbeiziehen konnte.

»Sicher«, gestand ihm der Radler zu, »um was haben wir eigentlich gewettet?«

»Um einen Klapperschlangenbraten mit einen Indianerbier.«

»Wo gibts denn das?«

»Beim Indianer«, erwiderte Helle.

»Müssen wir da in die Prärie radeln?«, scherzte der Radler.

»Nein, nur bis zur Unterführung beim Hauptbahnhof, da ist das neue Indianer-Lokal«, meinte Helle, der wieder einen Schluck aus dem dritten Glas nahm. Er behielt diesen Schluck Bier fast eine Minute im Mund und schloss nachdenkend die Augen. Unbeteiligte Zuschauer, die Helle in diesem Zustand sahen, glaubten bestimmt, dass mein Freund und Kollege gerade Einsteins Relativitäts-Theorie im Kopf nachrechnete. Zum reinen Vergnügen natürlich.

Die schwarzen Wolken am Himmel hatten sich vermehrt. Die Gäste im Sonnenglück-Biergarten schauten immer öfter zum Himmel und berieten sich, ob sie bleiben sollten oder nicht. Wir bekamen das nicht so richtig mit. Unser Bier-Test brauchte unsere gesamte Aufmerksamkeit.

»Das müsste das Riegele sein«, stellte Helle das Bierglas ab.

»Willst du nicht noch das andere Glas probieren?«, versuchte ich Helle auf die richtige Spur zu bringen. Soweit ich mich erinnern konnte, war im vierten Glas das Riegele-Bier. Oder? Ich war mir plötzlich nicht mehr so sicher. Helles Gesicht war von einer Klarheit durchströmt, die ich mir gerne mal bei einem Augsburger Richter gewünscht hätte.

»Das ist das Riegele«, zeigte er auf das Glas vor sich.

»Bist du wirklich sicher?«

»Sie können ruhig noch mal alles probieren«, ermunterte ihn der Radler zu weiteren Versuchen.

»Nein. Ich bin mir sicher. Das ist es«, hob Helle das Riegele-Glas hoch. Es waren eigentlich alles Riegele Gläser.

»Na, gut«, sagte ich und hob die anderen drei Gläser vom Bierdeckel herunter. Ich drehte den ersten Bierdeckel herum. Kein Riegele-Bier. Ich drehte den zweiten Bier-Deckel herum. Kein Riegele. Ein Windstoß fegte unsere Bierdeckel durcheinander. Helle hielt einen Bierdeckel fest.

»Das war er«, drehte er ihn um. Riegele stand mit meiner Blockschrift drauf.

»Gewonnen hurra!«, freute er sich.

»Momento«, sagte ich, »ich habe den dritten Bierdeckel«. Ich drehte ihn um. »Da steht Kronenbräu drauf. Du hast das Riegele nicht erkannt. Du hast verloren.«

»Schmarrn. Ich habe den richtigen Bierdeckel, oder?«, schaute Helle hilfesuchend zu dem Radler und der Radlerin, die ihre Postkarte vom Boden aufhob, wohin sie der Windstoß befördert hatte.

»Das ging so schnell mit dem Wind, ich kann das nicht hundertprozentig beurteilen«, zuckte der Radler die Schulter. Die Radlerin meinte: »Ich habe leider nichts gesehen.«

Helle schaut mich an. Schmerzlich lang.

»Wir können den Test ja wiederholen«, glaubte ich Helle einen Gefallen zu tun. Er trank doch gerne Bier. Das wäre die Chance für weiteren Konsum seines Lieblingsgetränks. Damit dürfte sein Ärger gegen mich überwunden werden. Er war sauer, wegen mir, wegen meiner Ungerechtigkeit, wie er es fälschlicherweise annahm. Auch wegen seiner Ehre als bester Bier-Kenner. Aber ich hatte den dritten Bierdeckel erwischt, nach dem Windstoß. Da war ich mir ziemlich sicher. Mir war es im Prinzip völlig wurscht, ob das Bier aus dem Hochsauerland besser oder schlechter war als unser Bier.

Ich wollte den Fremden nur beweisen, dass Augsburger gerecht sein können. Auch für mich war es eine Sache der Ehre.

Helle stand auf, ging zu seinem Rad und fuhr wortlos davon. Kein Gruß, kein Gewinke. Ich saß wie erstarrt auf meiner Bank. Mir fiel nichts ein, was ich ihm nachrufen konnte.

»Ihr Freund ist wohl beleidigt?«, erkundigte sich der Radler.

»Schaut so aus«, gab ich ihm Recht.

»Hast du eine Briefmarke?«, fragte die Radlerin.

Eigentlich wollten wir noch ins Familienbad radeln. Dort gab es auch einen kleinen Biergarten. Eine Terrasse vor dem Kiosk. Damit wollten wir das Nützliche mit dem Angenehmen verbinden. Wir hatten unser Badezeug mitgenommen. Jetzt konnte ich allein ins Familienbad radeln, oder konnte es bleiben lassen. Ich ließ die Hochsauerländer samt ihren Bieren sitzen und radelte zur Fuggerei, mir war die Lust auf ein Bad vergangen.

Als ich so um 19 Uhr 30 bei der Fuggerei eintraf, stellte ich mein Rad bei einem Verkehrsschild vor Farben-Seibold ab und sperrte es mit dem Kabelschloss ab. Gut, dass der Farben-Laden schon zu war. Mit Herrn Seibold ein Gespräch anzufangen, das konnte eine Weile dauern, bis das beendet war. Er stand in der Türe und man hatte keine Chance mehr zu entkommen. Neulich lamentierte er ewig über den Sperrmüll, der neben seinem Laden vor einem leeren verwahrlosten Grundstück herumlag.

»Eine Schande, direkt vor der Fuggerei«, fing er an.

Mit was hörten wir auf? Keine Ahnung, jedenfalls versäumte ich einen wichtigen Termin.

Die ockerfarbene Häuserfront auf der anderen Seite der Jakoberstraße besaß rechts neben dem Lokal Fuggerei-Stube ein großes Tor, das von diagonalen blauen und ockerfarbenen Farbstreifen überzogen war, durch das die Touristen hineingingen und herauskamen. Gleich hinter dem Tor waren Stühle und Tische aufgestellt. War das schon der Fuggerei-Biergarten? Wahrscheinlich nicht. Ich ging an der kleinen Kirche vorbei. Ein alter Pumpbrunnen war daneben zu sehen. Ich lief die geteerte Herrengasse entlang, die durch die Fuggerei führt, die wie alle Gassen in der kleinen Stadt in der Stadt durch ockerfarbene einstöckige Häuser gebildet wird. Angelegt als Reihenhäuser. Wenn man die Herrengasse von der Jakoberstraße her als Baumstamm betrachtet, dann biegen die meisten Fuggerei-Gassen als Äste links und rechts ab. Die Krone wird von der Gartengasse gebildet, die sich im Süden mit einer Mauer vom Meister-Veits-Gässchen abgrenzt, das wieder zum normalen Augsburg ringsum gehört. Weiter vorne, in der Herrengasse, ist ein kleiner Schalenbrunnen zu sehen aus dessen oberster, der kleinsten Schale, in der Mitte das Wasser quellenartig hervorquillt, auf die nächste Schale hinunterfließt und unten in einem runden Bekken aufgefangen wird. Hier legte der Schauspieler Heinz Schulan als wiederbelebter Jakob Fugger der Reiche mit seiner goldbestickten venezianischen Kaufmanns-Haube eine Pause ein für seine Vorträge an die Besucher-Gruppen. Er machte auf die vielen stilisierten gelben und blauen Lilien, die Wappenblumen der Fugger, aufmerksam. An einigen Fuggerei-Häusern rankt sich grünes Efeu hoch, breitet sich mit verschlungenem Gezweige aus, das wie knorrige Wurzeln wirkt. Winzige grüne Trauben wachsen zwischen den dichten Blättern. An manchen Hauswänden schauen nur noch die viereckigen Fenster aus dem Efeu. Ich machte gleich mal Fotos für den geplanten Kalender mit Augsburger Sehenswürdigkeiten. Hoffentlich war Helle nicht sauer, wenn ich schon ohne ihn begann. Vielleicht fand er es aber auch gut, wenn ich schon mit einem Fuggerei-Bild ein Layout für den Kalender anfertigte. Bis ich beim Brunnen war hatte ich schon zehn Bilder im Kasten. Von den Wänden, den stufenartigen Dachgiebeln, den grünen Türen, den grünen Fensterläden und den gleich wirkenden, aber im Detail verschiedenen Klingelzügen an der Außenseite der ockerfarbenen Häusern. Schritt für Schritt in Richtung Brunnen hörte ich Musik. Sie wurde lauter. Live-Musik? Eine Stimme röhrte »ti amo, ti amo, ti amo ...«. Am Brunnen hatten sich amerikanische Touristen für ein Foto aufgestellt. Stadthauptmann Gerhard Schlich hielt ihnen sein Spenden-Horn unter die Nase: »Ein paar Münzen für die Erhaltung der Fuggerei«, erklärte er seine Sammel-Aktion. Hinter dem Fuggerei-Lädle am Eck der Ochsengasse, stieß ich auf den gut gefüllten Biergarten zwischen zwei Häuserzeilen, gebildet von der Vorderseite der Häuserreihe Neue Gasse und der Hinterseite der Häuserreihe Ochsengasse, gestaltet durch einige Büsche, etwas Wiese, einige Bäume, Sonnenschirme, Tische und Bänke. Eine Band namens Nashville Train, mit einem Musiker am Keyboard, einem an der Gitarre und einem Sänger mit Walrossbart am Mikrophon unterhielt die Gäste. Eine flinke Bedienung flitzte zwischen den Tischen durch, als wären das Slalomstangen beim Skifahren. Sie hatte kastanienbraunes Haar, das sie mit einer großen Klammer hochgesteckt trug. Ihr Körperbau war mehr als einen Blick wert. Sie hatte die Rundungen an den richtigen Stellen. Es war schwül geworden. Die Leute hatten Durst. Ein Tisch wurde gerade frei. Ich setzte mich hin.

»Was darf es denn sein?«, begrüßte mich die Bedienung im Dirndl. Sie schaute mich an, als wäre ich heute ihr ganz besonderer Gast. Ihre schmalen, leicht geschwungenen Augenbrauen zogen ihre sowieso schon etwas länglich ovalen Augen mit den weit hervorstehenden Wimpern noch mehr auseinander. Ihre Nase war leicht gebogen und ihre Lippen sahen aus wie ein langes, querliegendes Orchideenblatt.

»Hier ist ja was los«, lehnte ich mich zurück. »Kommen die alle wegen Ihnen?«

Eine Hand hatte ich auf meiner Umhängetasche, in der ich meine Kamera verstaut hatte. Helle würde es hier ganz prima gefallen. Blöd, dass wir uns mit dem Biergeschmacks-Test verstritten hatten. Mein Freund ging mir nicht mehr aus dem Kopf. Außerdem würde er auf mich aufpassen, damit ich meiner Fleur treu blieb. Aber die war leider weit, weit weg. Auf einem Luxus-Liner mit einer kleinen Combo, die das bonzige Publikum mit Chansons unterhalten durfte. Den ganzen Sommer. Ich hatte so ein merkwürdiges Kribbeln in mir. Wenn Fleur so lange weg war, spielten meine Hormone verrückt. Dieses Problem sollte ein Mann mit Vierzig im Griff haben, Mitte Vierzig noch eher. Aber ich konnte nichts dafür, die Bedienung hatte eine erotische Ausstrahlung.

»Ich schätze mal, die kommen in unseren Biergarten, weil sie Hunger und Durst haben«, zeigte sie freundlichst und schlagfertig ihre Zähne.

»Eine Radler-Halbe, wenn Sie mir bringen, Fräulein Monika, das wäre prima«, strahlte ich zurück.

»Ich heiße nicht Monika. Wie kommen Sie darauf?«

Einfach einen Vornamen sagen. Mein Trick, um Frauennamen herauszubringen. Manchmal rate ich auch richtig.

»Brigitte?«

»Nein. Auch nicht.«

»Wie heißen Sie denn?«

»Ich bin die Iris. Und du?«

»Ich bin der Klaus. Wie lange musst du heute hier arbeiten?«

»Bis zweiundzwanzig Uhr.«

»Und dann?«

»Und dann bin ich müde und gehe heim.«

»Vielleicht haben wir denselben Heimweg?«

»Vielleicht. Tschuldige, neue Gäste, ich muss wieder los.«

Sie nahm am nächsten Tisch noch Bestellungen auf, dann düste sie wieder ins Fuggerlädle-Haus, die leeren Gläser abzugeben und mit vollen wieder zu kommen. Flott, flott, diese Iris. Ihr Wesen machte mich an. Ein Schuss Fröhlichkeit, ein Schuss Verschmitztes, ein Schuss Spontanität und einige Schüsse anziehende Ausstrahlung mit Tiefgang in alle Bereiche.

Ich schaute mich um. Irgendwelche Bekannte anwesend? War normal, dass ich bei einer Ansammlung von Menschen jemand kannte. Wer über vierzig Jahre in dieser Stadt lebt, von zwei Jahren Internat in Tuttlingen und eineinhalb Jahren Bundeswehr in Donauwörth abgesehen, der kennt einen Schwung der Einwohner zwischen Lech und Wertach. Ich holte meine digitale Kamera heraus und schaute mir die Bilder der aufgenommenen Biergärten an: Thing, Trattoria Rotes Tor, Wittelsbacher Park, Manolito, Mohrenkönig, Berghof, Lenzhalde, Perzheimstüble, Deuscher Kaiser, Sieben Schwalben, Kulper-Hütte und Sonnenglück. Drei Bilder konnte ich noch machen, dann war der Speicher-Chip mit 32 MB voll. Ich hatte auf gute Qualität eingestellt. Daher konnte ich nicht so viele Bilder machen.

Da winkte einer. An einem Tisch hinter der Hecke. Herr Seibold von Farben Seibold saß mit seiner Frau am Tisch. Ich war ihm doch nicht entkommen. Er sagte was zu ihr und kam an meinen Tisch.

»Digital?«, fragte er.

»Ja. Gutes Gerät«, sagte ich.

»Ich will mir auch eine kaufen. Wieviele Pixel hat Ihre?«

»Zweikommafünfmillionen.«

»Nur? Bei Saturn gibts jetzt eine mit vier Millionen Pixel für hundertachtundsiebzig Euro. Was hat Ihre gekostet?«

»Über zweitausend.«

»Euro?«

»Nö, damals waren es noch Mark.«

»Aha. Macht sie gute Bilder?«

»Schon. Ich brauche sie ja professionell für meine Arbeit. Und wenn ich Ihnen was verraten darf. Die Qualität hängt nicht von den Pixel ab, sondern vom Objektiv.« Das musste ich loswerden, weil die Leute immer meinten, die Pixel wären entscheidend. Ich schaute dann immer dumm aus mit meiner Kamera.

»Was machen Sie?«

Gerade als ich es ihm erklären wollte, fiel der Auslöseknopf von meiner Kamera. Der Auslöseknopf! Sowas hatte ich noch nie erlebt. Seibold und ich suchten auf dem Tisch und am Boden die kleinen Teile zusammen. Wir fanden sie. Aber sie ließen sich nicht mehr befestigen. Mit dem Auslöseknopf wurde auch das Zoom bedient. So ein Mist. Ich fluchte innerlich vor mich hin.

»Ich wollte einen Biergartenführer und einen Augsburg-Kalender machen«, giftete ich Seibold an, der absolut nichts dafür konnte, dass meine Kamera plötzlich ohne Auslöser war. Mann, war ich sauer. Da half es auch nichts, dass die Band, deren Keyboard per CD vorgefertigten Sound in unsere Ohren blies, eine Pause machte und Iris wortlos, aber mit einem honigsüßen wir-reden-später-bestimmt-noch-miteinander-Lächeln im Vorbeigehen meine Radlerhalbe vor mir abstellte. Sie kam kaum nach, die Wünsche der Gäste schnell genug zu erfüllen. Die Band begann wieder. Der Keyboarder stand auf einem Podest. Der Sänger und der Gitarrist standen auf dem kiesigstaubigen Boden davor. »Jenseits von Eden« wurde intoniert. Aus einem Fenster schaute eine weißhaarige Oma. Was machte der Sänger, als er mit dem nächsten Song begann? Er fing mit seinem Mikro-Kabel wie ein Cowboy die Iris ein. Sie kicherte und befreite sich nach dem Austausch von tiefen Blicken aus dem Lasso der Liebe. Klar würde ich Fleur treu sein, grummelte es in mir. Warum auch nicht? Denken und handeln sind zwei Paar Schuhe.

»Warten Sie hier, ich hole einen Tesafilm aus meinem Laden, dann können Sie den Knopf wenigstens festkleben.«

Keine schlechte Idee. Seibold eilte davon.

»Hallo Klausimausi«, schlich sich von hinten eine Frau an mich heran. Es war Ursula, eine Krankenschwester aus dem Zentralklinikum. Eine attraktive Erscheinung, auch mit ihren Vierzig.

»Darf ich mich setzen?«, fragte sie.

»Hallo, Ursula, du siehst klasse aus. Setz dich her.« Iris sollte ruhig sehen, dass ich nicht einsam war, dass mich Frauen umschwirren – wie die Mücken das Licht – manchmal.

»Ja, lebst du auch noch? Was machst du hier?«, fragte sie mich.

»Fuggerei-Fotos. Und du?«

»Meiner Tante helfen.«

»Wohnt die hier?«

»Ja. Sie besucht für ein paar Tage meine Mutter in Braunschweig. Ich betreue ihre Pflanzen und ihre Katze.«

»Soso. Und was treibst du sonst so?«

»Wann haben wir uns das letzte Mal gesehen?«

»Bei dieser Marketing-Fete im Kajak-Club. Du warst die Glücks-Fee.« Von der kaputten Couch in ihrer Wohnung, als wir beim Aufbau eines Buchregals aufeinander losgehen wollten, erwähnte ich nichts.

»Richtig. Inzwischen war ich mal eine Weile liiert.«

»Nanu. Mit wem?«

»Wieder mal ein Arzt. Ich kanns nicht lassen. Ein verheirateter dazu. Kinder hatte er auch noch. Er hat aber nicht locker gelassen. Wie konnte ich dem nur glauben, dass er sich von seiner Frau trennt? Ich dumme Kuh. Das ging nicht lange gut. Naja, nun bin ich wieder solo. Auch nicht schlecht.«

Trug sie deswegen dieses pinkfarbene Fransenzeug, damit die Männer sie gewiss nicht übersahen? Ihre braunen wohlgeformten Beine, die in bunten Flip-Flops steckten, schauten aus einem kurzen Mini-Rock. Ein Köder, mit dem sie nicht nur Fisch-Geborene wie mich anlocken konnte. Sie gehörte zu der Sorte Frauen, deren Figur das verlebte Gesicht wettmachte.

Seibold war zurück. Mit Tesafilm. Er grüßte kurz Ursula, dann klebte er mit einigen Tesafilmstreifen die Auslöserknopf-Teile an der Kamera fest. Ursula schaute verblüfft. Ich hob die Kamera hoch und versuchte sie zu fotografieren. Ich drückte fest, fester, am festesten. Dann machte die Kamera endlich das elektronische Auslöser-Geräusch. Es funktionierte. Ursula war mit ihrem wasserstoffblonden Stiftenkopf auf dem Display zu sehen. Ihre wulstigen roten Lippen in ihrem länglich-herben sonnenbankgebräunten Gesicht machten mir Versprechungen, glaubte ich.

»Damit haben Sie sich ein Bier verdient, Herr Seibold«, sagte ich.

»Nächstes Mal«, sagte er. »Ich muss wieder zu meiner Frau und deren Verwandtschaft an den Tisch, die guckt schon ganz komisch.«

Stadthauptmann Schlich tauchte in seiner schwarzweißen historischen Gewandung mit silbernem Degen vor unserem Tisch auf. »Dürfen wir uns zu euch setzen? Ich habe zwei Fuggerei-Besucher dabei.«

»Willkommen Hochsauerland«, sagte ich.

Es war das Radler-Pärchen von der Kulper-Hütte, die den Bierstreit mit Helle ausgelöst hatten.

»Ja, sowas, Sie hier«, sagten sie. »Dürfen wir uns hinzugesellen?«

Ursula war gerade hinter einem kleinen aufgeklappten Taschenspiegel mit ihrem Lippenstift beschäftigt, der ihre Lippen wieder knallrot leuchteten.

»Was, ihr kennt euch?«, staunte der Stadthauptmann, der in seiner historischen Kleidung mit einem breitkrempigen Hut und umgeschnalltem Säbel vor sich hin schwitzte.

»Das sind die Leute, die Unmengen von Bierdosen aus der Heimat in der Satteltasche transportieren«, sagte ich. »Was habt ihr mit dem offenen Bier gemacht?«

»Was schon, ausgetrunken, was sonst?«, schauten sie mich mit harmlosesten Mienen an, die aber bei genauem Hinsehen doch erkennen ließen, dass sie unter der Herrschaft von einigen Promillen standen.

Ursula zupfte an ihrem Ausschnitt herum. Ihr Busen drängte an die natürliche Sonne.

»Wieviel Miete müssen die Fuggerei-Bewohner bezahlen?«, wollte der Radler aus dem Hochsauerland wissen.

»Einen Euro«, sagte der Stadthauptmann.

»Das ist günstig«, sagte die Hochsauerländerin.

»Einen Euro im Jahr«, hob der Stadthauptmann seinen Finger.

»Wieviele Häuser hat die Fuggerei?«, fragte der Hochsauerländer.

»Mit zehntausend Gulden von Jakob Fugger dem Reichen wurden fünfzehnhundertfünfundzwanzig nach Christi von Baumeister Thomas Krebs dreiundfünfzig Häuser erbaut, mit je zwei getrennten Wohnungen, hier in der Jakober Vorstadt, einem ehemals sumpfigen Gelände im einstigen Weberviertel. Im Fuggerei-Museum kann man sich übrigens anschauen, wie früher die Wohnungen aussahen«, erzählte der Stadthauptmann. »Heute sind es siebenundsechzig Häuser mit hundertvierzig Wohnungen in denen rund hundertfünfzig Menschen wohnen.«

»Schön. Eine Stadtführung im Sitzen«, freute sich Ursula. Sie streckte ihre Beine noch weiter unterm Tisch aus. Ihre Fußspitzen berührten meine.

»Muss man nicht ein Vaterunser für den Fugger beten?«, brachte ich mein Heimatkunde-Wissen ein.

»Das Vaterunser gehört zum Mietvertrag«, bestätigte der Stadthauptmann. »In der Fuggerei wohnen Leute so ab fünfundfünfzig, die unschuldig verarmt sind.«

»Gibts auch Fuggerei-Souvenirs zu kaufen?«, wollte der Hochsauerländer wissen.

»Freilich, drüben im Fuggerlädle«, sagte der Stadthauptmann.

»Da schauen wir hin Erna, wenn wir ausgetrunken haben, dann legen wir uns einen Fuggerei-Kalender zu«, sagte der Hochsauerländer.

»Da werden Sie leider Pech haben, einen Fuggerei-Kalender gibt es nicht«, schaute der Stadthauptmann bekümmert drein. »Aber ein Fuggerei-Bilderbuch und Fuggerei-Geschirr.«

»Einen Kalender wird es auch bald geben«, mischte ich mich ein.

»Wieso? Davon weiß ich nichts«, blickte mich der Stadthauptmann an.

»Kannst du auch nicht wissen, das habe ich gerade beschlossen, du weißt doch, dass ich Verleger bin.«

»Das wäre ja Spitzenklasse«, blühte der Stadthauptmann auf.

»Den können Sie uns ja dann schicken«, stand der Hochsauerländer auf und legte mir seine Visitenkarte hin.

»Mach ich«, sagte ich. Wie würde Helle reagieren, wenn ich mit seinem Todfeind ein Geschäft machte?

Die Hochsauerländer verabschiedeten sich. Stadthauptmann Schlich ging mit ihnen mit. Die Band hatte ihren letzten Set mit drei Songs beendet und packte nach einer Zugabe ihre Instrumente ein.

Iris kam an unseren Tisch. »Klaus, bekommst du noch etwas?«

»Ich hätte noch gerne ein Apfelschorle sauer, groß«, sagte Ursula, »falls Sie mich auch als Gast wahrnehmen, oder werden hier nur die Männer bedient?«

Eine Kriegserklärung.

Iris schien die Provokation zu überhören, machte sich Notizen und drückte sich wie unabsichtlich an mich. »Schau mal Klaus, der Herr, der da gerade mit seiner Frau den Tisch verlässt, der hat mir zwanzig Euro Trinkgeld gegeben.« Sie zog den blauen Schein aus ihrem Geldbeutel und wedelte damit vor meiner Nase. »Weil ich ihn an seine Tochter erinnere, die er schon länger nicht mehr gesehen hat.«

Ich blickte zu dem großzügigen Herrn, den ich nur noch von hinten sah. Er ging leicht gebückt am Stock, hatte eine Halbglatze und trug über seinem blau-rot-karierten Hemd graugestreifte Hosenträger, die am Hosenbund mit Lederschlaufen eingeknöpft waren. Die klassischen Hosenträger. Seine Frau, eine kleine Dicke, trug ein blaues Kopftuch mit weißen Punkten. Aber keines im türkischen Stil. Eher im Stil der Wolga-Frauen. Die beiden machten den Eindruck als würden sie in die Fuggerei gehören.

»Na«, sagte ich, »so arm scheinen hier nicht alle Leute zu sein.«

»Falls er hier wohnt«, meinte Iris und flitzte wieder die Tische ab.

Ich plauderte mit Ursula noch über den sagenhaften Reichtum der Fugger. Es wurde dämmrig. Iris stellte Kerzen auf die Tische. Der Sänger half ihr sie anzuzünden und heimste dabei die Komplimente der Frauen für seine Stimme ein.

»Ich muss langsam in die Wohnung meiner Tante, Blumen gießen, die Katze füttern«, sagte Ursula.

»Kann ich mitkommen?«

»Willst du mir helfen?«

»Nein, ich wollte die Wohnung von innen fotografieren, für meinen Fuggerei-Kalender. Wann kommt man schon in eine Fuggerei-Wohnung?«

»Na, dann los.«

Wir verließen den Biergarten. Ich blickte zurück, darauf hoffend, dass mein Blick noch einmal Iris finden würde. Es blieb bei der Hoffnung.

Ursulas Tante hatte ihre Fuggerei-Wohnung in der Saugasse.

»Jede Wohnung hat ihren eigenen Eingang«, erläuterte Ursula mir das Bauprinzip des Thomas Krebs.

Die Wohnung hatte weiße Balken an der Decke und die Möbel der Tante schienen aus den Siebzigern zu stammen. »Manche Wohnungen haben sogar ein Bad eingebaut, dieses Gott sei Dank auch«, strahlte mich Ursula an. »Ich bin völlig verschwitzt und du? Wollen wir gemeinsam baden?«

Bevor ich zugestimmt hatte, begann sie sich auszuziehen. Das pinkfarbene Kaumetwas landete auf dem Boden.

»Und meine Fotos? Es ist gleich zu dunkel, mit Blitz wird das nix«, meinte ich mit Sorgenfalten auf der Stirn und suchte einen guten Platz für meine Tasche mit der frisch reparierten Kamera.

»Erst das Vergnügen, dann die Arbeit«, öffnete Ursula nackt die Wasserhähne in der Badewanne. »Ich habe morgen Spätschicht. Wir können ausschlafen. Du hast doch sicher auch noch nichts vor? Ist nicht am Morgen ein besonders gutes Licht für Fotos? Hast du schon mal in einer Fuggerei-Wohnung geschlafen?«

»Nein. Noch nie«, musste ich zugeben.

»Na, also. Wir frühstücken morgen schön zusammen und dann kannst du noch den ganzen Tag Fuggerei-Fotos machen. Ist das eine gute Idee von mir?«

»Eine geniale Idee ist das«, gab ich zu.

Ich sah ihren Körper von hinten. Mit diesem Körper konnte sie von mir aus das Gesicht des Glöckners von Notre-Dame haben. Ich würde trotzdem mit ihr in die Badewanne steigen. Dämmriges Licht fiel durch den schmalen Spalt der beiden grünen Fensterläden, die von Ursula fast ganz zugezogen worden waren. War auch nötig, schließlich war die Wohnung der Tante im Erdgeschoss. Ursula hatte einen mehrarmigen Kerzenleuchter mit brennenden Kerzen am Rand der Badewanne aufgestellt. Bezaubernd.

»Komm, zieh dich aus, komm, komm, komm«, gurrte Ursula, die schon im weißen Schaum saß. Ich stieg zu ihr hinein.

Meine Gedanken widerstanden noch der Verlockung, schwirrten zu dem vergangenen Fall mit dem Perlach-Mörder zu der Agnes Bernauer, der historischen Gestalt aus einem Badhaus mit der es bös endete. Was würde Iris mit ihrem Zwanzig-Euro-Schein anfangen? Hätte sie mit mir noch Ausgehen wollen? War dumm gelaufen. Egal, ich war jetzt gut aufgehoben. Was machte sie auch mit diesem Sänger rum? Selbst schuld. Meine Zehen bohrten sich in den prickelnden Schaum und suchten darunter zwischen den Beinen von Ursula einen Platz am Boden der Wanne. Ursula bedeckte ihre Brustspitzen mit Schaumkronen. Das Kerzenlicht brachte ihre Augen zum Glänzen. Ihr Gesicht verwandelte sich in das hübsche Antlitz einer Fee aus dem Märchenwald. Unsere Hände wurden aktiv. Unter Wasser fühlt sich Haut wahnsinnig sexy an. Meine Hände hatten sich aufgemacht, störende Schaumkronen zu entfernen.

»Warte mal«, sagte ich und stieg aus der Wanne.

»Was ist? Was hast du? Ist doch schön«, rief sie.

Ich kam mit der Kamera zurück.

Ich begann Ursula zu fotografieren. Sie posierte wie ein Playboy-Model in der Badewanne. Mal streckte sie die Beine heraus. Mal verrieb sie den Schaum lüstern auf ihrem Bauchnabel. Weil ich nur noch Platz für zwei Bilder hatte, löschte ich die vorhergehenden Fuggerei-Bilder. Ich kniete mich vor den Badewannen-Rand um ihre Brustwarzen mit Makro-Einstellung aufzunehmen. Dabei rempelte ich gegen den schweren Kerzenleuchter. Heißes Wachs ergoss sich über Ursulas Wangen. Sie schrie auf. Chaos. Ich hätte es ahnen müssen. Ursula brachte mir kein Glück. Verdammt. Ich Depp, ich Arsch, ich Versager.

»Du Vollidiot«, kreischte sie.

War mir sowas von egal. Ich rührte mich nicht. Ich war ein geschlagener Mann. Wie Hannibal vor Rom, den unerreichbaren Sieg vor Augen.

Ursula versuchte in der Badewanne aufzustehen und herauszusteigen. Dabei rutschte sie aus und schlug sich am Badewannenrand den Mund auf. Sie tobte. Sie blutete. Sie hatte sich in ihre Lippen gebissen.

»Kann ich dir helfen?«, wollte ich mich um sie kümmern.

»Hau bloß ab, auf deine Hilfe kann ich echt verzichten. Die bringt mich höchstens noch um, besser du verschwindest.« Sie schlang sich ein Handtuch um die Hüfte und presste ihre linke Hand auf die verbrannte Wange.

Ich zog mich an und verließ die Wohnung. Draußen war es schon dunkel. Gewitterschwüle lag in der Luft. Nur aus wenigen Fuggerei-Fenstern kam Licht. Ich ging zum Tor. Das war zu. Logo, die Fuggerei schloss um zweiundzwanzig Uhr ihre Türen. Wie kam ich raus? Durch die Bezahlung eines Obolus an den Torwächter? Der musste mich nicht sehen. Wenn er Iris kannte würde sie womöglich was von meinem langen Aufenthalt bei Ursula erfahren. Vielleicht durch den Hintereingang des Lokals Fuggerei-Stube? Ich klopfte leise gegen die Hintertüre der Fuggerstuben. Keine Reaktion. Schon geschlossen? Zu laut wollte ich mich nicht aufführen. War mir zu peinlich die Situation. Blieb mir noch der alte Weg. Als Kinder waren wir von außen, an der Laterne hoch, über die Fuggereimauer geklettert, wenn wir einen Ball vom Meister-Veits-Gässchen aus in die Fuggerei geschossen hatten. An der Mauerinnenseite waren Bäume an denen man zurückklettern konnte. Durch die Herrengasse wollte ich nicht zur Fuggerei-Mauer. Hier schimmerte noch aus einigen Fenstern Licht. Es konnte mich jemand sehen. Von der Markuskirche aus ging ich rechterhand übers Markusplätzle, am Verwaltungsgebäude vorbei, in den Durchgang, der zu einem kleinen Park führt. Mit dem Halbmond-Licht am wolkenlosen Nachthimmel konnte ich mich zwischen den bewachsenen Hügeln einigermaßen zurechtzufinden. Der Kies des schmalen Weges knirschte unter meinen Schuhen. Meine Stimmung wurde depressiv. Wie sollte ich mein Missgeschick Helle erklären? Der würde mich kräftig zusammenstauchen. Er hasste meine Frauengeschichten.

Ein merkwürdiges Stöhnen war zu hören. Links von mir ging der Hügel zu Ende. Aus dem kleinen See nach dem Hügel kam ein ekliges Gurgelgeräusch. Ich pirschte mich an den Rand des kleine Sees. Seit wann hatte die Fuggerei einen See? Ich sah durch das Dunkel schemenhaft eine Gestalt mit dem Rücken nach oben im See liegen. Ich ging durch das Wasser zu der Gestalt. Konnte es ein Betrunkener aus dem Biergarten sein, der hier zum Ertrunkenen wurde? Ich packte die Gestalt an einer Hand und zerrte sie ans Ufer. Es war ein Mann. Er rührte sich nicht mehr. Was konnte ich machen? Mund-zu-Mund-Beatmung? Sollte ich Ursula holen? Sicher. Das war besser. Sie ist doch Krankenschwester. Ich lief zu ihrer Wohnung. Ich zog an der Glocke. Noch mal. Sie rührte sich nicht. Ich klopfte an ihren Fensterladen. Aus dem Fenster hinter dem Laden kam kein Licht. Keine Ursula zu sehen und zu hören. War sie noch in der Wohnung? War sie vielleicht heimgefahren, weil sie ihre blutenden Lippen versorgen wollte? Ich lief wieder zurück zu der Gestalt. Zu der Leiche, wie ich annahm. Was sollte ich tun? Im Verwaltungsgebäude hatte auch kein Licht mehr gebrannt. Wen sollte ich wecken, um die Polizei anrufen zu können? Wenn mein Handy nicht zu Hause läge, ich Schussel. Sollte ich der Polizei dann als Zeuge zur Verfügung stehen? Wieso war ich als erster bei der Leiche? Ich drehte den Mann in dem nassen Anzug um. Sein Gesicht war blutverschmiert. Noch viel schlimmer als Ursula. Es war fast kein Gesicht zu erkennen. Hatte er sich am Seeboden aufgeschlagen? War der Seeboden aus Beton, oder was? Ein Taschenlampenstrahl sprang mich an.

»Was Sie machen hier?«, kam eine männliche Stimme aus dem Dunkel, das sich hinter dem Taschenlampenstrahl versteckte, der meine Augen blendete.

Dann ertönten ein paar russische Wörter von einer anderen männlichen Stimme. Eine weitere Taschenlampe wurde eingeschaltet. Ihr Strahl glitt über die Gestalt am Boden. Dann blieb er in deren Gesicht stehen. Jetzt war das Rot des Blutes deutlich zu sehen. Wieder erklangen russische Laute. Vielleicht waren es auch rumänische oder polnische oder bulgarische oder mazedonische. Ich konnte diesen östlichen Sprachen nicht unterscheiden. Ein Mann kniete sich mit der Taschenlampe vor den Toten. Er versuchte mit seinem Jackenärmel das Blut aus dem Gesicht zu entfernen. Er drehte sich um und brüllte ein paar Worte. Es waren schmerzvolle Worte. Sie kamen tief aus seiner Seele. Irgendwas war mit den Augen des Toten. Ich konnte es nicht genau erkennen.

Ich bekam einen Schlag mit der Taschenlampe, die meine Augen blendete. Ich fiel um. Jemand kniete sich in meinen Rücken. Das tat weh. Sehr weh. Dann zog der Kerl auch noch mein T-Shirt über meinen Kopf, damit ich nicht mehr um Hilfe rufen konnte. Nach weiteren Schlägen in die Hüfte, in die Brust und an den Kopf schleppten sie mich weg. Sie trugen mich zu zweit. Einer hielt meine Hände. Der andere meine Füße. Glaubten sie, dass ich den Toten auf dem Gewissen hatte? Was waren das für Leute? Um was ging es? Wohin brachten sie mich? Wollten sie mich töten? Aus Rache? War der Tote ein Verwandter? Einer aus der gleichen Familie? Da kannten die Leute aus dem Osten keinen Spass, wenn einem von ihnen was geschah. Was wollten sie mit mir anstellen? Ich bekam Angst. Lähmende Panik. Todesfurcht. Wann erschien das Wort »Ende« in meinem Film?

Kapitel 2

Klaus Kessler wird schwer in die Mangel genommen / Sehr ungünstig für die Kommunikation: Klebestreifen vor dem Mund / Auf der Lechbrücke gehts Klaus Kessler wieder viel besser

Während sie mich trugen, brach das Gewitter aus. Ich hörte den Donner. Dann kam der Regen. Ein dichter Sommerregen mit dicken Wassertropfen. Wie eine Wand aus Wasser. Es schüttet wie aus Eimern, sagte dazu mein Vater. Der Regen durchdrang meine Kleidung. Die beiden Kerle hatten Mühe mich zu halten. Ich merkte, wie sie mit den Händen nachfassten, damit ich ihnen nicht entglitt. Das nasse T-Shirt klebte auf meinen Augen. Ich hörte, wie sie im Prasseln des Regens eine Türe öffneten. Sie trugen mich in einen Raum. Ich spürte keinen Regen mehr. Dann legten sie mich hin. Sie banden mir mit einer Schnur die Hände auf dem Rücken fest. Dann schoben sie mir das T-Shirt vom Kopf. Von der Decke baumelte eine Glühbirne an einem kurzen Kabel. In dem Schuppen waren Gärtnerwerkzeuge wie Schaufeln, Spaten, Sägen, Rechen, Besen, Eimer, Schubkarren und andere Dinge, die ich nicht erkennen konnte. An einer Wand türmten sich alte Möbel. Wenn ich richtig vermutete, befand sich dieses Haus an der Ecke Meister-Veits-Gässchen, Sparrenlech. Es schloss die lange Fuggerei-Mauer nach Westen ab. Das wusste ich aus meinen Spaziergängen in der Fuggerei. Manchmal hatte ich den Hausmeister oder den

Gärtner mit irgendwelchen Geräten aus diesem Haus kommen oder hineinlaufen gesehen.

»Hey, was soll das, ich ...«, konnte ich stammeln, bevor mir einer der beiden einen Klebefilm mehrfach um meinen Mund wickelte. Zuvor hatten sie mein Gesicht mit einem herumliegenden Lappen abgewischt. Trotzdem klebte das Band durch die Nässe auf meiner Haut nicht besonders gut. »... ich habe diesem Mann nichts getan«, konnte ich nicht mehr deutlich ausgesprochen hinzufügen. Ich musste durch die Nase atmen. Sie hatten mich auf eine alte Holzbank gelegt. Sie schienen sich hier ganz gut auszukennen. Womöglich benutzten sie dieses Haus öfters für ihre kriminellen Angelegenheiten. So, wie sie mit mir umgingen, hatten sie sicher Erfahrung mit Entführungen, mit dem Verschwindenlassen von Menschen. Sie redeten in ihrer Sprache miteinander. Ziemlich erregt und laut. Draußen trommelte immer noch der Gewitterregen auf den Boden und die Dächer. Das ergab ein lautes Hintergrundgeräusch. Der etwas ältere mit langem, schwarzen Ledermantel, aus dem unten eine dunkelblaue Jogging-Hose mit Streifen an der Seite schaute, war tonangebend. Er hatte kurze dunkle Haare ohne Scheitel. Er strich sie mit der flachen Hand nach vorne, bis sie ein kleines dunkles Dreieck auf seiner Stirn bildeten, aus dem ewas Wasser herunterlief. Auffällig waren seine Koteletten, die von oben nach unten dünner werdend von den Ohren bis zum Kinn reichten, wo sie sich beinahe in einem Grübchen trafen. Der jüngere, etwas kleinere, anscheinend der Befehlsempfänger, steckte in einem durchnässten Jeans-Anzug. Er hatte ein teigig-blasses Gesicht in einem knöderlartigen Gesicht und trug schulterlange dunkle Haare mit blonden Strähnchen. Er machte auf Schönling, hatte aber keine Chance, das je zu werden, weil seine Boxernase nicht nur platt, sondern gekrümmt von den Augenbrauen bis zu seiner Rotzrille war. Manchmal zeigten sie auf mich. Manchmal in die Richtung, wo der Tote liegen konnte. Dann zog einer, der Größere, seinen nassen Kragen hoch, scnappte sich einen leeren Schubkarren und schob den in den Regen hinaus. Der andere blieb am Ende meiner Füße stehen und wählte auf seinem Handy eine Nummer. Nach einer Weile schien er eine Verbindung zu erhalten. Aufgeregt sprach er mit jemanden. Dann hörte er längere Zeit zu und nickte stumm mit dem Kopf. So, als habe er einen Befehl empfangen, den er auszuführen habe. Manchmal schaute er dabei zu mir. Ich ahnte nichts Gutes. Es schien um mich zu gehen. Sie hatten mich mit einer roten Wäscheleine gefesselt, das sah ich an meinen Füßen. Der Größere kehrte mit der Leiche im Schubkarren zurück.

Sie legten einige Bretter auf einen wackligen Tisch und legten den Toten darauf. Einen halben Meter neben mir. Wenn ich meinen Kopf nach links drehte konnte ich fast direkt in das leblose Gesicht sehen. Ich tat das unwillkürlich.

Der Tonangebende riss sich ein Stück von seinem nassen Hemd ab und wischte das restliche Blut aus dem Gesicht des Toten. Durch den Gewitterregen war es noch nicht getrocknet.

»Tut mir Leid, wegen ihm«, wollte ich sagen.

»Was du gemacht mit ihm, sag!«

»Nichts«, wollte ich antworten, »ich habe ihn nur gefunden.«

Ich schaute wieder zu dem Gesicht der Leiche. Leere Augenhöhlen starrten mich an. Der Tote hatte keine Augen mehr. Das sah schrecklich aus. Was hatte der Tote verbrochen, dass ihn diese furchtbare Strafe getroffen hatte? Hatte er zu viel gesehen?

»Du wirst müssen büßen. Wir mit dir machen gleiches, wie du mit unsere beste Kumpel.« Ein leichtes Schluchzen war in seiner Stimme. Das war aber nicht nur Mitleid, sondern auch etwas Verzweiflung. Er legte die Hand auf die Augenhöhlen.

»Ich habe nichts mit ihm gemacht«, wollte ich sagen. Ich wartete schon darauf, dass ein Messer aufblitzte, mit dem sie mir die Augen herausschneiden wollten. Blenden wurde das genannt, wenn sie einem die Augen zerstörten. Mit glühenden Eisen, spitzen Messern oder anderen gefährlichen Geräten. Die Augen zu verlieren, das ist wohl das Schlimmste, was ich mir vorstellen konnte. Fast schon die Todesstrafe. Blind durch das Leben, das ist schlimmer als taub, oder stumm, oder ohne Hände, oder im Rollstuhl ohne Beine, dachte ich mir. Sich mit einem weißen Stock durch das Leben tasten, keine Farben, Pflanzen, keine Tiere, keine Menschen mehr zu sehen, das ist doch wie lebendig begraben, vor allem, wenn du das schon kennst, irrten meine Gedanken aufgeregt durch meine Gehirnwindungen, wobei sie das Ammonshorn, zuständig für Erinnerungen, ziemlich nervös machten. Auch verunsichert durch die Signale aus der primären Hörrinde, die für die Tonqualität zuständig ist. Sie versuchte aus den Stimmen der beiden herauszufiltern, wie ernst sie ihre Drohungen gegen mich meinten. Ich schloss unwillkürlich meine Augen. Ganz fest. Wie beim Zahnarzt. Wenn ich ahne, dass die Schmerzen nicht mehr weit sind. Furcht vor einem Leben in totaler Schwärze krümmte meine Fingerspitzen. Ich wollte nicht blind sein.

Auch wenn das Blindenheim zwischen Vincentinum und Fünffingerturm gleich neben unserem Verlags-Büro war. Gewesen war. Wir mussten es vor zwei Monaten einem Nachmieter überlassen, weil wir die Miete wegen der schlechten Auftragslage nicht mehr zahlen konnten. Ich suchte nach einem Ausweg. Die Gehirnteile Fornix und Stammhirn massierten durch ihr furchtsames Gezittere das Ammonshorn zwischen ihnen, bis mir ein paar treffende Zeilen für meine jetzige Situation einfielen, die mir Deutschlehrer Rank einst in der Privaten Handelsschule Neumann eingetrichtert hatte, als wir Klopstock durchnahmen:

»Komm, komm, Satan!
Wir wollen den kleinen niedrigen Geistern
Unsern furchtbaren Arm durch Unternehmungen zeigen,
Die, wie ein Wetter, auf einmal sie blenden, und niederschlagen!
Komm! Labyrinthe verborgner List, verwirrt zum Verderben,
Zeigen sich mir! Der Tod ist darin. Kein öffnender Ausgang,
Und kein Führer soll ihn den Labyrinthen entreißen ...«

Ein paar Meter weiter sah ich einen Stock, einen Schaufelstiel, mit dem ich auf die beiden mit dem Mut der Verzweiflung eingeklopt hätte. Hätte, wenn ich rangekommen wäre. Damit wäre der Beweis erbracht gewesen, dass der Deutschunterricht doch wichtiger ist, als Mathe oder Turnen. Meine Lieblings-Theorie, wenn die Sprache auf die Schule kam. Nach Deutsch folgt für mich Biologie. Aber warum gibt es kein Fach für Überlebenskunde? Warum müssen wir das erst durch Erfahrung lernen, wobei die erste Erfahrung leider die letzte sein kann, wenn der Sensenmann sagt: »Note 6, durchgefallen, hinlegen!« Was nützte mir jetzt eine Anklage des Bildungssystems? Wenig. Ich konnte nichts tun als den Kopf auf der Bank hin- und herzurollen. Meine Überlebenserfahrung hatte mir gezeigt, dass Bücher oft meine besten Rettungs-Ringe waren. Mein hohes Fieber als Zwölfjähriger verging, als meine Mutter mir ein paar Wienerle, eine Banane und ein Cola samt einem Buch mit den Abenteuern von Odysseus ans Krankenbett brachte. Durch Odysseus lernte ich, dass man sich mit etwas Grips aus der schwierigsten Situation befreien konnte. Wie war das mit dem einäugigen Zyklopen, dem Menschenfresser Polyphermos gewesen, der Odysseus und seine Schiffsmannschaft in der Höhle gefangen hatte, damit er sie genüsslich verspeisen konnte? Sie machten den Riesen betrunken und stachen ihm mit einem glühenden Pfahl das einzige Auge aus. Am nächsten Morgen banden sie sich unter die Schafe, die der geblendete Polyphermos auf die Weide ließ. So konnte die Odysseus-Truppe fliehen. Doch das einzige Schaf weit und breit war momentan ich.

»Wo du seine Augen hin?«, fragte mich der Größere. »Du sprechen!«

Das wusste ich nicht. Ich war ja nicht der Übeltäter, den sie suchten. Ich versuchte ein unschuldiges Gesicht zu machen. Aber wie geht das? Ich bewegte meine Gesichtsmuskeln in allen möglichen Variationen, die in meiner Mimik ein Nichtwissen, ein Nichtsgetan ausdrücken sollten.

Der mit der Boxernase durchsuchte die Kleidung ihres toten Kumpels. Er drehte alle Taschen um. Auch die Innentaschen der Jacke. Erst aus einer Hosentasche zog er einen Gegenstand. Eine runde Dose. Eine ungefähr vier Zentimeter hohe Blechdose mit einem messingfarbenen Boden und einem blauen Deckel. Er hielt sie dem Tonangebenden hin. Der nahm sie und versuchte den Deckel zu öffnen. Die Dose war nass. Er trocknete den Deckel mit einem Hemdenzipfel, den er aus der Hose zog. Dann konnte er den Deckel öffnen. Der jüngere schaute ihm zu. Ich auch. Aus kaum geöffneten Augenlidern. Ein Schmerzenslaut kam aus dem Körper des Größeren. Der Kleinere schlug die Hände vor dem Gesicht zusammen. Er drehte sich um und sackte bei einer alten Kommode zusammen. Ich hörte, wie er sich übergeben musste. Der Größere hielt mir stumm die Schachtel vor mein Gesicht. Zwei tote Augen schauten mich an, eingebettet in glibbrigen dunklen Kaviar. Ich schloss meine Augen. Furchtbar. Mir wurde auch schlecht. Aus meinen schmal geöffneten Augen konnte ich sehen, wie der Größere zur der Leiche ging und die Augen vorsichtig mit den Fingern aus der Dose nahm und sie in das dazugehörige Gesicht einsetzte.

»Dreckskerl, du, warum du das gemacht?«, versetzte mir der Größere einen Schlag ins Gesicht. »Wer hat Auftrag gegeben?« Deutsch schien ihn anzustrengen. Er beschimpfte mich mit russischen Wörtern. Um den jüngeren, der immer noch über der Kommode hing, kümmerte er sich nicht.

Ich versuchte mit den Schultern zu zucken. Der Kerl musste doch erkennen, dass ich nicht wie ein typischer Killer aussah.

»Du hast Chance zu bleiben am Leben, du Schwein, wenn sagen du mir alles.«

Er suchte zwischen den Gartenwerkzeugen.

»Du werden alles sagen. Ich sorgen dafür.«

Er zog`ein Gerät hervor, das wie ein Staubsauger aussah. Wollte er mir die Augen heraussaugen? Ging das? Es sah immerhin nach einem starken Staubsauger aus, der in Betrieben verwendet wurde.

Er ging mit dem Stecker in der Hand zur Steckdose, kniete sich nieder und schob den Stecker rein. Mir wurde mulmig. Die Fesseln an der Hand hatten sich ein wenig gelockert. Doch noch nicht so, dass ich eine Hand herausziehen konnte. Aber selbst, wenn ich es schaffen würde, gegen die Kerle hatte ich mit zusammengebundenen Füßen keine Chance, auch wenn ich den

Spaten als Waffe erwischen konnte. Auch wenn einer der beiden gerade sein gesamtes Essen der letzten Stunden auf den Boden beförderte. Der Größere nahm einen Schlauch in die Hand, der sich wie eine Schlange aus dem staubsaugerähnlichen Gerät herauswand. Komisch, das Regengeprassel auf dem Dach wurde lauter und lauter. Eine Angst-Verdrängungs-Reaktion meines Gehirns? Wieder war ein mehrfacher Donner zu hören. Eine Stimmung wie auf einem englischen Gruselschloss in einem Film. Nur saß ich nicht im Kino-Sessel, sondern lag mittendrin in der Handlung. Ein Regisseur war auch nicht zu sehen, der dem Spuk ein Ende machen konnte. Ich würde leiden und vielleicht sterben müssen. Für irgendeinen Fremden. Verdammt. Pech. Absolutes Pech. Wieso hatte ich nicht gewartet bis Iris Dienstschluss im Biergarten hatte? Und wieso war ich überhaupt allein in die Fuggerei gegangen? Wieso hatte ich mich mit Helle verstritten? Wieso war ich auf der Welt? Wer hatte diesen Kerl wirklich umgebracht? Jemand, der mit mir im Fuggerei-Biergarten war? Ich ließ die Gesichter der Biergarten-Gäste geistig an mir vorbeiziehen. Auch die Gesichter der Musiker. Irgendwas heulte auf. Ich öffnete die Augen, wer weiß, wie lange ich das noch konnte? Dann hob ich leicht den Kopf. Das Geheule kam näher. Aus der Schlange kam Dampf. Der Große hielt das Ende des Schlauches, an dem eine Düse saß, gegen meine Turnschuhe. Ich spürte die Hitze des Dampfes durch das Leder dringen. Der Kerl hatte einen Dampfstrahler mit heißem Dampf.

»Du wirst reden!«

Der Kleine rappelte sich langsam von der Kommode hoch. Er wandte sich der Dampfstrahlen-Folter zu. Er lehnte sich mit dem Rücken an die Kommode. Mit einem Ärmel putzte er sich sein Gesicht ab. Der heiße Dampf wanderte über meine Hose hoch. Der Dampf ging durch das Gewebe. Er schien meine Haut zu verbrennen. Ich wollte schreien, weil es so höllisch weh tat, konnte mich aber nur aufbäumen. Mit unbeweglichem Gesicht ließ der Folterknecht den Dampfstrahl über mein Knie in Richtung Weichteile wandern.

»Ich gleich dein Würstchen und Eier kochen«, sagte der Kerl. »Gut für leeren Magen«, sagte er mit regungslosem Gesicht.

Mein Hosenstoff flatterte. Mein Herz auch.

»Also, rede! Mach dein Maul auf.«

Leichter gesagt, als getan. Ich drückte einen Stöhner durch das Klebeband.

Durch den Raum huschte nach einem Donner ein greller Lichtstrahl. Ein Blitz, vermutete ich. In dem Raum musste ein Fenster sein. Oder mehrere. Konnten sie mir bei einer Flucht nützen?

Der Dampfstrahl wurde spielerisch über meine Schenkel hin- und hergeschwenkt. Ab und zu brannte es auf der Haut. Ich hatte Tränen des Schmerzes in den Augen.

Der Große rief dem Kleinen was zu. Der zog ein Klappmesser aus der Tasche. Er richtete die Messerspitze auf mein Gesicht. Wollten sie jetzt schon auf meine Augen los? Oder mich einschüchtern, mich gesprächig machen? Die kühle, glatte Klinge schob sich zwischen meine Gesichtshaut und das Klebeband. Mit einigen Schnitten entfernte der Kleine das Klebeband von meinem Mund.

»Wenn du nach Hilfe rufst, dann stechen wir dich ab«, drohte der Große. Der Dampfstrahler heulte dazu. Er hatte ihn auf mein Gesicht gerichtet. Er dreht am Knopf um die Stärke des Strahls zu regulieren. Irgendwas schien nicht zu funktionieren. Er fluchte. Der Kleine versuchte einige Reste des Klebestreifens von seinem Messer zu entfernen.

Die beiden hielten ein in ihren Bewegungen. Irgendwas hatte sich geändert. Kein Regen prasselte mehr aufs Dach. Das Geheule des Dampfstrahlers drang jetzt ungehindert durch die Umgebung. Dem Großen war klar, dass dies zu sehr auffiel. Er versuchte mit Geschimpfe den Dampfstrahler abzustellen. Eine Stimme außerhalb des Gerätehauses begann auch zu schimpfen. Ein Nachbar, den der Dampfstrahlerlärm aufgeweckt hatte? Er schrie jedenfalls was mit Ruhestörung und Polizei. Durch das Fenster im Gerätehaus war das recht gut zu verstehen. Die beiden schauten sich verblüfft an. Sollte ich jetzt Hilfe rufen? Keine gute Idee. Ich konnte mir vorstellen, wie der Dampfstrahler mein Gesicht verbrannte, meine Augen zerkochte. Der Kleine fischte sein Handy aus einer Tasche. Ich hatte kein Handy-Klingeln gehört. War es auf Vibration eingestellt? Er nahm es ans Ohr, hörte zu, schaute besorgt den Großen an, gab dem das Gerät. Der schaute auch besorgt, nickte auch und gab das Handy mit einigen Worten wieder zurück. Die beiden verschwanden blitzartig aus dem Gerätehaus. Die Dampfstrahlerschlange wand sich unkontrolliert zischend am Boden herum. Ein paar Sekunden später war eine Polizeisirene zu hören. Ich wälzte mich von der Bank auf den Boden. Ich schaffte es, meine Handfessel gegen den heißen Dampfstrahl zu halten. Ich glaubte, das Fleisch werde von meinen Knochen gebrannt. Ich rollte mich ein Stück weiter. Die Fessel hatte sich durch die feuchte Hitze gelockert. Ich konnte mit meinen Händen aus der Fessel schlüpfen. Mit einer alten rostigen Sense, die an der Wand lehnte, durchschnitt ich meine Fußfesseln. Auf das Ventil des Dampfstrahlers hatte ich einen Balken gelegt. Der Strahl ging jetzt direkt gegen die Außenwand, die ziemlich rissig war.

Die Polizeisirene jaulte immer noch. Kamen die Polizisten in die Fuggerei? Wegen Ruhestörung? Was geschah wenn sie mich fanden? Und dann die Leiche hier? Das würde viele Vernehmungen, Verdächtigungen und Protokolle geben. Dazu hatte ich keine Lust. Wo konnte ich mich verstecken? Sollte ich geschwind über die Mauer klettern? Aus der Mauer, die vom Dampfstrahler bearbeitet wurden, brachen einige Ziegelsteine. Sie fielen nach außen, auf den Gehweg des Meister-Veits-Gässchens. Die anderen Ziegelsteine waren auch schon locker. Mit einem Spaten schob ich so viele hinaus, dass ich mich vielleicht durchquetschen konnte, nachdem ich den Dampfstrahl mit dem Balken auf die Türe gerichtet hatte. Ich schob mich auf dem Bauch durch das Mauerloch. Es war eng. Wie bei der Geburt. Ich zwängte mich durch zum Leben. Ich landete draußen auf dem geteerten Gehweg in einer Batschlach, wie der Augsbürger zu sagen pflegt. Einer Lache aus Regenwasser. Ich stand auf. Reckte die Hände in die Luft. Sowas wie eine Überlebenspose. Der Dampfstrahler heulte einsam vor sich hin. Aufgeregte Stimmen kamen hinter der Mauer näher. Als wollte sich der Dampfstrahler auch nicht erwischen lassen, verstummte sein Geheule langsam. Irgendwann musste schließlich der Dampf ausgehen. Wohin sollte ich jetzt? Zu meinem Rad beim Farben Seibold? Da stand sicherlich das Polizeiauto. Wo hatte ich eigentlich meine Kamera? Mist! Die war bei Ursula liegen geblieben. Da konnte ich jetzt schlecht hin. Morgen. Dann konnte ich auch wieder den Fuggerei-Biergarten besuchen und Iris eine spannende Geschichte auftischen.

Ich rannte Richtung City-Galerie. Dabei überquerte ich die schmale Brücke beim Vogeltor über den Stadtbach. Kein Mensch war zu sehen. Der große Platz vor der City-Galerie war leer. Die Leuchtschriften strahlten völlig umsonst in die Nacht. Ich ging den Weg am Stadtbach entlang, eine Fußgängerallee, die durch eine hügelige Wiese am Jakoberwall entlang zum Jakobertor führte. Damit hoffte ich genügend Abstand zwischen mir, der Polizei und der augenlosen Leiche zu bekommen. Ab und zu fielen Regentropfen von den Blättern herunter, trafen mich. Das Gras auf der Wiese zwischen dem Stadtbach und meinem Weg glänzte nass im schwachen Mondlicht, das durch die aufgerissenen Wolken spitzelte. Satte Nachgewitterluft füllte meine Lungen. Wohin waren meine Folterer abgehauen? Wurden sie von der Polizei erwischt? Wurde die Leiche von der Polizei gefunden? Wollten und konnten mich meine Quälgeister als vermeintlichen Mörder weiter verfolgen, mir gar nach dem Leben trachten? Würden sie auf meine Spur kommen? Ich schaute mich um. War da jemand hinter einen Baum gehuscht? War es nur der Schatten eines Astes?

Bei der Tram- und Bushaltestelle vor dem Jakobertor konnte ich die Uhrzeit erfahren. Der Info-Kasten, der mit Leuchtbuchstaben die Ankunftszeit der Busse und Bahnen zeigte, war in der Zeit, in der kein Bus und keine Tram unterwegs war, auf Uhrzeit umgeschaltet. 04:14 konnte ich lesen. Ich bog beim Jakobertor, wo der Stadtbach breiter wird, noch nicht links in die Oblatterwallstraße zur Kahnfahrt ein. Meine Behausung wollte ich diese Nacht über einen Umweg erreichen. Falls mir doch jemand folgte, wollte ich ihn sicherheitshalber in die Irre führen. Es gab da bei der Wohnsiedlung Klein-Venedig einen unbekannten Weg auf dem ich auch in die Bleich kommen konnte. Beim Studentenwohnheim, das vor der Lechhauser Lechbrücke hoch in den nächtlichen Himmel ragte, drückte mich plötzlich meine Blase. Noch immer war kein Mensch weit und breit zu sehen. Ich konnte also hinbieseln wo ich wollte. An den Ulrichsstein, der mit einem Mosaik die berühmte Hunnenschlacht 955 n. Chr. auf dem Lechfeld vor Augsburg zeigte. Die Gefahr aus dem Osten wurde damals restlos besiegt. Otto der Große mit seinem Heer und der Heilige Ulrich, der Herr über Augsburg, hatten die Horden aus dem Osten niedergemacht. Meine beiden Folterer kamen sicher auch aus dem Osten. Womöglich Deutschrussen, die unseren Arbeitsmarkt durch ihre Heimkehr ins gelobte Land verschlechterten. Ich verkniff es mir, auf die Hunnen auf dem Ulrichsstein zu bieseln, ein Denkmal das eine eigenartige Form hat und gut vier Meter hoch ist. Ich sah mich um. Menschenleere. Ich wurde übermütig. Gehörte Augsburg mir oder dieser Russen-Mafia? Mit der Erinnerung an ein Tapferkeits-Ritual aus meiner Lechhauser Kinderzeit ging ich auf die Lechbrücke, bis dorthin, wo ich unter mir den Lech fließen sah. Ich war mutterseelenallein auf der Brücke. Vorsicht, ihr Fische da unten, rief ich gedanklich zu den Lechwellen hinunter. Da waren Fische. Wenn ich am Tag über diese Brücke ging, konnte ich die Fische von oben beobachten, ihren Rücken sehen, wenn sie über dem Kies im nördlich dahinfließenden Fluss standen. Manchmal blitzte ihr silbriger Bauch auf, wenn sie sich in der Strömung des Gebirgsflusses bewegten. Gerade noch rechtzeitig. Der Druck des Urins, der meinen Körper verlassen wollte, war mächtig. Ein gelber Strahl fiel im weiten Bogen hinunter zum Lech. Es dauerte, bis er aufkam. Bestimmt zwei, drei Sekunden. Wer sich das als Kind traute, der gehörte zu den Lech-Piraten dazu. Eine höhere Stufe der Mutprobe gab es in Lechhausen nicht. Allerdings mussten wir das vor dreißig Jahren am hellen Tage durchführen. Ich hörte mein Wasser in den Lech plätschern. Jetzt durfte der Strahl nicht unterbrochen werden. Die Kraft meines Lechs erreichte mich durch den einfarbigen Regenbogen, füllte mich aus. Jegliche Angst war nun verschwunden. Völlig. Vielleicht sollte ich diese beiden Russen jagen? Oder das auf die Elegante erledigen? Einfach der Kommissarin Insagg, die ich noch von der Verfolgung des Plärrer-Killers recht gut kannte, von diesem Mordfall was stecken? Die Urin-Therapie hatte funktioniert, ohne dass ich den Urin trinken musste. Der Weg hinterm Studentenwohnheimsturm, durch Klein-Venedig, führt bei dem China-Lokal Tai King vorbei und dann rechts an einem Kanal entlang durch einen Busch- und Baumweg in der Wiese vor den Wohnhäusern. Bei der Brücke über dem Kanal rauschte das Wasser durch ein Wehr. Hier war ein Wasserkraftwerk versteckt. Dann schlängelte sich der schmale Weg bei einer Radler-Blockade über das Localbahngleis, durch Büsche, Bäume, Schrebergärten, Häuser und stoßen vor der Kahnfahrt auf die Oblatterwallstraße. Noch ein paar Meter durch die einsame Nacht, die jetzt wieder durch die Gaslaternen erhellt war, an denen die Spinnen in ihren weißen Schleierfahndungs-Netzen auch um diese Zeit unermüdlich hinter dem Leib und dem Leben ihrer Beute her waren. Klauckestraße 7. Geschafft. Die alte Gartentüre öffnete sich quietschend. Der verwucherte Garten lag verwunschen da.

Der halbierte Mond stand stolz zwischen den Wolken. Dazu hatte er keinen Grund. Er reflektierte nur das Licht der Sonne. Hatte ich Grund stolz auf mich zu sein, weil ich die Angst vor der Angst verloren hatte? Waren es nicht die beiden brutalen Burschen gewesen, die mich mit dem Dampfstrahler aufweichen, zerkochen, auflösen wollten, die blutige Augen an ihren angestammten Platz zurücksteckten, die mich lehrten, dass es Schlimmeres gab, als hohe Brücken, Sorgen und zu viele Freundinnen: Zwischen zwei Wäschemasten baumelte die leere Hängematte. Die Haustüre stand mal wieder offen. Seit einiger Zeit war das nicht mehr üblich. Seit unser Hausbesitzer Erich Müller dubios verstorben war. Man fand ihn blutüberströmt neben dem Telefon. Wenige Meter hinter der Haustüre. Die Kripo, Abteilung K1, hatte seine Wohnung versiegelt. Was war geschehen? Wir, also ich, und zwei weitere Hausbewohner, eine junge arbeitslose Frau im Hippie-Outfit im zweiten Stock, und ein junger Medien-Designer der seine Wohnung gegenüber Müllers Büro hatte, wussten es nicht. Hans Weichung, der Flamenco-Grafiker, dessen Lager für seine Skulpturen neben meiner Wohnung war, kannte Erich Müller besser. Weichung erzählte davon, dass Müller angeblich im Bad zusammengebrochen sei, sein Kopf am scharfkantigen Heizungskörper aufschlug und dadurch verstarb, nachdem er anscheinend nicht mehr nach Hilfe telefonieren konnte. Allerdings war das Telefonkabel herausgerissen. Wie es nur der Fall ist, wenn Totschläger und Mörder zugange sind. Alle Hausbewohner waren auf der Beerdigung von Erich Müller. Ich mochte diesen Mann, der um die sechzig war, der sein

Büro für die Vermittlung von Büroeinrichtungen oder Schüttgutgeräten im Erdgeschoss des Hauses hatte. Er nahm sich oft Zeit, wenn ich im Garten saß, mit mir über dies und das zu philosophieren. Manchmal erzählte er von Wallfahrten mit einem befreundeten Pfarrer aus Passau, obwohl er mir keinen überchristlichen Eindruck machte. Ich glaube, er fühlte sich einer Glaubensgruppe zugehörig, die sich Waldenser nennen. Jedenfalls verlangte er nur fünfundsiebzig Euro Miete für meine Zweizimmerwohnung in dem alten, ziemlich maroden Haus, das einen verwucherten Garten an der Nordseite hatte.

Früher hatte die Hippie-Frau, die gerne in ihr Traumland Indien fährt, aber stets zurückkommt, wenn es wieder um die Kohle vom deutschen Staat geht, die Haustüre offen gelassen. »Wer sich bei offener Türe hereintraut, der soll wissen, dass ich keine Angst vor ihm habe«, meinte sie dazu.

Müllers Tod vor ein paar Wochen änderte ihre Meinung. Ich hatte sowieso immer zugesperrt. Auf der Beerdigung war die Indien-Fahrerin, von der ich annahm, dass sie nur geistige Dinge interessant fand, die erste, die dem vermeintlichen Erben, einem Verwandten von Müller, gleich auf die Pelle rückte, nachdem der Sarg im Grab versenkt war, weil sie wissen wollte, wie es mit der Wohnung weiterging. War ich zu brav, zu moralisch? – aber dieses Verhalten widerte mich an. War mir zu materialistisch. Ich wollte erst mal eine Weile um einen netten Menschen trauern. Das musste ich dann noch büßen. Später. Ich ging also durch die offen stehende Haustüre hinein. Als ich nach einer vierstufigen Treppe im Erdgeschoss an der linkerhand gelegenen Bürotüre des merkwürdig Verstorbenen vorbeikam, beschlich mich ein dumpfes Gefühl. Unter der Türe meines bereits begrabenen Hausherren schimmerte Licht durch. Wer war da drin? Sollte ich lauschen? Das verkniff ich mir. Morgen wäre auch noch Zeit, herauszubringen, was da drin passierte. Die Stufen zum ersten Stock schleppte ich mich ziemlich geschafft hoch. Ein Glück, dass ich bis hierher gekommen war. An meiner Tür klebte ein Blatt. Jetzt machte ich erst das Ganglicht an. Die Lampe im ersten Stock war allerdings kaputt. Trotzdem konnte ich mit dem Licht aus dem zweiten Stock und dem Erdgeschoss lesen, was auf dem Blatt stand. »Kündigung! Melden Sie sich umgehend wegen der Wohnungskündigung bei Egon Müller, Jesuitengasse 55, Augsburg.« Auch das noch. Ich riss das Blatt von der Türe. Ich hatte angenommen, dass es in dem Fall Müller durch die dubiosen Vorgänge noch lange dauern würde, bis sich irgendein Hauseigentümer meldete. In dieser Zeit zahlte ich keine Miete. Wem auch? Das war das Erbe, das mir der gute Erich Müller vermachte, sagte ich mir. Ich ging in meine Wohnung. Erst mal schlafen. Morgen wieder denken.

Kapitel 3

Kalter Quark kann helfen / Zucker-Baby wird Orakel / Geld zählen macht keinen Spaß / Wie können die Sicherungen durchbrennen? / Irgendwas stimmt nicht

Ich wollte das Licht einschalten, aber nichts tat sich. Wahrscheinlich war wieder mal die Birne kaputt. Ich begann mich auszuziehen. Etwas Licht spendierten dabei die Straßenlaternen durch meine Fensterscheiben. Weil ich jetzt die verbrannte Haut an meinen Handgelenken immer schmerzhafter zu spüren begann, hielt ich sie unter das laufende kalte Wasser. An den Handgelenken bildeten sich große Blasen. Das kalte Wasser minderte die Schmerzen etwas, die geradezu höllisch wurden. Ich stöhnte durch die Zähne. Wie konnte ich so schlafen? Ich hatte keine Salbe für Verbrennungen im Haus. Was gab es für Hausrezepte gegen Verbrennungen? Mein Blick fiel auf den Kühlschrank. Meine Mutter hatte mir bei Sonnenbrand kalten Quark auf die Schulter geschmiert. Das hatte geholfen. Komisch, die Beleuchtung im Kühlschrank funktionierte nicht. Birnchen durchgeschmort? Der Schmerz an der Hand verdrängte dieses Mini-Problem sofort. Ich hatte noch Quark im Kühlschrank. Den wollte ich mir mit Nesquick-Pulver vermischen und in eine leckere Sommerspeise verwandeln. Mein Privatrezept. Wie konnte ich mir den Quark um die Handgelenke schmieren und mich ins Bett legen ohne die Bettwäsche zu verschmutzen? Irgendwas über den Quark und das Handgelenk wickeln – aber was? Mein Blick schweifte durch meine Küche in der sich auch meine Duschzelle befand. Mit einem Handtuch? Zu umständlich. Außerdem würde der Verband mit meinem einzigen Frotté-Handtuch zu dick werden und ich könnte mich nach der Dusche nicht mehr abtrocknen. Am Wasserhahn der Dusche hingen zwei Waschlappen. Ich konnte mich auch gut ohne Waschlappen waschen. Mit einer großen Schere, die ich aus der Besteckschublade holte, schnitt ich die Waschlappen am verschlossenen Ende auf. Ich schmierte den Quark mit den Fingern auf meine brennenden Handgelenke. Ahh, das kühlte wirklich gut. Dann schob ich je einen der an beiden Seiten offenen Waschlappen über das Handgelenk und drückte sie über dem Quark fest. Wie Manschetten. Ich legte mich mit ausgestreckten Händen nackt ins Bett. Irgendwann schlief ich ein. Kurz vor Mittag wachte ich auf. Der Quark an den Händen war fest geworden. Wie Gips. Wahrscheinlich durch die Hitze, die meine verbrannten Handgelenke ausgestrahlt hatten. Aber es war besser geworden. Ich stand auf. Lief nackt durch die Wohnung zur Küche. Ich wollte mir einen Tee machen. Dazu fischte ich zwei Beutel Apfeltee aus der Schachtel. Die hängte ich in eine Glaskanne. Dann stellte ich einen Topf für das Wasser auf den Elektroherd. Irgendwas in der Küche kam mir anders vor. Wer war gestern Nacht im Büro des toten Müller gewesen? War er ermordet worden? Suchte der Mörder nach Wertsachen? Nach einem Testament, das er für sich günstig zu fälschen gedachte? Mich beschlich ein ungutes Gefühl. Was war mit meinen Folterern? Würden sie mich weiter verfolgen? Was würden sie machen, wenn sie mich zufällig entdeckten? Sollte ich mich bei der Polizei, bei Kommissarin Insagg wegen der Leiche mit den herausgeschnittenen Augen erkundigen? Wie konnte ich das formulieren, ohne zu sagen, dass ich beteiligt war? Was hatte ich eigentlich vor? Zuerst die Biergarten-Fotos aus der Kamera in den Computer abspeichern. Dann die Texte dazu eingeben. Die Adresse, die Öffnungszeiten, günstige Brotzeiten, wie viele Bäume, wie viele Sitzplätze und irgendwelche Besonderheiten wie Grill im Garten. Hatte ich mir notiert. Und von den meisten hatte ich auch die Speisekarte eingesteckt. Ich stellte mir eine Tasse neben die Computer-Tastatur auf dem Schreibtisch in meinem Arbeitszimmer. Ich suchte nach der Tasse mit dem Zucker. War kein Zucker mehr drin. Ich holte die Zuckertüte mit 1000 g »Fein Zucker« aus dem Regal. Diesmal schaute ich mir die Zuckertüte die mit den Farben blau und rot bedruckt war, etwas genauer an. Vielleicht weil ich eine junge Frau auf einer Seite der Tüte entdeckte. Die Südzucker-Susi. Sie trug blaue Jeans, einen roten Pulli, hatte kastanienbraune Haare, eine leicht gebogene Nase, schmale Augen und trug um den Hals einen blauen Schal. Genau wie Iris, als sie mich im Fuggerei-Biergarten bediente, fiel mir ein. Ob sie verheiratet war? Oder Single? Oder alleinerziehende Mutter. Mit wie vielen Kinder? Wann begannen die Schulferien bei uns in Bayern? Anfang August, oder? Ich sollte baldmöglichst bei meiner Ex-Frau Isolde anrufen und klären, wer unsere zwei Kinder in den Ferien zu sich nahm. Obwohl, mein Sohn war fertig mit der Schule, der wollte Anfang August nach Berlin ziehen. Dort die Maskenbildner-Schule besuchen. Blieb noch die Tochter. Was war mit dem Umzug des Sohnes? Sollte ich da nicht mithelfen? Gleich heute Nachmittag würde ich anrufen. Jetzt erst mal Tee trinken und dann den Computer anwerfen. Es würde sich gut machen, wenn ich Helle schon ein ausgedrucktes Biergarten-Buch-Layout mitbrachte. Das konnte unseren Versöhnungsprozess sehr beschleunigen. Was sollte ich heute mittag oder heute Abend essen? Mein Kühlschrank war ratzeputz leer, hatte ich gestern gesehen als ich den Quark herausholte. Wieviele Euro hatte ich noch in der Tasche? Sieben? Sechs? Fünf? Vier? Wo lag meine Jeans?

»Gerne schicke ich Ihnen kostenlos Rezepte und beantworte ihre Fragen rund um den Zucker: Südzucker-Susi Postfach 102855, D-68028 Mannheim und die E-Mail Susi.suedzucker@suedzucker.de angegeben«, las ich auf der Zuckerpackung.

Ja, wäre schön, wenn in meiner Küche mal wieder eine Frau kochen würde. Das hätte ich mal gern wieder, dieses heimelige Gefühl. Fleur war weit weg. Sie war keine Frau für den Herd. Sie musste auf die Bühne, ihre Chansons singen. Sie brauchte ihre Freiheit. Sie würde sonst eingehen, wie eine Primel ohne Sonne. Das wollte ich nicht. Aber war das auf die Dauer eine Beziehung? Ich schüttelte den Kopf, um mir diese Frage selbst zu beantworten. Irgendwann käme eine Frau, die mit mir Tag für Tag das Leben teilte. Das wollte ich. Mit der man abends bei Spaghetti mit Pilzen seine Erlebnisse des Tages durchsprach und in der Früh beim Frühstück gemeinsam den Tag plante. »... feinkörnig, rasch löslich – der Zucker-Genuss für jeden Tag" las ich auf der Vorderseite der Zuckertüte in weißer Schrift auf dem unteren roten Tütenrand. Ja, auch das süße Leben wollte ich täglich. Warum war ich dauernd hinter irgendwelchen Frauen her? Ganz einfach, weil ich Erotik brauchte. Für mich war Erotik wie das Salz in der Suppe oder der Zucker im Tee. Warum kochte das Wasser nicht, das ich auf den Herd gestellt hatte? Es sollte längst im Topf sprudeln. Tat es aber nicht. Oh Gott, hatte ich es auf die falsche Platte gestellt? Glühte bereits eine andere der vier Heizplatten? Gerade ich konnte mir diese teure Unachtsamkeit nicht leisten. Ich schaute nach. Nein, das war nicht der Fall? Hatte ich die Platte für den Wassertopf noch nicht eingeschaltet. Doch, der runde Hebel an der Vorderfront des Herdes stand auf der mittleren Heizstufe. Kacke. War der Herd kaputt? Auch das noch. Ein neuer Herd, das kostete. Gerade jetzt wo ich nicht wusste, wie ich zum nächsten Euro kam. Sollte ich mich arbeitslos melden, damit ich zu etwas Kohle kam? Wie war das bei Selbständigen wie mir? Da würde es wohl kein Arbeitslosengeld geben? Meine Gutelaunekurve fiel weiter. Aber ich wollte mich nicht durch einen kaputten Elektroherd von meinem geplanten Tagesablauf abbringen lassen. Wenn das Biergarten-Buch fertig war, gab es schließlich wieder Einnahmen. Nicht zu vergessen die Werbung der Augsburger Brauereien in dem Buch. Was sollte ich jammern? Millionen Menschen ging es schlechter wie mir. Flüchtlingen in Afrika zum Beispiel. Viele Menschen wurden nicht mal so alt wie ich. Manche landeten sogar durch einen gewaltsamen Tod in einem Fuggerei-Weiher – zum Beispiel. Warum hatten sie ihm die Augen herausgeschnitten? Wie hatten sie ihn getötet? Warum hatten sie den Toten mit Kaviar dekoriert? Blöde Gedanken. Ich wusste nicht, woher ich die nächsten Kartoffeln bekam und zerbrach mir den Kopf über unbekannte Kaviar-Killer. Das wird ein Banden-Krieg sein, zwischen östlichen Schiebern, Betrügern, Verbrechern, irgendwelchen Gangs eben.

Ich schaute aus dem Küchenfenster. Die grünen Blätter der Bäume auf der Klauckestraße rührten sich nicht. Kein Wind. Es würde wieder ein heißer Sommertag werden. Wieviel Uhr war es eigentlich? Ich wollte auf die Armbanduhr schauen. An der linken Hand war nur der abgeschnittene Waschlappen über dem Handgelenk, dessen Schmerzen ich glatt vergessen hatte. Wenigstens das wurde besser. Mein Blick fiel wieder auf die Zuckertüte in meiner rechten Hand, an der ebenfalls noch die Waschlappenmanschette klebte. »Noch mehr Zucker zum Verwöhnen – Südzucker bietet für jeden Anspruch die individuelle Zuckersorte: Würfelzucker aus in Form gepressten feinen Zuckerkristallen. Versüßung durch praktische Würfelform leicht dosierbar Heißgetränke wie Kaffee oder Tee.« Die rieben es mir unter die Nase. Sollte ich vor zum Vincentinum-Krankenhaus-Café gehen und dort ganz nobel einen Tee bestellen? Was würde der kosten? Zwei Euro? Hatte ich die noch? Wo lag meine Hose in der das letzte Klimpergeld steckte? Sie lag neben meiner Warte-Wolke, meinem Bett. Ich nahm sie bei den Hosenenden und schüttelte sie. Es fielen ein Euro-Stück, ein Fünfzig-Cent-Stück, zwei Zwanzig-Centstücke und zwei Ein-Cent-Stücke heraus und rollten über den Bretterboden. Ich bückte mich danach und zählte meinen Schatz beim Aufheben zusammen. Schrecklich, aber wahr, ich hatte noch genau einen Euro und zweiundneunzig Cent. Den Tee am Café-Tisch konnte ich mir abschminken. Na gut, dann wird eben ohne Tee gearbeitet. Zuerst die Fotos in den Computer laden. Wo war die Kamera. Ja, wo war sie? Wo hatte ich sie hingestellt? War sie noch in der Umhängetasche? Wo war die Umhängetasche? Kreuzteufel, wo? Ich wanderte durch meine Wohnung und ließ meine Augen über Kartons, in Regale, über Tische und Stühle, am Boden herumwandern. Keine Kamera. Teufel, Teufel. Hatte ich sie irgendwo liegen gelassen? Wo? Im Fuggerei-Biergarten, nach der Auslöseknopf-Reparatur bei Seibold? Dabei fiel mir ein, dass mein Fahrrad noch vor seinem Laden stand.

Mein Leben war mal wieder im Chaos versunken. Dunkle Gefühle durchzogen meine Seele. Sollte ich nicht einfach alles hinschmeißen und auswandern? Nach den Sommer-Ferien mit meiner Tochter? Ich hatte meine Kamera doch nicht bei Ursula, in der Fuggereiwohnung liegen lassen? Oder war sie mir bei meiner Biesel-Aktion von der Lechbrücke in den Lech gefallen? Hätte ich hören müssen. Sollte ich mich gleich auf die Suche nach meiner Kamera machen? Nein, das half jetzt auch nichts. Ruhig bleiben war die

Devise. Mach dich nicht verrückt, Klausi, sagte ich mir. Ich setzte mich vor den Computer, schlug mein Notizbuch auf und begann beim Biergarten im Wittelsbacher Park. Ich schaltete den Computer ein. Das heißt, ich wollte ihn einschalten. Ich drückte zwar auf den On-Knopf aber nichts rührte sich. Kein grünes Licht begann zu brennen, kein Ventilator begann sich geräuschvoll zu drehen. Der Bildschirm blieb schwarz. Auch kaputt? Was war los mit den elektrischen Geräten, mit dem Strom in meiner Wohnung? Ich versuchte die Schreibtischlampe einzuschalten. Ging auch nicht. Das konnte nur an den Sicherungen liegen. Logo, die Sicherungen waren durchgebrannt. Hatte ich noch genug Sicherungen? Wo war der Sicherungskasten? In diesem Altbau leider im Keller.

Ich ließ die Wohnungstüre offen und ging hinunter. Den Keller erreichte ich über eine Treppe, die mit einer Holztüre vom Hausgang abgetrennt war. Die Kellertüre öffnete sich quietschend. Zuerst schaltete ich das Kellerlicht ein. Dann stapfte ich die alten ausgelatschten Stufen hinunter. In einer dunklen Ecke waren sechs Sicherungskästen zu sehen. Wo war meiner? Alle möglichen Namen klebten auf den verstaubten Sicherungskästen an der modrigen Wand, bei der die Ziegelsteine schon durch die Farbe schauten. Ich fand meinen Namen nicht. Auf einem Sicherungskasten standen weiße Sicherungen herum. Wieso das? Für den Notfall? Oder waren die schon kaputt? Ich beobachtete die Ringe mit einer roten Markierung in den Sicherungskästen, die sich je nach Stromverbrauch schnell oder langsam hinter einem kleinen Fenster drehten. Der einzige Sicherungskasten, bei dem sich der Ring nicht drehte, war der mit dem Namen Bogenhutz. Das musste meiner sein. Auf diesem standen die herausgeschraubten Sicherungen. Ich schaute sie mir an. Sie schienen in Ordnung zu sein. Wer hatte sich da einen Scherz erlaubt? Oder war schon die russische Mafia dran gewesen? Nichts wie schnell reinschrauben die Dinger und wieder hoch. Leichter gesagt als getan. Die Öffnungen für die Sicherungen waren versperrt. Aha – der Stromabsperrer der Stadtwerke war dagewesen. Klar, ich hatte schon länger nicht bezahlt und das völlig verdrängt. Kein Strom. Kein Computer. Kein Biergartenbuch. Was tun? Ich überlegte, wenn das Kellerlicht brannte, musste im Keller Strom sein. Und wenn ich ein langes Kabel hätte, könnte ich den Strom zu mir hochlegen. In meinem Keller war sogar eine Steckdose. In meinem Zimmer hatte ich ein langes Stromkabel. Verteilerdose dran. Das Kabel musste ich an der Hauswand außen durch das Toilettenfenster von oben nach unten ziehen. Gut, dass Efeu an der Hauswand wuchs, durch den ich das Kabel führte und dass mein Kellerfenster direkt unter meinem Toilettenfenster lag. Im Hausgang wäre es doch zu auffällig gewesen. War ja nicht erlaubt, was ich da veranstaltete. Das Kabel verlegen schon, aber nicht den Strom aus dem Keller benutzen. Na gut, konnte ich mal nachträglich bezahlen, wenn wieder Geld in die Kriegskasse kam. Ich ging in den Garten und schob das Kabel durch mein Kellerfenster. Eingesteckt. Hochgelaufen. Das Stromkabel für den Computer in die Verteilerdose. Na also. Bestens. Lief. Gut gemacht. Weiter gings mit dem Biergartenbuch. Und weil ich mich die nächsten Tage nicht mehr aus meiner Wohnung traute, war ich bald bei den Biergärten, die mit einem S begannen. Allerdings wurde mein Speisezettel etwas monoton. Tomatensuppe aus der Tüte. Tomatensuppe aus der Tüte. Tomatensuppe aus der Tüte. Als die weg war, kamen die Suppenwürfel dran. Mit heißen Wasser aufgebrüht und altes Brot hineingeschnitten. Brotsuppe kann lecker sein. Einen Tag. Nach zwei Tagen bekam ich Lust auf Fisch und Braten. Ich hatte noch Reis. Also Reissuppe. Der Abfalleimer quoll über. Ich nahm mir vor, ihn nachts zu leeren. Das Wochenende kam. Ich musste was unternehmen. Vielleicht sollte ich Helle anpumpen? Ein schlechter Versöhnungsversuch. Aber immerhin. Menschlich doch verständlich. Man meldet sich immer, wenns einem schlecht geht. Aber er hätte sich auch mal bei mir melden können. Ich hätte ihm sofort verziehen. Sofortigst. Ohne eine Bemerkung. Der konnte leicht eingeschnappt sein, der musste nur zur Mama fahren und bekam dort Gulasch mit Nudeln vorgesetzt. Und die Mama gab ihm auch noch was mit. Bocken geht prima, wenns einem gut geht. Außerdem konnte ich ihm berichten, dass ich bald den Biergarten des Thorbräukellers bearbeitete. Was war da so schlimm dran, dass er mal sein Lieblingsbier nicht erkannt hatte? Konnte doch jedem passieren. Ist schon Brauerei-Direktoren passiert, dass sie ihr eigenes Bier nicht erkannt haben. Also, was solls? Da musste mehr sein. Was konnte er noch auf dem Herzen haben, was ihn an mir störte? Ich hatte ihm doch keine Frau weggenommen. Sonst auch nichts. War er sauer, weil wir unser schönes Büro abgeben mussten, weil ich meinen Anteil nicht mehr bezahlen konnte? Hatte er es satt, dass ich ihn ständig mit irgendwelchen Traumobjekten zum Weitermachen ermunterte?

Als ich an einem frühen Morgen bei einer Tasse Früchtetee in meinen Computertastatur hämmerte war ich schon beim Biergarten des Wirtshauses zum grünen Bäumle angelangt. Augsburgs kleinstem Biergarten. Mit einem Zucker und Zischer wurde der Bildschirm Schwarz. Kein Strom mehr im Computer. Was war los? Ich öffnete mein Bürofenster einen Spalt, um vorsichtig in den Garten hinunterspitzeln zu können. War die russische Mafia schon eingetroffen? Ein Dackel zerrte unten am Kabel herum.

»Hey, du, weg da!«, rief ich von oben.
Störte den Dackel nicht.
»Hör auf, sonst komme ich runter!«
Störte ihn auch nicht.
Ich lehnte meine Wohnungstüre an und sauste in den Hof. Der Dackel hörte mich kommen, ließ das Kabel los und verdrückte sich mit eingekniffenem Schweif durch die alte Gittertüre aus dem Hof.
»Edison, wo bist du?«, hörte ich eine männliche Stimme rufen. An meiner Gartentüre erschien Dieter Geier. Ein Musikerkumpel. Er war mit den Sianos-Brüdern bei der Kiesgroup aus Thierhaupten und ich durfte mit der Hofrat-Röhrer-Band auf die Bühnen der Augsburger New-Wave- und Punk-Kneipen, damals, in den verrückten 80ern.
»Hallo Klaus, na sowas, wohnst du hier? Hast du meinen Dackel gesehen? Wir machen unseren obligatorischen langen Samstagmorgen-Spaziergang.«
»Dir gehört das Raubtier?«, murrte ich mit knarziger Stimme.
»Hat er in deinen Garten reingeschissen?«
»Nein, aber er hat mich beim Schreiben gestört.«
»Ehrlich? Wie das?«
Ich konnte Dieter schlecht sagen, dass sein Hund mein Stromkabel aus der Kellersteckdose gezerrt hatte und ich deswegen ohne Strom dasaß.
»Ich mags halt nicht, wenn fremde Hunde im Garten herumschnüffeln.«
»Verstehe ich. Am besten machst du halt die Gartentüre zu.«
Wie sollte ich das machen, wenn mir draußen die russische Mafia auflauerte? Der Mann hatte Nerven.
»Danke für den Tipp. Das werde ich gleich machen.« Zu spät. Edison hatte sich während unseres Gespräches an der Gartentüre heimlich an das geliebte Kabel rangemacht.
»Edison, was machst du da? Aus, jetzt, aus!«, eilte Dieter Geier zu seinem lästigen Hund.
Dann schaute er verdutzt dem Kabel nach, das Edison im Maul hatte. Das Kabel, das vom Kellerfenster durch den Efeu in mein Toilettenfenster lief.
»Nanu?«, schaute er mich verblüfft an. »Was ist das?«
»Ein Kabel«, antwortete ich wahrheitsgemäß.
»Aha.« Er bekam einen durchdringenden Blick. »Ein Stromkabel nehme ich an.«
»Vielleicht ein Fernsehkabel«, versuchte ich eine falsche Spur zu legen.
»Tatsächlich? Weißt du was mein Kollege von Beruf ist?«

»Nein, wieso?«

»Der dreht Leuten, die ihren Strom nicht bezahlen, den Saft ab. Auch hier, in diesem Viertel.«

»Dein Kollege? Hoi. Ich denke du bist Schlosser von Beruf?«

»War ich mal. Bei den Stadtwerken. Beim Gaskessel. Als sie den zumachten, boten sie mir an, dass ich mich um die Leute kümmere, die ihren Strom nicht bezahlen.«

»Sicher ein spannender Beruf.«

»Das kannst du laut sagen. Da erlebst du alles von der heulenden Mutter, die ihrem Kind die Milch nicht mehr warm machen kann, bis zum arroganten Zahnarztschnösel, der dich hinauswerfen will, weil er angeblich schon längst bezahlt hat. Was ist das hier für eine Adresse? Muss ich mal meinen Kollegen ob er hier schon tätig war.« Sein Blick lief das Kabel von oben nach unten zurück und traf wieder meine Augen. »Du weißt schon, dass du erst wieder Strom benützen darfst, wenn du deine alte Rechnung bezahlt hast. Oder wenigstens eine Rate. Es gibt ja Notsituationen, da sind wir nicht so. Oder hast du es nur vergessen?«

»Das Kabel geht nicht in meine Wohnung. Meine Wohnung ist auf der anderen Seite«, schwindelte ich und bekam dabei einen hochroten Kopf. Saupeinlich ist das, alte Freunde anlügen zu müssen.

»Das soll ich dir glauben?«, grinste mich Dieter an. »Aber ich kann dir verraten, dass mein Edison auf illegalen Strom abgerichtet ist, gell Edi«, bückte er sich zu seinem Dackel und steckte ihm ein Wienerle ins Maul. Mir lief das Wasser im Mund zusammen. Mit Helle ein tolles Frühstück, so mit Rührei, Speck, Schinken, Salami, Streichwurst, Butter, Honig, Marmelade, das wäre ein Grund zum Weiterleben. Dieter zog an dem Kabel, das aus dem Kellerfenster kam. Am Ende des Kabels hüpfte ein Stromstecker heraus. »Ich mache dir einen Vorschlag zur Güte«, schmunzelte er mich breit an. »Ich nehme das Kabel mit und repariere es, weil es Susi zerbissen hat und ich schaue auch nicht nach, welcher Name zu der Wohnung da oben gehört, schließlich haben wir schon wilde Zeiten zusammen verbracht, damals im Subway und im Siedlerhof. Woisch no? Wie gehts eigentlich dem Stone, dem Matthias, dem Robsi und dem Sloopy?« Während er von unseren vergangenen Musikertagen schwärmte rollte er das Kabel auf. Susi hatte schon längst das Wienerle verdrückt. Ein Windstoß schlug mein Bürofenster zu. Irgendwas knallte im Hausgang.

»Oje, das war meine Türe«, lief ich ins Haus und ließ Dieter stehen.

»Rechnung bald zahlen«, rief er mir nach.

Was sah ich, als ich zu meiner Wohnung kam. Die Türe war zu. Kacke!

Kacke! Kacke! Die Schlüssel lagen drin. Die Teebeutel hatten es mir doch verkündet: Heute wirds ein elendiger Tag. Ich verließ das Haus und den Garten. Wohin sollte ich? Es blieb nur Helle übrig. Ausgerechnet. Das war nicht gut für meinen Stolz. Aber es half alles nichts. Ich brauchte einen Unterschlupf. Also mit dem Bus in den Bärenkeller. Ich hatte keine Streifenkarte. Sollte ich schwarzfahren? Heute würden mich die Kontrolleure bestimmt erwischen. Was kostete das? Vierzig Euro? Der Ärger. Musste nicht sein. Hatte schon genug Probleme. Nein, ich ging zu meinem Fahrrad.

Kapitel 4

Helle ist telefonisch schlecht zu erreichen / Vor Helles Wohnung stehen Farbeimer / Wie kommt die Postkarte in den Getränkemarkt? / Ein Versöhnungs-Versuch wird gestartet

Vor dem Vincentinum ging ich in die Telefon-Zelle. Ich versuchte Helle anzurufen. Es war besetzt. Ich probierte es öfters. Es war immer besetzt. Na gut, dann würde ich es später wieder probieren. Mit meinem Handy konnte ich nicht anrufen. Die Guthaben-Karte war leer.

Mein Rad stand immer noch brav vor Farben Seibold in der Jakoberstraße. Ich war beruhigt. Herr Seibold stand in seinem weißen Malerkittel in der Ladentüre und blinzelte in die Sonne. Ich folgte seinem Blick, der schräg an der Fuggerei vorbei, rechts über den Drogeriemarkt Schlecker in den blauen Himmel ging. Ich sah im ersten Stock über dem Drogeriemarkt zwei Fenster, die mit Puppen vollgestopft waren.

»Aha«, wurde ich witzig, »schauen wir den Puppen nach?«

»Meinen Sie die da oben im Fenster? Die gehören meiner Frau, die sammelt Puppen.«

Ich sperrte das Kabelschloss, das mein Fahrrad mit dem Verkehrsschild verband, auf und klemmte es auf den Gepäckträger über dem Hinterrad.

»Dann gehe ich mal zu den Biergarten-Puppen«, sagte ich und ging in die Fuggerei hinüber. Der Biergarten beim Fuggerlädle konnte schon aufhaben. Hatte er auch. Ich fragte eine korpulente Bedienung in Tracht, mit einem roten Halstuch, ob eine Kamera von gestern auf heute liegen geblieben sei.

»Warten Sie, ich frag mal«, sagte sie. »Nein, bei uns ist keine Kamera liegen geblieben.«

»Hmmm. Dumm. Vielleicht weiß die eine Bedienung was, die mich gestern bedient hat, ich glaube, sie heißt Iris.«

»Die Iris, die hat seit heute Urlaub.«

»Vergönnt«, antwortete ich großzügig. »Wann kommt sie wieder?«

»Du, Rosi, wann kommt die Iris wieder aus dem Urlaub«, rief die mollige Bedienung in das Lädle hinein.

»In vier Wochen!«

Als ich aus der Fuggerei zurückkam, stand Herr Seibold immer noch im weißen Malerkittel vor der Ladentüre.

»Wie gehts Ihrer Kamera, sind die Bilder vom Fuggerei-Biergarten noch was geworden«, wollte er von mir wissen.

»Keine Ahnung wie es meiner Kamera geht. Ich finde sie nicht mehr.«

»Ehrlich? Gestohlen? In der Fuggerei?«

»Achwo. Ich habe sie liegen lassen, weiß aber nicht genau, wo.«

»Tragisch. Auch ein alter Schlamper.«

»Kann man sagen, wie soll ich jetzt die nächsten Biergärten fotografieren? In letzter Zeit habe ich nur noch schlechte Karten. Ein Unglück jagt bei mir das andere. Und einen Heiden-Durst bekomme ich auch.«

»Warten Sie mal, ich komme gleich«, ging Seibold in den Laden.

Wollte Seibold mir ein Getränk holen? Die Sonne stach mir ins Gesicht. Das würde mich einigen Schweiß kosten, bis zu Helle in den Bärenkeller, dachte ich. Dann blickte ich in die Eisdiele Azzurro, die gleich neben Seibolds Farbenladen zwei Tischchen auf den Gehweg gestellt hatte. Ich kaufte mir bei dem dicken und stummeligen Eisdielen-Italiener eine Kugel Zitronen-Eis. Diese sechzig Cent waren gut angelegt, wenn ich an die Kühlung meiner trockenen Zunge und Mundschleimhäute dachte.

»Uhhh, ists mir heiß«, stieg eine Frau aus ihrem VW-Kombi aus und zerrte ihr T-Shirt am Ausschnitt tiefer runter. Ein Prachtbusen war zu sehen, auf dem die Schweißperlen in eine Schlucht hinunterperlten.

»Dann ziehen Sie doch mehr aus«, scherzte eine Mann, der mit einer molligen Frau an einem Eisdielen-Tischchen saß.

»Erst Sie«, konterte die Frau und lachte.

»Also, diese Männer, sollen die sich doch ausziehen«, fuchtelte die Frau am Tischchen mit ihrem Eislöffel drohend in der Luft herum.

»Mache ich gerne«, sagte der Italiener und öffnete sein verschwitztes Hemd. Ein weißes Feinrippunterhemd spannte sich über seinen enormen Bauch.

»Mehr trauen Sie sich nicht, gell«, lästerte die Frau am Tischchen. »Uns würde es nichts machen, einen dicken Mann nackt zu sehen, gell, wir sind da nicht so zimperlich wie die Männer, die gleich über jedes Pfund bei uns herziehen«, versenkte sie ihren Löffel wieder in den Eisbecher vor ihr.

»Nein, bitte nicht weiter ausziehen«, wehrte die Frau aus dem VW ab, als der Italiener auch noch an seinem Unterhemd zurrte, »da wird ja das Eis sauer.« Sie hob abwehrend ihre Hände und ging lachend über die Straße hinüber zum Fuggerei-Eingang.

»Haben Sie was mitbekommen, gestern nacht soll in der Fuggerei ganz schön was los gewesen sein«, fragte ich den Azzurro-Inhaber.

»Könne' Sie sage'«, meinte der und blies sich auf, was aber bei seiner Körperfülle nicht mehr viel brachte. »Viel Polizei war da. Krankewage und Notarzt.«

»Wissen Sie warum?«

»Habe gehört, sie habe' Leiche gefunden' in Fuggerei.«

»Ein Mord?«, fragte ich weiter.

»Leiche sollen Auge' gefehlt habe, mir sage ein Sani, Kunde von mir.«

»Aha«, blähte ich mich auf. Zu Recht, schließlich wusste ich weitaus mehr. Ich war sogar dabei gewesen. Hätte aber nicht sein müssen, entließ ich wieder etwas Bläh-Atmosphäre aus meinem Körper. Ich schaute kurz auf die aufgestochenen Brandblasen an meinem Handgelenk. Da gehörte längst Salbe und Verband drüber. Warum ging ich nicht zum Arzt? Weil mir die Künstlersozialkasse wegen fehlender Beiträge vor ein paar Tagen gekündigt hatte. Vielleicht konnte mir Helle seine Krankenkassen-Karte leihen?

»Das war wohl die Mafia«, sagte ich.

»Welche Mafia? Türkische Mafia? Russische Mafia«, bellte mich der Azzurro-Inhaber an. »Italienisch Mafia war das nicht.«

»Woher wollen Sie denn das wissen?«, reizte ich den dickleibigen Italo-Kobold.

»Italienische Mafia schneide Ohre oder Finger ab. Auge interessiere die nix!« Mit diesen Worten verschwand er nach hinten in der Dämmerung seines schlauchartigen Ladens.

Seibold kam zurück.

»Ich habe mir diese Digicam zugelegt. Aber ich kapiere sie nicht. Ich kann damit kein Foto machen.«

»Lassen Sie mal sehen«, sagte ich. »Sind überhaupt Batterien drin?«

»Batterien sind drin. Hier, bitte.«

Seibold reichte mir die neue Kamera. Ich betrachtete mir die Knöpfchen und Schalter. Dann öffnete ich den Schacht für die Batterien. Vier Stück gehörten rein. Ich überprüfte, ob sie mit ihren Plus- und Minus-Enden richtig verstaut waren. War der Fall. Im Prinzip musste sie funktionieren. Aber wie wurde sie eingeschaltet?

»Hmm. Diese Marke kenne ich nicht. Wo ist die Gebrauchsanweisung? Sie müssen halt genau nach Gebrauchsanweisung gehen«, meinte ich.

»Die ist weg. Leider. Verlegt. Mir gehts wie Ihnen, ich lasse auch alles irgendwo liegen und finde es nicht mehr. Furchtbar, ich könnte mich dann immer selber ohrfeigen.«

»Tja. Sie sagen es. Am besten einfach rumprobieren und rumspielen an dem Gerät, dann bekommt man die Funktionen irgendwann schon raus.«

»Wissen Sie was, ich leihe Ihnen meine Kamera. Sie probieren sie aus und dann kommen Sie wieder vorbei und erklären mir dann wie das Ding funktioniert. Abgemacht?«

Das war die Rettung. Ich konnte weiter Biergärten fotografieren.

»Abgemacht!«, schüttelte ich Seibold die Hand. Die Zitroneneiskugel war auch weggeschleckt. Ich konnte zu Helle losradeln. Seibolds Kamera legte ich in meinen Einkaufskorb am Lenker.

Ich hielt in Oberhausen und in Kriegshaber an einer Telefonzelle an um Helle anzurufen, zu hören ob er da war, damit ich nicht umsonst durch die Hitze strampelte. Jedesmal kam das Besetztzeichen. Warum telefonierte er dauernd? Egal, er war jedenfalls zu Hause. Ich radelte weiter bis zum Falkenweg, wo er wohnte. Beim Radeln überlegte ich mir alle Begrüßungs-Varianten für die Begegnung mit Helle. Wie sollte ich ihm klarmachen, dass ich einen Unterschlupf bräuchte. Für einige Zeit. Am besten bei ihm. Bis einige Dinge geklärt waren, die mir meine Wohnung vergällten. Vor allem hatte er einen Computer mit dem ich arbeiten konnte. Völlig verschwitzt, obwohl ich nur ein schwarzes T-Shirt anhatte, stellte ich mein Fahrrad vor Helles Wohnblock im Bärenkeller ab. Dann schnaufte ich drei Stockwerke hoch. Er wohnte direkt unterm Dach. Bei dieser heißen Sonne konnte er das Brot direkt auf dem Wohnzimmertisch backen. Als ich vor seiner eisernen Wohnungstüre stand, kam es mir, Mensch, ich hätte Bier mitbringen sollen. Ich klingelte. Das Versöhnungs-Bier würde es eben später geben. Wieso standen Farbeimer vor seiner Türe? Wollte er seine Wohnung streichen? Schlecht wäre diese Idee nicht, dachte ich mir. Allein seine Küche war schon durch die ständige Raucherei ziemlich graugelb geworden. Niemand öffnete. Ich klingelte öfters. Die Türe blieb zu. Ich schob eine Visitenkarte über der Türklinke in den Türspalt. »Ruf mich gleich an, viele Grüße von deinem Freund Klaus!« Vorsichtshalber schrieb ich noch meine Handy-Nummer dazu. Anrufen konnte er mich auch trotz meiner leeren Guthaben-Karte. Wieder rauf aufs Rad. Wohin sollte ich radeln? Hatte ich keine Freunde, bei denen ich ein Notquartier beziehen konnte? Mir fiel keiner ein.

Auch keine Ex-Freundin drängte sich auf. An der Straßenecke war ein kleiner Getränkemarkt mit einer lustigen Wetterfahne. Ich hatte mächtig Durst. Mir schwebte eine Flasche Zitronen-Limonade vor. Ich ging rein. Ich hatte noch einen Euro und ein paar Cent. Ich entdeckte mein Kindheits-Limo, das Chabeso. Als Kind wäre mir nicht eingefallen, dass ich mich als Erwachsener mit Dingen wie Auftragseinbruch, zu hohen Kreditraten, vom Finanzamt gesperrten Konten herumschlagen musste, statt ein tolles Leben als Weltenbummler zu führen.

»Was kostet diese Chabeso-Flasche?«, fragte ich die Frau.

»Fünfundsechzig Cent.«

»Das geht. Die nehme ich. Können Sie die mir bitte gleich aufmachen. Ich habe keinen Flaschenöffner dabei.«

»Gern. Sie sind aber nicht aus dieser Gegend«, sagte sie.

»Ich wollte meinen Freund besuchen, der müsste eigentlich ein guter Kunde bei Ihnen sein.«

»Wie heißt Ihr Freund?«

»Bärwasser, Helmut Bärwasser.«

»Ahh – Sie meinen den Helle. Sicher kenne ich den. Der kommt fast jeden Tag zu mir und holt sich sein Bier. Heute habe ich sogar schon Post von ihm bekommen.«

»Post? Von Helle? Wieso, ist der im Urlaub oder was?«

»So ähnlich. Schauen Sie.«

Sie hielt mir eine Ansichtskarte von Bad Wörishofen vor die Nase.

Ein aufgemalter Kugelschreiber-Pfeil zeigte auf der Vorderseite auf ein Gebäude mit der Aufschrift »Kneippianum«. Neben dem Pfeil war dick hingekritzelt: »Meine Villa!«

»Helle ist auf Kur, wussten Sie das nicht?«

»Hat er mir nicht verraten«, versuchte ich ohne Frust in der Stimme zu antworten. In mir brodelte es aber. Ich kündige die Freundschaft zu Helle. Endgültig. Dieser Verräter. Er war einfach geflohen. Ohne unsere Freundschaft vorher zu kitten. Sie war ihm nichts wert. Und ich Blödmann hatte alle anderen Freundschaften verkommen lassen. Jetzt stand ich da. Einsamer als einsam. Verlassen wie ein zappelnder Hering am Haken, dessen Schwarm durchs Meer weiterzieht. Die Getränkemarktfrau hebelte den Kronkorken von meiner Chabeso-Flasche. Ich griff danach. Wie nach einem Rettungsring. Die runde Flasche schmiegte sich zärtlich in meine Hand. Sie hatte in mir einen Gleichgesinnten, also auch eine Flasche, entdeckt.

»Ich lese Ihnen mal vor, was mir der Spassvogel schreibt«, sagte die Getränkemarktfrau.

»Liebe Gabi, von den morgendlichen Aktionen mit dem kalten Wasser abgesehen, gefällt es mir hier ganz gut. Jetzt weiß ich, wozu eine Krankenkasse gut ist. Mir fehlt nur mein Lieblings-Bier, du weißt schon das Riegele Commerzienrat. Kannst du mir bitte ein paar Flaschen senden? Wäre toll. Bitte in einen Karton mit der Aufschrift »Vorsicht zerbrechliche Bücher!« verpacken. Meine Adresse ist Kneippianum, zu Händen Helmut Bärwasser, 81444 Bad Wörishofen. Hier kann man auch toll tanzen! Besuche mich doch mal! Dein bester Kunde: Helle!« Ich versuchte ein Lächeln der Mitfreude über diese Karte auf meinem Gesicht entstehen zu lassen. Im Stillen war ich sauer. Mir hatte er keine Postkarte geschrieben. Er hatte mich abserviert. Wegen einem blöden Biergeschmacks-Test. Nur weil ich objektiv war. Wahre Freundschaft dürfte wegen einem solchen Krampf nicht wanken, dachte ich.

»Kennen Sie zerbrechliche Bücher?«, fragte die Getränkemarkt-Frau mich.

»Nein, nur zerbrechliche Freundschaften.«

»Ist es Ihr Freund?«

»War mal«, zog ich eine traurige Schnute.

»Ochje, haben Sie sich verstritten? Wie kann man sich mit Helle verstreiten? Geht das überhaupt? Ich glaube nicht, er ist doch ein durch und durch gutmütiger Mensch.«

Ich erzählte ihr von unserem Bier-Konflikt.

»Das kann sein, dass er dadurch beleidigt ist, Bier ist für ihn ein ganz besonderer Saft«, meinte sie. »Ich wüsste aber, wie Sie sich bei ihm einschmeicheln könnten, wie er Ihnen wieder verzeihen würde.«

»Raus mit der Sprache! Soll ich eine Büßer-Wallfahrt nach Altötting oder nach Rom machen?«

»Nur bis Bad Wörishofen«, lachte sie.

»Auf den Knien oder wie?«

»Das nicht, Sie müssen ihm nur was mitbringen.«

»Was denn?«

Sie stellte mir zwei Flaschen Bier hin: Commerzienrat Riegele.

»Die bringen Sie ihm. Dann wird alles gut.«

Ich war sprachlos.

Sie hatte Recht.

Helle würde mich heilig sprechen. Was musste der arme Kerl leiden. Auf Kur ohne sein Lieblings-Bier. Schlimm. Da musste ich als Freund doch helfen.

»Was kosten die zwei Flaschen?«

Die Frage war eigentlich überflüssig.

Ich konnte sie sowieso nicht zahlen.

Doch aussprechen musste ich es. Helle würde vielleicht später erfahren, dass ich knapp davor war ihn aus seiner Bad-Wörishofen-Bier-Katastrophe zu retten. Würde guten Eindruck machen. Ich hörte mich schon großkotzig aber verlogen sagen: »Äh, leider muss ich erst noch zur Bank, Sie nehmen sicher keine Kreditkarte.« Schade, diese Frau war nett, sie hatte mir den Weg zu Helle gezeigt, ich wollte sie nicht anlügen. Aber eine Blöße wollte ich mir auch nicht geben. Welcher Deutsche hatte keine zwei Euro in der Tasche? Keiner! Jeder Sozialhilfe-Empfänger konnte sich das leisten. Mehrfach täglich, wie ich am Königsplatz, vor der Wärmestube, im Fronhof, oder am Oberhauser Bahnhof beobachten konnte.

»Die sind ein Geschenk von mir, sagen Sie ihm das bitte«, sagte mir die Getränkemarktfrau und erlöste mich von meinen geistigen Turnübungen, bei denen ich mich schon neben der Matte landen sah.

Ich legte die Bierflaschen in meinen Einkaufskorb am Lenker. Wo war Seibolds Digicam? Ich erstarrte. Wo hatte ich sie liegen lassen? Gottverdammter Scheibenkleister! Ich ballte meine Fäuste in ohnmächtiger Wut gegen mich. Gegen meine Schusseligkeit. Was war das, was mich an der Schulter drückte? Ein Gurt. Umgehängt. Ich hatte sie umgehängt. Seibolds Digicam hatte einen dünnen Trageriemen, das hatte ich entdeckt, als ich merkte dass die holprige Radlerei über Pflaster und durch Schlaglöcher dem Gerät nicht gut tat. Uff!

Ich musste mich besser konzentrieren. Dieses Wurschtigkeitsgefühl ablegen. Mich dem Wesentlichen widmen. Nicht auf allen Hochzeiten tanzen. Hatte schon mein Vater gesagt: Deine Ideen sind alle nur Strohfeuer. Damals konnte ich ihm noch nicht mit Hesse antworten, dass in jedem Anfang ein besonderer Zauber ist, oder so ähnlich. Was war denn das für eine Idee, wenn man nicht wenigstens am Anfang die Begeisterung von ihr entzündet wurde, dachte ich mir später, als ich mir bei diversen Fehlschlägen überlegte, ob mein Vater Recht hatte.

Ich konnte Helles Freundschaft zurückgewinnen. Und wenn ich mit ihm sprach, konnte ich mit ihm bestimmt auch meine anderen Probleme lösen. Und wenn er mir nur zuhorchte. Das war schon viel. Ich wollte am liebsten gleich zu Helle radeln und ihm das Bier bringen. Er würde eine Flasche Commerzienrat Riegele in der Hand halten, ich würde eine Flasche Commerzienrat Riegele in der Hand halten, wir würden uns umarmen, dann würden wir die Flaschen an den Mund setzen und gemeinsam austrinken. Ohne abzusetzen. Eine alte Freundschaft würde, gut begossen, wieder tüchtig aufblühen in der Wüste der Verlorenheit. Ich radelte bis zum Hauptbahnhof.

Wo sollte ich mein Fahrrad abstellen? Hier wimmelte es von Fahrrädern die an Stangen, Wänden, Bäumen, Geländern und sonstwo auf ihren Besitzer warteten. Ich sperrte mein Fahrrad an einen Papierkorb. Dann holte ich die beiden Bierflaschen aus dem Einkaufskorb am Lenker. Die Flaschen waren warm. Ich hielt sie an der Hand. Warmes Bier würde Helle nicht schmecken. Egal welche Brauerei. Wo sollte ich die Bierflaschen hin tun? Ich wollte nicht wie der letzte Penner mit zwei Bierflaschen in der Hand zum Bahnhof. Ich zerrte aus dem Papierkorb eine alte Zeitung und wickelte die beiden Bierflaschen hinein. Nebenbei beobachtete ich in einen Mann mit einer Blindenbinde. Er ging von Abfallkorb zu Abfallkorb. Ziemlich zielstrebig. Er griff hinein und fühlte darin herum. Kartons schüttelte er an seinem Ohr und wenn er darin Flüssigkeit hörte, setzte er sie zum Trinken an den Mund. Papiertüten durchwühlte er schnell mit den Fingern. Dabei sah er geradeaus ins Nirgendwo, wie es Blinde zu tun pflegen. Ich hatte allerdings den Verdacht, dass dieser Typ nicht blind war. Wenn er Reste von Obst oder Fastfood erwischte, baggerte er sie geschwind mit den Fingern heraus und versenkte sie in die Plastiktüten in der anderen Hand. Das Obst in die Woolworth-Tüte, das Fastfood in die Karstadt-Tüte. Er griff nicht daneben. Oh, Klaus, dachte ich mir, so kann dich die Not, oder dein Stolz, auch in eine menschliche Ameise verwandeln. Würden auch in Deutschland bald die Ärmsten der Armen auf den Müllbergen nach Verwertbarem suchen? Warum nicht, wenn schon Leute wie ich, die wirklich begriffen hatten, wie unsere Leistungs-Gesellschaft funktionierte – was nicht hieß Schuster bleib bei deinen Leisten, sondern eher: als Chef kannst du dir alles leisten – kein Geld für eine Bahnreise von Augsburg bis Bad Wörishofen hatten. In der Bahnhofsbuchhandlung blätterte ich heimlich in den Landkarten für Süddeutschland. Wo lag Bad Wörishofen genau? Meine Augen glitten an der Wertach entlang über Bobingen, Schwabmünchen, Türkheim und da war Bad Wörishofen schon. Ich schätzte die Entfernung auf rund fünfzig Kilometer. Schaffte ich das mit dem Rad? Heute noch? In den Süden ging es im Prinzip den Berg hoch. Dauernd. Sonst würden Lech und Wertach nicht in den Norden fließen, zu uns nach Augsburg. Auf einer Ebene würde ich vielleicht zwanzig Kilometer in der Stunde schaffen. Bei Steigung rund zehn Kilometer in der Stunde. Mindestens fünf Stunden würde ich brauchen. Ich dachte mit der Karte in der Hand, in der Bahnhofsbuchhandlung zwischen Mangas, Teenie-Magazinen und Superhelden-Comics an meine Jugendzeit mit Fahrradtouren um den Bodensee herum. Als der Arsch reichlich wimmerte, der Wolf die Innenseite der Schenkel angefressen hatte und am nächsten Tag der Muskelkater die Beine innerlich zerkratzte. Das musste ich mir in meinem

Alter potenzieren. Noch nie hatte mein Körper entsetzter das Wörtchen Nein mit unendlich vielen Ausrufezeichen gebrüllt. Ich schnappte mir wieder meine zwei Bierflaschen in der Zeitung und marschierte zu den Fahrplänen in der Bahnhofshalle. Wann fuhr der nächste Zug nach Bad Wörishofen. In einer halben Stunde. Was kostete die Fahrt? Dumme Frage. Schwarzfahren war angesagt. Musste sein. Hatte die Bundesbahn nicht schon ein Vermögen mit mir verdient? Konnte sie mich nicht mal umsonst fahren lassen? Kamen in den Nahverkehrszügen Kontrolleure? Mal kamen sie, mal nicht. Wenn sie mich erwischten, was würde mir passieren? Ich schaute in den Fahrkarten-Automaten ob nicht jemand aus Versehen sein Wechselgeld drin liegen gelassen hat. Ist mir auch schon passiert, wenn ich es eilig auf den Zug hatte.

»Wo wollen Sie hinfahren?«, sprach mich ein Mann an.

»Nach Bad Wörishofen«, antwortete ich verdutzt. Was wollte der von mir? Geld für eine Fahrkarte? Lieber Mann, da kannst du das Pech mit mir teilen, dachte ich.

»Ich muss bis Schwabegg. Ich kann eine Begleitperson umsonst mitnehmen«, erklärte er.

Ich verstand nicht gleich, was er meinte. Er zeigte mir einen Behinderten-Ausweis. Ahso. Ich kapierte. Er konnte mich mitnehmen, ohne dass ich eine Karte kaufen musste.

»Toll«, sagte ich. Mein Gesicht hatte wohl das irrsinnige Leuchten eines Glückspilzes auf einer Waldlichtung bei Vollmond.

»Was können Sie mir dafür geben?«, dämpfte er meine Euphorie. »Momentan leider nichts. Ich bin pleite. Absolut.«

»Sie sind ehrlich, das gefällt mir«, sagte der Mann. »Sie sind mir sympathisch. Was haben Sie in die Zeitung eingepackt?«

»Zwei Flaschen Bier.«

»Eine reicht mir.«

Helle musste unsere neugeborene Freundschaft alleine begießen. Hauptsache, ich konnte ihn bald wiedersehen. Er würde sicher auch so denken.

»Wollen Sie die Flasche gleich?«

»Sicher. Was hat man hat, das hat man.«

Ich reichte ihm eine Flasche. Er scheute sich nicht, sie offen zu tragen. Ich wickelte mein verbliebenes Exemplar wieder ein. Wir gingen zum Bahnsteig 7. Da stand der Zug schon abfahrbereit. Wir stiegen ein. Der Mann erzählte mir bis Schwabmünchen von seiner Kriegsverletzung und von seiner Frau, die als Bedienung im Café de Paris, bei Franz Fuchs in der Augsburger Fuggerstraße arbeitete. Die hatte er besucht.

»Kennen Sie den?«, fragte er mich.

Mir war klar, er meinte einen Witz. Ich rutschte auf meinem Fensterplatz aus der Sonne. Kam, was kam. Ich würde alles ertragen. Nach so viel Glück.

»Also, 's Fritzle fragt sein' Vater, du Papa, was isch des für ein Mann, der manchmal d'Mama b'sucht? Weiß nicht, sagt d'Papa. Was macht er denn? I glaub, der is vom Umweltschutz, sagt's Fritzle. Wieso, fragt d'Papa. Jamei, der Mann fragt d'Mama immer ob die Luft rein isch.«

»Nicht schlecht«, sagte ich und meine es auch so. Der ging ja noch. Das war für mein Begleit-Objekt das Signal zum Weitermachen.

»Also, 's Fritzle wird in der Schule gfragt, was sei' Vater für einen Beruf hat. Ich weiß nicht, sagts Fritzle, ich glaub' der arbeitet wahrscheinlich in einer Zuckerfabrik. Wieso denn, Fritzle, fragt die Lehrerin? Naja, wenn meine Eltern im Schlafzimmer sind, horche ich an der Türe, dann sagt die Mutter zu meinem Vater, jetzt komm, mach doch noch ein Zuckerle!« Der Witz-Erzähler freute sich über die Pointe. »Habens verstanden? Jetzt, mach doch noch ein Zuckerle.«

Bei dem süßen Wort ging eine Frau mit blauem Halstuch an mir vorüber. Vielleicht sollte ich der Zucker-Susi ein Mail mit der Frage senden, ob ich mich trauen sollte und diese Iris treffen sollte.

Tatsächlich kam ein Kontrolleur. Er sah den Mann und mich. Er schien Bescheid zu wissen, dass ich die Begleitperson des Behindertenausweis-Besitzers war. Sie nickten sich zu. Mein Begleit-Objekt schien das öfters durchzuziehen. In Schwabmünchen stieg er aus. Was sollte ich machen ohne ihn? Hätte ich auch aussteigen sollen? Ein paar Kilometer vor Türkheim, wo ich in den Zug nach Bad Wörishofen umsteigen konnte. Das hatte mir der Behinderte erzählt, der kannte sich in dieser Gegend gut aus. Das Kneippianum, in dem Helle war, kannte er auch. Selbst über Pfarrer Kneipp, den berühmten Wasserdoktor, der aus Stephansried bei Ottobeuren stammte, wusste er einige Geschichten. Ich lief nach Ettringen durch den Zug als würde ich mein Begleit-Objekt suchen. Als wäre er angeblich noch da. Das würde ich dem Kontrolleur sagen, wenn der mich darauf ansprechen würde. Aber ich konnte bis zum Bahnhof in Türkheim unbelästigt durchfahren. Hier hätte ich umsteigen müssen nach Bad Wörishofen. Aber nochmal wollte ich das Schwarzfahren-Risiko nicht eingehen. Außerdem fuhr der nächste Bummelzug erst in vier Stunden nach Bad Wörishofen. Warum sollte ich nicht zu Fuß laufen? Etwas wandern. Konnte mir nicht schaden. Mein Bußgang nach Canossa. Nach der Landkarte, die am Bahnhof aufgestellt war, konnten es nur drei, vier Kilometer bis Bad Wörishofen sein. Also marschierte ich in der nicht mehr ganz so heißen Sonne an der Straße entlang nach Bad Wörishofen. In der rechten Hand die Bierflasche in der Zeitung. Mein Hals wurde immer trockener. Die Sonne war in helles Blau gebettet und strahlte in bester Laune auf mich herab. Nach einer Weile, mir brannten schon die Schuhsohlen, kam ich an einem verfallenen Bauernhof vorbei. Ein Mann mit einem zerschlissenen Strohhut bastelte an einem alten Traktor herum. Ich ging hin und schaute zu. Kurz vorher ging mir der schändliche Gedanke durch den Kopf, ob ich Helle finden würde, ob Helle mein Geschenk in der Zeitung schätzen würde, ob ich nicht genausogut das Bier gleich austrinken konnte. Deswegen war es mir schon recht, dass mich der Mann mit dem Traktor ablenkte.

»Als Kind durfte ich in Niederbayern immer mit so einem Traktor mitfahren, der unserem Nachbarn gehörte«, begann ich ein Gespräch. Der Mann war wortkarg.

»Mhmm«, brummte er nur. »S'Bier ist aus, sowas Blöds«, brummte er weiter, als er den Krug neben sich betrachtete.

Ich ging um den Traktor herum. Ehrfürchtig. Ich dachte an einen Sommer, in dem ich als kleiner Bub auf dem glatten Sitz über dem Traktor-Rad saß, als der Bauer sein Gras mit einer ausklappbaren Motorsense abmähte. Der Duft des frisch gemähten grünen Grases stieg mir in die Nase. Mir fiel die riesige grüne Heuschrecke ein, die ich auf der gemähten Wiese gefangen hatte. Mit meinem Taschentuch. Auf der Heimfahrt zwackte sie mich ständig durch das Tuch. Hartnäckig. Vor dem Dorf ließ ich sie wieder frei. Sie hatte genug gekämpft. Sie schwirrte davon.

Auf dem verfallenen Bauernhof zwischen Türkheim und Bad Wörishofen strolchte ein alter Hund herum. Eine Mischung aus Bernhardiner und Schäferhund. Er trottete auf mich zu. Er spielte mit einem Garten-Schlauch aus dem etwas Wasser kam. Kühles, klares wunderbares Wasser. Er drückte mir den Schlauch zum Spielen in die Hand.

»Gebens mir den Schlauch. Ich muss meinen Traktor noch gscheit abspritzen, weil, ich muss noch zum Amt nach Wörishofen«, wurde der Mann etwas gesprächiger. Sollte ich ihm mein Bier im Zeitungspapier anbieten, damit er mich mitnahm? Ich überlegte hin und her. Wie sollte ich mich dann bei Helle einschmeicheln. Dumm. Saudumm. Ich wollte mich gerade umdrehen und heimlich aus dem Schlauch was trinken. Warum hatte ich nicht so eine Plastikflasche mit Wasser dabei, wie diese jungen, sportlichen Menschen es jetzt immer machen? Möglichst eine Plastikflasche mit einem schönen Markennamen drauf. Das Wasser in der Flasche war meistens nicht so gut wie das Leitungswasser aus meinem Wasserhahn. Deswegen strich ich auch den Begriff Leitungswasser aus meinem Wortschatz. Ein Wasser, das so hieß, das konnte nicht gut schmecken. Trinkwasser nannte ich seit einiger Zeit das Wasser aus meinem Wasserhahn. Es schmeckte dann auch mir und meinen Gästen besser. Vor allem wenn ich es in eine Plastikflasche mit einem schönen Markennamen füllte. Vielleicht sollte ich eine Trinkwasserstation aufmachen mit derartig abgefülltem Wasser? Da wäre gut was zu verdienen. Was kostet eigentlich der Kubikmeter Wasser bei uns in Augsburg? Nichts wusste man von den wirklich wichtigen Dingen des Lebens. Furchtbar.

»Hey Arko, gib mir mal den Schlauch«, sprach der Mann mit seinem Hund. »Verflixt, immer wenn der Schlauch läuft, dann muss ich zum aufs Klo«, sagte der Mann und verschwand im Haus. Jeder hatte so seine Biesel-Rituale. Schnell presste ich den Schlauch an meinen Mund und trank das herausströmende Wasser Schluck für Schluck, bis ich nicht mehr konnte. Arko hatte sich gesetzt und schaute mir mit wedelndem Schwanz zu. Dann spritzte ich den Traktor ab. Machte mir richtig Spass. Das machte ich als Kind auch bei dem Bauern, der mich ab und zu mit seinem Traktor mit aufs Feld nahm. Arko lief bellend um den Traktor herum. Ich spritzte ihn auch ein bisschen ab. Er bellte voller Freude. Er schien auch unter der Hitze zu leiden.

»Ja sowas, das ist aber nett von Ihnen«, freute sich der Mann als er zurückkam. »Wo wollen Sie hin?«

»Auch nach Bad Wörishofen«, meinte ich.

»Das passt, da nehme ich Sie mit.«

Wir fuhren mit dem Traktor bis zum Bahnhof von Bad Wörishofen. Arko saß in einem schaukelnden Korb, den der Bauer für ihn hinter dem Fahrersitz anmontiert hatte. Ich verabschiedete mich, nachdem ich Arko, der seine Zunge hechelnd fast bis zum Boden hängen ließ, hinter den Ohren gekrault und mir der Bauer noch den Weg zum Kneippianum erklärt hatte.

Erwartungsvoll schaute mich die Frau in der Pförtnerloge des Kneippianums an.

»Kommen Sie zu uns?«

»Also, ich will jemanden besuchen bei Ihnen«, erklärte ich.

»Dachte ich mir schon, Sie haben schließlich keine Koffer dabei.«

»Nur ein Geschenk«, sagte ich. Auch wenn die alte Zeitung in der die Riegele-Flasche eingewickelt war. »Ich wollte meinen Freund Helmut Bärwasser besuchen.«

»Wollten? Wollen Sie nicht mehr?«, machte sie mich auf meine sprachlichen Mängel aufmerksam.

»Doch. Wissen Sie, wo er ist?«

»Wir führen keine Liste über das Freizeit-Verhalten unserer Gäste.«

Ich schaute sie voller Hoffnung an. Da kam noch was.

»Er ist vor ein paar Minuten Richtung Kurpark los«, verriet sie mir.

»Danke. Wo ist der Kurpark?«

»Gleich ums Eck, da vorne, schauen Sie«, kam sie aus der Pförtner-Loge.

Sie zeigte mir den buschbewachsenen Eingang zum Kurpark. »Da ist er vorhin rein. Er wird noch Kräfte sammeln, bis es zum Tanzen geht.«

Das hatte ich noch nicht gewusst, dass Helle zu der Menschensorte der Tänzer gehörte. Ich war baff. Welche Geheimnisse verbargen sich noch hinter dem Namen Helle?

Bevor ich zum Kurpark kam schlenderte ich beim Gasthaus Löwengrube vorbei. Ein paar Tische und Bänke standen auf der Terrasse. Ein Mann saß da mit dem Rücken zu mir. Der Rücken kam mir bekannt vor. Noch mehr der silberhaarige Entenschwanz-Haarschnitt, der auf dem Hemdenkragen aufstieß.

»Wie wärs mit einer Zeitung aus Augsburg?«, überraschte ich Helle.

»Hast du mich erschreckt«, starrte er mich an wie einen Geist.

»Wie gehts dir denn?«, setzte ich mich zu ihm.

»Es geht so, mit Bier aus der Heimat gings mir besser.«

»Gutes Stichwort«, meinte ich. »Schau mal, ich habe dir ein Geschenk mitgebracht.« Die Anspielung auf einen Biergeschmackstest zwischen Bier aus Bad Wörishofen und Augsburg verbiss ich mir. Noch nie hatte ich mir etwas so gut verbissen.

Ich wickelte die Bierflasche aus der Augsburger Allgemeinen.

»Das darf nicht wahr sein«, begannen Helles Augen zu glänzen. »Eine Flasche Commerzienrat Riegele. Mensch, Klaus, du bist doch mein bester Freund.« Selten hatte Helle vergnügter ausgesehen.

»Warum sitzt du hier ganz allein?«

»Kurkrise, die bekommen die meisten so nach einigen Tagen Kneipp, sagte mein betreuender Arzt. Ich soll mir einfach mal einen schönen Tag machen, dann ginge es schon wieder.«

»Wie sieht deine Kur aus?«, wollte ich wissen.

»Bäder, Güsse, Wickel und Waschungen. Stell dir vor, eine Kneipp-Therapie hilft sogar gegen Managerkrankheit und Lebensangst, ist aber auch gut zum Abhärten und Vorbeugen«, belehrte mich Helle.

»Aber was ist mit der Angst vor fehlendem Bier?« Ich schob ihm die Riegele-Flasche noch näher vor die Brust. »Und wie verträgst du denn das kalte Wasser?«

»Besser schon als das warme Bier«, meinte Helle nach einem prüfenden Griff mit der rechten Hand um die Flasche.

»Kein Wunder«, sagte ich. »Das Bier hat allerhand erlebt.«

»Komm, wir kühlen es ab. Dann trinken wir es gemeinsam. Auf unsere Freundschaft.« Helle nahm mich am Handgelenk und zog mich mit.

»Ahh-aua!«, heulte ich auf.

»Was hast du da?«

»Schmerzen. Blasen. Eine Verbrennung.«

»Wie das?«

»Erzähle ich dir gleich. Wenn wir das Bier trinken. Das wird gar nicht reichen, was ich dir alles zu erzählen habe.«

Wir gingen auf einem der verzweigten Spazierwege durch den waldähnlichen Kurpark an einem kleinen Weiher mit hölzernem Schwan, echten Enten, echten Goldfischen und echten Karpfen vorbei. Wir ließen uns auf einer sehr schmalen Bank bei der Wassertretanlage nieder. Wieso haben sie die Lehne von der Bank abgeschraubt?, wunderte ich mich in Gedanken. Helle legte das Bier bei einem hohen Becken zur Abkühlung in eine wassergefühlte Kuhle. Dann öffnete ich meine Gesprächsschleusen. Helle zog an seiner Zigarette.

»Ist im Kneippianum verboten«, grinste er mich an, wie einer der bei Rot über die Ampel ging, obwohl gerade ein Polizeiauto vorbeifuhr. Er blickte zufrieden durch die Baumspitzen. Ein Ufo schien dort einzufliegen, mit der Botschaft, dass es auf einem fernen Planeten gelungen sei, hervorragende Zigaretten mit Hopfengeschmack herzustellen. Sie würden aussteigen und Helle einladen mitzufliegen. Er würde der neue Präsident dieses Planeten werden. Das schien er eher zu glauben, aber nicht, was ich in den letzten Tagen erlebt hatte.

Zwei stämmige Frauen näherten sich der Wassertretanlage. Zuerst hängten sie ihre Jacken an die Haken einer eisernen Garderobe, die so alleinstehend im Kurparkwald etwas kafkaesk aussah. Davor stellten sie ihre Schuhe. Ich traute mich kaum hinzuschauen, weil ich auf eine heiße Strumpfausziehszene wartete. Vergeblich. Sie steckten mit nackten Füßen in den Schuhen. Dann rafften sie ihre Röcke zusammen. Eine verknotete ihren Rock an der Seite, die andere zog den Rock durch die Beine und hielt ihn vorne zusammen. Um ihre Schulter hatten sie Handtücher gehängt. Mit den Zehenspitzen voraus gingen sie über eine kleine Treppe in das kaum kniehohe Wasser. Mit der linken Hand hielten sie sich an einem Geländer fest, das in der Mitte des Wassertretbeckens war. Dann stelzten sie durch das kalte Wasser. Abwechselnd die Knie vor den Bauch hochgezogen, dass die Zehen kurz das Wasser verlassen konnten. Ein spritziger Wasser-Can-Can. Anmachend, wenn man sich die Orangenhaut an den wuchtigen Schenkeln der beiden Fregatten wegdachte.

»Wie lange musst du noch hierbleiben?«, fragte ich Helle.

»Schon noch drei Wochen.«

»Und gefällts dir, hilfts?«

»Naja – in der Frühe, da lassen sie mich mächtig durch. Das ist direkt anstrengend. Nach dem Mittagessen lassen sie einen dann in Ruhe.«

»Und abends, was machst du am Abend?«

Hatte Helle schon einen Kurschatten? Wieso saß er allein im Gasthaus? Die beiden Can-Can-Treterinnen gingen an das hohe Wasserbecken um ihre Ellenbogen einzutauchen.

»Die Bierflasche gehört hier nicht rein! Haben wir jetzt schon Penner im Kurpark?«, blickten sie uns vorwurfsvoll an.

Helle erhob sich und holte kommentarlos die Bierflasche aus dem Wasser. Eine weitere Frau kam hinzu. Hängte ihre Jacke auf, zog ihre Schuhe aus.

»Ja, sowas, der Herr Bärwasser, unser Startänzer ist auch anwesend«, schmalzte sie zu Helle hin, der sich gerade überlegte, wie er die Bierflasche öffnen konnte. »Sind Sie heute Abend auch wieder im Tanzlokal? Sie sind mir noch einen Tango schuldig, das wissen Sie doch.«

Die beiden anderen Frauen blickten die Neuangekommene neidisch an. Flotte Tanzpartner waren wahrscheinlich Mangelware. Es hatte eben Auswirkungen, wenn die Frauen älter wurden als die Männer.

»Sie bekommen Ihren Tanz«, schmalzte Helle zurück. »Was ich versprochen habe, das halte ich.« Die Frau stieg auch mit hochgehobenem Rock in das Wassertretbecken. Sie hatte Schenkel, mit denen sie eine ganze Armee erdrücken konnte. Wer wirbelte da wen über die Tanzfläche? Das musste ich mir anschauen, wenn Helle mit dieser Wuchtbrumme über das Parkett tanzte.

Die Can-Can-Frauen rächten sich. Sie stellten ihre wassertropfenden Füsse neben uns auf die Bank. Es wurde ungemütlich.

»Jetzt sehe ich es, Hanne, was hast du um deinen Oberschenkel gebunden?«, fragte die eine.

»Das ist ein elastisches Frottee-Haarband mit Pedometer. Leider gibt es noch keinen wassertauglichen«, sagte die andere. »Ich will doch die goldene Kneippsandale haben.«

»Ich habe nur von einem goldenen Popo gehört«, sagte die andere.

»Ehrlich?«, wunderte sich die eine. »Die goldene Sandale gibt es für dreihundert gelaufene Kilometer. Aber wofür bekommt man einen goldenen Popo?«

»Den hat Bürgermeister Klaus Holetschek bekommen, von Bayern 1 und dem Deutschen Nudistenverband«, sagte die andere.

»Für was denn, hat der so einen knackigen Hintern, den muss ich mir mal genauer anschauen«, fragte kichernd die eine.

»Weil er einen textilfreien Samstag in der neuen Therme veranstalten will«, sagte die andere.

Als sie bemerkten, dass unsere Ohren bei ihrem Gespräch ständig steifer wurden, waren wir dran.

»Sie sitzen auf der falschen Bank«, zeigten sie vorwurfsvoll auf eine andere, mit breiterer Sitzfläche und Lehne, von der sich gerade ein älterer Herr mit Hund und Strohhut erhob. Wir siedelten ohne Diskussion dorthin um. Helle griff nach seinem Flaschenöffner, einem Geburtstagsgeschenk von mir, der am Schlüsselbund baumelte, hebelte den Kronenkorken vom Flaschenhals herunter, nahm einen Schluck aus meiner Geschenk-Flasche, lehnte sich aufseufzend zurück, entließ einen langgezogenen Stöhner voller Genuss. Die Frauen hielten beim Füßetrocknen mit den Handtüchern kurz inne. Solche Männerlaute erhitzten sie. Noch ein solcher Helle-Stöhner und ihre Stampfer würden wie Tauchsieder das Wasser kochen lassen. Kneipp würde sich dann im Grab umdrehen. Nur kühles Wasser, so war seine Gesundheits-Philosophie, war gutes, guttuendes Wasser auf der Haut des Menschen.

Wir saßen noch länger auf der Bank. Das freundschaftliche Gespräch unter vier Augen, das mir gefehlt hatte, es tat gut. Helle erfuhr von meinen Finanzproblemen, meinem Kampf gegen die Russen in der Fuggerei, meiner verlegten Kamera. Ich zeigte ihm die umgehängte Kamera, die von Seibold stammte. Wir beschlossen, unsere wiedergeborene Freundschaft zu dokumentieren. Zu zweit bekamen wir heraus wie der Selbstauslöser funktionierte. Ich platzierte die Kamera auf dem Ellenbogenbecken und betätigte den Selbstauslöser. Dann eilte ich zu Helle auf die Bank und drückte mich neben ihn. Zu zweit hielten wir die Commerzienrat-Riegele-Flasche hoch. Ein rotes Lichtlein zuckte an der Front der Seibold-Kamera. Als es nicht mehr zuckte war unser Bild geschossen. Ich ging zurück zum Felsen. Seibolds Kamera wollte ich nicht vergessen. Leider fiel sie mir aus der Hand und in das Wassertretbecken. Ich sauste samt Schuhe und Socken hinein, tauchte ins Wasser und holte sie vom Boden hoch.

Helle lachte. Fast tonlos. Ein schwer beschreibbares Lachen. Nicht aus vollem Hals, aber auch nicht voller Schadenfreude. So würde ich lachen, wenn ich, naja, so würde ich nie lachen können. Das war ein echtes Helle-Lachen.

»Das kann auch nur dir passieren.«

Was blieb mir Schussel übrig, ich lachte auch.

»Wir trocknen sie auf meinem Zimmer. Wenn es eine gute Kamera ist, dann hält sie das aus. Nächstes Mal leihst du dir halt eine Unterwasserkamera aus«, grinste Helle mich an.

Schadenfreude ist die schönste Freude. Aber nicht beim eigenen Schaden. Was würde Seibold mit mir Unglückswurm anstellen? Wie sollte ich ihm eine neue Kamera besorgen? Wir brachten das nasse Gerät auf Helles Zimmer im Kneippianum. Er föhnte es ab. Dann stellte er es auf ein trockenes Handtuch auf dem Fensterbrett, auf das noch die letzten Reste der Abendsonne fielen. Helle lieh mir aus seinem Kleiderschrank die gesamte Kleidung für den gemeinsamen abendlichen Ausgang. Nur die Beat-Stiefel waren von mir. Er half mir eine Krawatte zu binden. Dieses enge Gefühl am Hals war ich nicht mehr gewohnt. Ich betrachtete mich mit Helles gestreiftem Anzug im Spiegel. Ich war mir selbst fremd.

Auf dem Weg zum Tanz ins Hotel Luitpold war ich mit Helle zu dem Schluss gekommen, dass ich meine finanzielle Misere nur lösen konnte, wenn ich mir eine reiche Witwe angelte. Möglichst schnell. In dem Tanzlokal saßen einige, versprach mir Helle beste Beute. Bad Wörishofen war ein Pflaster für wohlhabendes Kurpublikum, erklärte er mir. Helle kam finanziell immer durch. Seine kleine Rente, die er durch den Tod seiner Frau erhielt, die sorgte für ihn. Ihm standen auch noch die toten Frauen bei. Helle sollte mir die reichsten Witwen zeigen. Ich war zwar kein besonderer Tänzer, aber das eine oder andere charmante Wort fiel mir schon ein, wenn es nötig war.

Helle war ein begehrter Tanz-Partner. Ich schaute ihm begeistert zu, als er wie ein ekstatisches Gummimännchen die Frauen in seinen Armen durch den Raum schweben ließ. Ihre Augen leuchteten dabei wie kostbare Diamanten. Auch die eine Frau, die noch einen Tango von ihm bekam, wirkte in seinen Armen wie eine durch die Luft tanzende Feder eines Schwans. Helle machte mich in den Tanz-Pausen auf drei Frauen an einem Tisch aufmerksam, die seiner Ansicht nach förmlich nach Geld stanken. Eine war dürr und lang, steckte in einem hellblauen Hosenanzug mit goldenen, münzenähnlichen Knöpfen an der Jacke. Ich tippte auf Escada. Um den schildkrötenartigen Hals hatte sie eine dreifache Perlenkette geschlungen. Verrückt, ihre Haare waren auch hellblau gefärbt. Sie war ein hellblaues Gesamtkunstwerk. Mit ihr war ich dem Himmel näher. Ein Superspruch. Woher kannte ich ihn?

Er stand auf einem Bierdeckel. Wo hatte ich den Bierdeckel mit diesem Himmels-Spruch gesehen? Kulper-Hütte-Biergarten? Sonnenglück-Biergarten? Fuggerei-Biergarten? Fuggerei-Lädle? Das hieß doch Himmlisches Fuggerei-Lädle. Genau, dort war der Bierdeckel mit dem Spruch gelegen. Iris' Halstuch hatte ein kräftigeres Blau als der Hosenanzug vor meinen Augen. Das Iris-Blau war eher ein Wasserblau als ein Himmelblau. War nicht das Wasser für mich als Fischgeborener mein Himmel? Aus dem Wasser kam doch alles Leben.

Eine Freundin der Hellblauen war klein und dick. Sie trug mehr Schmuck als der größte Weihnachtsbaum in Rothenburg ob der Tauber. An ihrer Bluse hatte sie eine Blume. Die dritte Vielleicht-Millionärin hatte einen relativ normalen Körperbau und trug hochtoupierte weiße Haare mit einer pinkfarbenen Haarflamme darin. Alle drei waren etwas elegant-altmodisch gekleidet, aber ihre Klamotten sahen teuer aus.

Damenwahl.

Helle wurde umschwärmt. Er zog mit einer sportlichen schwarzhaarigen Frau um die Vierzig aufs Parkett. Sie hatte ein elegant-gepflegtes, unauffälliges, gekonntes Make-up, das erst auf den zweiten Blick nach Make-up aussah. Nur ihre dunklen Augen unter dichten glänzend nachtschwarzen Augenbrauen ließen ahnen, welch unkontrollierbare Glut der Blick aus diesen Pupillen entfachen konnte. Einige verschrumpelte und grauteigige Frauengestalten in unförmigen Körpern, bei denen sich das überflüssige Augenwasser in tiefen Falten unter den Augen sammelte, die in edlen Gala-Säcken verpackt waren, sahen der sportlichen Erscheinung mit dem federnden Gang neidisch nach. Das waren die Frauen deren Verfallsdatum schon längst abgelaufen war. So wie Helles Tänzerin sahen erfolgreiche Managerinnen in der Freizeit aus. Über sie wurde an einigen Tischen versteckt getuschelt. Die Blicke zu ihr verrieten das. Man schien sie zu kennen, für wichtig zu halten.

Die Dame in Hellblau kam auf mich zu.

Sie forderte mich zum Tanz auf. Ihre makellosen Zähne erinnerten an das Gebiss eines Pferdes. Die Schneidezähne waren weiß wie Porzellan. Sicher falsche Zähne. Ihr Busen schien etwas flach zu sein. Ihre Hände, die aus den Jackenärmeln hervorschauten, hatten dunkle Flecken, die sie unter goldenen Armbändern versteckte. Totenflecke sagte meine Oma zu diesen Hautmustern, weil sie im Alter kamen und auf die Sterblichkeit ihrer Besitzerin aufmerksam machten. Die fordernden, fast gierigen Augen der Gräfin, die etwas hervorstanden, waren groß, hatten eine kaltblaue Farbe, wie aus dem Inneren eines Eisberges, betont durch einen intensiven hellblauen Lidschatten. Ein schwarzer Lidstrich, am Wimpernrand dick aufgetragen, gaben ihr das Aussehen einer Geisha. Durch ihre langen Glieder hatte sie etwas Insektenhaftes. Ihr Make-up stammte aus den Sechzigern. Manche Frauen versuchen mit einem gleichbleibenden Make-up ihre beste Zeit zu konservieren. Ich stand auf und ging mit ihr zur Tanzfläche. Sie überragte mich um ein paar Millimeter. Das lag an den hohen hellblauen Lackschuhen mit den goldenen Spangen auf den Fußspitzen, die sie trug. Komisch, dass ausgerechnet große Frauen gerne hochhackige Schuhe tragen. Dann spielte die Kapelle einen Foxtrott. Das hatte ich drauf. Ich gehörte zur Fraktion der Foxtrottel, die irgendeinen Wald- und Wiesenfox beherrschen, der fast auf jede Melodie passte. In meiner Jugendzeit waren Tanzschulen sowas wie Altenheime. Ich nahm ihre linke Hand und legte meine rechte Hand um ihre Hüfte. Sie fügte sich gut in meine Bewegungen, führte sich wie von selbst. Das war schon mal angenehm. Ich ging näher an sie ran. Vielleicht war doch ein Busen zu spüren? Ihr kantiges Becken rieb sich aufreizend an meinem Körper. Ihre beiden Schambeine hatten fast alle Scham verloren. Sie stimmten mit Hilfe des sich aneinander reibenden Stoffes unserer Kleidung eine kaum hörbare, verführerische Fuge an. War da was? Da war was! Kam da ein perverser Moment aus meiner Seele hoch? Ihre Perlenkette schlang sich wie ein Rosenkranz durch meine Finger. War mein Glück gekommen, sollte ich ein Dankgebet sprechen?

»Sind Sie schon lange hier?«, wollte sie wissen. Ihre Stimme erinnerte mich an Zarah Leander, war aber ein wenig krächzend – doch nicht unangenehm.

Durch die dreifache Perlenreihe an ihrem Hals drückten sich ihre braunen Hautfalten. Sie war gnadenlos braun. Sonnenstudio-Farbe. Wie diese lederhäutigen Zombie-Gattinnen von irgendwelchen Industriellen in den Klatsch-Magazinen, die auf ihren Gräbern tanzten. Hatte Lisa Fitz recht? Sie machte mal ein Programm, das hieß »Geld macht geil!“ Ich konnte das nun testen.

»Ich bin heute angekommen«, sagte ich.

»Wo sind Sie untergebracht?«

»Kneippianum – und Sie?«

»Villa Vitalis. Über welche Krankenkasse sind Sie hier?«

»Privat«, schwindelte ich. Eigentlich nicht, ich musste ja alles selbst zahlen.

»Aha. Sie tanzen gut. Bis jetzt hatte ich kein Glück mit meinen Tänzern. In welchem Haus machen Sie Wellness?«

»Im Kneippianum«, log ich. Wenn nötig, konnte ich mir dazu von Helles

Bio-Archiv einige Infos runterladen.

»Wissen Sie, was noch schöner ist als eine Kneipp-Kur in Bad Wörishofen?«

»Nein, was denn?«

»Letztes Jahr kneippte ich auf einem Schiff, der MSC Melody.«

»Wie geht das?«

»Wir waren sechzig Kneipp-Aktivisten unter achthundert anderen Gästen auf dem Luxus-Liner auf der Fahrt durchs Mittelmeer.«

»Toll.« Ich konnte Zuhause höchstens mit der Badewanne im Garten kneippen.

»Naja, schon in der Kabine, als ich noch schlief, kam die Bademeisterin mit ihren nasskalten Tüchern an.«

»Brrr«, fühlte ich mit.

»Und nach dem vormittäglichen Knieguß kam ein opulentes Frühstück. Da wurde einem die Banane vor den Augen ins Müsli geschnippelt, das war ein Service«, bekam sie schwärmerische Augen.

»Das würde mir auch gefallen.« Kneippen und Kreuzfahren.

»Ich hatte *Bad Wörishofen sticht in See* gebucht. Raten Sie mal, was das kostete?«

»Verraten Sie's mir.«

»Es war nur ein Klacks, neunhundertfünfundzwanzig Euro in der Einzelzimmer-Kabine mit Vollpension, mit Gesundheits-Check an Bord.«

»Sind Sie öfters hier, beim Tanzen?«, entführte ich sie in die Gegenwart.

»Zwei, dreimal in der Woche. Ich brauche das. Ich gehöre noch nicht zum alten Eisen, das sich nur noch bis zum letzten Tortenstückchen in der Fußgängerzone schleppen kann. Sagen Sie, wie alt schätzen Sie mich?«

Das war die Frage aller Fragen.

»Auf jeden Fall jünger als alle, die hier sind«, versuchte ich galant auszuweichen.

»Sie Schelm, Sie gefallen mir, Sie müssen noch öfter mit mir tanzen, die anderen Männer sind alle so entsetzlich langweilig«, drückte sie sich näher an mich. Die Kappelle spielte »Strangers In The Night«.

Ich konnte es nicht fassen. Was war mit mir, mit meinen Hormonen los? Hoffentlich spürte meine Tanzpartnerin das nicht. Ihr Gesicht zeigte keine dementsprechende Regung. Ich spürte in meinem Rücken ihre Krallen. Auf zum Totentanz! Sie trug lange, mit Blitzesteinchen besetzte hellblaue Fingernägel. Das Lederarmband ihrer diamantbesetzten Uhr war auch hellblau. Nach diesem Tanz würde eine Pause kommen. Ich brauchte Rat von Helle, was in einer solchen Situation zu tun ist. In meiner linken Hand spürte ich den Druck ihres fetten Goldringes, der mit einer schweren Perle besetzt war.

»Sagen Sie eine Zahl, wie alt schätzen Sie mich?«, hakte sie nach.

»Strangers in the night ...«, die Band machte mir die Nacht als Zuflucht schmackhaft.

»Um die vierzig?«, versuchte ich spontan zu antworten. Sie nicht zu jung machen, aber auch nicht zu alt. Das war das schlimmste. Wahrscheinlich war sie um die sechzig. Sie war zufrieden.

»Ein paar Jährchen daneben, Sie Charmeur«, zog sie ihre ewig langen Julia-Roberts-Lippen an den Winkeln weit nach oben. Der Mund wurde dabei immer größer. Ihre Lippen spannten sich über den Zähnen, legten blassrosarotes Zahnfleisch frei, durch das der Oberkiefer durchzuschimmern schien. Ihre ganze Gesichtshaut glich einem abgeschabten, gegerbten Tierfell, das zum Trocknen aufgespannt war. War sie schon mal geliftet? Ich versuchte die Narben hinter ihren Ohren zu erspähen, die allerdings von ihrer Haarpracht verdeckt wurden. Ihr Aufmerksamkeitsmuskel unter der straffen Botox-Stirnhaut bewegte sich kaum sichtbar. Die Musik würde gleich zu Ende sein.

»Ich muss Sie meinen Freundinnen vorstellen«, zog sie mich am Ende des Tanzes an ihren Tisch. »Die sind schon neugierig auf Sie.«

Wahrscheinlich wollte sie nur ihr Opfer vorführen. Sie setzte sich an den Tisch mit ihren Freundinnen, hielt mich aber am Handgelenk fest, als ich mich neben sie setzte. Ich biss hörbar die Zähne zusammen, stöhnte vor Schmerzen leicht auf.

»Was haben Sie?«, fragte sie mich besorgt. »Was tut Ihnen weh?«

»Meine Hand, ich habe mich verbrannt«, versuchte ich tapfer Contenance, wie das wohl in diesen Damenkreisen hieß, zu bewahren.

»Ach Gottchen, wieso haben Sie mir das nicht gleich gesagt«, sagte meine Hosenanzug-Frau. Ihre dünnen, spinnenartigen Finger ließen mich los.

»Naja. Man will sich ja nicht mit Gejammere bekanntmachen.«

»Sie haben Glück«, ermunterte sie mich.

Schon wieder? Es schien wie Pech an mir zu kleben.

»Ich habe noch Brandsalbe übrig von meinem Sonnenbrand auf dem Kneipp-Schiff.« Sie betrachtete meine wunden Handgelenke. »Das schaut überhaupt nicht gut aus. Tststs. Das müssen wir behandeln.«

Dann stellte sie mir die beiden anderen Frauen am Tisch vor. »Das ist Anja, Expertin für hawaiianische Tempelmassage.« Bei Anja handelte sich um die kleine Rundliche, den wandelnden Schmuckladen mit der großblütigen Blume am Ausschnitt. »Und das ist unsere Prinzessin«, meinte die Gräfin zu der mich begrüßend lächelnden Frau mit der pinkfarbenen Flamme im weißen Haar.

»Du meinst Lomi-Lomi-Nui, meine Liebste«, flötete Anja.

»Für was ist Lomi-Lomi gut?«, heuchelte ich Interesse. Ich wollte herausbekommen, welche von dem Trio das dickste Konto hatte.

»Diese Wellness-Methode basiert auf dem fünftausend Jahre alten Wissens der Huna-Lehre über Harmonie und Einheit von Körper, Seele und Geist.«

Ich dachte mehr an die Einheit von Geld, Geldbeutel und Geschäften. Das eigene Problem ist halt immer das größte. Gesundheit war für mich kein Problem. Seit ich keine Krankenkasse mehr zahlte weigerte sich mein Körper krank zu werden.

»Ich bin davon sowas von begeistert«, sagte die Hellblaue.

»Merkst du schon Fortschritte?«, wollte die Prinzessin wissen.

»Wenn ich mit dem Öl massiert werde, fühle ich mich wie im Kosmos schwimmend. Mein Alter spielt dann keine Rolle mehr. Mein Meister-Masseur sagt, dass er sich im Rhythmus meiner Energie bewegt. Er führt mich dann zurück an den Anfang«, wurde die Hellblaue enthusiastisch. »Fühlt mal meine Haut.« Sie schob den Jackenärmel an ihrer rechten Hand zurück und streckte ihren Arm der Prinzessin hin, die vorsichtig danach griff und ihn befingerte.

»Unglaublich, glatt wie Baby-Haut«, verzog die Prinzessin bewundernd ihren Mund, dessen Lippen mit dem Lippenstift weit überzogen waren, fast schon ins clownhafte. Wahrscheinlich wollte sie später auch für ihr Aussehen gelobt werden. Ich durfte auch die Hand der Hellblauen befühlen. Ein dünner runzliger Überzug, der allerdings die darunterliegenden Knochen leicht erfühlbar machte. Diese hatte die Prinzessin wahrscheinlich gemeint, als sie von Glätte sprach.

»Lomi-Lomi-Nui basiert auf der Dreiheit des Menschen«, begann Anja zu dozieren. Sie nahm ihre Blume von der Bluse und hielt sie in den Händen. »Der Mensch ist ein Wesen aus Körper, Intellekt und göttlichem Selbstwesen.«

Die beiden anderen Frauen blickten fasziniert zu ihrer Tischnachbarin mit dem wissenden Blick, wie auf einen Guru. Anja steckte ihre Nase in die Blume und dozierte weiter.

»Lomi-Lomi-Nui gibt dem Körper seine Mana-Lebensenergie für die richtige Richtung, die vom Intellektwesen angegeben werden kann.« Wieder verschwand ihre nach Weisheit schnüffelnde Nasenspitze in der bauschigen Blume. »Das göttliche Selbstwesen im Menschen sorgt dafür, dass wichtige Menschen im Leben getroffen werden, was wir dann oft Zufall nennen«, schaute uns die Hawaii-Massage Expertin mit viel Nachdruck an, damit wir begriffen, dass wir vier an diesem Tisch die wichtigsten Menschen überhaupt waren.

»Es gibt keinen Zufall«, sagte die Prinzessin. »Wisst ihr wie ich auf meine Ayurveda-Kur gekommen bin?«

Sie bekam von uns außer Kopfschütteln keine Antwort, wir waren noch dabei unsere Position in den weltweiten Wichtigkeits-Charts, jeder für sich, zu klären.

»Wie ich eines Tages bei meinem Frisör Alexander sitze, fällt von einer großen Zimmerlinde ein Blatt exakt auf eine Zeitschrift, das hat mich neugierig gemacht.«

»Pflanzen gehören auch zu unserem spirituellen Bereich, das hast du instinktiv richtig gespürt, Prinzesschen, sie können uns auch Hinweise geben, wir müssen sie nur sehen«, steckte sich Anja wieder die Blume an den Ausschnitt.

Ein Hinweis, den ich nicht übersah, besonders weil sie durch tiefes Einatmen den Inhalt ihres Blusenausschnitts etwas attraktiver gestaltete. Vom Körper her wäre mir Anja lieber gewesen. Allerdings, warum war sie Expertin für Hawaii-Massage, die sich an die beiden anderen heranschleimte? Weil sie nicht so viel Geld hatte, weil sie noch arbeiten musste. Die Gräfin beäugte mich argwöhnisch, aber nur kurz, und zu ihrer Zufriedenheit, als ich meinen Schenkel gegen ihren presste, weil ich mich über den Tisch beugte, damit ich allen drei Damen aus der Sektflasche im eisvollen Kübel nachschenken konnte.

»Stellt euch vor, in dieser Zeitschrift habe ich einen Artikel über die besten Anti-Aging Methoden entdeckt. Darin war auch ein Fragebogen zur ayurvedischen Konstitutionstyp-Bestimmung. Da habe ich alles beantwortet«, erzählte die Prinzessin.

»Was will man da wissen?«, wollte ich jetzt wissen.

»Ob ich leicht ängstlich werde, ob ich gut verdaue, ob ich leicht schwitze und solche Sachen. Und wisst ihr was, ich kam auf dreißig Vata-Punkte, vierundzwanzig Kapha-Punkte und bei Pitta auf ...«

»... die Ayurveda-Küche, von der schwärmen so viele ...«, kümmerte sich meine Hellblaue nicht um die Pitta-Punkte.

»Wunderbar, ich sage euch, es ist einfach wunderbar, ich werde von original Ayurveda-Köchen aus Indien total verwöhnt. Gestern Abend gab es Raita, köstlich, köstlich«, versuchte die Prinzessin ihre rot verklebten Lippen genügend weit zu öffnen, um ihr in den Magen schauen zu können, der diese Wunderspeise empfangen durfte, die anscheinend die Heilkraft einer stinknormalen Kirchen-Hostie weit übertraf. Nun wurde mir klar, warum unsere Volkskirchen ihr Publikum verloren. Sie hatten kein verwöhnendes Wellness im Programm. Höchstens ein schnelles Wasserbad in Lourdes.

»Raita? Ist das was mit Reis?«, fragte meine Hellblaue und versuchte ihrer gestrafften Stirnhaut eine Denkfalte zu verpassen.

»Raita ist aus Gurken, Joghurt, Paprika und Kurkuma. Gut für Kapha-Typen wie mich, besonders wenn ich sie scharf genieße.«

»Da bekomme ich gleich Hunger«, sagte ich, ohne zu wissen, ob ich auch ein Kapha-Typ war. Ich fragte nicht, wahrte den Schein des Wissenden.

»Was hilft uns die äußere Behandlung, wenn die innere nicht stimmt«, sagte die Prinzessin. »Seit ich mich hier mit dieser Küche ernähre fühle ich mich wieder jünger. Jede Bewegung macht mir Freude.«

Wenn diese übermalten roten Lippen der Prinzessin nicht gewesen wären, hätte ich mir diese Frau durchaus an meiner Seite vorstellen können. Besonders als sie noch von ihren Besitztümern am Genfer-See in der Schweiz und von einer Eigentumswohnung in Monaco erzählte.

Die Musiker platzierten sich wieder an ihren Instrumenten. Die nächste Tanzrunde war gleich geboten.

»Ihr nehmt es mir doch nicht übel, wenn ich unseren Gast auf die Tanzfläche entführe«, bewegte sich die Prinzessin bei den ersten Tanzmusik-Klängen auf mich zu. Sie hatte mein Interesse an ihr sofort mit ihrem Gefühlsradar erfasst. Die Figur unter ihrem Wildlederkostüm bot mir einen zufriedenstellenden Eindruck. Ein Wild mit Hügeln, hinter denen die Lust versteckt war. Die Prinzessin fasste mich lachend an einem Handgelenk. Ich schien das Opfer einer kommenden Trieb- und Treibjagd des Frauen-Trios zu sein. Wobei sich noch herausstellen musste, wer mich endgültig erlegte.

»Auuuuu! Fffffffhhh.«, unterdrückte ich, mich krümmend, einen Schmerzenschrei.

»Seine Wunde, also, pass doch auf«, befreite mich die Hellblaue aus dem Griff der Prinzessin. »Da muss sofort Brandsalbe drauf, da hilft alles nichts, ihr entschuldigt uns«, zerrte sie mich vorsichtig am Ellbogen anfassend vom Tisch weg.

Das taten die beiden anderen Frauen bestimmt nicht gern. Es waren weniger Männer als Frauen im Tanzlokal. Helle war wieder mit dieser sportlichen Frau auf der Tanzfläche. Die beiden ergänzten sich wirklich hervorragend. Sie sahen aus wie eingeübte Turniertänzer, die aber ohne den steifen Turnierstil einfach voller Freude dahinglitten. Ich gab ihm beim Hinausgehen noch Zeichen. Ich glaube, er hatte nichts davon bemerkt.

Wir gingen durch den nächtlichen Kurpark. Die Laternen beleuchteten uns. Obwohl ich mir ausmalte, dass mich diese Spinnenfrau aussaugen würde, restlos, wurde ich heiß auf sie. War es das Abnormale dieser Beziehung, die mich so scharf machte? Wollte ich wissen, welche Dramen sich hinter dem verlebten Gesicht verbargen, welche Sexspiele diese Frauen-Art, diese Frauen-Generation, diese Frauen-Schicht, drauf hatte? Also weitermachen. Ich schlang meinen Arm um ihre Hüfte. Schob sie suchend unter ihren Hosenbund. Ich wollte wissen, ob wenigstens ihre zwei hinteren Kugeln mehr Fleisch zum Anfassen bieten konnten. Sie ließ meine neugierigen Finger ungehindert bis zu der Rille wandern, die von den beiden Backen gebildet wurde.

»So warte doch, du Wildling!«

»Ich glaube, bei mir brennt schon alles«, haute ich auf den Putz.

Wurde ich derartig besessen von ihr, weil ich noch nie mit einer älteren Frau, mit einer viel älteren, mit einer Frau, die langsam ins Lager der Greise überging, geschlafen hatte? Weil ich es nur für Geld tat? Wegen diesem Gefühl, entstanden durch die Verwandlung in eine männliche Hure?

»Das werden wir alles eincremen!«, versprach sie kichernd.

Ihre Damen-Disziplin hatte sich verabschiedet. Dabei massierte sie mit ihren Krallen meine Haare, meine Kopfhaut. Sie lehnte sich an eine Laterne, legte ihre Krallen auf meine Schulter, zog mich an ihren dünnen Körper. Sie spitzte wie ein unschuldiges Mädchen ihre Lippen in meine Richtung.

»Du musst mir versprechen, dass du mich anständig behandelst«, flehte sie mich mit einer verstellten Mädchenstimme an. »Machst du das, ja?«

Ich nickte.

»Küss mich, zum Schwur unserer Herzen!«

Ich küsste sie. Zart, wie ein Schmetterling auf einer Blume landet. Damit sie merkte, wie rücksichtsvoll ich sein konnte.

»Du gefällst mir. Wir werden deine männliche Fackel entzünden.«

In mir brodelten die Säfte. Ihre Mädchenstimme und ihr verruchtes Verhalten machten mich verrückt. Zum Appartement der Hosenanzug-Frau war es nicht weit. Ich war gespannt, was passieren würde. Inzwischen war ich nur noch Treibgut auf den Wellen der Lust. Sie sperrte auf.

»Setz dich bitte hin«, befahl sie mir. »Ich komme gleich.« Sie verschwand in einem anderen Zimmer.

Neben dem Sofa, auf dem ich saß, war ein niedriger Schrank, auf dessen Marmorplatte sich Fläschchen, Flaschen und Dosen breitgemacht hatten. Mit Noni-Saft aus der Morinda-Citrifolia-Frucht, mit Marien-Distel-Kapseln,

Ginseng-Fit, Soja-Calcium für das Wohlbefinden und Stoffwechsel-Gleichgewicht nach den Wechseljahren, Schwarzkümmelöl-Kapseln mit hohem Anteil an biologisch aktiven, mehrfach ungesättigten Fettsäuren und neuseeländisches Grünlipp-Muschelkonzentrat. Ein Jungbrunnen in Puzzle-Teilen. Christiane Hörbiger, die reife Schauspielerin mit einer ewig antörnenden Ausstrahlung, der Beweis für attraktive Frauen über Fünfzig, die noch mehrere Sünden wert waren, meinte auf der Rückseite einer Flasche mit Aloe-Vera-Saft: »In Gesundheitsfragen zählt für mich vor allem Erfahrung.« Was ich hier in dieser fremden Wohnung eigentlich zu schaffen hatte, das würde ich erst noch erfahren.

Ich griff Hilfe suchend nach einem Buch, das neben mir, auf einem anderen Buch, aufgeschlagen auf dem Sofa lag.

»Mein Lieblingsbuch, von Stefan Zweig, kennst du es?«

»Von Stefan Zweig kenne ich nur die *Schachnovelle*.«

Sie entzündete auf dem Tisch drei Räucherstäbchen.

»Dieses Buch solltest du auch lesen. Es geht um wahre Liebe und falsches Mitleid. Ein Offizier macht sich an ein gelähmtes Mädchen aus reichem Hause ran.«

War das auf mich gemünzt? War sie das reiche Mädchen? Wie ging dieser Roman von Zweig wohl aus?

»Das andere ist auch von Stefan Zweig, ich schenke es dir«, reichte sie es mir.

»Dieses ist die Geschichte Viratas, den sein Volk rühmte, von dem aber nicht geschrieben ist in den Chroniken der Herrscher noch in den Büchern der Weisen, und dessen Andenken die Menschen vergaßen«, zitierte sie aus den ersten Seiten des schmalen, dunkelbraunen Buches aus dem Insel-Verlag. »Du bist mein Held, ich schenke es dir, wie heißt du eigentlich?«

Sie schrieb rein: »Für Klaus, meinen Helden, der mich aus jeder Gefahr retten wird!« Als ich den Titel des Buches las, durchlief mich ein merkwürdiger Schauer: »Die Augen des ewigen Bruders« stand mit roter gotischer Schrift in einem schwarzen Rahmen auf einem aufgeklebten Etikett. War diese Gräfin nicht hinter meinen Eiern, sondern hinter meinen Augen her? War sie auf mich angesetzt? Komischerweise erregte mich dieser Gedanke. Ich war wohl außer Rand und Band. Oder war das die letzte große Euphorie vor meinem Untergang? Sei vorsichtig, Klaus, sagte ich mir. Ich blätterte in dem dünnen Buch mit rund sechzig Seiten.

Auf der ersten war zu lesen:

»Nicht durch Vermeidung jeder Tat

wird wahrhaft man vom Tun befreit,
nie kann man frei von allem Tun
auch einen Augenblick nur sein.
Bhagavadgita, dritter Gesang.«
»Was ist denn Tat? was ist Nichttun? –
Das ists, was Weise oft verwirrt.
Denn achten muß man auf die Tat,
achten auf unerlaubtes Tun.
Muß achten auf das Nichttun auch –
der Tat Wesen ist abgrundtief.
Bhagavadgita, vierter Gesang«, las ich weiter.

Wie wahr.

In meinen Kopf kam Helle. Licht, meine ich. Aber mein Freund auch. Wusste der, falls was passierte, wo ich war? Sicher, also konnte mir hier kaum was passieren, man würde wissen, wer mich auf dem Gewissen hatte, das würde sie nicht riskieren, redete ich mir ein. Aber auch ein schimmerndes Licht schien aus meinen Gehirnzellen, die von einer allumfassenden Erkenntnis erleuchtet wurden. Ich fasste das Wissen des indischen Weisen auf meine Art zusammen: Es kommt, wie es kommt. Ich war kein Anhänger der Vorbestimmung, des bereits vorgezeichneten Schicksals. Welcher Gott, welche Norne, sollte sich die Mühe machen, das Schicksal von zigmilliarden Menschlein ineinander zu verknüpfen? So versessen auf unsinnige Arbeit konnte doch kein Gott sein. War doch spannender, unser Gewurstel und Gewusel, unsere Daily Soap »Mensch ärgere dich« von oben zu verfolgen.

Bevor sie hinter einer Schiebetüre verschwand, knipste sie eine Stehlampe an, die eine lange Zickzackhülle aus fein gefaltetem weißen Papier hatte. Drei Birnen brannten in dieser Stehlampe. Ich kam mir vor wie ein Callboy, nein, eher wie ein Gigolo aus der K&K-Monarchie. Wie wurden diese Gigolos von ihren Dämchen ausgehalten? Gab es nach jedem Beischlaf Geld? Wie wurde das gemacht? Musste ich was verlangen? Sollte ich warten, wie viele Scheine sie mir hinlegte? Wurde ich einfach ausgehalten von ihr? Musste ich ihr täglich zu Willen sein? Womöglich mehrmals? Wollte sie mich händchenhaltend durch Bad Wörishofen schleppen? Konnte ich dann Helle in die Augen schauen? Dabei ein bisschen zwinkernd um Verständnis bitten? Würde sie mich hier einquartieren? Und wäre ich dann gefangen im Käfig ihrer Lust? Würde es mir morgen auch noch Spass machen mit ihr? Wann würde der Ekel kommen, wann würde ich mich dafür verabscheuen?

Ich wusste nicht mal wie die Hosenanzug-Frau hieß.

Ich schaute mich um. War irgendwo ein Hinweis auf ihren Namen zu sehen? Ich sah nur teure Möbel, teure Teppiche, teure Vasen, teure Gemälde. Würde sie alle meine Schulden zahlen, wenn sie mit mir zufrieden war? Würde sie in mich investieren, wenn ich sie zum Orgasmus brachte? Konnte ich dieses unheimliche Tier im hellblauen Hosenanzug domestizieren, von mir abhängig machen? Ich sah ihr Pferdegebiss vor mir, ihre fressenden Augen, die meine Seele bereits durchlöchert hatten wie einen Schwamm. Wie einen Korallenfelsen, aus dem winzige Würmchen schauten. Ein Kuvert auf einem Glastisch nahm meine Aufmerksamkeit gefangen. Es war adressiert an »Gräfin Corinna von Heufeldingen«. Ich hatte es mit einer Adligen zu tun. Immerhin. Der Weg zu Burgen und Schlössern führte über ihr Bett.

Sie kam zurück. In einem orientalischen Kleid aus dem ihre hageren Gelenke hervorstachen. Sie schob eine CD mit orientalischer Musik in den CD-Player. Wie eine tanzende Schlange bewegte sie sich auf mich zu. Ihr Lächeln wirkte entrückt. Dann breitete sie auf dem orientalischen Teppich ein großes Frotteetuch aus. Um dieses herum stellte sie Kerzen in Gläsern auf. Kerzen bei der Liebe, das schienen in letzter Zeit die Frauenmagazine ihren Leserinnen anzuraten. Dann löschte sie die Stehlampe. Ich schaute vom alten Barocksessel aus zu. Unwillkürlich presste ich meine Beine zusammen. Ein bisschen wurde ich nervös, als sie eine große Schere neben sich legte. Was wollte sie damit? Zuerst zog sie mir die Jacke herunter. Dann kniete sie sich vor mich hin und zog mir die Hose von den ausgestreckten Beinen. Hinter dem durchsichtigen Stoff ihres Kleides suchte ich nach ihren Brüsten. Wo waren sie? War da vorhin nicht noch ein bisschen mehr dran gewesen? Die Falten ihres Kleidung, die sich ineinander bewegten, ließen kein genaues Studium ihres Körpers zu. Meine forschenden Hände wurden zurückgewiesen. Sie kam von hinten an den Sessel und lockerte meine Krawatte. Ich spannte mich innerlich. War darauf gefasst, dass sie mich mit der Krawatte erwürgen wollte. Dann hatte ich nur eine Überlebenschance, wenn ich schnell meine Finger unter die Krawatte an den Hals brachte. Doch sie zog die Krawatte sanft über meinen Kopf herunter. Hemd und Unterhemd auch. Dann bat sie mich zwischen die Kerzen. Diesmal musste ich vorsichtiger sein als bei Ursula, kam es mir. Ich musste mich mit nacktem Oberkörper mit dem Rücken auf das Frotteetuch legen. Zuerst cremte sie meine Handgelenke ein. Sie sang unverständliche Beschwörungen. Dabei benutzte sie wieder diese Mädchenstimme. Wollte sie mich über ihr Alter hinwegtäuschen? Sie cremte die Arme hoch, an den Schultern entlang, den Hals, die

Brust hinunter, um den Bauchnabel herum.

Ach hätte sie doch nur ein wenig einen Bauch gehabt. Ich geh nicht gern mit einem Skelett ins Bett. Wenn ich zu reimen beginne, fühlte ich mich wieder Herr der Lage.

»Spürst du schon Linderung, mein süßes Schatziwatzilein«, züngelte sie wie eine Schlange durch ihre Lippen.

»Geht«, sagte ich. »Wird besser.«

Sie hielt inne. Reckte ihren Hals wie eine Schlange ihren vorderen Körperteil bevor sie angriff. Ein Gedanke schien sich in ihr auszubreiten.

»Du willst mich doch ficken, das willst du doch, stimmts?«, brach es in voller Wucht der vielen Enttäuschungen aus ihr heraus.

Über mein Gesicht breitete sich endlose Verblüffung aus. So genau und so drastisch wollte ich es eigentlich nicht wissen, was ich in dieser Nacht noch vor hatte. Und ob ich das wollte, was sie meinte, da waren mein Unterleib und mein Oberleib noch geteilter Meinung.

»Du willst mein Geld ficken, ist doch so. Alle wollen mein Geld ficken«, kreischte sie hysterisch.

Verneinend schüttelte ich den Kopf. Noch nie wollte ich Geld ficken. Wie sollte das auch funktionieren? Mit Euros sicher nicht. Kein Geld war so anti-erotisch wie der Euro.

Aus einer Schublade holte sie Euro-Scheine. Hunderter. »Du willst mein Geld ficken, dann fick es doch!«, blitzte sie mich hart an. Sie spielte die Empörte, die Ausgenutzte.

Sie warf die Scheine über mich. Wie Feigenblätter. Diese Frau hatte ich noch nie gesehen. Sie war außer Rand und Band. Fehlte nur noch, dass sie mir ihre Schere durch die Brust oder sonstwo rammte.

Ich wartete auf meinen Hinauswurf, doch sie verschwand hinter einer Türe und ich machte mich schon aufs Schlimmste gefasst. Steckte sie mit diesen Rache-Russen unter einer Decke? Hatten die hinter der Türe gewartet, bis ich wehrlos war? War sie auf mich angesetzt? Sie kam singend zurück – als wäre nichts gewesen, als hätte sie nicht gerade obszöne Worte ausgestoßen – und stellte neben mir einladend lächelnd ein Tablett ab. Darauf eine Flasche Campari, eine Karaffe mit Orangensaft und Eiswürfel. Sie mischte uns mit allerfreundlichsten Gesicht die Drinks. Ich war beruhigt. War nur ein Aussetzer gewesen. War zuviel für die Dame, all diese Erregung. Verständlich. Wir stießen unsere Gläser an. Ihre Augen, die alterslos waren, in die ich mich versenkte um ihre Zombie-Haut nicht zu sehen. Sie flößte mir über ihre Lippen den Campari mit Orangensaft vermischt ein. Ich musste an diese Trinkgefäße von Tyrannen denken, die den roten Wein aus den Schädeln ihrer getöteten Gegner schlürften. Es war eine irrwitzige Situation, deren Verrücktheit mich wieder erotisierte. Der Alkohol wirkte positiv. Sie blies die Kerzen aus und knipste wieder die Stehlampe an. Die Wärme des Alkohols durchfloss mich. Ihre Krallen wanderten über mich. Wie ein Krebs, unberechenbar im Gang.

»Wir gehen lieber ins Schlafzimmer, Schnuckwuckimausi. Da ist es bequemer. Ich bereite alles vor für eine unvergessliche Nacht. Du kannst dich inzwischen abduschen. Die Creme ist schon in deinem Körper.«

Es war zutiefst lächerlich, wenn dieses geile Skelett Kosenamen aussprach. Aber diese skurrilen Details lockten mich immer weiter in diese Handlung, von deren Ende ich mich überraschen lassen wollte. Mir imponierte diese leidenschaftliche Frau, die keine Peinlichkeit ausließ um unsere Körper zusammenzubringen, dieser verzweifelte Hunger nach Liebe. Ich würde doch nicht aus Mitleid mit diesem wandelnden Knochengestell schlafen? Ich stand auf. Sie zeigte mir den Weg ins Bad. Ich zog Unterhose und Socken aus, stellte mich in die Badewanne und ließ den Duschstrahl über mich wandern. Meine Gedanken zogen zu der Perlachturmwächterin. Mit ihr zusammen hatte ich nach der Rattenoperation geduscht. Wo war sie heute? Fort! Hatte ich kein Glück mit den Frauen? Sah so aus. Alle waren wieder verschwunden. Auch Fleur, die mir in München zwischen den ägyptischen Göttern ihre Liebe gestand, die war irgendwo auf einem Vergnügungs-Dampfer. Warum sollte ich nicht eine alte Gräfin nehmen? Wenn sie Kohle hatte. Wer weiß wie lange sie noch lebte? Es gab schlimmere Jobs. Bier-Ausfahrer zum Beispiel. Die Gräfin war bestimmt nicht schwerer als ein Tragel Bier. Ich drehte den Brausekopf erst auf kalt, dann auf heiß. Ahhhh. Ein neues Leben in einem fremden Bad. Was waren meine Pläne für die Zukunft? Fremde Räume regten meine Phantasie an,

Sie kam ins dampfende Bad.

»Bist du soweit, mein Herzischmerzilein?«

Sämtliche Verbindungen zwischen meinem Hirn und meinem Unterleib waren unterbrochen. Ich schaute sie nur an, als würde ich mich von ihr zum Bett tragen lassen wollen.

»Zuckerwuckerbutzi, komm, sei lieb, trag deine Braut zur Hochzeitsnacht ins Bett.«

Es war wie im Tollhaus. Oh, Zucker-Susi, wohin hast du mich geschickt. Die unbekannte Handlung riss mich mit. Diese Wahnsinnige würde mich zwischen ihren Beinen erleben wie die Kreuzritter vor Jerusalem. Wieso Kreuzritter? Wir waren nur zu zweit. Auf meinen Händen die Gräfin. Sie begann mit ihrer künstlichen Mädchenstimme zu kreischen: »Auf zur Liebe, auf zur Jugend, auf zum Paradies, mach mich glücklich, mein Apollo, mein Herkules, mein Amor, mach mich jung, mach mich jung, mach mich jung!« Die Frau war gebildet. Kein Zweifel. Sie sah mich als lebendigen Jungbrunnen an. Das war ein bisschen viel verlangt. Aber heute konnte alles passieren. Einen durchgeknallten Tag wie heute hatte ich noch nie erlebt. Sollte passieren, was passieren wollte. Ich ließ mich nicht mehr schocken.

Mit einer Hand zeigte sie auf die Türe, die ins Schlafzimmer führte. Eine Tagesdecke war über das Doppelbett gebreitet.

Auf dieser Decke lagen Fotos verstreut. In Schwarzweiß und in Farbe. So viele, dass ich kaum sehen konnte, welches Muster die Tagesdecke hatte, die an der Bettseite herunterhing. Wenn das ihre Jugendfotos waren, die herumlagen, wenn dieses Mädchengesicht darauf, das voller Lebenslust war, ihr Mädchengesicht war, dann war sie mal sehr hübsch gewesen. Es war das Licht der Stehlampe im anderen Zimmer, die durch den offenen Türspalt einen Steifen, äh, Streifen Licht über die Fotos warf. Ich begriff meine Rolle, was von mir erwünscht war. Ich warf die aufgeregt strampelnde Gräfin auf die Fotos. Ich ahmte die Haltung eines Turmspringers nach, um ihr nachzufolgen.

»Halt, noch nicht, hol' bitte die Schere!«, bettelte sie. Welche Stimme hatte sie diesmal? Sie klang nach einer jungen Frau.

Wie ein Roboter führte ich ihren Wunsch durch. War das eine Hexencreme die sie mir verpasst hatte, die mich gefügig machte? Ich kam mit der Schere zurück. Sie räkelte sich wollüstig auf den Fotos. Das Licht der Stehlampe fiel durch die offene Türe herein, quer über ihren orientalischen Fummel.

»Bitte, bitte, Herr Zauberer, befreien Sie mich von meinem Kleid, es ist an meinem Körper festgewachsen«, sagte sie mit einer näselnden pubertären Mädchenstimme. »Aber bitte, bitte tun Sie mir nicht so weh wie das letzte Mal«, begann sie wie ein Mädchen aus dem Kindergarten zu schluchzen. War die Gräfin mal Synchronsprecherin für Kino-Filme gewesen. Wollte sie mir mit ihrer Stimmkunst imponieren? Welches letzte Mal meinte sie? Vor dreißig oder vor vierzig Jahren?

»Eine böse Hexe hat mich in eine Greisin verzaubert, sie müssen mir wieder meine Jugend zurückgeben«, begann sie mit ihrer krächzenden Zarah-Leander-Stimme zu jammern.

Welches Spiel war das jetzt? Ich trug die Stehlampe ans Bett. Ich stand nackt mit der Schere im nächtlichen Schlafzimmer eine Gräfin, die Tränen vergoss um mich in Ekstase zu versetzen. Konnte sie haben.

Ich kniete mich zwischen ihre Beine. Dann begann ich das Kleid vom unteren Saum her zu zerschneiden.

»Pass auf, mein Schweinikleini, pass auf«, schluchzte sie weiter. Ich schnitt sie leicht in die Hand. Sie quietschte. »Du tust mir weh! Pass doch auf, du Dummerchen.«

Aber sie blieb weiter liegen und bäumte sich mir mit ihrer Schambeinfuge obszön entgegen. Wollte sie, dass ich sie schnitt? War sie so eine? Eine die wollte, dass man ihr Schmerzen zufügte? Eine Masochistin? Blaublütige Damen waren anscheinend auch heißblütige Damen. War es nicht so, dass man zügelloser wurde, je anständiger man erzogen wurde? Mussten diese Damen nicht unter perversen Phantasien leiden, wenn sie ihr Leben lang mit blaublütigen Langweilern, fürstlichen Versagern das Bett teilen mussten? In mir stieg ein gewisser Prolo-Stolz hoch, der mich in meinen erotischen Aktivitäten bestärkte.

Die lüstern zappelnde Gräfin zerrte einige zerschnittene Kleiderfetzen von ihrem Körper. »Das bin ich, das bin ich, das bin ich“, nahm die Gräfin die herumliegenden Fotos in die Hand und ließ sie auf mich herunterfallen. Ich sah mir einige davon an. Da war ein Mädchen mit Schultüte zu sehen, ein Mädchen mit einem Schlitten, ein Mädchen am Weihnachtsbaum. Ich lag auf dem Rücken und hob die Fotos betrachtend in die Luft.

»Liebling, komm, mach mich jung, gibt mir deinen magischen Saft, der mich in deine kleine süße brave Corinna zurückverwandelt«, bettelte sie mit fest geschlossenen Augen. Sie saß über meinen Schenkeln. Ich versuchte an die dargebotene Fuge zu gelangen. Ich sah etwas und ich sah nichts. Das war nicht der Blautopf aus dem die schöne Lau hervorkam. Das war das Tor in den siebten Horror-Himmel. Sie zog, aufrecht, mit gespreizten Beinen über mir stehend, einen zerschnitten Stoff-Fetzen als langes Band durch ihre Schambeinfuge. Hin und her. Wie einen Geigenbogen, der eine perverse Melodie als Köder auslegte. Sie spannte das Band über meinen Körper und band es am Bettrand fest. Die hellblaue Spinne webte mit lüsternem Totenschädel-Grinsen ihr Netz. Weitere Bänder würden sich über mich spannen. Ich hatte genügend geschnitten. Ihre roten Lippen waren rote Kieferklauen, mit denen sie mich aussaugen würde. Mein Saft würde ihren Körper anschwellen lassen, ihre Haut spannen, faltenfrei, jung machen, das hätte jedenfalls Bram Stoker seine Dracula-Opfer in dieser Situation glauben lassen. Mir verging die Lust. Ich schob mich unter dem Band heraus und versuchte aus dem Bett, aus dem Doppel-Grab, zu entkommen. Mein linker Fuß verwickelte sich in das Kabel der Stehlampe. Sie fiel auf die Gräfin. Die erhitzten Glühbirnen brannten sich durch das Zickzackpapier, glühten sich in die blaublütige Haut. Die Gräfin schrie auf. Hoffentlich hatte sie noch ein bisschen Brandcreme in der Tube. Sie hätte damit an meinem Unterleib nicht so verschwenderisch sein sollen. Feuer und Wasser, zwei Elemente die sich nicht vertrugen, buhlten in letzter Zeit bei mir verstärkt um meine Aufmerksamkeit.

Ich flüchtete aus diesem Irrenhaus. Mit Helles Kleidung in der Hand, die Terrassentüre der Gräfin zuknallend, flüchtete ich in den dunklen Kurpark hinein. Der Mond stand desinteressiert am Himmel. Er hatte schon schlimmere Sachen sehen müssen. Zufall oder Steuerung durch das Unterbewusstsein? Ich gelangte in eine Anlage mit mehreren Gärten. Im Walahfrid-Strabo-Garten werden von dem mittelalterlichen Mönch von der Bodensee-Insel Reichenau in 444 Versen 24 Heil-Pflanzen beschrieben. Der Garten von Leonhart Fuchs, angeregt durch den Botaniker aus Wemding, ist im Renaissance-Stil streng gegliedert. Ich stolperte auch in den Kneipp-Garten mit Heilkräutern. In einem rechteckigen Beet stand ein Täfelchen das auf Kräuter zur Behandlung von schlechten Nerven hinwies. Super. Her damit! Ich riss mir ein Kraut aus diesem Beet aus und futterte es wie eine hungrige Kuh. Dem Geschmack nach könnte es frischer Baldrian gewesen sein. Oder Bitterklee? Oder Huflattich? Oder Wühlhuber? Oder Aufrechter Augentrost? Nach meinem Darm zu urteilen hatte ich den Wühlhuber erwischt, der den verdauten Inhalt meiner Körperschläuche mit unbekannten Gärungsmitteln in Biogas und Klärschlamm trennen wollte. Ich drückte die Muskeln meines Hinterausganges verzweifelt zusammen. Nichts ist erniedrigender als Dünnschiss in der Fremde. Weches Kraut hatte Kneipp gegen Durchfall, Diarrhö, empfohlen? Wo war das Schild mit Kräutern gegen Magen-Krankheiten? Ich irrte wie ein Alzheimer-Ghul auf der Suche nach Leichenfutter im fahlen Mondlicht durch die Beete, die wie Gräber auf einem Friedhof wirkten. Mein Lämpchen im Taschenmessergriff half mir das gesuchte Schild zu finden. Brombeere, Heidelbeere, Isländisches Moos, Salbei und Seifenkraut wuchsen hier. Welches war das best- und schnellstwirkendste? Ich futterte das Beet leer. Dann betete ich den Mond an, versprach ihm, falls ich jemals eine unbekanntes Kraut entdecken würde, es nach ihm zu benennen. Das wirkte. Mein Pförtner hielt dicht. Oder war es die Mischung aus den von Kneipp empfohlenen Magen-Kräutern? Ich habe mein Wort gehalten. Inzwischen gibt es auf der Welt mindestens fünf Mondkräuter. Zur Abhärtung und Vorbeugung.

Kapitel 5

Wo waren die Socken? / Zeitungen sind sehr nützlich / Ein langes Frühstück / Zwei Frauen setzen sich zu Klaus Kessler und Helle / Schweinebraten oder Wiener Schnitzel?

Die Nacht war kalt. Wie spät war es wohl? Ich hatte keine Armbanduhr an, wegen der Brandverletzungen am Handgelenk. Meine Socken hatte ich im Appartement der Gräfin vergessen. Typisch. Also mit nackten Füßen in Boots. Das ging ja noch. Hauptsache, ich hatte noch mein Herz dabei. Wo konnte ich Unterschlupf finden? Wie konnte ich in Helles Zimmer kommen? Der Eingang ins Kneippianum war geschlossen. Ein Steinchen an sein Fenster werfen? Aber welches war sein Zimmerfenster? Ein Hotelzimmer konnte ich mir nicht leisten. Ich wurde müde. Mir zog es langsam die Beine weg. Sollte ich mit letzter Kraft durch das nächtliche Bad Wörishofen irren, bis die Sonne aufging? Ich beschloss wieder in den Kurpark zu gehen. Ich schnappte mir aus dem Papierkorb die alte Augsburger Allgemeine in der die Bierflasche eingepackt gewesen war. Ich legte den Lokalteil Bogen für Bogen über mich. Ein wärmendes Stück Heimat. Diese Zeitung war wirklich für Flaschen prädestiniert. Auch wenn die Kälte an meinem Körper hochkroch, konnte ich in Helles Anzug mit hochgeschlagenem Kragen einen Dreiviertelschlaf hinlegen.

Geschepper aus einem nahen Altglas-Container stahl mir den Schlafgenuss. Ein verhaut aussehender Typ mit Plastiktüten machte sich in der graunebelschwadrigen Morgendämmerung mit einem Draht an den Einwurflöchern zu schaffen. Er angelte Flaschen aus dem Container.

»Hey, was machen Sie da? Die sind doch schon leer, die Flaschen«, rief ich laut protestierend in seine Richtung.

»Mir gehts ums Pfand«, erklärte er mir.

Auch ein Gelderwerb, wenn mir sonst nichts mehr einfiel, Pfandflaschen zurückzugeben.

Wie gerädert erhob ich mich von der Bank, als die ersten Sonnenstrahlen durch den Kurpark drangen, über dessen Gras sich Nebel gebildet hatte. Ich knüllte die Zeitung zusammen, die mich einigermaßen vor der Kälte geschützt hatte. Dabei fiel mein Blick auf die Horoskop-Spalte. »Fische 20.2. – 20.3.« war meine Abteilung überschrieben. Was konnte ich von der Zukunft erwarten? Ich las die Orakel-Worte: »Alle bejubeln Ihr Verhalten. Behalten Sie dennoch alles unter Kontrolle und überlassen Sie nichts dem Zufall. Sicher ist sicher. Was Sie in der Partnerschaft bedrückt, ist kein echter Kummer, sondern nur verletzte Eitelkeit. Aufhören, alte Vorstellungen zu umklammern. Mit starkem Durchsetzungswillen im Job machen Sie sich unnötig Feinde. Tun Sie sich den Gefallen und vermeiden Sie Streit. Leben Sie nicht zusehr in den Tag hinein. Ihr Nervenkostüm ist recht instabil. Mehr Planung wird Ihnen helfen.« Das passte voll. Wie sollte ich meinen heutigen Tag planen? Ich knüllte die Zeitung, die mich hartnäckig verfolgte, in den Abfallkorb.

Zuerst musste ich auf eine Toilette. Ich suchte die nächste öffentliche. Als ich mich mit heruntergezogener Hose aufs kalte Becken setzte, spürte ich etwas an meinem Hintern. Da klebte was. Ein Blatt von einem Baum? Ich langte hin. Es war ein Hunderter der Gräfin, der an mir hängen geblieben war. War ich zu schnell aus ihren Armen geflohen? Hatte Liz Taylor nicht auch einen Maurer geheiratet? Der hatte doch nach der Scheidung eine Millionenabfindung erhalten. Ach was, ich würde es nie schaffen, meine Liebe zu verkaufen. Mein Herz war eben besser als jeder Lügendetektor. Das ist mein Reichtum, sagte ich mir. Ich steckte den Hunderter in die Tasche der heruntergelassenen Hose. Man stelle sich vor, ich würde, verschlafen wie ich war, den Schein mit dem Klopapier verwechseln. Konnte mir alles passieren. Was war heute für ein Tag? Was war gestern? Samstag. Na also, ich war in meiner Zeitreise in einem kühlen Sonntag-Vormittag gelandet. Durch den Kurpark zogen flüchtig huschende Nebelschwaden, die von Baumstämmen zerfetzt, zum Kurparkrand hin dichter wurden und sich nach dem Verlassen des Kurparks auf einer weiten Wiese wieder in eine grauwolkige Gesamtnebeldecke über den Grasspitzen zusammenfanden. Wann würden sonntags die Cafés, von denen es in der Fußgängerzone in Bad Wörishofen nur so wimmelte, wohl öffnen? Hoffentlich bald. Ich wollte heute frühstücken wie Gott in Frankreich. Mit Helle. Mit dem Hunderter. Irgendein Vogel schien mich von einem hohen Zweig aus zu verspotten als er sah, wie ich beim Laufen meine Rückenwirbel wieder in die richtige Reihenfolge bringen wollte. Ich war reif für eine Kneipp-Kur. »Ihre Gesundheit in guten Händen« war auf der Mauer vor dem Kneippianum in großen Buchstaben ein Spruch zu lesen. Meine Hände hatten ein Wrack zu heben. Ich fragte die Frau an der Pforte, eine andere als gestern, wo ich in Bad Wörishofen gut frühstücken könne.

»Ich empfehle das Café Schwermer oder das Matzberger«, sagte sie.

»Eine Bitte, wenn Sie meinen Freund Helmut Bärwasser sehen, dann geben Sie ihm bitte diesen Zettel, damit er weiß wo ich frühstücke. Dahin soll er auch kommen. Kennen Sie Herrn Bärwasser?«

»Freilich. Unser Startänzer.«

Sie erklärte mir den Weg zum Café. Hinter ihrem Rücken konnte ich eine Wanduhr sehen, deren Zeiger auf acht Uhr vierundzwanzig zeigten. Ich ging los. Meine Hand befingerte den lädierten Hunderter in der Hosentasche. Hurra. Er war noch da. Ich hatte es nicht geträumt, als ich mich ruhelos auf der harten Parkbank gewälzt hatte. In dieser Nacht hatte ich mir vorgenommen, dass ich nicht als Penner auf der Parkbank enden wollte. Das war zu hart. Lieber Zeitungen ausfahren oder Werbeprospekte verteilen oder Gemüsehobel in der Fußgängerzone anbieten. Der Weg vom Kurpark in den Ortskern ist nicht weit. Von einer Gedenksäule schaute der Mann mit den buschigen Augenbrauen unter einem runden dünnen Prälaten-Käppchen von einem pizzagroßen steinernen Medaillon gütig in den kühlen Sonntagmorgen: Vater Kneipp. Er hatte wohl mitbekommen, dass ich schon einige Meter gesundes Tautreten im Kurpark hinter mir hatte. Wenn auch in Boots. Wo waren nur die warmen Socken, die der Wasserdoktor hinterher empfahl? Ich verscheuchte Socken und Gräfin aus meiner Erinnerung. In feuchter Fußkleidung entzifferte ich den Sponsor des steinernen Kneipp-Medaillons: Kathreiner Malzkaffee. Selbst dieser Muckefuck, wie meine Großeltern den gerösteten Getreidekaffee aus Notzeiten bezeichneten, wäre mir jetzt recht gewesen, wenn er heiß vor mir gestanden wäre.

Das Café Matzberger öffnete zum Frühstück werktags um neun Uhr in der Frühe, sonntags erst um zehn Uhr, stellte ich davorstehend fest. Die Stühle und Tische vor dem großen Lokal mit einer langen Fensterreihe waren noch mit Seilen und Schlössern zum Nichtstun verurteilt. Ich lief einige Runden durch Bad Wörishofen, das wie ausgestorben war. Die Kurgäste schliefen sich aus. Beneidenswert. Der hauchdünne Nebel, zart wie ein Feenkleid, flüchtete sich vor der Schreckgestalt in dem zerknitterten Anzug, aus dessen Jackentasche eine Krawatte wie das Schlüsselband der Hiphopper heraushing – also vor mir – in den dahinrieselnden Mühlbach, der die Fußgängerzone in einem gemauerten Bett mit einem modernen Eisengeländer durchfließt. Schön, dass jemand vor mir Angst hatte. Auch schreckliche Dämonen konnten sich in Nebel verwandeln, das wusste ich vom Geisterjäger Jason Dark, der seine Berater-Büros in Deutschlands Bahnhofsbuchhandlungen hatte. Viele Brücken führten über den Mühlbach. Meine Blase drückte. Nein, keine Sorge, ich machte auf keiner Brücke in Bad Wörishofen den Lechhauser Tapferkeits-Test. »Da musst du durch, sagt die Lurchin zu ihrm Lurch«, dudelte der neueste Hit der Lechgstanzler durch meinen unrasierten Schädel, der von oben angewärmt wurde. Die stärker werdende Sonne spiegelte sich in den aneinandergereihten Schaufenstern. In einem Schaufenster konnte ich eine nützliche Erfindung erkennen. Eine

Bürste mit hohlem Einfüll-Kopf und Massagekugeln: »Die erste Bürste zum Selbsteincremen« wurde sie vorgestellt. Mit der hätte ich mir die Skelett-Gräfin ersparen können. Allerdings müsste ich mir das Frühstücksgeld in der Fußgängerzone mit Musik zusammenbetteln. Aber ich hatte kein Instrument dabei. Dafür aber einen Hunderter, den ich wieder in der Tasche befühlte. Gutgelaunt pfiff ich den »River-Kwai-Marsch«. Ein Schild am Platz vor dem Musikpavillon brachte mich schnell zur Räson. Es verkündete mir, dass hier »unbotmäßiges Verhalten« nicht erlaubt war. Brav Wörishofen. Was gab es hier zu sehen außer Kneipp, Kneipp und Kneipp? Sanatorien, Kliniken, Kurheime, Wellness-Hotels, Pensionen, Reitschulen, Tennisplätze, Kleingolfanlagen und weiter draußen das neue Thermalbad. Nicht zu vergessen: Kneipen. Die mit einem p, meine ich. Zum innerlichen Kneippen. Eine riesige freitragende Kuppel überspannt in rund zwanzig Metern Höhe die gläserne Thermen-Anlage in der Palmen Südseeurlaubsambiente aufkommen lassen sollen. Da würde Sebastian Kneipp, der seine Krankheiten noch mit einem Sprung in die winterlich kalte Donau heilte, aber verdutzt schauen, wenn dem Musikfestival-Direktor Justus Frantz beim Posieren mit Bikini-Schönheiten eine Kokosnuss auf die Birne fiel. Kneipp würde sich auch erstaunt die Augen reiben, wenn er das Therme-Plakat anschauen würde, auf dem ein supervitaler Jungrentner eine sinnlichfüllige Aktiv-Seniorin im Einteiler besitzergreifend an sich drückt, wobei aus der Mitte seiner Hüfte ein lustiges grünes Krokodil mit Sonnenbrille, langen Zähnen und braunen Sommersprossen auf der Schnauze als aufblasbarer Schwimmreifen wie ein freches Phallus-Symbol den Betrachtern in die Augen springt. Aha, so machen die hier die Alten wild. In den Schaufenstern der Buchhandlungen lagen Bücher wie »Wasser – Die Glücksformel für Schönheit und Gesundheit«. Sie hatten Gott sei Dank die Therapie-Bücher mit Urin und Apfelessig abgelöst. Ein Laden hatte sich auf Kämme und Bürsten spezialisiert. Es gab Bürsten mit den Haaren von Wildschweinen. Wenn ich mit meiner Lebensweise so weitermachte, konnte ich als Bürstenhaar-Produzent mein Geld verdienen, sagte ich zu mir in einem Anfall von Weitblick. Eine Statue mit einer Reiterin auf einem Pferd sah noch sehr neu aus. Ich las das dazugehörige Schild: »Ulla Salzgeber, Gewinnerin der Goldmedaille bei den olympischen Spielen in Athen.« Gab es noch andere berühmte Leute aus Bad Wörishofen? Stammte nicht Rainer Werner Fassbinder, der weltberühmte Filmregisseur aus dem Kurort im Unterallgäu? Keine Gedenktafel oder Büste war von dem längst verstorbenen Provo-Regisseur zu sehen, der für diese Gegend nicht das richtige Biedermann-Image hatte. Mir kam sein Film »Händler der vier Jahreszeiten« in den Sinn in dem eine biedere Mutter versucht, ihre wirtschaftlichen Probleme als Prostituierte zu lösen. Doch die kleine Tochter kam dazwischen. Von dem Workaholic Fassbinder, der nicht sehr alt verstorben ist, rührt der Ausspruch her: »Schlafen kann ich noch, wenn ich tot bin.« Mir war etwas mehr Schlaf im aktuellen Leben lieber. Durch die Fenster und Türen des Kurhauses studierte ich mit verklebten Augen die Plakate für die kommenden Veranstaltungen um das Kur-Publikum bei Laune zu halten.

Die Kirchenglocken läuteten. Die Kirchenbesucher strömten stoßweise durch die Straßen und Gassen. Ich ging in die leere Kirche. Ruhig setzte ich mich in eine Bank. Bei einem Opferstock war ein Klimpern zu hören. Eine Spende. Nicht für mich. Es klimperte fast pausenlos. Ich versuchte in der dämmrigen Kirche den Opferstock zu orten, der so reichlich bedacht wurde. Vor dem größten Opferstock kniete eine Frau. Betete sie? Wieso nach dem Gottesdienst? Ich tat, als würde ich die Kirche verlassen und schlenderte bei der knieenden Frau vorbei. Diese erhob sich flugs als sie mich kommen sah. Sie zog das Kopftuch in ihr Gesicht und lief schnell aus der Kirche. Bei dem Opferstock lag eine Art Leimrute, mit der manche italienische Vogeljäger auf Jagd nach den kleinen Leckerbissen in der Luft gehen. An der Leimrute klebte ein Papier-Vögelchen. Ein Euro-Schein, ein Zehner. Sollte ich ihn einstecken? Der Hunderter von der Gräfin würde mir doch lange reichen. Aber wer weiß, was in den nächsten Tagen alles passierte? Ich konnte zur Zeit jeden Euro gebrauchen. Jeden Cent. Ich schwor, mit Blick auf den Jesus am Altar, dass ich das Geld wieder in einer anderen Kirche spenden würde, wenn es mir wirtschaftlich auf die Beine geholfen hatte. Die Kirche hatte genug Kohle. Ich habe schon viel Kirchensteuer bezahlt, sagte ich mir. Ich steckte den Schein ein als wäre er glühendes Eisen. Beim Hinausgehen erspähte ich auf einem Prospekt der Kurseelsorge den Namen der Stadtpfarrkirche: St. Justina. Klang nach Justiz, das beunruhigte mich. An einem Gartenzaun war ein Plakat befestigt. Ein gefühlvoll dreinschauender »singender Wirt« lud mich zum nachmittäglichen Tanz-Tee mit seinen Hits wie dem »Kurschattenlied« in die Weinstube Blütenhof ein. Hatte Helle einen Kurschatten? Wenn ja, warum versteckte er ihn vor mir?

Endlich saß ich im Café Matzberger in der Fußgängerzone bei einer überlebensgroßen Statue von Kneipp auf einem Steinquader. Vor ihm sprudelten in einem Brunnen Wasserfontänen freudig in die Luft um ihren Herrn und Meister zu grüßen. An den Laternen, die auf mehreren Armen die Lampen trugen wie durchsichtige Blumenblüten, waren bunte Fahnen mit einem Slogan angebracht: »Kneipp: 100 Jahre aktuell!« In dieser Stadt galt das Alter noch was.

Ich bestellte ein Frühstück mit dem wunderbaren Namen »Vital«. Gleich nach der Bestellung zischte ich an der Theke vorbei in die Toiletten-Räume im Keller. »Herren« stand mit goldenen Buchstaben auf der Lindenholztüre. Ich wusch mir am Waschbecken mit wassergefüllten Händen geschwind mein Gesicht. Abtrocknen mit grünem Papier. Herrlich. Ich schlenderte zufrieden an meinen Platz zurück.

»Mit Kaffee oder Tee?«, wollte die Bedienung mit den kastanienbraunen, hochgesteckten Haaren wissen.

Ich schaute ihr verblüfft nach. War das Iris? Was tat sie hier? Hatte sie nicht Urlaub, oder hatte sie die Stelle gewechselt? Nein, sie war es nicht, aber sie sah ihr sehr ähnlich. Hatte Iris eine Schwester? Ich genoss ihren Anblick.

Noch war nicht viel los im Café. In der Fußgängerzone tauchten Menschen auf, die mit Skistöcken vorbeihasteten. Nanu, kein Schnee weit und breit. Manche hatten ihren Pullover lässig um die Hüfte gebunden. Nordic Walking nennt sich das. Soll gesund sein, dieses Skistockgelaufe – falls was gesund sein kann, das doof ausschaut.

Ich holte mir einen Schwung Magazine, die ich durchblätterte. Auf der Suche nach neuen Ideen zur Einkommenssteigerung. Im Spiegel sah ich eine Werbeseite von RTL II: »365 Tage Ich-AG bei Big Brother, die erfolgreichste Reality-Soap«. Es reichte mir voll, wenn ich meiner Ich-AG zusah. Das war genug Unterhaltung. Kostete schon zu viel Gebühren. Ich-AG, das stand bei mir für Ich-Armuts-Gesellschaft oder Ich-Ausfall-Geselle, Ich-Arsch-Gesicht. Unrasiert dazu.

Die Bedienung brachte schon mal ein Kännchen Kaffee. Ich schenkte mir eine Tasse ein, tat Milch und Zucker dazu und nippte daran. Den hatte ich mir verdient. Er weckte meine inneren Kräfte. Nach dieser Nacht im Freien schmeckte er mir wie der Kaffee vor dem Zelt, damals in einer Felshöhle im Schwarzwald, bei einer Radltour mit meinem Freund Werner, bei der wir uns in einer Nacht hoffnungslos verirrt hatten.

Die Bundesrepublik warb kühn für Bundeswertpapiere: »Ihr Mann sehnt sich nach Freiheit und Abenteuer. Dann können Sie gemeinsam im Kino *Easy Rider* anschauen. Oder die *Route 66* abfahren.«

Die schnelle Kellnerin stellte mir einen Teller mit Schinken, Salami, Käse, Semmeln, Butter, und zwei verschiedenen Marmelade-Sorten hin.

Wo blieb Helle, mein Mann? Mit mir hatte er doch Freiheit und Abenteuer. Frühstückte er mit seinem Kurschatten? Auf jeden Fall sollte ich mir vom restlichen Geld, gleich heute, gleich hier in Bad Wörishofen, mein Lieblings-Parfüm Route 66 besorgen. Ich griff nach der Bad Wörishofer Gästezeitung. »Justus Franz, der Chef des Orchesters Philharmonie der Nationen, der im Kursaal zum zehnten Mal dirigieren und musizieren darf, wird Vater«, wurde gemeldet. Der 60-Jährige und seine Freundin, die 24-jährige russische Geigerin Xenia Dubrowkaja, freuten sich auf Nachwuchs. Mir gings mit den Russen wie einer Frau die zum ersten Mal mit einem Kinderwagen unterwegs ist und staunend feststellt, dass ihr aus allen Richtungen Kinderwägen entgegenkommen, dass sie noch nie so viele Kinderwägen gesehen hat, seit sie selbst mit einem herumfährt. Im Programmheft war der zwölfköpfige Ural Kosaken Chor für ein Konzert im Kursaal abgebildet. Ich betrachtete sie mir Gesicht für Gesicht. Sie sahen nicht gefährlich aus. Es scheint auch harmlose Menschen aus Russland zu geben, das war Balsam für meine Nerven. An den Café-Tischen saßen meistens mehrere Frauen und ein Mann. Manche Männer genossen das wie eine Königskerze die von Bienen umschwirrt wird. Dieser Ort schien die Erotik herbeibeschwören zu wollen. An manchen Ecken saßen nackte und halbnackte Mädchenfiguren aus Bronze, die ihre Arme nach einem ausbreiteten oder mit gespreizten Beinen vielversprechend in den Schoß legten. Selbst in der offiziellen Werbebroschüre tummelten sich hüllenlose junge Models, sex sells, die mit dem Schlauch abgespritzt, die mit Männerhänden massiert wurden. Zu sehen waren da auch historische Boy-Groups bei ihrer Bewegungs-Therapie, bei denen nur Waschlappen zwischen den Schenkeln herunterhingen, während sie laut Prospekt-Redakteur »Holz hacken, sägen, Gewichte stemmen ...« Die Pünktchen ließen noch andere Bewegungsarten zu. Die liebesbedürftige Prospekt-Frau in der bunten Sommerwiese schnupperte am Blumensträußchen eines verliebt dreinguckenden Mannes, der seine kecke Schnuppernase schon an ihren Haaren hatte. Bad Wörishofen schien für Männer ein Jungbrunnen zu sein. Dieses erotische Klima ringsum war Schuld an meinen Gelüsten nach Frauen, die ich früher nicht mit der Pinzette angefasst hätte. Schön für die Frauen, die als graue Mäuschen nach Bad Wörishofen kamen und deren Beischlaft-Quote durch erotisch gedopte Männer anstieg, die auf jedes weibliche Wesen losgingen, das nicht rechtzeitig ins kalte Wasser kam. Gehwagen, Krücken oder Rollstuhl waren kein Hindernis für den wollüstigen homo singulus im Triebwahn. Rauschhafte Lustmolche, die fleischfarbene Korsetts mit der Kettensäge durchtrennen, damit sie schneller ans Ziel kommen. Wer weiß, vielleicht mischte das städtische Wasserwerk heimlich etwas Viagra in das heilsame Nass aus der Leitung? Die beste Mundwerbung, unbezahlbar, betreiben schließlich befriedigte Frauen. Selbst die blinde Kuh würde hier im Allgeil, ich meine Allgäu, ihren brünftigen Stier finden. Männer, die trotz vieler kalter Wassergüsse keine vierzig Jahre jüngere Frau mehr abbekamen, konnten sich durch die Aufklärung in einer Anzeige von Beate Uhse in Kaufbeuren »nur 17 km südlich von Bad Wörishofen« mit der etwas unscharf abgedruckten Versprechung trösten: »Wir bieten die erotische Verzauberung. Der sinnliche Weg zur romantischen Liebe und die Lust nach mehr: Sex ist wie Schokolade ...« Hmm, wenn ich an meine Hellblaue dachte, fiel mir dazu die dreieckige Toblerone ein, geeignet für Leute mit Baggergebiss, und meine Gedanken blieben bei Blockschokolade hängen. Die muss zu Pulver gefeilt und geraspelt werden. Mit kochendem Wasser verrührt ergibt sie die echte heiße Schokolade. Was war wohl Russische Schokolade, die im Matzberger für 4,10 Euro angeboten wurde? Dunkelbrauner Kakao mit Kaviar und oder Wodka? Meine Gedanken kreisten kurz um dunkle und heiße Geschäfte mit Russen. »Lache ka nia schade«, bewarb die Mindelheimer Zeitung ihr Buch mit Dialekt-Titel mit dem heiteren Allgäu-Poeten Werner Blind, dem ein »gutes Reimbild und scharfe Beobachtungsgabe für Kuriositäten aus unserem Alltag« nachgesagt wurde. Bei diesem Namen? Der hatte gut reden, der Herr Blind. Sind schon manche umgenietet worden weil sie an der zur falschen Zeit oder an der falschen Stelle lachten. Oder lachen beim Sex, das kann arg danebengehen, einen bleibenden Schaden kann mann dabei davontragen, wissen Sie das, Herr Blind? Erotik musste für Blinde etwas ganz Besonderes sein, mutmaßte ich. Den Körper seiner Geliebten fühlen, riechen und schmecken, das war ein Zauberland der Sinne. Schönheit in unserem Sinne war nicht gefragt. Der einzige Vorteil für Blinde? Hätte ich als Blinder jetzt zwischen dem Knochenhaufen meiner Gräfin im Bett gefrühstückt, den ich für die begehrenswerten Rundungen einer gazellenartigen Jungfrau gehalten hätte? Knochen waren rund und wenn ich daran dachte, wie ich mein allerstes Brathendl gegessen hatte, wie liebevoll die Hendl-Knochen durch meine Finger gewandert waren, dann konnte ein Blinder schon zwischen Kreuz- und Steißbein seinen ersten Wahnsinns-Orgasmus hinter sich bringen. Die inneren Qualität würde viel besser zur Geltung kommen, wenn die Fingerspitzen sich an der Weichheit und Schmiegsamkeit von Leber, Magen, Zwölffingerdarm, Lunge, Herz, Milz und Blinddarm austobten.

Der Zufall jagte mich. Ich verzichtete aufs Weiterlesen, auch wenn mir der Autor vielleicht erklären konnte, wie Helles tonloses Lachen zu werten war. Irgendwie auch zum Lachen, wenn man bedenkt, dass Blinde zwar Witze machen dürfen, aber Witze über Blinde leicht geschmacklos ausfallen können. Bei dem Wort blind sah ich drei schwarzfaulige Augen auf einer gelben Binde. Auch ein blindes Huhn findet mal ein Korn, fiel mir eine Lebensweisheit ein. Was hatte der Blinde entdeckt, der tot neben mir in der

Fuggerei lag? Was ging bei ihm ins Auge? Musste mehr als ein Korn gewesen sein. Warum war er in der Fuggerei getötet worden? Warum hatte er in einem See, im Wasser gelegen? Ich sollte mal wieder voll drauflos kombinieren. Gedanken-Fäden verknüpfen damit ich mal die Spinne war, die das gesuchte Opfer damit einfing. Nehmen wir mal an, sagte ich mir, diese junge russische Geigerin Xenia, die hatte den Toten als Geliebten, oder er wollte sie erpressen, weil er wusste, dass sie in einen illegalen Handel mit wertvollen russischen Geigen verwickelt war – hätte dann dieser Justus Franz ihn aus dem Weg räumen lassen? Gewagte These, das. Kam die davon, dass ich zu viel Phantasie oder zu wenig Kaffee intus hatte? Mein glühender Denkapparat wurde erst mit der Anzeige »Haben Sie sich schon mal gefragt, warum es Geld gibt?«, etwas abgekühlt. Norbert Meyer aus Kirchhaslach wollte mit einer ungewöhnlichen Sicht »auf den Mammon«, die unser »Erdendasein weit übersteigt« meine Interessen-Grenze über »diese Galaxie ausdehnen.«

Mal im Ernst, was wäre, wenn ein Außerirdischer der Mörder ist? Welchen Gesetzen würde er unterliegen? Wer könnte ihn verfolgen, wenn er in das Universum flieht? Es war schon problematisch genug einen Mörder zu fangen, der in Russland verschwand, dachte ich mir und ließ mich von der Matzberger-Karte motivieren: »Genießen Sie das Leben. Sie haben es sich verdient.« Na also, alles klar, durch meine Geburt hatte ich mir mein Leben verdient. Oder wie war das gemeint? Fest stand im Matzberger auf jeden Fall, dass »wir bei Tanzmusik sowie an Wochenenden und Feiertagen nur Kännchen ausschenken.« Wie werden Kännchen ausgeschenkt? Ich weiß, wie Tassen eingeschenkt werden, das schon. Kännchen servieren und Kaffee ausschenken, ja, das hätte ich verstehen können. Verbecherjagd war schon schwierig genug, die Jagd nach dem Sinn der Speisenkarte-Worte war ungleich schwerer. Ich erkannte, dass ich mich in Kleinkram verrannte. Der gleiche Effekt wie beim Erledigen der Hausaufgaben oder dem Ausfüllen der Steuererklärung. Lieber vorher das Geschirr abspülen. Warum kniete ich mich in den Fuggerei-Mord nicht richtig hinein? Weil ich keinen Auftrag, weil ich zu wenig Anhaltspunkte hatte? Weil ich zu viel Gefahr witterte und schlichtweg Schiss hatte? Ich fühlte mich bei meiner Lieblings-Beschäftigung, im Café stundenlang Zeitungen durchschnüffeln, immer wohler und aufgehobener. Nur der Bericht über ein »Dinner in the Dark« verunsicherte mich ein wenig. Der bayerisch-schwäbische Blindenverband führte mit Blinden und Sehenden Essen in dunklen Räumen durch. Essen, das der Gast nicht sieht, sondern nur riechen und fühlen kann, das schmeckt noch intensiver, berichtete der Journalist von seinen ungesehenen Genüssen im Teller.

»Das Wort Augenschmaus verlor hier seine Bedeutung«, brachte er eine Pointe an, die mich nicht besonders begeisterte.

»Guck mal, wie ich guck«, erschreckte mich als Kind ein Freund, dessen Vater Optiker war. Mein Freund hatte ein Glausauge zwischen die Lippen geklemmt. Manche Worte und Sätze rufen bei mir haufenweise Assoziationen hervor, bilden unzählige Verknüpfungen, Verflechtungen, Verfilzungen aus zusammenhängenden Bedeutungen. Das Kulturzentrum in Bad Wörishofen heißt Haus zum Gugger. Bedeutungsfilz kann aber auch jegliche Fahndung bis zur Unkenntlichkeit einwickeln, abdämmen, abmindern. Das war die Gefahr der zu vielen Spuren. Fahnder sind oft besser dran, wenn sie wenige Spuren effizient verfolgten, sagten manche Kriminal-Experten. Ich hatte nur wenige Spuren und man war hinter mir her, das war meine unerfreuliche Lage. Im Kurpark war ich auf einem Weg an einer Reihe mit hohen Blumentöpfen vorbeigekommen. Die Blumen und ihre Blüten waren meistens ungefähr in Nasenhöhe. »Eine Augenweide«, schreibt der Touri-Prospekt über die Gärten im Kurpark, auch wenn eine Blumen-Allee als Tast- und Riech-Galerie besonders für Sehbehinderte und Blinde gedacht war. An den Blumentöpfen waren die Blumennamen auch in Blindenschrift mit den Fingerspitzen zu ertasten. Wenn sie mir mit dem Dampfstrahler die Augen herausgeputzt hätten, wie lange hätte ich dann gebraucht, um die so genannte Braille-Schrift mit den kleinen haptischen Erhebungen zu lernen? Keine Zeitungsschnüffelei mehr. Vorlesen und Hörcassetten wären dann angesagt.

»Auch einen schönen Sonntag«, begrüßten sich Gäste im Café.

Ich hatte schon vergessen, dass Sonntag war. Weil es vor und im Matzberger so munter zuging. Dann wird Route 66 eben morgen, am Montag gekauft, dann würde mir die Woche gehören. Das war mein Erfolgsduft. Ich würde mich aus dem gesamten Kuddelmuddel befreien. Noch einen Schluck Kaffee und ich wüsste auch wie.

»Unser teuerster Exportartikel.« Die Initiative Neue Sozialwirtschaft warb im Manager Magazin für eine Aktion gegen die Abwanderung der besten Köpfe aus Deutschland. Woher kannten die meine geheimsten Absichten? In eine Plastikfolie war ein rosarotes Gehirn eingeschweißt. Kein besonders appetitlicher Anblick beim Frühstück. Aber, es stimmte, meine vielen guten Ideen wurden zu wenig honoriert. Zu oft hatte ich sie schon verschenkt. Das musste anders werden. Ab sofort würde ich meine Ideen teuer verkaufen. Leider war mein Kopf zur Zeit etwas leer. Ausgeschöpft von einer Kette unvorhersehbarer Miseren. Ich sollte es Helle nachmachen und mal auf Kur gehen. Aber wie? Meine Künstlersozialkasse hatte längst ihre Leistungen für mich eingestellt, weil ich die fälligen Monatsraten nicht mehr bezahlt hatte, weil mir die Bank keinen Kredit mehr für meine zukünftigen Projekte gegeben hatte, weil das Finanzamt mein Konto beschlagnahmt hatte undsoweiterundsofort.

In der Matzberger-Karte erfuhr ich, dass dieses Café, »das auch Kneipp noch persönlich kannte«, das wie ein Schlösschen aussieht, 1894 als Kafferösterei neben dem Sebastianeum gegründet worden war und Kneipp grüsst »von seinem Denkmal, das ihm 1903 dankbare Brüger errichteten.« Brüger? Waren das Leute aus Brügge? Falsch, das war ein Druckfehler. Besser, ein Satzfehler, ein Schreibfehler des Kartentexters. Die Bürger von Bad Wörishofen waren gemeint. Der Fehlerteufel ist eben überall. Auch im Kriminellen. Sie würden schon noch einen Fehler machen, diese russischen Gangster. Jeder machte einen Fehler. Das perfekte Verbrechen gibt es nicht. Außer, wenn man seinen Ehepartner um die Ecke bringt und den Hausarzt den Totenschein ausstellen lässt. Für den gibt es laut deutschem Totenschein nur zwei Sorten Tod: Den natürlichen und den unnatürlichen. Der unklare Tod wurde rausgestrichen. Wo kämen wir auch hin, wenn wir wie in Finnland jeden Toten autopsieren würden? Die Mord-Statistik müsste bestimmt nach oben korrigiert werden. Doch wen interessieren Achtzigjährige, die tot auf dem Sofa liegen? Nur den Bestattungsunternehmer, sowie den Versicherungs- und Rentenempfänger. Der faule Staatsanwalt freut sich über jeden klaren Tod. Außerdem kommt das nicht gut: Die Wirtschaft geht nach unten und Staatsanwälte werfen das Geld mit Leichenaufschneiden raus. Der Polizei wärs ja gleich, die ist sowieso permanent überarbeitet. Der Hausarzt gibt dem Überlebenden verständnisvoll die Hand: »Mein Beileid!« Er muss schon wieder weiter. Die Pharma-Industrie braucht Umsatz. Fehlersuche bei der Justiz? Fehlanzeige?

Den Bestattungs-Unternehmer haben die Bad Wörishofer in den Außenbezirk verdrängt. In einem revitalisierenden Kurort wird nicht gestorben und wenn, dann verreckt hier nur der innere Schweinehund.

Auch in unseren Verlagsprodukten sind Fehler, gebe ich zu. Sehen wir leider immer erst, wenn wir in der Druckerei stehen und das frisch gedruckte Produkt aufschlagen. Schwupps! Schon springt einem der Druckfehlerteufel ins Auge.

Dafür hatte der Matzberger Kartentexter kein scharfes ß verwendet, bemerkte ich. Sonst hätte Kneipp ja von seinem Denkmal gegrüßt. War ich in einer Hochburg der neuen Deutschen Rechtschreibung? Waren die Café-Inhaber Schweizer, die ein Leben ohne ß fristen mussten? Hatten die Russen ein ß in ihrer Schrift? Was war auf dieser Kaviar-Dose gestanden in der die Augen lagen? Die Schrift war Russisch gewesen, also kyrillisch. Ich hörte nochmal das Gewitter, sah den Dosendeckel ganz deutlich, wie er sich öffnete. Ich verlor mich in Erinnerungen und Überlegungen. Am Nachbartisch wurden laut die Stühle gerückt.

Als ich die Erdbeermarmelade über die auseinandergeschnittenen Semmel strich, die ich schon mit einer Schicht Butter präpariert hatte, blickte ich wieder positiv in die Zukunft. Das Leben war doch schön und aufregend. Die schmerzenden Handgelenke hatte ich vergessen. Die Creme der Gräfin tat ihre Wirkung. Was sollte ich tun, wenn ihr Pferdegebiss im Café auftauchte, wenn sie ihren Hunderter zurückforderte? Sollte ich seinen Besitz abstreiten? Sie hatte doch keine Beweise. Würde sie laut werden? Ich verscheuchte meine unangenehmen Gedanken indem ich den Kaffee langsam und gezielt in die Tasse goss. Mich nur darauf konzentrierte, ausnahmsweise keine braunen Flecken auf der weißen Tischdecke zu fabrizieren. Meine rechte Hand zitterte leicht. Noch spürte ich die Druckstellen von der Bank im Rücken. Ich verrührte zwei kleine Löffel Zucker im Kaffee, dem ich mit viel Milch eine helle Farbe verpasst hatte. Meine Zukunft sollte hell sein. Vielleicht reichte der Gräfin-Hunderter bis das nächste große Geld hereinkam? Ich ging die kommenden Projekte durch. Der Fuggerei-Kalender, das Biergartenbuch und was noch? Ich biss in die Marmeladensemmel und schaute wieder der Bedienung nach, die von den immer stärker hereinströmenden Frühstücksgästen gut mit Arbeit versorgt wurde. Wo und wie konnte ich bald Iris treffen? Im Fuggerei-Biergarten erst in vier Wochen. Ich wusste ja nicht, wo sie im Urlaub war und mit wem. Vier Wochen hatten sie gesagt. Wenn ich einigen Biergartenbesitzern schönen Text und ein großes Foto gegen Vorkasse anbot? Zum halben Preis? Gute Idee, lobte ich mich. Die zweite Semmelhälfte wurde für den baldigen Verzehr zurechtgemacht.

»Wo warst du die ganze Nacht?«, setzte sich Helle zu mir. »Du warst beim Tanz plötzlich verschwunden. Mit der Gräfin, habe ich gehört.«

»Sie hatte eine gute Creme gegen meine Brandwunden, du weißt schon, wegen diesem Dampfstrahler in der Fuggerei.« Ich hielt ihm demonstrativ die Handgelenke hin.

»Wo hast du bei ihr geschlafen?«

»Ich habe nicht bei ihr geschlafen!«

»Nicht? Wo dann?«

»Ich habe mir ein Hotel-Zimmer genommen.«

»Ich denke du hast kein Geld? Du wolltest doch bei mir übernachten.«

»Du hast doch gesagt, das wäre nicht erlaubt, Besucher auf dem Zimmer schlafen zu lassen. Denen wird gekündigt, die sowas tun.«

»Ist es auch nicht. Aber ich hätte dich einfach reingeschmuggelt. Eine Nacht, das wäre denen nicht aufgefallen. Das hätte ich für meinen Freund Klaus schon gemacht.«

Ich war gerührt. Wie konnte ich an seiner Freundschaft je zweifeln?

»Es war schon spät und das Kneippianum war bereits abgesperrt, als ich zu dir wollte. Ich habe im Hotel Parkbank übernachtet. Du müsstest es mir doch eigentlich ansehen, dass es eine harte Nacht war. Bestell dir doch was, du bist eingeladen.«

»Hat die Gräfin dich so lange eingecremt?« grinste Helle und bestellte sich zum Frühstück ein paar Weißwürste mit Bretzen und einem Weizen.

Ich bestellte mir noch Spiegeleier.

»Wenn das der Pfarrer Kneipp sieht«, grinste ich verschwörerisch zurück.

»Wieso? Der kann mit mir zufrieden sein. Bier besteht doch zum größten Teil aus Wasser. Ist halt eine inwendige Wasserkur.«

»Ja, dann.«

»Habe ich richtig gehört«, schaute mich Helle leicht verdutzt an, »du lädst mich ein? Der Herr Habenichts bezahlt mein Frühstück? Wo hast du plötzlich das Geld her? War die Gräfin so großzügig?« Manchmal brauchte Helle länger, bis er auf wesentliche Dinge aufmerksam wurde, die nichts mit der Herstellung und dem Vertrieb von Bier zu tun hatten.

»Ich habe einen Hunderter gefunden«, blieb ich bei der Wahrheit.

»Gefunden? Tatsächlich? Wo? Da gehe ich auch gleich hin.« Helle entkleidete die Weißwurst von ihrer Haut. Herrliches rundes, weißes Fleisch kam zum Vorschein. Ich zuckte zusammen, als eine Frau mit einem hellblauen Pullover zum Café hereinkam.

»Unglaublich, aber wahr, den Schein habe ich auf dem Klo gefunden.« Von dem Zehner aus der Kirche sagte ich nichts.

»Guten Appetit«, sagte Helle.

»Guten Appetit«, sagte ich.

»Bittesehr, ihre Ochsenaugen«, stellte mir die Bedienung die gebratenen Eier auf den Tisch.

Es waren zwei Spiegeleier, die mich mit ihrem gelben Dotter im Eiweiß wirklich wie große Augen anstarrten. Ich scheute mich davor, sie mit Messer und Gabel zu verspeisen. Ich versuchte die Gedanken an die toten Augen aus der Kaviardose zu vertreiben.

»Magst du die Spiegeleier?«, fragte ich Helle.

»Warum, willst du sie nicht mehr?«

»Ich habs mir überlegt, wegen dem Cholesterin, ich würde lieber Müsli mit Joghurt essen«, meinte ich. »Der Weg zur Gesundheit führt durch die Küche, nicht durch die Apotheke«, wusste schon der alte Kneipp, der unserem Verlag für die Produktion eines Restaurant-Führers leider nicht mehr zur Verfügung stand. Helle zog die Spiegeleier zu sich. Es wurde ein langes Frühstück. Wir saßen und redeten. Alle Probleme kauten wir bis ins kleinste Detail durch.

Als die Sonne wieder für sommerliche Temperaturen sorgte, ließen wir die leeren Teller stehen und wechselten mit unseren Getränken ins Straßencafé. Die Bedienung legte die Speisekarten für das Mittagessen auf die Tische. Die Sonne bahnte sich ihren Weg durch die Palmen, die um den Kneipp-Brunnen herum wuchsen, Fand den Weg durch die weißen Sonnenschirme, die auf den roten, diagonal angelegten, quadratischen Steinplatten standen. Eine freche Spatzenschar ging zwischen den Stühlen und Tischen auf Brösel-Jagd. Sie hatten Recht. Ich musste auch frecher werden, wenn ich die Wahrheit über die Leiche in der Fuggerei erfahren wollte.

»Nachmittags, da geht es hier zu«, sagte Helle. »Dann kommen nicht nur die Besucher der Kurgäste, sondern auch Leute aus nah und fern, die sich mit Kaffee und Kuchen einen schönen Tag in Bad Wörishofen machen wollen.«

Am Ende des Straßencafés setzte sich eine Frau mit Sonnenbrille an einen Tisch mit zwei Männern. Sie winkte beim Hinsetzen kurz in unsere Richtung.

»Meint die dich?«, fragte ich Helle.

»Ja, ich glaub, das ist die Nadja.«

»Wer ist die Nadja?«

»Mit der habe ich gestern getanzt. Das müsstest du noch mitbekommen haben, bevor du die Gräfin abgeschleppt hast.«

»Moment mal, sie hat mich abgeschleppt.«

»Triffst du sie wieder?«

»Wen?« Was konnte Helle von Iris wissen?

»Die Gräfin.«

»Die? Glaube ich kaum.«

»Sie hat dich sehr verliebt angeschaut. Noch nie hat sie einen Mann mit an ihren Tisch genommen. Das heißt schon was. Halte dich ran, die Frau schwimmt im Geld. Da bist du alle Sorgen los.«

»Ich bin kein Hund, der nach Knochen springt.«

»Busen ist nicht alles bei einer Frau.«

»Sie hat einen Jugend-Wahn.«

»Die Frauen wollen alle jung sein. Zeig mir eine, die das nicht will.«

»Deine Tänzerin winkt schon wieder. Ist sie dein Kurschatten?«

»Sie ist die Leiterin der größten Wellness-Klinik am Ort.«

»Da schau her, mein Freund Helle steigt auf der sozialen Leiter ein paar Stufen höher«, blickte ich zu der Frau mit der Sonnenbrille hin, die teilweise von zwei Männerrücken verdeckt wurde.

»Sie tanzt klasse«, erklärte Helle.

»Sie winkt dir schon wieder.«

Helle winkte zurück.

Die Männer an ihrem Tisch drehten sich kurz nach uns um.

Ein Blick nagelte mich an die Café-Wand wie die römischen Knechte Jesus ans Kreuz. Ein Blick aus dem wilden Osten. Mir stockte der Atem. Hatte mich einer der Kerle erkannt? Es war der tonangebende Typ, der mich in den Fuggerei-Schuppen geschleppt hatte. Der mit diesen langen schmalen Koteletten bis zum Kinn. Natürlich hatte er mich erkannt, sonst hätte mich sein Blick nicht so durchdringend getroffen. Oder war er am Zweifeln über meine Person, weil ich den zerknitterten Anzug von Helle trug. Allerdings mit offenem Hemd, weil mich die enge Krawatte störte, und ich sie deshalb in eine Jackentasche gestopft hatte. Jetzt redete er auf den Mann ein, der neben ihm saß. Ich rutschte unruhig auf meinem Stuhl hin und her.

»Was hast du?«, fragte Helle.

»Ich glaube, da drüben, bei deiner Tanzpartnerin am Tisch, da sitzt einer der Russen, die mich neulich in der Fuggerei platt machen wollten, die dachten, ich sei der Mörder ihres Kumpans.«

»Ehrlich?«, Helle schob das Weizen von sich, um einen besseren Überblick zu haben. »Soll ich mal zu der Nadja hinschauen, die Lage klären? Mich kennen die ja nicht.«

»Warte, noch nicht. Lass uns überlegen, wie wir am besten vorgehen. Der Kerl ist gefährlich, der hat doch irgendwo eine Knarre stecken.«

»Na, na, na, du übertreibst jetzt ein bisschen«, grinste mich Helle beruhigend an.

Eine rothaarige Frau mit unzähligen Sommersprossen im Gesicht sprach mich an.

»Ja hallo, der Klaus Kessler, was machen Sie in Bad Wörishofen? So eine Überraschung.«

Es war die rothaarige Kommissarin aus Augsburg, die ich auf der Suche nach dem Plärrer-Killer kennengelernt hatte. Die Zahl ihrer Sommersprossen schien zugenommen zu haben. Ihr Gesicht war offen und freundlich interessiert wie immer. Das konnten auch die Sommersprossen nicht verhindern. Sie trug ein sportlich lässiges Kostüm mit einem kurzen Faltenrock wie eine Tennisspielerin. Da stand sie mädchenhaft auf- und abwippend vor mir mit leinernen Basketball-Schuhen aus denen lange Ringelstrümpfe bis unter ihre Kniescheiben emporstiegen. Ich freute mich, sie zu sehen.

»Ich besuche meinen Freund, der hier auf Kur ist«, zeigte ich auf Helle. »Und Sie?«

»Ich mache mit meiner Mama einen Sonntags-Bummel«, zeigte sie auf die Frau Anfang Fünfzig neben sich, mit dunkelblonder Kurzhaarfrisur durch das ein tigergestreiftes Stoffhaarband ging, angezogen im sandfarbenen Safari-Look. Ihr Blick besaß nichts mütterlich fürsorgliches. Im Gegenteil, er war keck-forschend.

Ich stand auf. »Wollen Sie sich nicht zu uns setzen?«, wies ich mit meinem rechten Arm auf unseren Tisch.

Helle stand höflicherweise auch auf. Weil er schon stand, ging er, sich kurz entschuldigend, zu seiner Tänzerin mit der Sonnenbrille.

»Wollen wir?«, fragte die Kommissarin ihre Mutter.

»Anna Insagg«, stellte sich die Mutter der Kommissarin vor und setzte sich.

»Hast du schon Hunger Mama, wollen wir was essen?«

»Ich werde mal die Karte studieren.«

Helle unterhielt sich mit seiner Tänzerin, die inzwischen ihre Sonnenbrille ins schwarze Haar hochgeschoben hatte.

Sie hatte ein gebräuntes Gesicht. War ein südländischer Typ. Der Russe schaute sich wieder nach mir um. Seine Hand fuhr in die Jackeninnenseite. Wollte er nur die Rechnung bezahlen oder hatte er da seine Waffe stecken, die er gleich auf mich richtete? Litt ich bereits unter Verfolgungswahn? Eine üble Krankheit. Schließlich konnte man alles so auslegen, dass es nach Verfolgung aussah. Je weniger verdächtig, desto geschickter waren die Verfolger, glaubte der Verfolgungswahn-Geplagte.

Er war es. Ich war mir sicher. Das war der Russe aus der Fuggerei, dessen Koteletts sich strichförmig von den Ohren bis an die Kinnspitze dahinzogen. War er sich sicher, dass ich sein Opfer in der Fuggerei war, bis die Polizei dazwischen kam? Wer war der Mann neben ihm, der etwas gebückt am Tisch saß? Was hatte Helles Tänzerin mit dem Russen zu tun? Jedenfalls nicht der zweite Kerl, der zu dem Russen gehörte.

»Essen Sie auch was?«, drang die Stimme der Kommissarin an mein Ohr. Immerhin wurde ich beschützt. Sollte der Russe ruhig kommen. Eine Kommissarin würde er nicht an meinem Tisch vermuten. Schnell wäre er hinter Gittern, wenn er mir zu sehr auf die Pelle rückte.

»Willst du lieber einen Schweinebraten oder ein Wiener Schnitzel«, fragte die Mutter ihre Tochter. Und »Was nehmen Sie?«, wollte sie von mir wissen.

»Ich habe gerade gefrühstückt.«

»Kein Fleisch, ich nehme kein Fleisch, Mama, du weißt doch, dass ich Vegetarierin bin.«

»Man muss doch etwas Fleisch essen. Du hast einen anstrengenden Beruf. Dein Körper braucht ordentliche Nahrung«, machte sich die Mutter um ihre Tochter Sorgen.

»Schon gut, Mama. Ich ernähre mich schon richtig.«

Helle kam an unseren Tisch zurück. Der Russe stand auf. Er hatte immer noch die Hand in seiner Jacke. Ich wollte mich kleiner machen, damit ich kein so großes Ziel abgab. Er zog eine Sonnenbrille aus der Jacke.

»Du mit deinen Salaten. Es macht keinen besonderen Spaß, mit dir essen zu gehen«, meckerte die Kommissarin-Mutter.

Sara Insagg blickte mich abschätzend an.

»Sie sind nervös.«

»Schon.«

»Wegen mir? Oder gibt es einen anderen Grund?«

»Der Mann dort drüben, der mit der Sonnenbrille.«

»Was ist mit dem?«

»Der verfolgt mich.«

»Aus welchem Grund.«

»Das wenn ich wüsste.«

»Sie wissen es wirklich nicht? Oder wollen Sie mir den Sonntag nicht verderben.«

»Beides.«

»Wovon redet ihr?«, mischte sie die Kommisarinnen-Mutter ein. »Wovon reden die beiden?«, legte sie ihre Hand auf Helles Unterarm.

»Worüber hast du dich mit deiner Tänzerin unterhalten«, fragte ich Helle.

»Wann wir wieder eine kesse Sohle aufs Parkett legen, Herr Kessler«, sagte Helle.

»Sie tanzen?«, legte die Kommissarinnen-Mutter die aufgeblätterte Speisekarte beiseite. »Tanzt er gut?«, wandte sie sich an mich.

»Er ist ein Spitzentänzer. Alle Frauen in Bad Wörishofen wollen mit ihm tanzen«, machte ich Reklame für seine Bewegungskünste.

»Ach, ich möchte auch mal wieder so richtig tanzen. Einen Abend lang.

Hier soll es ein seriöses Tanzlokal geben.«

»Zwei«, sagte ich.

»Drei«, sagte Helle.

»Das machen wir. Wir legen mal wieder eine flotte Sohle, was meinst du, mein Töchterlein?«

»Dann wird es spät Mama, wir wollten doch schon zum Abendessen Zuhause sein«, mahnte Sara Insagg ihre Mutter.

»Sonntags-Tanztee ist schon ab vierzehn Uhr«, mischte sich Helle ein.

»Na, siehst du, dann wird es nicht so spät.«

»Ich habe keine Lust zum Tanzen«, zog die Kommissarin einen Schmollmund.

»Du kannst ja mit diesem Herrn, mit dem du dich so prächtig verstehst, im Kurpark spazieren gehen, während der begehrte Tänzer ...«

»Sein Name ist Helmut Bärwasser«, fügte ich ein.

» ... mich der Herr Bärwasser zum Tanztee bringt. Sie riskieren doch ein Tänzchen mit mir?«, schaute sie Helle hoffnungsvoll an.

»Bis es Ihnen schwindlig wird«, schmeichelte sich Helle ein.

»Ach, Sie Scherzbold, ich bin doch eine alte Frau«, fischte Insaggs Mutter nach Komplimenten.

»Sie und alt, sie stecken noch jeden Teenager in die Tasche, das spüre ich. Sie sprühen voller Leben, wenn ich das so sagen darf«, zog Helle sämtliche Charme-Register. Hätte ich mich nie getraut, weil das schon äußerst knapp an der Schleim-Grenze war. Die Kommissarin und ich starrten auf dieses Schauspiel an unserem Tisch. Dann schauten wir uns an und schüttelten den Kopf.

»Finden Sie?, obwohl ich heute kaum geschminkt bin«, sagte Insaggs Mutter und blühte auf. »Ich habe geglaubt, ich werde von den Männern nicht mehr beachtet.«

»Sie können jeden haben«, schnalzte Helle begeistert mit den Fingern, wie jedes Mal, wenn er von seinen Worten selbst überzeugt war.

»Sie sagen aber Sachen«, errötete Insaggs Mutter.

»Das halte ich nicht mehr lange aus«, meinte die Kommissarin. »Mama, du bist doch kein Backfisch mehr.«

Der Russe hatte sich hinter Helles Tänzerin gestellt. Er hatte seine Hände besitzergreifend auf ihre Schultern gelegt. Hatte er was mit ihr? Das musste Helle noch genauer klären. Dann war er nicht umsonst hier. Der andere am Tisch beugte sich zu ihr hin. Schien auf sie einzusprechen. Sie biss sich auf die Lippen. Wollte was erwidern, doch der Druck auf ihre Schultern schien ihr das zu verbieten. Der Russe nahm seine Hände von der

Frau, die nun etwas bedrückt dreinschaute. Der gebückt sitzende Mann rief die Bedienung herbei. Sie schrieb auf seinen Wunsch eine Rechnung. Der Mann zahlte mit einem großen Schein. Sie gab ihm Münzen und Scheine. Am Schluss reichte ihr der Mann einen Schein. Sie wollte den Schein in ihren großen Geldbeutel stecken, doch der Schein wollte noch nicht, er flatterte zu unserem Tisch. Ich bückte mich und hob ihn auf, streckte ihn der Bedienung entgegen.

»Ihr Geld«, sagte ich.

»Danke. Kaum bekommt man einmal ein schönes Trinkgeld, dann ist es gleich wieder weg«, lachte sie.

»Bekommen Sie immer so viel Trinkgeld?«

»Nein. Der Gast meinte, ich erinnere ihn an seine Tochter.« Sie verschwand wieder im Café.

Eine Szene huschte durch meinen Kopf. War das nur ein Déjà-vu-Erlebnis? Oder hatte ich eine ähnliche Situation wirklich schon mal erlebt?

Ein hellblauer Hosenanzug störte meinen Erinnerungsprozess. Die Gräfin glitt durch die Tische. Ich schaute tief in die Speisekarte. Vermisste sie ihren Hunderter? Würde sie ihn von mir zurückverlangen? Hier und jetzt, vor allen Leuten? Grauenhafte Vorstellung. Was sollte ich tun? Alles abstreiten? Mein hochroter Kopf würde mich verraten, alle, einschließlich der Kommissarin würden dann erkennen, dass zwischen mir und der Gräfin was sehr intimes vorgefallen war. Und nicht mal zur Zufriedenheit der Dame, warum sonst sollte sie ihr Geld zurück wollen? Klaus, das ist Blamage im Quadrat, sagte ich mir und rutschte tief in meinen Plastikstuhl mit der Karte vor dem Gesicht. Sie setzte sich zwischen uns und die Russen. Mit dem Rücken zu mir. Glück gehabt. Sollte ich doch gleich nächsten Mittwoch Lotto spielen, meine Glückssträhne ausnützen? Abweichen von meinem Motto, dass das Leben das beste Lotto ist. Ich blickte tapfer über die Schulter der Gräfin. Ich musste halt vor ihr aus dem Cafè verschwinden, dann konnte nichts passieren. Aber wie? Sagen, dass ich nur geschwind Zigarillos kaufe und dann zum Bahnhof verschwinden? Gab es heute, am Sonntag, einen offenen Tabakladen? Sollte ich einen Bekannten unter den Menschen sehen, die vor uns durch die Fußgängerzone bummelten, dem ich unbedingt hinterhereilen musste, weil ich ihm was Wichtiges sagen musste, und dann zum Bahnhof verschwinden? Wäre dann nicht wieder die erst mühsam hochgepäppelte Freundschaft zu Helle gefährdet, wenn ich ihn zum Frühstück einlade und dann mit der Rechnung sitzen lasse?

Der Russe nahm die Hände von der Schulter der Frau vor ihm im Stuhl und richtete sich hoch auf. Dann kam er auf mich zu. Wie sollte ich der

Kommissarin auf die Schnelle erklären, dass ich in höchster Gefahr war? Der Russe versicherte sich, dass seine Sonnenbrille gut vor den Augen saß. Würde er mit einem Messer meine Augen bearbeiten, oder einfach schießen? Wohin konnte ich flüchten? Ich blickte hilfesuchend zur Kommissarin, die in der Speisekarte blätterte. Sie zog die Augenbrauen hoch. »Geschwollene mit Kartoffelbrei kosten hier Achteurosiebzig, die spinnen wohl.«

Helle hatte Seibolds Kamera dabei.

»Ich glaube sie geht wieder«, meinte er.

Er probierte sie aus, hielt die Kamera in alle möglichen Richtungen und drückte auf den Auslöser.

Ein Riesenknall ließ die Fußgängerzone erschüttern. Helle warf sich über Insaggs Mutter. Ich wurde auf den Boden geschmettert. Die Kommissarin verschanzte sich hinter dem umgefallenen Tisch. Sie zog ihre Waffe aus dem Schulterhalfter. Mit beiden Händen hielt sie den Pistolengriff umfasst. Sie zielte irgendwo in die Rauch- und Staubwolke, die sich in der Fußgängerzone ausbreitete. Was war los? Ging eine Bombe hoch? Schreiende Menschen durchquerten mein Blickfeld. Manche bluteten im Gesicht oder an den Händen. Einige lagen nur am Boden und schrieen sich die Seele aus dem Leib. »Haben Sie ein Handy? Wählen Sie den Notruf, schnell«, rief mir die Kommissarin zu.

»Mein Handy geht nicht«, musste ich gestehen.

»Nehmen Sie meins!« Sie warf mir ihr Handy zu. Ich wählte den Notruf 110.

»Notruf-Zentrale«, meldete sich eine männliche Stimme.

»Eine Bombe, Fußgängerzone, kommen Sie schnell«, versuchte ich möglichst viel Information in möglichst kurzer Zeit loszuwerden.

»Jetzt mal langsam«, sagte die Notruf-Stimme. »Wer sind Sie, wo sind Sie und was ist geschehen?«

»Ist doch pfurzegeal wer ich bin«, regte ich mich auf. »Ich bin hier in Bad Wörishofen und hier ist in der Fußgängerzone gerade eine Bombe hochgegangen. Wollen Sie hören, wie die Verletzten schreien?« Ich hielt das Handy in die Höhe.

Polizei, Krankenwagen und Notarzt kamen mit Blaulicht. Während Polizisten mit rotweißen Plastikbändern unseren Teil von der restlichen Fußgängerzone abtrennten, schwärmten Sanitäter aus.

»Helle, wie gehts euch?«, wollte ich von meinem Freund wissen, der noch mit Insaggs Mutter am Boden lag, ihren Rücken mit seinen daruntergeschobenen Händen vor dem harten Pflaster bewahrte.

»Bleibt alle besser liegen, wir wissen nicht, ob noch eine Bombe hochgeht«, mahnte die Kommissarin.

»Sollen wir den ganzen Tag am Boden liegen bleiben?«, meckerte Insaggs Mutter. »Das kannst du alleine machen. Deswegen bin ich nicht hier.« Sie ließ sich von einem humpelnden Helle den Staub aus dem Kostüm klopfen. »Sie haben mich hervorragend beschützt, da könnte sich meine Tochter eine Scheibe abschneiden.«

Ich schob mich in das Café hinein. Dort verharrte ich mit dem Rücken an einer Wand.

»Mama, bitte, sei vernünftig, geh ins Café, lass mich erst die Lage abklären«, rollte die Insagg mit den Augen. »Es kann noch eine Bombe explodieren.«

Sie kniete hinter einem Café-Tisch und sondierte die Umgebung mit ihrer Pistole. Nach einer Weile steckte ihre Pistole zurück. In dem Chaos war kein Feind auszumachen. Es war ein einziges Durcheinander. Menschen liefen in alle Richtungen. Tische und Stühle lagen verstreut herum. Wie die ausgeleerte Playmobil-Kiste eines Riesenkindes.

Die Bedienung schien das mit der zweiten Bombe auch nicht zu glauben. Oder stand sie unter Schock? »Darf ich abkassieren?«, fragte sie mich.

»Was? Sie wollen abkassieren? Jetzt?«

»Warum nicht?«, fragte sie. »Sie hatten doch ein Frühstück?«

Ich schaute sie fassungslos an. Aber warum sollte sie nicht abkassieren? Sie konnte für die Bombe nichts. Ich würde auch nicht daran glauben, dass irgendeine Versicherung die ausgefallenen Rechnung ersetzen würde.

»Mir sind schon zu viele Gäste entwischt«, jammerte die Bedienung.

»Zwei Frühstücke und die Getränke der beiden Damen an meinem Tisch«, sagte ich. Die Russen waren verschwunden. Wo war die Gräfin hin? Wo waren die Russen hin?

»Die Rechnung von der Frau mit dem hellblauen Hosenanzug, die übernehme ich auch, was hatte die?«

»Einen Piccolo.«

»Zahle ich«, erstaunte ich die Bedienung mit meiner Großzügigkeit.

»Was machen Sie mit der Waffe?«, näherte sich ein Polizist der Kommissarin.

»Ich versuche Menschen zu schützen, Herr Kollege, wozu die Polizei in Bad Wörishofen anscheinend nicht in der Lage ist«, wurde die Insagg bissig. Der arme Polizist musste nun den Watschenbaum für ihre Mutter abgeben.

»Wir hatten keine Bombenwarnung«, kratzte sich der Polizist an der Schläfe, während er den Ausweis der Kommissarin studierte, den sie ihm hinhielt.

»Was wissen Sie über den Vorfall?«

Die Kommissarin berichtete dem Polizisten ihre Beobachtungen. Dieser führte sie zu einem Kripobeamten, der die Untersuchungen leitete. Dann kam der Polizist zu uns und nahm unsere Personalien auf. »Wir werden Ihre Aussagen benötigen«, sagte er.

»Geh schon mal zum Parkplatz, ich komme dann«, rief die Kommissarin ihrer Mutter zu.

Insaggs Mutter hängte sich bei Helle ein. Sie liefen zu der Kirche, bei der sich der Parkplatz befand.

Ich trottete hinterher. Hatte die Bombe mich wirklich nicht erwischt? Hatte ich keine Splitter abbekommen?

»Sie humpeln ja«, sagte Insaggs Mutter besorgt, als sie bemerkte, dass Helle sein linkes ein wenig Bein nachzog. »Was haben Sie?«

Auf einer Bank beim Parkplatz zog Helle den Schuh und den Socken am linken Fuß aus. Der Socken war von Blut durchtränkt. »Sie sind verletzt!«, untersuchte Insaggs Mutter den blutenden Fuß von Helle. »Sie müssen sofort zum Notarzt. Ist denn hier keiner?«

»Halb so schlimm, da hat mich wahrscheinlich nur ein Splitter getroffen.«

»Vielleicht steckt er noch drin?«, sah Insaggs Mutter mich vorwurfsvoll an. »So tun Sie doch was! Der verblutet uns noch.«

Helle setzte mühsam ein tapferes Lächeln auf. »Das wird schon wieder. Ich ziehe einfach den Socken drüber.«

»So geht das nicht, Sie bekommen eine Blutvergiftung. Nehmen Sie wenigstens ein Taschentuch von mir«, holte Insaggs Mutter ein blütenweißes Stofftaschentuch aus ihrer Handtasche. Das band sie Helle um den Knöchel.

»Jetzt kann ich Ihnen den versprochenen Tanz nicht mehr ...«

»Das macht doch nichts. Hauptsache Ihre Verletzung heilt wieder«, steckte Insaggs Mutter Helles blutigen Socken in seinen Schuh. »Das können wir doch nachholen, Herr Bärwasser?«

»Gute Idee, gerne«, lächelte Helle schon weniger angestrengt.

»Ich bin ja noch eine Weile im Kneippianum, die Tanzlokale hat die Bombe sicher stehen gelassen«, lächelte er Insaggs Mutter mit einem verschmitzten Lächeln an.

»Das wird uns meine Tochter gleich erzählen, da vorne kommt sie schon.«

»Konntest du das Attentat aufklären?«, fragte sie ihre Tochter und hielt dabei Helles Hand, der nun ihr Schützling war.

»Mama, so schnell geht das nicht. Außerdem ist das hier nicht mein Revier, ich denke, die hiesigen Kollegen werden die Sache aufklären.«

»Hast du dein Handy dabei?«, schwenkte die Mutter auf ein andere Angelegenheit um. »Wir müssen dem Herrn einen Krankenwagen rufen, er ist schwer verletzt.«

Helle machte dazu ein passend ernstes Gesicht. Hier schienen si zwei zu verstehen. Wie alt mochte Insaggs Mutter wohl sein? War sie verheiratet? Geschieden? Verwitwet? Als Sara Insagg mit ihrem Handy einen Krankenwagen zum Parkplatz rief, durchwühlte mich ein abartiges Gefühl. Was wäre, wenn Helle und Insaggs Mutter sich näher kamen? Ich vergaß die Bombe, ich vergaß die Russen, ich vergaß die Gräfin. Nein, das durfte nicht passieren. Das wäre zu aberwitzig. Helle und Insaggs Mutter? Nein! Nein! Nein!

Die Sanitäter tippten auf einen Splitter in Helles Knöchel. Da half nur eine schnelle Operation.

Insaggs Mutter wollte im Krankenwagen mitfahren.

»Mama, das geht nicht, wir müssen nach Augsburg zurück«, ermahnte die Kommissarin ihre Mutter.

»Wir können doch den Herrn Bärwasser, der mein Leben gerettet hat, nicht mutterseelenallein dem Schicksal überlassen«, sagte Insaggs Mutter mit beschwörender Stimme.

»Und wo willst du über Nacht bleiben, in Bad Wörishofen?«, kündigte die Kommissarin ihrer Mutter Konsequenzen an.

»Sie können ruhig nach Augsburg fahren«, meinte Helle. »Hauptsache Sie kommen in einer Woche zum Tanzen vorbei«, grinste er frech aus dem Krankenwagen, bis die Hintertüren von einem Sanitäter geschlossen wurden. Ich drückte den abfahrenden Sanitätern den Zehner aus der Kirche in die Hand: »Passen Sie gut auf meinen Freund auf.« Anna Insagg registrierte meine Spenden-Aktion mit einem herzlich zustimmenden Nicken. Ich fühlte mich so gut, wie schon lange nicht mehr. Noch spielte ich mit ohne zu bescheißen.

»Ihr Freund, der ist wie mein Hans, genauso mutig, wissen Sie mein Mann, der verunglückt ist«, sagte Insaggs Mutter, bevor sie sich neben ihre Tochter ins Auto setzte.

Ich setzte mich auf die Rückbank. Es war noch der gleiche Kia, in dem ich mit Sara Insagg zur Verfolgung des Plärrer-Killers nach Verona gefahren war. Eine Fahrt, die uns einander ganz schön näher gebracht hatte.

»Das war der Mann vor deinem Vater«, erklärte sie ihrer Tochter.

»Ich weiß, ich weiß«, sagte diese im angestrengt ruhigen Ton. Musste ein komisches Gefühl sein, wenn man eine Mutter hatte, die zugab andere Männer als den Vater gehabt zu haben.

»Wissen Sie, mit Hans«, drehte sich Insaggs Mutter zu mir um, »das war eine typische Nachkriegsehe.«

Ich wusste nichts davon. Ich hatte erst nach dem Wirtschaftswunder geheiratet. Bei mir war die Ehe gestorben, nicht der Ehepartner.

»Dann sind sie ja Bomben gewöhnt«, meinte ich, was ich aber gleich als ziemlich blöde Einlassung fand.

»Ach, der Hans, er war noch so jung.« Begann sie nun zu heulen. Sie schniefte ein wenig.

Wenigstens waren ihre Gedanken von Helle abgelenkt.

»Wie heißt Ihr Freund eigentlich mit Vornamen? Vornamen sind für mich bei Männern ganz wichtig«, sagte Insaggs Mutter.

»Helmut«, sagte ich. »Ich sage Helle zu ihm.«

»Also Mama, wir sollten lieber an die Menschen denken, die vorhin bei dem Bombenattentat verletzt wurden«, atmete die Kommissarin heftig aus.

»Das tue ich doch. Ich interessiere mich für den Vornamen meines Retters, der wegen mir verletzt wurde. Das ist doch legitim. Helmut Bärwasser, hmm, ich finde, hat einen schönen Klang, der Name. Ich werde ihm eine Genesungskarte schreiben. Haben Sie seine Adresse?«

Ich reichte ihr die Karte, die ich im Bärenkeller Getränkemarkt bekommen hatte. »Hat mir seine Getränkemarktfrau gegeben«, reichte ich sie Insaggs Mutter. Würde sie die Erwähnung eines anderer Frau abschrekken?

»Siehst du«, wandte sie sich an ihre Tochter, »das ist noch ein Mann, der noch richtig Briefe schreibt, nicht so komische SMS«, sagte Insaggs Mutter.

»Das ist nur eine Postkarte, Mama«, meinte ihre Tochter.

»Konnten Sie etwas erfahren, wegen der Bombe?«, schaltete ich mich ein.

»Wenig. Jedenfalls war es nur eine kleine Bombe. Tote hat es keine gegeben.«

»Vielleicht nur eine Warnung?«

»Kann sein, das wird noch untersucht. Im Allgäu wurden schon einige Mafia-Leute aus Italien festgenommen.«

»Sie meinen Schutzgelder von Ristorantes? Ist da eins in der Fußgängerzone?«

»Ich glaube schon.«

Sollte ich ihr was von den Russen erzählen, die im gleichen Straßencafé wie wir saßen, als die Bombe hochging? Von den Russen, die von einer anderen Bande bekämpft wurden, die auch über Leichen ging, wie ich in der Fuggerei erleben durfte. War die Bombe für die Russen gedacht, die mich gefoltert hatten? Eine Warnung von der Bande, die ihren Opfern die Augen herausschnitt und mit Kaviar dekorierte?

»Könnte es sich nicht um einen Banden-Krieg handeln?«, fragte ich.

»Auch«, konzentrierte sie sich auf den Verkehr.

»Auch Russen gegen Russen?«

»Wie kommen Sie denn da drauf?«

»Hört man so allgemein. Ich hatte neulich eine Begegnung mit einer Russen-Bande, die sich mit einer anderen in den Haaren liegt.«

»Interessant, erzählen Sie.«

»Wie lange sind Sie schon mit ihrem Freund zusammen«, meldete sich die Mutter wieder zu Wort.

»Mama, wird sind gerade in einem dienstlichen Gespräch«, unterbrach sie die Kommissarin.

»Dienstlich? Wegen was?«, sagte die Insagg-Mutter.

»Herr Kessler, wollte es mir gerade sagen.«

»Ach, Sie sind dieser Herr Kessler, von Ihnen hat mir meine Tochter schon viel erzählt«, drehte sich Insaggss Mutter zu mir um, damit sie mich genauer anschauen konnte.

Mein Handy tönte. Eine Melodie, die meine Tochter mit den Handy-Tasten komponiert und eingespeichert hatte.

»Wo bist du, was machst du, hast du deine Tochter vergessen?«, gellte es aus dem Handy in mein Ohr. Meine Ex-Frau Isolde legte los.

»Nein, wieso, ich fahre gerade nach Augsburg.«

»Dir ist schon klar, dass ich heute Abend in Urlaub fahre, dass du dann bei deiner Tochter bist.«

»Äh, ja, klar, habe ich nicht vergessen.«

»Wieso bist du dann nicht hier?«

»Wann fährst du in den Urlaub?«

»In vier Stunden. Also, was ist? Willst du dich nicht um deine Tochter kümmern?«

»Natürlich, ich werde bald bei euch sein.«

»Wo treibst du dich nur wieder herum. Warum kann man sich auf dich nicht verlassen. Bald sagst du, wann bitte genau?«

Ich hielt das Handy zu. Die Gallenblase konnte ich leider nicht zuhalten. »Könnten Sie mich in Friedberg vorbeifahren? Ginge das, oder ist das zu unverschämt von mir?«

»Kann ich schon machen«, sagte die Kommissarin. »Kein Problem.«

»Wie lange brauchen wir bis dahin?«

»Ungefähr zwei Stunden«

»In gut zwei Stunden bin ich bei euch«, versprach ich ins Handy.

»Dein Wort in Gottes Ohr«, mit diesen Worten legte meine Ex-Frau auf.

»Sie haben eine Tochter?«, meldete sich Insaggs Mutter.

»Ja, eine nette«, antwortete ich.

»Wieso blinkt der nicht, wenn er aus dem Kreisverkehr will«, regte sich die Kommissarin am Steuer auf. »Heute fahren die wieder wie die Schweine«, meckerte sie.

»Hast du gehört, Herr Kessler hat schon eine Tochter«, verkündete Insaggs Mutter lauthals ihrer Tochter, die das sicher auch gehört hatte. Das war wohl ein Hinweis auf einen fehlenden Enkel durch ihre Tochter, nahm ich an.

»Wieso geht der nicht von der linken Spur? Warum fahren die Deutschen so blöd Auto?«, interessierte sich die Kommissarin für ein völlig anderes Verkehrs-Thema. »So aggressiv, so unkooperativ?«

»Weil die den ganzen Tag im Büro sitzen und sich erst im Auto austoben trauen«, vermutete ich.

»Ob Ihr Helmut Bärwasser auch den Mambo kann«, drehte sich die Insagg-Mutter fragend zu mir um.

»Hmm, ich glaube, der kann jeden Tanz«, sagte ich.

»Fahren wir nächste Woche wieder nach Bad Wörishofen?«, wandte sich Insaggs Mutter an ihre Tochter.

»Nächste Woche? Ich weiß nicht, ob das mit meinem Dienstplan geht, da muss ich erst mal nachschauen«, blockte die Kommissarin ab.

»Waren das neulich nicht auch Russen, dieser Mord in der Fuggerei?«, fühlte ich bei der Kommissarin vor, was sie wusste.

»Woher wissen Sie das?«, fragte die Kommissarin.

»Stand doch in der Zeitung«, sagte ich.

»Von Russen in der Fuggerei? Das glaube ich kaum? Wir haben dazu noch keine Presse-Notiz herausgegeben. Jedenfalls nicht, dass Russen beteiligt sind.«

»Dann hat es mir der Herr Seibold vom Farbenladen nebenan oder der Inhaber der Eisdiele gesagt«, weitete ich die Kommunikatoren-Schicht aus.

»Sagen wir, es waren Russen beteiligt, was würde Ihnen das nützen?«

»Mir? Mir würde das nichts nützen. War nur eine Vermutung, damit wir was zum Reden haben«, sagte ich.

»Sie wissen mehr, das rieche ich doch förmlich, kommen Sie, Kessler, packen Sie aus!«

Mein Handy tönte wieder.

»Im Kühlschrank ist genug für euch zu essen, mir ist es am liebsten, wenn ihr in unserer Wohnung bleibt«, blies meine Ex-Frau hinein.

»Mach ich, mach ich«, versprach ich. Dann war sie wieder weg.

War bestimmt besser, ich ging nicht weiter auf den Fuggerei-Mord ein. Wenn ich mich jetzt um meine Tochter kümmern sollte, konnte ich keine zeitraubenden Besuche im Kommissar-Büro brauchen.

Kapitel 6

Viel Sonne, blauer Himmel und warme Luft / Klaus Kesslers Tochter will Manga-Hefte lesen / Kann man Geld und Liebe vermissen? / Im Familienbad kann man nette Frauen treffen

Am letzten Ferientag meiner Tochter, Mitte September, es war ein wunderbarer Tag mit viel Sonne, blauem Himmel und warmer Luft, machten wir uns mit dem Bus zum Augsburger Familienbad auf. Vorher deckte sich meine Tochter mit Manga-Heften im Presse- und Bücherkiosk im nahe gelegenen Oberhauser Bahnhof ein. Ich legte mir eine neue Monats-Zeitung zu, das Augsburger Skandal-Blatt. In den Ferien waren wir am Friedberger Baggersee, in den Wäldern hinter Friedberg, in der Western-City bei Dasing, am Kuhsee oder am Lech gewesen. Wir besuchten Ausstellungen im Friedberger Schloss, machten mit bei Kunstaktionen der Künstlerin Rose Maier-Haid, oder schnüffelten bei schlechtem Wetter durch das Möbelhaus Segmüller, oder legten uns irgendwelchen billigen Kleinkram bei Möbel Maxx zu, den es meistens zusammenzubasteln galt. Wir wohnten in der Wohnung meiner Ex-Frau. Sie hatte uns etwas Geld hingelegt. Zusammen mit meinem reichte es uns. Wir brauchten nicht viel. Meine Tochter ist auch Vegetarierin, so genügten uns Nudeln, Reis oder Kartoffeln in allen Variationen.

Das Familienbad war voll. Viele Familien waren schon wieder aus dem Urlaub zurück. Wir schwammen im Becken und streckten uns auf der Decke aus. Sie las Mangas und zeichnete Manga-Figuren. Ich blätterte in der Augsburger, schaute nach den dicken Wolken am Himmel, die von irgendwoher kamen und irgendwohin gingen. Ich schaute einem umfangreichen Mann zu, der mit viel zu knapper Badehose zögerlich ins Wasser stieg. Dabei musste ich an einen Spruch von Helle denken, der mich immer wieder zum Schmunzeln brachte:

»Kleiner Mann wollt baden gehn
bis zum Bauch im Wasser stehn

Fischlein trieben Schabernack
bissen kleinen Mann in ...
... 's Knie.«

Wie ging es bei mir weiter? Der Dicke testete mit seinen Fingerspitzen die Wassertemperatur.

»So eine Überraschung!«, wurde ich in meinen Gedanken unterbrochen.

Ein Schatten lief über meinen Bauch. Es war der Schatten von Iris, der Bedienung aus dem Fuggerei-Biergarten. Sie hatte ihre kastanienbraunen Haare zu zwei Zöpfchen gebunden, die an jeder Seite ihres Gesichtes herabbaumelten, durch einen blauen Haargummi zusammengehalten.

»Schön Sie zu sehen«, freute ich mich.

»Haben Sie in letzter Zeit nichts vermisst?«

»Geld und Liebe«, wurde ich kess.

»Und was noch?«, lächelte sie mich verstehend an.

»Meinen Freund Helle und Sie natürlich«, fuhr ich meine Baggerschaufeln aus.

»Ich meine etwas, das Sie für Ihre Arbeit brauchen.«

An Arbeit hatte ich schon länger nicht mehr gedacht.

»Hmm?«, rätselte ich.

»Ist schon eine Weile her.«

Alles war so weit weg. Hatte ich eine Vergangenheit? Wollte ich eine haben? Sollte mein Leben nicht ab sofort von vorne beginnen? Mit dieser Iris? Sie gefiel mir.

»Als Sie im Fuggerei-Biergarten waren, was hatten Sie da dabei?«, verhörte sie mich.

»Hmm. Was hatte ich da dabei? Fällt mir jetzt nicht ein. Mein Fahrrad? Nehmen Sie doch Platz auf unserer Decke«, lud ich sie ein. Ursula hatte ich nicht dabei gehabt, die war mir zugelaufen. Wollte Sie wissen, wer Ursula war, die mich damals abschleppte, obwohl ich wegen Iris dort war? Das war ein dunkler Fleck auf meiner Date-Weste, auf den sie mich gleich aufmerksam machen würde. Hoffentlich ließ sich dieser Fleck noch entfernen? Sie setzte sich. Sie hatte einen blauen, mit Blumen bedruckten Bikini an, der mit weißen Nähten verziert war. Sie setzte sich auf ihre eingezogenen Beine. Die Haltung einer schönen Nixe am Strand. Ich hatte mich über Figur, eingepackt im Biergarten-Dirndl, nicht getäuscht, sie war zwischen normal und mollig und sogar ein wenig muskulös an Beinen und Armen. Schön weiblich. Mein Herz wurde bei ihrem Anblick warm. Eine Herzenswärme, die aber langsam auch alle anderen Körperteile erreichte. Meine Tochter rückte ein kleines Stück beiseite.

»Ihre Tochter?«, fragte Iris.

»Ja. Heute ist ihr letzter Ferientag.«

»Haben Sie Ihre Tochter schon mal fotografiert?«

»Öfters.«

»Heute auch, am letzten Ferientag?«

»Du hast schon lange keine Fotos von mir gemacht«, krähte meine Tochter aus ihren Mangas.

»Weil ich meine Kamera nicht mehr finde, zefix!«, erregte ich mich.

»Können Sie auch nicht, sie liegt bei mir zu Hause.«

»Bei Ihnen? Wie das?«, staunte ich.

»Naja, als Sie bei mir im Fuggerei-Biergarten waren, verschwanden Sie mit einer Dame ...«

»Achso, dabei habe ich meine Kamera liegen lassen, oder?«

»Nein, diese Dame kam am nächsten Tag zu uns in das Fuggerei-Lädle und gab ihre Kamera bei uns ab. Anscheinend haben sie die bei ihr liegen lassen.«

»Stimmt, das war eine alte Bekannte von mir, sie betreute die Fuggerei-Wohnung ihrer Tante. Ich fotografierte diese Wohnung für einen Fuggerei-Kalender.«

War wohl zu viel Erklärung. Iris hörte meiner Ausführung zu. Ein leichtes Grinsen, das mir verraten sollte, dass sie sich schon denken konnte, was ich wirklich mit der alten Bekannten in der Wohnung getrieben hatte, umspielte ihre Mundwinkel. Sollte ich ihr erzählen wie mein erotisches Abenteuer mit Ursula schief gegangen war? Lieber nicht, heute war der Tag des Ferien-Endes und des Kessler-Neuanfangs. Den Ärger mit dem Finanzamt beilegen, neue Geldquellen sondieren, alte Schulden mit Vergleichen bereinigen, mit Iris was ausmachen.

»Sie kamen dann anscheinend nicht mehr vorbei. Als ich aus meinem Urlaub zurückkam, lag Ihre Kamera bei uns noch immer im Schränkchen mit den Fundsachen.«

»Wieso wussten Sie, dass es sich um meine Kamera handelt?«

»Wegen dem Auslöserknopf, der mit Tesafilm repariert war.«

»Ehrlich? Haben Sie wirklich gesehen, wie er von Herrn Seibold festgeklebt wurde?«

Siedend heiß fiel mir bei diesem Namen ein, dass ich bei Helle die Digicam von Seibold vergessen hatte, die wir vor dem Bomben-Attentat im Café wegen dem Fall ins Wasser getestet hatten. Hoffentlich hatte Helle Seibolds Kamera sichergestellt? War Helle schon wieder zurück von der Kur? Warum hatte er mich nicht angerufen? Ging ja nicht, mein Handy war bei dem Attentat in Bad Wörishofen kaputtgegangen.

»Habe ich gesehen, wissen Sie, ich bin es gewöhnt, dass ich nach meinen Gästen schaue, damit ich die Bestellungen schnellstmöglich registrieren kann. Dann ist das Trinkgeld auch höher.«

Ich dachte schon, weil ihr einige Gäste, wie ich zum Beispiel, besonders gut gefielen.

»Sie heißen Iris, habe ich Recht?«

»Und Sie Klaus, habe ich auch Recht?«

»Waren wir nicht per Du?«

»Doch, waren wir.«

»Sollten wir es nicht wieder sein?«

Sie reichte mir die Hand.

»Iris – die wievielte?«

Was meinte sie? Die wievielte Iris, oder die wievielte Frau überhaupt?

»Iris die Erste und Klaus der Erste«, machte ich ihr die aktuelle Situation deutlich. »Wann und wo kann ich meine Kamera bei dir abholen?«

»Diese Woche habe ich Schichtarbeit von zehn bis sechzehn Uhr im Fuggerei-Biergarten«, sagte Iris.

»Dann bist du erst ein paar Minuten da. Ich sollte dich nicht länger aufhalten, du willst sicher ins Wasser?«

Meine Tochter betrachtete das Geturtel schon seit einigen Minuten mit kurzen misstrauischen Blicken, die sie uns beim Umblättern ihres Manga-Heftes zukommen ließ.

»Nicht so tragisch. Wann willst du die Kamera holen? Oder soll ich sie in den Fuggerei-Biergarten mitbringen?«

Das war eine Einladung. Die sollte ich nicht ungenutzt lassen. Frauen laden nur Männer in ihre Wohnung ein, die sie leiden können, mit denen sie sich eine Beziehung vorstellen können, war meine diesbezügliche Ansicht der zwischenmenschlichen Angelegenheiten.

»Du hattest schon genug Aufwand mit meiner Kamera. Ich hole sie bei dir ab. Wo wohnst du eigentlich?«

»In Hochzoll Süd, in der Innsbrucker Straße neunundsechzig.«

»Ideal. Ich bringe meine Tochter nach dem Familienbad nach Friedberg, dann könnte ich vorbeikommen.«

»Wann wäre das ungefähr?«

»Sagen wir, so zwischen neunzehn und zwanzig Uhr.«

»Gut, ich werde da sein«, erhob sie sich und ging den grünen Wiesenhang zum Schwimmbecken hoch.

Was sollte ich ihr mitbringen? Ich musste ihr doch ein Geschenk mitbringen, wenn sie sich so toll um meine Kamera gekümmert hatte. Der Fuggerei-Kalender, den musste ich doch schon gestern fertig haben. Oktober sollte der in die Geschäfte. Gestaltet und gedruckt müsste er auch noch werden. Ein altbekanntes Gefühl, sagen wir mal ein gewisser Druck, überkam mich. Wie stand es mit den Finanzen? Nach dem Manga-Kauf tummelte sich noch ein Fünf-Euro-Schein in meiner Tasche. Ich machte auf Finanz-Kamikaze.

»Magst du ein Eis?«, fragte ich meine Tochter.

Wir deckten uns mit kühler Schleckware ein. Sie mit einem Capri und ich mit einem Nogger. Dazu eine Flasche Limo. Der Hunderter der hellblauen Gräfin hatte sich damit in Wohlgefallen aufgelöst. Bis auf einen Euro. Den schob ich in die kleine Jeans-Tasche, über der großen Hosentasche.

Kapitel 7

Eine Sonnenblume muss auf eine kurze Reise gehen / Ein merkwürdiges Haus / Ein Mann ist zuviel / Aufbruch in der Nacht

Nachdem meine Ex-Frau unsere Tochter wieder übernommen hatte, stieg ich ein paar Minuten vor neunzehn Uhr in den Bus nach Augsburg. Bei Friedberg-West stieg ich aus dem Bus nach Hochzoll-Süd aus. Ein ganzes Feld voller Sonnenblumen war da. Sonnenblumen zum Selberpflücken. Kostiquandi? »1 Sonnenblume = 1 Euro!«, stand auf einer Tafel, an der eine eiserne Kasse mit Schlitz befestigt war. Ob wohl jeder zahlte? Ich holte mein Taschenmesser am Schlüsselbund heraus. Gleich die erste Sonnenblume schnitt ich ab. Ich warf meinen letzten Euro in die Kasse. Das musste sein. Würde sich das auszahlen bei Iris? Wer so dachte, dachte ich, der hat schon verloren. Hauptsache, sie freut sich. Mit dieser Sonnenblume in der Hand latschte ich die Straße entlang in Richtung Hochzoll-Süd, das Viertel zwischen Kuhsee und Friedberger Straße. Innsbrucker Straße neunundsechzig war ein einstöckiges Reihenhaus. Es gab zwei Klingelschilder. Bei I. Krümmel klingelte ich. Wer wohl M. Krümmel war? Der Vater, die Mutter? Iris öffnete mir die Türe. Sie trug einen bequemen Jogging-Anzug, der ihre Formen aber nicht völlig verstecken konnte. Ihre kastanienbraunen Haare hatte sie zu einem hüpfenden Pferdeschwanz gebunden.

»Hallo Klaus, komm rein.«

»Hier, für dich«, drückte ich ihr die Sonnenblume in die Hand.

»Oh, das ist aber lieb von dir.«

Sie führte mich in den ersten Stock.

»Ich wohne mit meiner Tochter zusammen«, öffnete sie ihre Wohnungstüre im ersten Stock mit dem Schlüssel. »Setz dich doch.«

Sie zeigte mir ihre Dreizimmer-Wohnung mit Küche und Bad. Einfach, aber geschmackvoll eingerichtet. Keine Schrankwand, das war mir schon mal sympathisch. Fast alles war in hellem Grün gehalten. Ein Zimmer war für die Tochter. Dessen Tür ließ sie zu. Die Sonnenblume legte sie im Bad in das Waschbecken und ließ Wasser ein.

»Da muss ich eine Vase suchen. Hast du schon gegessen?«

»Nein«, gestand ich.

»Ich habe gerade Putenschnitzel aufgetaut. Mit Bohnen und Kartoffeln, würde dir das schmecken?«

»Mmmmmh. Mir läuft schon das Wasser im Mund zusammen.«

»Wenn du willst, kannst du mir ein bisschen beim Zubereiten helfen.«

»Gern, was soll ich machen?«

»Zuerst mal die Kartoffeln schälen«, legte sie die bereits gekochten Kartoffeln vor mir auf den Tisch und dazu ein kleines Küchenmesser.

Ich schälte munter drauflos. Die Schalen kamen in eine Schüssel, die geschälten Kartoffeln auf einen Teller. Küchenarbeit mag ich. Vor allem zu zweit. Wir erzählten uns Erlebnisse aus den Küchen unserer Kindheit, über die Kochgewohnheiten unserer Mütter und Großmütter. Warum meine Mutter gerne Grießnockerlsuppe machte, warum ihre Mutter immer noch Erdbeermarmelade einmachte. In der Küche breitete sich Harmonie aus. Wir kamen uns näher. Es entstand diese Stimmung, die es irgendwann zulässt, dass man sich berührt. Ich stand auf und brachte ihr die geschälten Kartoffel. Sie schnippelte gerade die Brechbohnen klein. Ich legte die Hand um ihre Hüfte. Sie schmiegte sich an mich.

»Es ist schön mit dir, dir kann ich alles erzählen«, seufzte sie. »Ich bin aber noch nicht bereit für eine neue Beziehung. Ich habe eine schlimme Trennung hinter mir. Bist du eigentlich frei?«

Ich atmete an ihrem Hals in ihre Haare. Meine geschälten Kartoffeln hatte sie in Scheiben geschnitten und ins brutzelnde Öl in der Pfanne auf dem Gasherd geworfen. Die Putenschnitzel in der anderen Pfanne waren schon wunderbar braun. Die Bohnen beförderte sie in den Dampftopf, daraus sollte ein Salat werden. Mit Speckstückchen.

»Momentan bin ich frei«, versuchte ich der Wahrheit nahe zu kommen.

»Momentan?«

»Naja, ich habe eine Freundin, die fährt als Sängerin in der Welt umher. Ich sehe sie nicht so oft. Diesmal ist sie schon seit drei Monaten weg. Ich habe gedacht, es sei die große Liebe. Aber jetzt merke ich, mir wäre ...«

»Der Spatz in der Hand lieber als die Taube auf dem Dach?«, drehte sie sich mir zu. Ihr prüfender Blick in meine Augen ließ mich schnell weiterreden.

»... eine Beziehung lieber, bei der ich jeden Tag meine Freundin sehen kann.«

»Aha. Aber kannst du den gesellschaftlichen Abstieg von einer berühmten Sängerin zu einer gehetzten Kellnerin seelisch verkraften? Ist das was für dich?«

Ich küsste sie.

»Solche Dinge entscheidet mein Herz.«

»Ich kann dich beruhigen. Ich bin eigentlich keine Kellnerin.«

Ich schaute sie verwundert an.

»Nicht?«

»Nein, ich habe Diplom-Pädagogik studiert.«

»Nicht schlecht. Und wieso bist du jetzt im Biergarten beschäftigt?«

»Ich habe in einem privaten Heim für Behinderte gearbeitet. Das war so schlimm. Ein sowas von ekelhafter Chef. Das hat dann auch noch pleite gemacht. Vielleicht war es aber auch gut. Ich brauchte dann eine stinknormale Arbeit um im Kopf wieder klar zu kommen.«

Ich küsste sie sanft auf die Stirn, die Nase, die Backen, die Lippen, den Brustansatz. Langsam wurde ich erregt. Sie spürte das. Sie schob mich ein Stück von sich.

»Ich muss das Fleisch umdrehen«, griff sie nach einer flachen Pfannenschaufel.

Ich setzte mich wieder an den Tisch. Aufdecken konnte ich nicht, ich wusste nicht, wo sich Teller und Besteck befand. Noch nicht. Irgendwie hatte ich das Gefühl, dass ich mit Iris noch öfters in dieser Küche zusammen sein werde.

»Noch was muss ich dir sagen, warum es für mich gerade schwierig ist, mit einem Mann was anzufangen.«

Was kam jetzt? Sie lebte in Scheidung? Ihre Tochter war ein Pflegefall? Sie war vergewaltigt worden?

»Mein Mann, mein Ex, der lässt mir keine Ruhe. Der kann sich mit unserer Trennung einfach nicht abfinden. Obwohl wir seit zwei Jahren geschieden sind, kann der das nicht akzeptieren.«

»Ein Araber?«

»Das nicht. Nein. Ein Deutscher.«

»Wo ist das Problem?«

»Er wohnt auch in diesem Haus.«

»Wo. Unterhalb?«

»Ja, im Erdgeschoss. Meine Tochter wollte das so.«

»Heißt das, er kann jeden Moment zur Tür hereinschneien?«

»Das nicht. Er hat keinen Schlüssel zu meiner Wohnung.«

»Bist du sicher? Ein Schlüssel ist schnell nachgemacht.«

»So weit wird er hoffentlich nicht gehen.«

»Wieso bist du nicht ausgezogen. Das könnte ich nicht haben. Wenn ich mich mal trenne, dann trenne ich mich auch. Aus ist bei mir aus.«

»Das sagt sich leicht, wenn du kein gemeinsames Haus hast.«

»Wieso zieht er nicht aus? Ich würde dir als Mann das Haus überlassen. Da tut man doch nicht rum. Vor allem wenn man vorher schöne Jahre zusammen hatte, oder?«

»Er sieht das anders. Er glaubt, das ist eigentlich sein Haus. Das ist manchmal schon blöd, wenn ich Besuch bekomme und er schleicht im Hausgang herum.«

»Legt er sich mit deinem männlichen Besuch an?«

»Keine Ahnung, du bist der erste.«

»Ist er heute nicht da?«

»Ich weiß nicht.«

»Kannst du ihn unten hören?«

»Manchmal schon. Wenn er laute Musik macht.«

»Das könnte ich nicht haben«, sagte ich nochmal.

Diese Situation verwirrte mich. War Iris eine Frau, die trotz der Trennung noch an ihrem Geschiedenen hing?

»Ich komme inzwischen ganz gut damit zu Recht. Meine Tochter hat dadurch nur Vorteile, das ist mir wichtig. Ich liebe meine Tochter, auch wenn sie gerade in einem schwierigen Alter ist. Sie ist kein kleines Mädchen mehr wie deine. Sie ist seit einiger Zeit in der Pubertät und zickt ganz schön rum. Sie kann dann zu ihrem Vater hinunter gehen, wenn sie mit ihrer Mutter nicht klarkommt. Ich wollte bei unserer Scheidung nicht, dass sie den Trennungsschmerz voll abbekommt.«

Ich schaute zu, wie sie zwei Teller und das Besteck auf dem Tisch platzierte. Sie schnitt Weißbrotstücke in einen geflochtenen Korb.

»Willst du weißen oder roten Wein? Oder bist du mit dem Auto da?«

»Ich?« Ich war in Gedanken über diese merkwürdige Hausgemeinschaft. Außerdem spitzte ich heimlich die Ohren ob unter mir der Ex-Gatte von Iris zu hören war. »Ich bin zu Fuß hier.«

Würde mir das einen besonderen Kick geben, wenn ich nach dem Essen mit Iris zum Schmusen beginnen würde, wenn unten mein Vorgänger anwesend war?

»Na, dann, ich glaube zum Putenschnitzel passt ein fränkischer Wein recht gut. Kannst du die Flasche bitte mal entkorken?«

Ich hantierte mit dem Korkenzieher herum. So ein moderner, bei dem ich nicht gleich die Mechanik durchschaute.

Ihr Telefon läutete. Ich zuckte zusammen. Weil ich dachte, es wäre die Türklingel, der Ex-Gatte von unten würde anmarschiert kommen.

»Oh nein, das kann nicht sein, ehrlich?, tja, dann muss ich wohl«, sagte Iris ins Telefon.

Hörte sich nicht gut an. Sie warf mir dabei besorgte Entschuldigungsblicke zu. Der Abend schien anders auszugehen, als geplant.

»Die vom Biergarten haben gerade angerufen. Der Biergarten ist rappelvoll. Aber Katharina, eine Aushilfs-Bedienung hatte beim Joggen einen Unfall, einen Sehnenriss, sie kann nicht kommen. Ich muss aushelfen.«

Sie kam zu mir. Ich saß am Tisch und sah durchs Fenster wie die Abendsonne ihre letzten, schon rötlichen Strahlen, durch die Blätter der Bäume als helle Flecken an die Hauswände der anderen Reihenhäuser warf. Reihenhäuser sind für mich der Inbegriff von deutscher Bürgerlichkeit, von festsitzen, von ausgesorgt haben, von Langweiligkeit. Kein Platz für mich. Auch wenns bei Iris richtig schön heimelig ist. Dann noch dieser Ex, der sicher überall im Haus herumschnüffelte und doof daherquatschte, wenn er mich sah. Womöglich ausfällig, gar handgreiflich wurde, wenn er mich erblickte. Das war doch ein Zeichen des Nicht-los-lassen-könnens, wenn der im gleichen Haus wohnen will, ein Zeichen der permanenten Eifersucht über die Scheidung hinaus, weiter die Frau bewachen, die keinem anderen gehören soll, wenn sie schon einem selber nicht mehr gehörte. Furchtbar. Ein Gefühlskuddelmuddel. Wollte Iris sich einen männlichen Harem aufbauen? Wollte sie mal wissen wie das ist mit zwei Männern unter einem Dach? Konnte, wollte sie damit ein Trauma abbauen? Hatte ihr Mann sie betrogen? Unter diesem Dach? Egal, der Abend war gelaufen.

»Wie kommst du in die Stadt rein?«, wollte ich mich ihrem Abgang anschließen. Vielleicht nahm sie mich mit dem Auto mit. Vielleicht ergaben sich im Auto noch ein paar klärende Worte? Vielleicht konnte ich sie in meine Wohnung einladen? Vielleicht würde sie dann merken, dass es wohl besser war, wenn kein Ex unterm Fußboden rumorte, wenn man sich Arm in Arm lag.

»Also, wenn es dir nichts ausmacht, ich finde wir haben so schön gekocht und aufgedeckt, dann warte einfach, bis ich zurückkomme. Ich hätte gerne mit dir gegessen. Ich habe mich richtig darauf gefreut.«

»Wenn deine Tochter kommt?«

»Die übernachtet heute bei einer Freundin.«

»Mach einfach den Fernseher an. In zwei Stunden bin ich schon wieder da. Ich dreh das Essen auf kleine Flamme. Schau einfach ab und zu nach. Bevor was anbrennt, schaltest du halt die Flamme aus.«

Sie nahm mein Gesicht in die Hände, gab mir einen zärtlichen Kuss auf die Lippen, der eine Nacht voller Wunder versprach. »Sei nicht böse, ich kann sie nicht im Stich lassen. Ich setz dir noch einen Kaffee auf, damit du nicht einschläfst«, präparierte sie in Windeseile die Kaffeemaschine für mich.

»Schon gut«, sagte ich. »Ich will auch noch mit dir unser schönes Gericht essen.«

Dann war sie draußen. Ich setzte mich auf das Sofa vor dem Fernseher. Schnell wurde ich müde. Ich döselte ein. Was war das? Ein Geräusch aus dem Fernseher? Ich schreckte auf dem Sofa hoch. Im TV liefen diese eigenartigen Anrufspots mit busenmassierenden Frauen. Ich war das nicht mehr gewohnt. Ich hatte keinen Fernseher mehr. Nachdem ich die Glotze ausgeschaltet hatte, schaute ich mich in der Wohnung um. War die Tochter doch zurückgekommen? Hatte sie mich liegen sehen? War sie zu ihrem Vater runter? Hatte der nachgeschaut? Mit ihrem Schlüssel? Hatte er mich liegen sehen? Hatte er angenommen, dass ich der neue Liebhaber seiner Ex war? Er hätte mich abmurksen können. Auf dem Küchenschrank steckten lange Messer mit schwarzem Griff im Messerblock. Ich ging ins Bad um mich mit kaltem Wasser ins Gesicht etwas frisch und munterer zu machen. Dreiviertelzehn. Iris musste bald kommen. Wo war die Sonnenblume, die Iris ins Waschbecken gelegt hatte? Die wird sie doch nicht in den Fuggerei-Biergarten mitgenommen haben? Denen zeigen, dass sie einen neuen Verehrer hat, der brav auf sie wartet? Nein, die Sonnenblume stand im Flur in einer wassergefüllten Vase. Hatte sich Iris beim Rausgehen noch die Zeit dazu genommen? Am Kopf war die Sonnenblume abgeknickt. Schade. Ich versuchte sie wieder aufzurichten. Das sah zu traurig aus für eine neue Liebe. Ich holte ein langes Küchenmesser und schnitt den Kopf der Sonnenblume ab. In der Küche steckte ich den Sonnenblumen-Kopf mit den gelben Blütenblättern in ein leeres Marmeladenglas von Iris' Mutter. Ich sollte einen Kaffee trinken. Wieso war die Kaffeemaschine abgeschaltet? Hatte ich das im Halbschlaf gemacht? Ich schaltete die Kaffeemaschine wieder ein. Sie spruzzelte wieder vor sich hin. Der Kaffee tat gut. Ich setzte mich mit der dampfenden Tasse an den Küchentisch. Das Essen in den beiden Pfannen verbreitete einen herrlichen Duft zwischen den vier Wänden. Ich stibitzte mit den Fingern einige Stückchen vom Bohnensalat, der schon in der Schüssel auf dem Tisch stand. Ich schaltete das Licht ein. Vor dem Küchenfenster erhellte eine Bogenlampe einen Teil der Innsbrucker Straße. Ich sah hinaus. Ein Mückenschwarm umschwirrte die Straßenlaterne. Die Dämmerung würde bald in Nacht übergehen. War das eine Gegend in der ich wohnen wollte? Sicher nicht. Ich brauchte eine Umgebung mit Läden, Kneipen, Restaurants, Gässchen, einem Platz, an dem das Leben sprudelte. Würde das was werden mit Iris? Sollte ich Fleur einen Abschiedsbrief schreiben? Was sollte ich ihr schreiben? Von einer neuen Liebe? Wann würde sie mein Brief auf dem Kreuzfahrtschiff erreichen und wo hatte ich die Adresse dafür? Sollte ich ihr ein E-Mail schicken? Das wäre aber sehr stillos.

Als ich vom Fenster an den Tisch zurückging, sah ich bei dem Stuhl, an dem meine Jacke hing, etwas liegen. Es war meine Brieftasche. Wie kam die auf den Küchenboden? Ich setzte mich und überlegte. Die Sonnenblume in der Vase, die ausgeschaltete Kaffeemaschine, die Brieftasche am Boden, das war doch nicht normal. Ich ging zur Wohnungstüre. Hatte Iris sie abgesperrt als sie ging. Ich denke schon. Sie war offen. Iris würde mich doch nicht mit offener Türe ihrem Ex ausliefern?

Sämtliche Müdigkeit war wie weggeblasen. Ich zog mich hastig an. Was war schon ein Fußmarsch am Lech entlang, der eine Stunde dauerte, gegen eine unruhige Nacht voller Angst? Ein Vergnügen!, antwortete ich mir. Ich schreib Iris einen Zettel, dass ich nicht schlafen konnte, dass mir so viele Dinge durch den Kopf gingen, dass ich morgen doch schon früh Zuhause sein musste, weil der Kaminkehrer kommt. Und ich schrieb ihr, dass sie mich unbedingt besuchen muss. Ich malte sogar ein Herz mit meiner Adresse in der Bleich dazu. In den Zettel wickelte ich den Schlüssel meiner Wohnung. Einen hatte ich vor meiner Haustüre versteckt. Kein Problem. Damit kein herumspionierender Ex den Zettel fand und verschwinden ließ, versteckte ich ihn unter dem Kopf der Sonnenblume, die ich mitten auf den Küchentisch legte.

Kapitel 8

Fahrraddiebstahl lohnt sich nicht / In Plastiktüten befinden sich oft merkwürdige Dinge / Wo sind die Schlüssel?

Ich schlüpfte aus Iris' Haus hinaus. Mit ihrem Ex wollte ich mich nicht mehr anlegen. Dumm gelaufen alles. Und jetzt, mitten in der Nacht auch noch heimlauen? Wo hatte ich eigentlich mein Fahrrad stehen? Immer noch bei Farben Seibold? Nein, am Hauptbahnhof. Da stand es gut. Wahrscheinlich war es längst geklaut, bis ich es dort wieder holte. Wieviele Fahrräder hatten sie mir schon geklaut? Mindestens drei. Schweinebande. Wo stand das nächste, mit dem ich mich indirekt rächen konnte? Vor einem Laden in der Friedberger Straße, nicht weit von der Hochzoller Lechbrücke, lehnte ein Klapprad an einem Gartenzaun. Nicht abgesperrt. Es war fällig. Ich schwang mich rauf, trappte los. Das Radlager war ausgeleiert. Ich trappte teilweise leer durch. Ein Schrottrad. Deswegen hatte man es stehen lassen. Irgendein Depp würde es schon mitnehmen. Auf dem Radweg an der Berliner Allee bis zur Brückenstraße radeln, das war mein Ziel. Vor dem Feuerwehrgebäude sprang die Kette runter. Zefix! Nach einigen Versuchen, die Kette wieder auf das Ritzel zu bekommen, gab ich mit ölverschmierten Fingern auf. Ich lehnte es an den nächsten Laternenmast. Die Kette nahm ich mit. Sie war ziemlich neu. War schon ein paar Euro wert. Irgendwie sollte sich mein Fahrrad-Diebstahl auszahlen. Aus dem nächsten Abfalleimer auf der Strecke fischte ich eine Plastiktüte heraus. Vom Wienerwald. Die Knochen des abgefieselten Hähnchens waren noch drin, im Alupapier, aus dem die Soße herauslief. Eklig. Das blieb im Abfalleimer. Die Fahrradkette steckte ich in die Plastiktüte. Schon fast wieder zufrieden dahinschlendernd unterquerte ich die Lechhauser Lechbrücke und drehte die Plastiktüte mit der Fahrradkette wie als Kind die Milchkanne der Eltern beim Milchholen an der rechten Hand durch die Luft. Ein Griff an der Tüte riss ein. Ich ließ die übermütige Aktion bleiben. Über die Brückenstraße kam ich in die Klauckestraße. Hundert Meter weiter, an der Kreuzung Klaucke-, Dr. Port-Straße, die ich gerade überquerte, kam über die steinerne Brücke bei der Kahnfahrt ein Auto auf mich zu. Die Scheinwerfer blendeten mich. Dummerweise blieb ich einfach stehen. Das Falscheste was man in einem solchen Fall machen kann. Das Auto bremste. Ich sah ein Gesicht hinter der Scheibe auf mich starren. Täuschte ich mich, war es der Russe, der mir die toten Augen präsentiert hatte? Ich erschrak, das brachte mich wieder in Bewegung. Das Auto, ein BMW, röhrte wieder los, auf mich zu. Ich verpasste der aufdringlichen Kühlerhaube einen tüchtigen Schlag mit der Fahrradkette in der Plastiktüte. Ich spurtete in meinen Garten. Das Auto bremste, wendete, fuhr zurück, bremste wieder und hielt. Der Mann stieg aus. Gott sei Dank war meine Gartentüre offen, die normalerweise in den Angeln quietscht wie eine ausgehungerte Rattenhorde. Ich warf mich im Garten hinter den Fliederbusch. Der Mann fand mich nicht. Er rief irgendwas auf russisch und platzierte einige unbekannte Flüche in der geduldigen Nacht. Er beschaute sich zwar gründlich mein Haus, doch dann stieg er irgendwas Russisches vor sich hin grummelnd wieder ins Auto und fuhr davon. Ich stand irgendwann wieder auf. Nachdem ich die durchlöcherte Plastiktüte vor die Haustüre gelegt hatte, fummelte ich unter dem Stein herum, unter dem meine Reserve-Schlüssel liegen sollten. Sollten. Keine da. Auch nicht bei den anderen Steinen, die ich noch untersuchte. Die Schlüssel waren weg. Teufel auch! Ich schimpfte mich als den blödschusseligsten Vollidioten der ganzen Welt, achwas, des Universums. Ich klingelte bei den anderen Hausinwohnern. Niemand war da. Was tun? Es wurde kühl. Ich war hundemüde. Ich wollte schlafen, nichts als schlafen. Ich setzte mich auf die Stufen vor der Haustüre. Sollte ich hier die Nacht verbringen? Ausgesperrt, wie ein besoffener Ehegatte von seiner mitleidlosen Frau? Im Mondlicht sah ich die Hängematte zwischen den Wäschepfosten. Nichts wie reingelegt in die Hängematte. Von der Wäscheleine holte ich ein paar trockene Badehandtücher, mit denen ich mich zudeckte. Bald war ich im Land der Träume. Irgendjemand rüttelte mich an der Schulter.

»Ja, was ist?«, fragte ich.

»Post, Sie sind doch Herr Kessler, Sie haben Post!«

Neben der Hängematte stand der Mann in Gelb. Er hielt mir ein blaues Briefkuvert hin. Ich kannte dieses Blau. Das waren meistens unangenehme Briefe, die in diesem faden Blau steckten. Noch fast im Schlaf nahm ich den Brief trotzdem an. Der Postbote machte sich eine Notiz und verschwand wieder aus dem Garten. Was war geschehen, wieso lag ich in der Hängematte, neben der Badehandtücher auf dem Boden lagen. Hatte sie der Wind von der Wäscheleine geschüttelt? Langsam bekam ich wieder das Mosaik meiner gestrigen Nacht zusammen. Von wem war der blaue Brief? Finanzamt? Gerichtsvollzieher? Gericht? Tatsächlich – vom Landgericht Berlin. Ich hatte gegen eine Unterlassung verstoßen, ich hätte den Verleger Waißarscz nicht mehr als Autoren-Bescheißer bezeichnen dürfen. Auch wenn er einem Autor, den ich vermittelt hatte, bei einem Deutschrock-Lexikion einen unberechtigten Schadensersatzprozess wegen Abschreiben aus anderen Büchern anhängte, was aber im Waißarscz-Verlag oder sonstwo gemacht worden war. Richter Rettich am Augsburger Amtsgericht hatte bei dieser Sache leider nicht völlig durchgeblickt. Er hätte sich lieber mit dem Würfelbrett zu uns gesetzt. Dann wäre die Sache für mich womöglich besser, billiger und schneller ausgegangen. Und weil ich in der Unterlassungs-Widerspruch-Sache nicht mit dem Rechtsanwalt, sondern als normaler Mensch widersprochen hatte, waren siebentausendfünfhundert Euro fällig geworden. Und weil ich diese nicht gezahlt hatte, sollte ich mich bei der nächsten Justizvollzugsanstalt zu meinem Haftantritt melden. Bei einem Tagessatz von fünfhundert Euro, sie glaubten wohl, sie hätten es mit einem Millionär zu tun, musste ich fünfzehn Tage absitzen. Das kam mir wie gerufen. Gab es ein besseres Versteck als die JVA, das Gefängnis? Was sollte ich ins Gefängnis mitnehmen? Nichts. Ganz einfach nichts. Mal schauen, was die für mich übrig hatten. Ist doch eine wunderbare Sache, ein Berliner Verleger fühlt sich von mir tief beleidigt, was zwar nie richtig auf den Wahrheitsgehalt geklärt wurde – und der bayerische Staat sperrt mich auf seine Kosten weg, kümmert sich um mich. Toll geregelt. Und Arbeitsplätze schafft das auch. Ein grandioses System. ABM total. Das musste ich ausnutzen. Weit hatte ich es nicht. Das Augsburger Gefängnis in der Karmelitengasse ist nicht weit entfernt von meinem Wohnviertel Bleich. Nur den Stephinger Berg hoch, die alte Stadtmauer beim Schtoinana Maa vorbei, durch die Gasse Karmelitenmauer und schon waren die hohen Betonmauern zu sehen, auf denen Überwachungs-Kameras installiert sind. Ein mehrstöckiges Haus mit vergitterten Fenstern, hier war der Gefängnis-Eingang. Ein höher gelegenes Fenster hatte einen Spiegel, damit zu beobachten war, wer hier Einlass begehrte.

Ich klingelte an der Gefängnistüre. Aufgeregt war ich schon. Der Brief des Landgerichts Berlin zitterte wie Espenlaub in meiner Hand. Nach einer kleinen Treppe lag links der Empfang. Ein Beamter in grüner Uniform sah mich fragend durch die Glasscheibe an. Ich zeigte ihm das Schreiben des Landgerichtes.

»Ihren Ausweis, bitte!«

»Moment.« Wo hatte ich den? Logo, zu Hause, in der Wohnung. »Den habe ich nicht dabei.«

»Wie sollen wir dann wissen, ob Sie der Klaus Kessler sind? Tut mir leid, den müssen Sie schon mitbringen.«

Dachte er sich, dass ich jemand bin, der für Klaus Kessler die Haft absitzt?

»Ihren Ausweis müssen Sie schon mitbringen, sonst können wir Sie nicht hier behalten«, schob mir der Uniformierte das Gerichtsschreiben wieder unter dem Glas durch. »Aufwiedersehen!«

Ich hatte nicht gedacht, dass ich so schnell wieder aus dem Gefängnis entlassen wurde.

Ich beschloss, in meine Wohnung einzubrechen, damit ich ins Gefängnis konnte. Als ich bei meinem Haus ankam, war die Haustüre offen. Waren schon die Russen da? Ich horchte in den Hausgang rein. Es waren irgendwelche Männer in Handwerkerkleidung, die aus dem Büro meines toten Hausherren Akten herausschleppten und auf einen kleinen Transporter aufluden. Sah dubios aus. Sollte ich mich erkundigen, was da vor sich ging? Nein, ich hatte selber genug Probleme. Im Keller fand ich den Werkzeugkasten mit Schraubendrehern und Rohrzange. Meine Wohnungstüre hatte noch ein altes Sicherheitsschloss, das unter einer Blende zum Vorschein kam. Mit etwas Glück konnte ich mit der Rohrzange eine kleine Metallscheibe zu fassen bekommen, mit der ich durch eine kleine Drehung nach rechts die Schnappmechanik so weit öffnen konnte, dass die Türe aufging. War mir letztes Jahr schon mal geglückt. Voll konzentriert setzte ich die Zange an. Irgendjemand setzte etwas auf meinem Rücken an, dort wo mein Hals in den Rücken überging. Meine Wohnungstüre sprang auf.

»So! Jetzt wir haben dich, Bürschchen.«

Durch meinen rechten Arm sah ich die Schuhspitzen von einem Mann. Waren es die Handwerker, die unten das Büro ausräumten. Waren sie keine Handwerker, waren sie Einbrecher? Wollten sie auch meine Wohnung ausräumen? Die Stimme kam mir bekannt vor. Sie hatte einen russischen Akzent. Es war der Typ aus dem Geräteraum in der Fuggerei, mit den langen schmalen Koteletten bis zum Kinn.

Bürschchen – ein Wort das ich schon lange nicht mehr gehört hatte, ein Begriff, der mir schmeichelte, er machte mich jünger. Es war ein Wort aus meiner Kinderzeit, als wir in den Schrebergärten am Lech noch Kirschen klauten, und eine zornige Stimme uns nachschrie: »Ich krieg euch schon, ihr Bürschchen.« Wie konnte ich dem Kerl hinter mir entwischen? Ging nur auf die brutale. Oder sollte ich mich wieder foltern lassen? Auf mein Leben würde der keine Rücksicht nehmen. Ich schnellte herum. Meine gesamte Wut über den Ärger in den letzten Tagen lag in dieser Drehung, mit der Rohrzange in der rechten Hand, die mit ihrem Gewicht, ihrer Länge, meinen Schwung voll durchzog. Es klatschte, knackte und knirschte als ich den Kerl hinter mir mit der Rohrzange beim Ohr am Kopf erwischte. Mit einem Schrei purzelte er die Treppe runter. Dort stand der andere Kerl aus dem Fuggereischuppen und kam die Treppe hochgespurtet. Er hatte ein Beil in der Hand. Wir schlugen einfach aufeinander ein. Nach dem Motto wer zuerst trifft, der hat gewonnen. Ich traf mit der Rohrzange sein Beil. Es fiel ihm aus der Hand und purzelte auch die Treppe hinunter. Wir verkrallten uns ineinander. Eine heftige Rauferei begann. Nach ein paar Sekunden fielen wir die Treppe hinunter. Neben den Kerl, der stöhnend am Boden lag, dessen Ohr und Wange aufgerissen waren und die heftig bluteten. Er versuchte seinen Kumpel gegen mich zu unterstützen. Wir kugelten ineinandergeklammert zur Haustüre hinaus. Auf einer Kehrschaufel am Rande der Treppe, die in den Garten ging, lag die durchlöcherte Wienerwald-Plastiktüte. Ich griff im Getümmel nach ihr. Dem Gewicht nach war die Fahrradkette noch drin. Ich schlug mit ihr um mich. Einige schmerzerfüllte Schreie belohnten mich für meine Aktivität. Ich war außer Kontrolle. So wild kannte ich mich selbst nicht. Diese Typen kotzten mich an, dieser Verleger kotzte mich an, dieses Landgericht kotzte mich an, diese Finanzsorgen kotzten mich an, dieser Ex von Iris kotzte mich an. Fast alles kotzte mich an. Hass ist eine Kraftpille. Ein Mann in Gelb kam zur quietschenden Gartentüre rein.

»Was ist denn hier los?«

Die beiden Kerle ließen abrupt von mir ab und ergriffen die Flucht.

»Wir reißen uns um die Post. Aber – Sie waren heute doch schon hier?«

Ich rappelte mich halbwegs hoch.

»Kann nicht sein, ich bin für die Eilpost zuständig. Ich stelle persönlich zu. Wohnt hier Klaus Kessler?«

»Ja, das bin ich, zufällig, was haben Sie Schönes für mich?«, wollte ich noch auf der Treppe liegend von ihm wissen.

»Eilpost, per Einschreiben mit Rückschein, bitte unterschreiben!«

Ich unterschrieb. Es war kein blauer Brief. Das Kuvert war weiß und hatte exotische Briefmarken. Der Eilbote schwang sich wieder auf sein gelbes Rad und verschwand.

Ich schleppte mich in die Hängematte. Der Himmel war mit Wolken bedeckt. Die Luft war warm. Ich öffnete den Brief, der von Fleur war. Ich ahnte den Inhalt. Es war ein Abschiedbrief. Sie hatte sich auf einem Kreuzfahrtschiff in ihren Pianisten verliebt. Sie wollte mir nicht weh tun und ich würde immer eine wunderbare Erinnerung an eine scjhöne Zeit ihres Lebens sein. Ich spürte ein wehmütiges Stechen in der Herzgegend. Aber gleichzeitig fühlte ich mich auch erleichtert. Und überhaupt wäre das nichts mit uns. Zu lang und zu weit auseinander. Dadurch wurde meine Iris-Umschleichungs-Aktion nachträglich abgesegnet. Ich starrte in die undurchdringlichen grauen Wolken am Himmel. Dahinter war meine Zukunft. Wie gings weiter? Hatte ich noch eine Chance ein normales Leben zu führen? Mit Familie, Arbeit und genügend Geld? Ich ging in meine Wohnung und steckte meinen Ausweis ein. Ich lief wieder hoch zur Karmelitengasse. Diesmal ließen sie mich nicht ins Gefängnis, weil ich das Schreiben vom Landgericht vergessen hatte. War nicht leicht ins Gefängnis zu kommen wenn man wollte. Ich verlor die Lust an diesem wie-komm-ich-hinter-Gitter-Spiel. Dann eben nicht. Nach Hause wollte ich aber auch nicht. Das war mir zu gefährlich. Die Russen würden mindestens zu viert wiederkommen. Sie würden sich rächen. Die würden mich zu Kleinholz machen. Ich lief zur Frauentorstraße. Ich blickte mich am Eck, bei einem Kebap-Imbiss etwas ratlos um. Rechts ging mein

Blick zum Fischertor, links stand der Dom. Sollte ich ein Tässchen Kaffee zur Erholung bei meinem Freund Kurt in der Buchhandlung am Obstmarkt zu mir nehmen? Leider war Kurts Laden schon zu. An der Türe hing ein Plakat. »3 tage freie räume. auf dem brauereigelände goldene gans augsburg« war darauf zu lesen. »Heute Vernissage!« verkündete ein aufgeklebter Zettel. Na gut, dann da hin.

Im Hof der ehemaligen Brauerei Goldene Gans, bei den Ulrichskirchen im Süden von Augsburgs Innenstadt, tummelte sich ein munteres Völkchen aus jungen Künstlern und etwas älteren Kunstfreunden. Eine Jazz-Combo mit Christian Stock am Bass, Dietmar Liehr am Keyboard, Götz Tangerding am Piano und Walter Bittner am Schlagzeug dudelte munter drauflos. Die Reden waren schon gehalten worden. Ich drückte mich am Eingang in einen als »Kapelle« ausgeschilderten Raum. Eine goldene Gans aus Stoff war an die Wand gekreuzigt worden. Wie einst der Sohn Gottes von den bösen Menschen, die aber auch nur nach den Gesetzen, den damaligen eben, vorgegangen sind. Dann schob ich mich mit den anderen Leuten durch die Katakomben der stillgelegten Brauerei. Der Putz bröckelte herunter. Rostige Eisentüren und wackelige Treppen führten durch die tiefen und dunklen Kellerräume. Rohre zogen sich an den Wänden entlang. Schmale Gänge führten von Raum zu Raum. In den Räumen waren die Installationen von Künstlerinnen und Künstlern aus Augsburg. Zeichnungen, Gemälde, Skulpturen, Typographien, Video-Performances. Auf einem Fernsehschirm sah man eine Taube auffliegen. Sie flog zum Fenster hinaus. Dieser Vorgang wurde immer wieder wiederholt. Die Taube flog in die Freiheit, war aber in einer Endlosigkeit, in ihrem immer gleichen Tun gefangen. Was sollte uns das sagen? Der Alltag ist auch ein Gefängnis? In einem Raum, der mit eisernen Menschen als schaukelbare Wiegen von Claus Scheele und mit knochenartigen Skulpturen wie eine düstere Pathologie aussah, traf ich auf meinen Rechtsanwalt Werner Leinfelder mit Frau und Reinhard Bender, seinen wuschelköpfigen Kollegen, der mit dem Herrn Möstl, dem kunstsinnigen Präsidenten des Amtsgerichts diskutierte. Bender hatte vor Wut einen Richter mit Akten beworfen. Möstl wollte den Grund wissen.

»Schon lange nicht mehr gesehen, Herr Kessler«, schüttelte mir der braungebrannte Leinfelder – lässig-smart wie immer – die Hand. Es war ein Vergnügen ihn zum Anwalt zu haben. Es stand nicht nur immer eine Tasse Kaffee für mich bei unseren Besprechungen auf seinem edlen Schreibtisch. Ich konnte mich mit ihm auch gut über Kultur unterhalten und wir mussten nicht ständig über die allermerkwürdigsten Entscheidungen des Richters Rettich debattieren. Unsere Gerichtstermine sahen wir sportlich und amüsierten uns gemeinsam bestens über die Richter, die glaubten, sie hätten die Wahrheit gepachtet, aber bereits beim Einkaufen die faulen Tomaten für Mango-Früchte hielten.

»Was machen Sie hier?«, fragte ich ihn.

»Meine Frau hat auch ausgestellt.«

»In welchem Raum?«

»Raum sieben, waren Sie da schon?«

»Nein, ich bin eigentlich noch nicht richtig hier.«

»Wie meinen Sie das?«

»Ich war vorhin im Gefängnis.«

»Wieso? Haben Sie jemanden besucht?«

»Nein, ich soll dort fünfzehn Tage einsitzen.« Ich erklärte ihm mein Problem mit dem Gefängnis, in das sie mich nicht reinließen.

»Sie machen ja Sachen. Wie gehts Ihnen? Sie machen mir keinen guten Eindruck.«

Er hatte Recht. Ich sah ein bisschen zerzauselt und abgerissen aus. Dazu hatte ich einen gehetzten Blick. Und wäre kein Wunder, wenn meine Kleidung muffeln würde. Ich sollte mal wieder in neue Kleidungsstücke schlüpfen.

»Wir können ja versuchen, ob Sie Freigang bekommen, dann können Sie arbeiten und verlieren kein Geld. Sonst sind Sie ja doppelt bestraft.«

»Freigang? Was ist das? Wie soll das gehen?«

»Sie können am Tag Ihren Geschäften nachgehen, nachts schlafen Sie im Gefängnis. Das wärs doch.«

»Stimmt, das wärs. Das könnten Sie hinbekommen? Wie lange brauchen Sie dazu?«

Dann wäre ich wenigstens in der Nacht gut aufbewahrt.

»Wenn Sie mir morgen das Gerichtsschreiben bringen, dann rufe ich dort an, dann schreiben die einen dementsprechenden Bescheid.«

»Wie lange wird das dauern?«

»In drei, vier Tagen haben Sie den Bescheid, denke ich.«

»Gut, wann soll ich morgen zu Ihnen in die Kanzlei kommen?«

»Am besten am Vormittag. So um zehn, dann sind Sie gleich dabei, wenn ich in Berlin anrufe.«

»Werde ich da sein«, verabschiedete ich mich.

Aber wo sollte ich in dieser Zeit übernachten? Ich ließ mich durch die Ausstellungsräume treiben. Aus alten Fässern und Halterungen waren neue Kunstobjekte entstanden. Das Sudhaus mit den kupfernen Braukesseln war fast noch ganz erhalten.

Ganz tief, in einer Kammer, in der Spinnweben an alten Rohren hingen, war ein merkwürdige Installation aufgebaut. »Schneeflittchen« hieß die. Das hatte ich mir gemerkt. So ähnlich war mal in den Siebzigern der Titel eines Porno-Zeichentrick-Films gewesen. Um ein Bett herum, in dem eine riesige Barbie-Puppe lag, standen Gartenzwerge mit dildoähnlichen Bierflaschen in der Hand. Das wird mein heutiges Hotel-Zimmer, dachte ich. Ich durchquerte weiter Gänge und Räume. Treppauf und treppab. In einem Raum hing ein gigantisches Windspiel von der Decke. An einem Stahlseil waren von allen Künstlern Objekte angehängt. Es drehte sich kaum sichtbar um die eigene Achse. Ausstellungsmacher Bernd Koroknay stand mit einer Gruppe darunter und erklärte die beachtenswerten Vorder- und Hintergedanken der Künstler. Peng! Es tat eine gewaltigen Schnalzer als das Stahlseil riss. Ich wich zurück. Die Kunstwerke, die nach dem Motto alles Gute kommt von oben, auf den Boden krachten, zerborsten und splitterten auseinander. Eine Staubwolke breitete sich aus. Ein Anschlag auf mich? Ich hatte allerdings keine verdächtigen Personen erspäht. Wer zahlte einem Killer schon derart Geld, dass er sich zu seinem sowieso schon anstrengenden Job auch noch eine derart schrägschrille Ausstellung antat? Es schien nur einen erwischt zu haben. Den Ausstellungsmacher selbst. Seine Helfer zogen ihn an den Füßen zur ehemaligen Laderampe der Brauerei. Koroknay war ohnmächtig. Aufgeregt telefonierten seine Truppe nach dem Notarzt. Als Koroknay auf einer Trage im Sanitätswagen verschwand, verschwand auch das Publikum aus der Ausstellung, die unfallbedingt geschlossen wurde.

Ich hatte mich versteckt und ließ mich einsperren. Ich ging zu »Schneeflittchen«. Die Riesen-Barbie musste mir Platz machen. Ich legte sie zwischen die lüsternen Zwerge. Gut schlief ich nicht. Es war kalt und feucht. Am nächsten Morgen fand ich in dem Gebäude die Toiletten. Mit Waschbecken. Ich vollzog eine Katzenwäsche. Mir fiel ein, dass ich ins Leinfelder-Büro sollte. Aber hatte ich nicht den Landgerichtsbrief zu Hause vergessen? Wo war eigentlich mein Personalausweis? Ich suchte meine Hosentaschen ab. In einer hinteren Tasche zog ich ein zusammengefaltetes Blatt heraus. Der Brief des Landgerichts. Ich hätte also bequem im Knast schlafen können. Fast ärgerte ich mich. Den Ausweis fand ich in einer anderen Tasche.

Ich war fix und fertig als ich mich dann über ein Gitter aus der Brauerei stahl. Ich roch nach Moder und Malz. Ein abstoßendes Parfüm. Ich traute mich derartig duftend nicht in das Rechtsanwalts-Büro Wunsch & Kollegen, in dem auch Leinfelder arbeitete. Es ist in der Halderstraße, über der

Kneipe Enchilada. Ich warf den Brief des Landgerichts in den Briefkasten. Ich musste mich waschen und frische Kleidung besorgen. Sollte ich in meine Wohnung? Sollte ich es riskieren? Ich riskierte es. Vor meinem Haus parkte dieser silberne BMW, der dem Russen gehörte. Ich sah, wie sie zu viert im Garten standen und diskutierten. Einer hatte einen Kopfverband aus dem schmale Koteletten kamen. Der fuchtelte am wildesten mit den Händen herum. Ich bog in eine andere Straße ein und drehte eine Runde um den Block. Nach einer Stunde stand zwar nur noch der silberne BMW vor dem Haus doch da saß einer drin, der meine Unterkunft beobachtete. Er hatte ein Handy in der Hand. Keine frische Wäsche. Keine Dusche.

Ich brachte es kaum über mich, diese Schande, hoffentlich würde mich keiner sehen, ich latschte zum Sozialamt in der Stadmetzg. Es war soweit. Warum sollte ich nicht auch mal ein bisschen Förderknete vom Staat in Anspruch nehmen? Ich hatte doch gewiss schon genug Geld in unseren Staat reingesteckt. Die großen Bosse hielten doch auch die Hand auf um an die Staatsknete ranzukommen. Nur wurde das weniger ehrenrührig Wirtschaftsförderung genannt. Aber wenn sie das unbedingt wollten, würde ich auch gerne mit der Sozialhilfe in der nächsten Gaststätte mit diversen Bestellung Wirtschaftshilfe leisten. An einer Sozialamts-Türe verkündete eine Tafel, dass Sozialhilfe erst durch einen Anruf mit dem Mitarbeiter vereinbart werden müsste. Die Türe ging auf. Der Mitarbeiter kam heraus.

»Ich wäre gerade hier, ich bräuchte Hilfe von ihnen, könnten wir uns nicht die Anruferei zwecks Gesprächstermin ersparen«, meinte ich zu ihm.

»Auf keinen Fall«, blaffte der mich an. »Sie bekommen keine Extra-Wurst serviert«, zog er hinter sich die Türe zu seinem Büro zu, das nur von seinen Akten und einem Schreibtisch gefüllt war.

Ich latschte ziellos umher. Die Lust an Sozialhilfe war mir vergangen. Ich wurde wütend. War das die bürgerfreundliche Stadt, die ekelhaft wurde, wenn man was von ihr wollte. Vorher hatten sie meine Steuern gerne kassiert, mit denen sie diese Ekel-Menschen in den Ämtern finanzierten. Ich wurde wütend. Ich wollte keine Extra-Wurst vom Sozialamt, sagte ich mir immer wieder. Ich wollte überhaupt keine Wurst vom Sozialamt. Die Mitarbeiter dort sollen sich ihre Würste selbst reinstopfen und daran ersticken. Jawoll! Ich wollte kein Gnadenbrot von Abwimmel-Bürokraten. Ich brauchte doch nur eine gute Idee für ein schnelles Einkommen. Wo war das Büro von Herbert Kunze, dem Mann, der Entsalzungs-Anlagen baute, die mit Solar-Energie betrieben wurden? Neulich hatte er mich in der Oberhauser Kneipe Havanna Lounge angesprochen, weil er ein Marketing-Konzept brauchte. Der hatte sein Büro doch irgendwo am Jakober Tor. Bei den Schnitzenbaumer-Appartements neben dem breiten Stadtgraben stieß ich in Gedanken fast mit einem Küchenschrank zusammen.

»Kannst du nicht aufpassen«, meckerte mich einer an.

»Tschuldigung, ich war in Gedanken.«

»Hey, du, sag, bist du nicht der Klaus?«, fragte der Mann, der das hintere Ende des Küchenschrankes zu einem hinten offenen Kastenlaster trug.

Es war Jochen Hass, der ehemalige Werbeagentur-Chef, der durch Alkohol und Drogen tief abgestürzt war, so hatte ich es diversen Gerüchten entnommen. Seine Agentur hatte den größten Kunden verloren, unbezahlte Rechnungen, Prozesse, Ärger mit Mitarbeitern und der Frau und schon war es passiert. Er machte eine Pause, drehte sich eine Zigarette und stellte sich zu mir.

»Ziehst du ein oder aus?«, fragte ich ihn.

»Weder noch.«

»Was dann?«

»Ich helfe beim Umziehen.«

»Wem?«

»Ich arbeite gegen Lohn.«

»Bist du bei der Umzugsfirma angestellt?«

»Achwo, ich bin ganz unten angekommen. Keinen festen Job mehr, keine Wohnung, alles kaputt.«

„Wie bei mir. Was bekommst du für diese Arbeit? Ich bräuchte auch ein paar Euros.« Ich dachte an frische Wäsche, an etwas Essen, an ein warmes und trockenes Bett bei Nacht.

»Je nachdem. Wenn mehr Arbeit ist, dann können das schon mal dreißig Euro am Tag sein.«

»Für welche Firma arbeitest du?«

»Nennt sich Projekt für Arbeitslose, hängt irgendwie mit der Stadt, dem Arbeitsamt und dem Gesundheitsamt zusammen.«

»Kann da jeder was machen?«

»Sicher.«

»Wo kann ich mich da melden?«

»Die haben ihr Büro im Haupthaus. Ich würde es dir zeigen, aber ich muss noch einige Möbel raustragen.«

Ich wusste wo das Haupthaus, das alte Hauptkrankenhaus ist. In einem Gebäudeflügel stieß ich auf diese Jobbeschaffungs-Leute. War einfach. Man setzte sich hin und wartete auf den nächsten Job. Eine Wohnungsauflösung, eine Wohnung tapezieren oder sowas. Hier erfuhr ich auch, dass ich für Siebeneurofünfzig im Bodelschwingh-Haus, bei der Jugendherberge, übernachten konnte. Ich wurde zu einer Wohnungsauflösung mitgenommen. Fünf Stunden Schlepperei, dann bekam ich fünfzig Euro bar in die Hand gedrückt. Nicht schlecht. Ich ging zum Woolworth und kaufte mir eine Jeans, eine Unterhose und ein T-Shirt für zwanzig Euro. Für fünf Euro Brot und Käse zum Essen. Im Bodelschwingh-Haus musste ich mich in eine Liste eintragen, dann konnte ich in ein Bett in einem Schlafsaal, in dem noch vier weitere Betten standen. Diese waren auch bald belegt. Dort konnte ich mich waschen. Auch die Kleidung. Mit einem Übernachter, dem ich in der Fußgängerzone schon öfters ein »Biss«-Heft für Einsfünfzig – davon 80 Cent für den Verkäufer – abgekauft hatte, »Augsburgs Zeitung für soziale Themen.«

»Wie ist das so mit den Deutsch-Russen, den Spätaussiedlern, stimmt das, dass die krimineller sind als andere?«

»Ich weiß nur, dass die der Polizei mehr Probleme machen als andere.«

»Wieso?«

»Wenn die was anstellen, dann steht die Polizei vor einer Mauer des Schweigens. Auch deren Angehörige oder Bekannten lassen nichts raus, die zeigen wenig Bereitschaft mit der Polizei zusammenzuarbeiten.«

»Die sind einfach wurzellos«, versuchte ich Verständnis zu wecken.

»Wurzellos? Hemmungslos sind da einige. Die Männer aus dem Osten neigen dazu ihre Konflikte mit zu Gewalt lösen. Erst saufen die Wodka bis zum Umfallen, dann dreschen sie wegen irgendeinem Scheiß aufeinander ein. Meistens gegenseitig, Gott sei Dank. Ich verstehe das nicht.«

Die Übernachtungs-Liste wurde von der Augsburger Polizei überprüft. Ich lernte dadurch einen Polizisten mit einem mächtigen Schnauzbart kennen, den sie alle Mandi nannten. Der sah eher aus als wie ein Biker als ein Polizist. Er erzählte mir, dass einige Obdachlose in Augsburg in Abbruchhäusern, in Bunkern und in Tiefgaragen ihr Leben fristen. Nach dem Frühstück im Bodelschwingh-Haus ging ich in den neuen Tag hinaus. Das Leben war hart. Sollte ich härter sein? Härter werden? Zum Frühstück las ich die neue Augsburger Allgemeine. Besonders genau die Stellenanzeigen. Ich stutzte. Eine Textanzeige mit den Maßen neun mal sechs Zentimeter erweckte mein Aufmerksamkeit: »Bei den bayerischen Justizvollzugsanstalten werden männliche und weibliche Nachwuchskräfte für die Laufbahn des allgemeinen (uniformierten) Vollzugsdienstes (mittlerer Dienst) eingestellt. Einstellungsvoraussetzungen: deutsche Staatsangehörigkeit, Alter 20 bis 30 Jahre, mindestens qualifizierender Hauptschulabschluss od. Hauptschulabschluss (9 Klassen) mit abgeschlossener Berufsausbildung.« So hart wollte ich wieder nicht werden. Ich blätterte schnellstens weiter.

Kapitel 9

Kostenloses Parfüm muss nicht immer gut sein / Wildschweine sollen sich an Zivi-Bullen ranmachen / Es ist nicht leicht ins Gefängnis zu kommen / Kessler trifft viele Kriminelle

Nach zwei Tagen Arbeit und übernachten im Obdachlosenasyl rief ich bei Leinfelder an. Ich konnte vorbeikommen, der erwünschte Bescheid war da. Ich ging zuvor beim Drogeriemarkt vorbei. Dort bestäubte ich mich in der Parfümabteilung mit einem Lagerfeld-Düftchen aus dem Probier-Flacon. Das wars noch nicht. Dazu etwas von Joop. Das wars auch noch nicht, wie ich glaubte riechen zu müssen, damit die Leute meinen Erfolg sofort wittern konnten. Ich stäubte noch Boss, Calvin Klein und Azzurro darüber. Eine eigenartige Duft-Mischung umwaberte meinen Körper. Ich roch wie eine Puffmutter. Eine von der billigen Sorte. Blamabelst.

Ich bekam in Leinfelders Büro den neuen Brief vom Landgericht Berlin ausgehändigt. Frau Jais, die Sekretärin, machte dazu ein Gesicht, dessen Missfallensfalten ihre Nase zudrückten. Mit diesem Brief wurde mir mein neuer Status als Freigänger in der JVA bescheinigt. Ich machte den zweiten Versuch hinter Gitter zu gelangen. Der Beamte an der Gefängnis-Pforte schaute mich an wie einen Außerirdischen.

»Freigänger, die gibts bei uns nicht. Jedenfalls nicht bei fünfzehn Tagen Haft.«

»Was machen wir jetzt?«, fragte ich.

Eine ältere Frau, Rumänin?, Bulgarin?, Albanerin?, kam an die Pforte. Sie suchte einen Angehörigen. Sie nannte mit einem entschuldigenden Lächeln einen teilweise unverständlichen Namen. Ging es um ihren Sohn, ihren Bruder oder ihren Mann? Sie faltete die Hände und machte ein klägliches Gesicht zum Himmel, der alles wusste, nur wieder mal nichts sagte, was von der Decke im JVA-Foyer zusätzlich verhindert wurde. Einige Leute kamen und nahmen im Warteraum Platz. Sie wollten Gefangene besuchen. Die ältere Frau musste den Namen auf einen Zettel schreiben. Der JVA-Beamte schaute in seinen Computer. Dann redete er mit ihr wieder per Mikrophon und schepperndem Lautsprecher durch die Scheibe.

»Der ist in Kaisheim!«

Der Beamte schob ihr einen Zettel mit der Adresse des Gefängnisses in Kaisheim durch.

Dieser Fall war gelöst. Meiner noch nicht.

Der Beamte bat mich in einen Gang hinter dem Warteraum. Hier waren schon die ersten Gittertüren zu sehen. Eine verglaste Gittertüre wurde geöffnet und hinter mir geschlossen. Ein Herr Sünder, der Leiter des Aufsichtspersonals, nahm sich meiner in seinem Büro an.

»Sie können mit ihrem Rechtsanwalt telefonieren«, sagte er mir.

Ich erreichte Leinfelder.

»Hallo Herr Kessler, wo sind Sie?«

»Im Gefängnis. Aber noch nicht ganz.«

»Wie das?«

»Es gibt hier keinen Freigang.«

»Dann sollten Sie in ein Gefängnis nach Berlin.«

Wie sollte ich nach Berlin kommen? Der gute Mann wusste nichts von meinen Geldproblemen. Ich hatte um die drei Euro in der Tasche. Damit würde ich mit dem Zug vielleicht bis Meitingen kommen. Das machte alles noch komplizierter.

Ich entschied mich die fünfzehn Tage in Augsburg abzusitzen.

»Wie ist das mit dem Essen und der Wäsche?«, erkundigte ich mich.

»Bekommen Sie alles von uns«, strahlte mich Winter an.

»Gut, dann bleibe ich.«

Ein Beamter holte mich ab. Es ging durch einige Gittertüren. Der Schlüsselbund des Beamten klirrte unablässig. Es ging durch einen Essensraum, wo neugierige Häftlinge, die mit dem Geschirr hantierten, meinen Einlauf beobachteten. Wie nannte man diese Häftlinge, die für die Arbeit im Knast eingespannt wurden? Aus diversen Gefängnis-Abenteuer-Büchern wie »Papillon« kannte ich das Wort Kalfaktor für diese Sorte Inhaftierter, die sich den ganzen Tag außerhalb ihrer Zellen bewegen durften, also Privilegierte waren, sich oft als Zuträger der Aufseher fühlten, mit ihnen oft beidseitig nützliche Symbiosen eingingen. So hatte ich es gelesen. Würde sich das hier bewahrheiten? Nach einer Treppe in den Keller wurde ich in einem Warteraum abgestellt. Ich vertrieb mir die ungewisse Zeit, das beklemmende Gefühl, durch einen Fehler im System hier drin zu verdorren, mit dem Lesen der Graffitis an der Wand. Das eindruckvollste war ein längerer Text: »Die Zivi-Bullen von Revier 4 sollen von der Wildsau gevögelt werden und ihre Mütter sollen vergewaltigt werden«, hatte sich ein Rachsüchtiger mit tierischer Phantasie ausgetobt. Wussten das die Zivi-Bullen von Revier 4, dass sie die Helden des Roman-Anfangs eines anonymen Autors in der Karmelitengasse waren? Würde sie das stolz machen? Kaum. Oder doch, weil hier einer seine Wut gegen sie rausgelassen hatte, gegen sie, die mächtigen, die gnadenlosen, die unbestechlichen Bullen der Gerechtigkeit. Das konnte bei Frischankommenden Eindruck schinden. Mir fiel ein Werbespot gegen Raubkopierer im Fernsehen ein. Langzeit-Inhaftierte freuten sich auf das Frischfleisch von Raubkopierern. Wie war das mit Vergewaltigung durch Männer im Knast? Die mussten sich doch auch irgendwie Sex beschaffen. Oder durch die Wärter? War alles schon dagewesen. Aber doch nicht bei uns in Datschiburg, hier im Karmelitengässle, beruhigte ich mich.

Ein junger Mann kam herein. Was hatte er verbrochen? Er war gestern Nacht mit seinem Auto von einer Landdisko in die nächste gebraust. Vor dem Friedberger Berg war sein Auto stehengeblieben. Er fragte bei den Insassen eines in der Nähe parkenden Autos nach Hilfe. Es waren Polizeibeamte, die nach Alkoholsündern fahndeten. Sie machten mit dem Hilfesuchenden einen Alkoholtest. Über nullkommaacht Prommille. Führerschein? War schon vor einiger Zeit abgenommen worden. Deswegen sei er jetzt auch hier. Dumm gelaufen. Ein schmächtiger Pakistani wurde zur Türe hereingeschoben. Er kauerte sich gleich an die Rippen des warmen Heizkörpers. Warum war er hier? Hatte er im Grillwagen, mit dem Slogan »Frischfleisch auf dem Grill, das ein jeder will« deutsche Spatzen als Brathendl verkauft? Er konnte kein Deutsch. Wir begannen Sprachunterricht mit den Wörtern für Kopf, Auge, Nase und Mund. Ein Gefängnis-Beamter legte ihm einen Zettel hin. »Ein Aufklärungsblatt für die Insassen bayerischer Justizvollzugsanstalten über AIDS und Hepatitis.« Ich versuchte dem Pakistani, der die Heizung umklammerte wie ein Baby seine Mutter, einige Sätze daraus ins Englische zu übersetzen: »In Justizvollzugsanstalten leben viele Menschen auf engem Raum zusammen. Für Gefangene stellt sich deshalb die Frage nach übertragbaren Krankheiten. Welche Gefährdungen liegen vor? Wie kann man sich schützen?« Dann folgte ein Kasten mit den Schutzmaßnahmen:

»Nie fremdes Rasierzeug benutzen
Nie fremde Zahnbürste benutzen
Nicht tätowieren
Kein Piercing
Keine Blutsbrüderschaft
Nie intravenösen Drogenkonsum
Offene Wunden abdecken
Bei Unfällen Blutkontakt meiden
Gefährlich sind sexuelle Intimkontakte
Kondome verwenden«

Da wurde einem schonungslos verraten, was einsame Männer in ihren

Zellen treiben konnten. Das war also der ideale Ort für die Besserung eines Menschen. Uff! Mein Englisch wurde bei den letzten Sätzen ziemlich holprig, vor allem als ich auf dem kopierten Formblatt 3021 lesen musste, dass »Fixer, homo- und bisexuelle Prostituierte besonders gefährdet sind.« Wie war das gemeint? Konnte ich mir hier drin als Lustknabe für sexuell Ausgehungerte etwas Taschengeld verdienen? Doch wie kam ich dann an Kondome?

»Hey, schau mal, da hat sich Sandro verewigt, den kenne ich«, entzifferte der junge Mann ohne Führerschein einige Worte im Graffiti-Wust.

Ich musste im Aufnahmeraum vor zwei Beamten die Kleidung abgeben, nackt duschen und die Gefängniskleidung anziehen. Ein weißes Unterhemd, eine weiße Unterhose, eine dunkelblaue Arbeitshose, ein ausgewaschenes dunkeltürkises Hemd, bei dem an einem Ärmel der Knopf fehlte, dunkelgraue Wollsocken und heruntergetrappte schwarze Lederschuhe mit kurzen Bändeln. Sie hatten meine Körpergröße ohne zu fragen ziemlich richtig erfasst. Aber musste es eine Unterhose sein, in der schon einige ihre Bremsspuren hinterlassen hatten? War ausgekocht. Logo. Später war ich für dieses unförmige Stück Stoff, das wie ein Hula Hoop Reifen um meine Hüften hing, in Augenblicken der Ödnis doch sehr dankbar. Man war damit immer beschäftigt. Mit dem Hochziehen.

Auf jedem Stück Gefängnis-Kleidung war ein rotes A gestempelt.

»Steht das für Aussätziger?«, begann ich ein lockeres Gespräch mit den Aufsichtsbeamten, die mich heimlich bei meiner Aus- und Anziehaktion beäugten. So als wäre ich sowas von uninteressant. Auf ihrem Computer am Schreibtisch lief als Bildschirmschoner: »Willkommen in der JVA Augsburg!«

»Das steht nicht für Aufsässiger, sondern für Augsburg«, langweilte sich einer über meinen hier wohlbekannten Witz, der mich an einen Bundeswehr-Feldwebel mit Hauptschul-Abschluss erinnerte. Einer, der versuchte, sich etwas Bildung zuzulegen um den Graben zu den Offizieren mit Abitur überbrücken zu können, der an diesem Unterschied litt. Was sollten auch für Menschen Dienst im Gefängnis machen?

»Wir leben hier in gesicherter Armut«, verriet mir Herr Färber, der den Zweiten Bildungsweg für diese Karriere beschritten hatte, das Einkommens-Niveau der Justizbeamten, die für die Aufarbeit der Dreckarbeit zuständig waren, rausgewürgt von der Rechtsmaschine, Dreckarbeit, die von der besser bezahlten Polizei, und den noch besser bezahlten Staatsanwälten und Richtern in die JVA auslagert wurde.

Wer legte sich also den Alptraumberuf Gefängnis-Wärter zu? Wachteln sagen die Gefangenen zu dieser Menschensorte, die nicht Wärter heißen wollten, weil es »Wärter nur im Zoo gab«. Diese Frage sollte mich länger beschäftigen.

»Kann ich mal einen Kugelschreiber haben?«, bat ich die beiden JVA-Beamten die mir bei meiner Verwandlung vom Verleger in einen Verbrecher halfen.

Sie gaben mir Kugelschreiber und Papier, weil sie dachten, das würde ich für das Verfassen von Texten und Briefen brauchen. Da hatten sie nicht ganz Unrecht. Momentan hatte ich aber einen besseren Einfall.

»Augsburg soll doch Kulturhauptstadt werden«, malte ich mit einem Datschi-Grinsen, das wir Augsbürger immer aufsetzen, wenn wir von unserer Fugger-Stadt schwärmen, an das rote A auf meinem Hemd einen Flügel. Das Logo für die zukünftige europäische Kultur-Hauptstadt. Im Kultur-Kampf gegen Bamberg und Regensburg. Nach ein paar Tagen schrieb ich dem Kultur-Hauptstadt-Intendanten Höft eine Karte aus dem Gefängnis: »Lieber Herr Höft, wie wäre es mit einer Ausstellung mit Graffitis aus der hiesigen JVA. Es wird kaum noch zwischen Lech und Wertach ein Haus geben, in dem so viele Europäer aus verschiedenen Ländern auf engstem Raum zusammenleben wie in der Karmelitengasse 12.«

Die beiden Beamten schauten mich an wie einen, der besser in die Irrenanstalt gekommen wäre.

Meine Kleidung wurde mit gerümpfter Nase in einem Plastiksack verstaut. Das war meine Stinkbomben-Rache am ungerechten System eines Staates, der sich Rechtsstaat nannte, mich aber einsperrte, weil ich für die Rechte eines Autors gekämpft hatte. Komisch kam mir vor, dass sie meinen Geldbeutel nicht in meinem Dabeisein durchkramten. Sollte ich jetzt schon Stunk machen? Mal warten ob noch was Drastischeres passierte. Viel konnten sie mir nicht klauen. Sollte ich mich fünfzehn Tage schikanieren lassen? Lieber nicht. Die paar Euros, die brauchte ich die nächste Zeit sowieso nicht. Dann kam ich in die Zelle Nr. 10. Gleich neben dem Aufnahmeraum. Ein Aufseher namens Rubel erklärte mir die Funktion der beleuchteten Sensoren in der Wand. Ein grüner Sensor war für Licht, einer für den Rundfunkempfang. Ein roter war für den Notfall. Genau richtig für mich. Ich war doch sowieso schon ein einziger Notfall. Witzbolde unter meinen Zellen-Vorgängern hatten dem roten Sensor-Knopf mit den schön skizzierten Worten »Pizza-Boys!« eine interessante Bedeutung gegeben.

»Fuck Justiz!« hatte einer mit einem Feuerzeug riesig mit dunklem Ruß in die Wand über dem eisernen Doppelbett in dem bis zur Brusthöhe gefliesten Raum gebrannt. Ich nickte verständnisvoll.

Mein Richter am Augsburger Gericht hatte auch nicht geschnallt, dass der Berliner Verleger mich bei der Herstellung eines Deutsch-Rock-Lexikons beschissen hatte, wofür ich sogar blechen sollte. Mein Autor und ich, der Herausgeber, wir hätten von anderen Büchern abgeschrieben. Stimmte nicht. Irgendjemand, vielleicht jemand im Berliner Verlag, oder der Lektor des Verlages, aber bestimmt nicht ich, das hätte ich wissen müssen, hatten den größten Teil der Texte über deutsche Rockbands von der CD eines anderen Verlages herunterkopiert. Der Berliner Verleger forderte dafür über 50.000,- Mark Schadensersatz. Eine gute Methode mit Büchern Geld zu verdienen, die, vielleicht deswegen nicht in den Handel kommen durften, weil der Verleger das Auslieferungslager nicht bezahlt hatte, glaubte ich. Sagen wir, zur Hälfte hat es der Richter gespannt. Aber: dazu brauche ich keinen gut dotierten Richter, der für die Wahrheit zuständig war, nicht für die Vermutung, dass bei einem Streit immer beide Seiten schuld sind. Warum hat der Richter, der von dem Berliner Verleger als Beweismittel eine Diskette mit Lexikon-Texten anforderte, auf der dann nichts war, auf der aber laut Verleger alle unsere gefälschten Texte sein sollten, trotzdem geglaubt? Kompliziert das, ich weiß. Richter sind schließlich nicht mehr als Rechtsprechungs-Maschinen, die uns den Eindruck geben sollen, dass wir in einer Gesellschaft leben, bei der jeder gleich vor dem Recht ist. Ich will nicht verschweigen, dass es welche gibt, die ohne die Augenbinde der Justitia urteilen und ab und zu ins Schwarze treffen. In Augsburg soll es sogar einen einen geben, der sich in der Nacht vollaufen lässt und am nächsten Tag die besten Urteile spricht. Wahrscheinlich weil er in den Kneipen ab und zu unterm Volk weilt. Ich glaube, meine Richter merkten schon immer meine Vorurteile gegen sie und erfüllten diese nur zu gern.

Ich war gespannt, ob wenigstens im Gefängnis jeder gleich behandelt wurde. Zudem beschloss ich die Zeit zu nutzen und ein Gefängnis-Lexikon zu schreiben. Mal ehrlich, wer weiß schon wirklich, was sich hinter unseren Gittern abspielt? Was darf ein Gefangener und was nicht? Wie kann er sich gegen die Willkür des Personals wehren? Noch gespannter war ich wie viele Schwerverbrecher ich hinter den schwedischen Gardinen antreffen würde. Wie ich dabei überlebte.

Kultur-Schock! In meiner Zelle Nummer 10, einer sogenannten Schub-Zelle, die nur für Häftlinge bestimmt war, die frisch eingeliefert wurden, oder von einem Gefängnis zum anderen transportiert wurden, die so genannte Weichkocher-Kammer, war das Klosett-Becken nur durch einen Stoffvorhang getrennt vom Esstisch. Die Gefängnis-Leitung schien zu ahnen, dass ich einer der wenigen Unschuldigen war und steckte keinen weiteren Häftling in meine Zelle mit rund neun Quadratmetern. Den meisten Platz hatte ich auf dem Bett. Der Tisch und eine Sitzbank waren an die Wand geschraubt. Das eiserne Zweistockbett stand vor dem vergitterten Fenster, das in der Höhe der Gefängniswiese lag und schräg aufklappbar war. Mit den Augen steil nach oben konnte ich die Schuhe vorbeimarschierender Wachposten sehen, oder wer das auch immer war. In einem schmalen Holzschrank war eine Jacke für den Hofgang an kalten Tagen. In dem anderen verstaute ich die Dinge, die mir für meinen JVA-Aufenthalt von den einweisenden Beamten mitgegeben wurden. Handtuch, Geschirrtuch, Brotzeitbrettchen und eine Ein-Liter-Plastikkanne.

Den Rasierapparat, meinen Mach 3 von Gilette, durfte ich behalten. Statt meines Rasier-Gels bekam ich einen Rasierpinsel und ein Stück Rasierseife. Mein Parfüm *Route 66* wurde weggenommen, aber komischerweise durfte ich meine Zahncreme und meine Zahnbürste behalten. Ging es um das Verstecken von Drogen oder was? Ich merkte, dass ich in eine Welt, ein Labyrinth, der Rätsel vorgestoßen war. Eingekerkert im Reich der Gesetzlosen.

Wenn ich mein Urteil so betrachtete, stundenlang darüber meditierte, wenn ich den Durchblick meines Richters für mich analysierte, dann glaubte ich, dass in dem Augsburger Gefangenen-Bunker, in dem einst der Bayerische Hiasel geköpft worden war, um die fünfzig Prozent zu Unrecht Verurteilte sitzen mussten. Nicht zu vergessen, dass in den Zellen neben und über mir auch viele U-Häftlinge einsaßen. Falsch, das sind nicht die Unschuldig-Häftlinge. Das sind die Untersuchungs-Häftlinge, die erst noch vor das Gericht kommen, damit sie abgeurteilt oder freigesprochen werden.

Nach einigen Tagen wurde ich zu einem anderen Häftling verlegt, der sich auf Zelle 16 befand. Ich nannte ihn Zapata, weil er so zappelig war. Zapata war eingebuchtet worden, weil er nicht zahlen wollte. Irgendwelche Handwerker-Schulden wegen Wohnungsrenovierungen. Ausgerechnet durch einen ehemaligen Bank-Einbrecher namens Meier, der sich bei Zapata eingemietet hatte. Beugehaft nennt sich das. Wer beim Gerichtsvollzieher, beim Zapata wars eine Vollzieherin, nichts bezahlen kann oder will, dann keinen Offenbarungseid unterschreibt, der kann mit Hilfe der Polizei in das Gefängnis geworfen werden. Bis der Offenbarungs-Eid unterschrieben, oder die Schuld beglichen wird, also gebeugt wird. Beim einstündigen Freigang auf dem Gefängnishof traf ich weitere der rund zweihundert Gefangenen. Manche redeten mit mir, manche nicht. Manche liefen im Eiltempo durch den gepflasterten ungefähr acht Meter breiten und fünfzehn Meter langen Gefängnishof, manche saßen oder standen herum. Dieser Hof wird gebildet von zwei Gefängnisgebäuden, einer kleinen Kirche und einer hohen Betonmauer, die mit Überwachungskameras und Stacheldraht ausgestattet ist. An der Seite des Hofes waren einige Sitzbänke. Besonders die Gefangenen, die aus Afrika oder anderen südlichen Gegenden stammten, die kauerten sich gerne in die Ecken, in die eine wohltätige Sonne ihre wärmenden Strahlen sandte.

Da war der Neo-Nazi mit glattgeschorenem Kopf, der schon einen Hofstaat um sich geschart hatte. Er stand am liebsten. Als ich ihn laufen sah, tapselte er durch den gepflasterten Gefängnis-Hof wie ein watscheliger Pinguin. Kein germanisch heldenhafter aufrechter Gang war das, das hatte er selber erkannt, deswegen versuchte er im Stehen einen besseren Eindruck auf seine Fans zu machen. Der Neo-Nazi war in U-Haft, weil er eine jüdischen Synagoge in die Luft jagen wollte, behauptete der Staatsanwalt.

Ich lernte einen jungen Koch kennen, dessen Gesicht mit roten Backen hoffnungsvoll in den Tag schaute.

»Warum bist du hier?«

»Ich arbeitete in Österreich in einem Hotel in den Bergen.«

»Das ist doch kein Grund, um hier zu sein.«

»Eines Tages hat mich meine Chefin so geärgert, dass ich mir ein Fahrrad lieh, mit dem ich mir den Frust herunterstrampeln wollte.«

»Ja, und? War das nicht der heißeste Sommer aller Zeiten.«

»Ja, aber in dreiundfünfzig Tagen war ich in Barcelona.«

»Gute Leistung. Gedopt? Deswegen hier?«

»Nein, ich arbeitete in Spanien in einem Lokal am Strand.«

»Geld unterschlagen?«

»Nein, ich blieb bis zum Herbst. Ich konnte dort in einem alten Wohnwagen leben. In den regnete es und es wurde kalt. Die Touristen waren weg. Das Strandlokal auch.«

»Weiter! Wie bist du hier rein gekommen?«

»Ich verkaufte das Rad, besorgte mir einen Zugfahrkarte und bin zurück nach Deutschland.«

»Aha, Fahrraddiebstahl.« Das kannte ich. Mich hatten sie allerdings nicht erwischt.

»Wie haben sie dich erwischt?«

»Ich bin dann im Haus Emmaus in Augsburg untergeschlüpft. Zum Arbeiten, irgendwas. Ich wollte wieder meine Füße auf den Boden, festen Halt bekommen. Die haben mich korrekt im Einwohnermeldeamt angemeldet und dann müssen die was im Computer gesehen haben, dass sie mich in Österreich suchen. Ich habe alles zugegeben und gesagt, dass ich das Fahrrad abzahle.«

»Aber du bist trotzdem hier.«

»Sie haben mich mitgenommen. Angeblich habe ich keinen festen Wohnsitz, obwohl sie mich ja nur ertappt haben, weil ich meinen Wohnsitz angemeldet habe.«

»Komisch.«

»Kannst du sagen. In ein paar Tagen fahren sie mich zum Gericht.«

»Wohin?«

»Na, dahin, wo der Fahrradverleih, ist von dem ich das Rad ...«

»... gestohlen habe.«

»Nein, ein Polizist sagte, es handelt sich nur um Unterschlagung.«

Solche juristischen Feinheiten sollte ich besser kennenlernen bei meinen nächsten Hofgängen zwischen meinen JVA-Kollegen. Was lernte ich daraus? Korrektheit wird nicht immer belohnt.

Da war der junge Stuttgarter, den sie mit zehn Gramm Haschisch bei Günzburg im Zug nach Rom erwischt hatten. Rauschgiftkontrolle mit Hunden. Er hatte sein Haschisch im Koffer verstaut. Die Polizisten durchsuchten seinen Rucksack und fanden nichts. Ein Spürhund winselte vor dem Koffer mit dem Hasch. Wem der Koffer gehört, wollten sie wissen. Niemand meldete sich. Der Stuttgarter auch nicht, so schlau war er. Dann sagten die Polizisten im dem Zugabteil: »Jeder nimmt seinen Koffer zu sich.« Nur der Stuttgarter saß ohne Koffer da. Sie nahmen ihm nicht ab, dass er ohne Koffer nach Rom reisen wollte. Dummerweise fanden sie im Koffer schriftliche Hinweise darauf, dass ihm der Koffer gehörte. Ab in die U-Haft. Er war in Bayern erwischt worden. In anderen Bundesländern wäre das als Haschisch-Eigenverbrauch vielleicht ohne Folgen geblieben.

Ein Häftling, der die Geschichte des Stuttgarters mit mir anhörte, berichtete von einem Drogen-Kurier, den sie mit dem Zug nach Augsburg geschickt hatten. Zu einem Dealer. Mit einer kleinen Menge. Am Augsburger Hauptbahnhof kam die Polizei und schnappte ihn. Er war verpfiffen worden. Von wem? Wahrscheinlich von seinen Auftraggebern. Wieso? Damit ein anderer Drogen-Kurier, der mit der großen Rauschgift-Menge, während der Festnahme des Anfängers ein paar Waggons weiter unbehelligt aussteigen konnte. Raffiniert.

Ein Kroate, der mit weiteren Mitgliedern als aneinandergekettete Gang von martialisch ausgerüsteten SK-Polizisten eingeliefert wurde, war mit einigen Gang-Mitgliedern bei Eichstätt an der Donau erwischt worden. Diese Gang hatte sich mit Original-Mercedes-Werkstatt-Kleidung in Mercedes-Werkstätten eingeschlichen und dort unbeobachtet teure Analyse-Geräte eingepackt, die in den Osten geliefert wurden.

Einer, ein recht bieder wirkender Mann aus Passau, war von einer Ösi-

Bande mit falschen Ausweisen ausgestattet worden. Damit hatten sie ihn in eine Bank geschickt um unter falschen Namen ein Darlehen zu ergaunern. Einfacher ging eine Bankraub kaum.

Es stimmte, das Gefängnis ist die beste Weiterbildung für eine kriminelle Karriere. Eine kostenlose VHS mit Vollpension für Gangster. In und zwischen den Grüppchen im Gefängnishof schwirrten die Paragraphen, die Namen von Richtern, Staatsanwälten, Rechtsanwälten durch die Luft wie in einer juristischen Fakultät an der Universität. Der eine wusste, wie dieser Richter urteilte, der andere wusste, auf welche Dinge jener Staatsanwalt achtete. Die Namen von Strafanwälten für die Pflichtverteidigung wurden ausgetauscht. Aber auch Tauchsieder gegen Kaffeepackungen, Teebeutel gegen Briefmarken. Die Briefmarken waren im Gefängnis eine beliebte Währung. Da war es gut, wenn man sich welche mitbrachte, oder wenn man jemanden draußen hatte, der sie für einen im offenen Kuvert mit dem Namen drauf einwarf oder abgab. Bargeld war im Knast nicht zu sehen. Sagen wir es so, ich habe in den fünfzehn Tagen keines gesehen. Komischerweise hatte mir aber niemand gesagt, dass Geld hier drin verboten war. Für mein Geld, das sie im Geldbeutel gefunden hatten, merkwürdigerweise etwas weniger, als ich nach meiner Meinung noch besessen hatte, war ein JVA-Konto angelegt worden. Ein Aushang am Schwarzen Brett verkündete, dass in zehn Tagen Einkauf war. Größere Tauschgeschäfte im Gefängnis waren untersagt. Geschäfte mit Anstaltseigentum ebenfalls.

Zapata zeigte mir, wie ein schriftlicher Antrag gestellt werden musste. In der Frühe, wenn um sechs Uhr dreißig die Schlüssel klirrten und die Kalfaktoren das Frühstück durch den Gang schoben, dann hatten sie auch zwei geheimnisvolle Kästen dabei. In einem Kasten steckten die Antrags-Formulare, in einem anderen Kasten wurden die ausgefüllten Anträge eingeworfen. »Der Grund des Antrags ist möglichst genau anzugeben, weil sonst die Erledigung unmöglich ist oder erschwert wird. Für jeden Antrag ist ein eigener Sprechschein auszufüllen«, erklärte das graue Formblatt Nr.: 4004, Format DIN A5, seine Existenz. Zapata füllte täglich einen Antrag für Gespräche mit den Sozial-Helfern im Gefängnis aus. Weil er so nervig war, ließen sie ihn links liegen. Damit wurde ich zu seinem Sozialbetreuer. Ich konnte ihm nicht entfliehen. Höchstens wenn er zur Kirche ging und ich als Ungläubiger in der Zelle blieb. Dann konnte ich auch in Ruhe – ohne Beobachtung – auf das Klobecken sitzen. Zapata zeigte mir, wie er über Briefmarken an Kalfaktoren Zeitungen eintauschen konnte, schon etwas ältere aber immerhin. Einen besonders geschäftigen Kalfaktor hatte ein Augsburger Staatsanwalt – alle Achtung! – aus Südamerika geholt. Dieser Kalfaktor mit einem schwarzen Vollbart, hatte sich über Kleinanzeigen in Zeitungen Geld von deutschen Unternehmern zusenden lassen. Er versprach ihnen dafür hochrentable südamerikanische Darlehen. Auch die geizigen Schwaben trickste er mit dem Versprechen von wahnsinnig hohen Renditen aus. Mein aktueller Frühstücks-Lieferant kam dadurch zu hunderttausenden von Euros. Eine Geldzuwachs-Methode, die mir, ich gestehe es, durch den Kopf ging. Ich entwickelte auf dieser Basis noch andere Methoden für einen illegalen, aber satten, Geldzuwachs. Lauter Methoden, bei denen ich leider schnell meine Heimat hätte verlassen müssen. Aber ich gehöre zu der Sorte Menschen, die lieber ein armer Augsbürger sind, als ein reicher Kolumbianer. Mein Frühstücks-Lieferant handelte während seiner U-Haft mit Zeitungen, neuer Gefängnis-Kleidung, legte mehr Fleisch oder Wurst auf den Teller, wenn er mit Briefmarken bezahlt wurde. Besonders begehrt war natürlich die Augsburger Allgemeine, die täglich in die Gefängnis-Bibliothek geliefert wurde.

Ich versuchte schlauer als Zapata zu sein. Ich schrieb einen gutformulierten Antrag, Zeit hatte ich dazu den ganzen Tag, dass ich gerne die alten Tageszeitungen aus der Gefängnis-Bibliothek hätte, bevor sie weggeworfen wurden. Den gab ich ordentlich beim Frühstück einem Aufseher in die Hand, der dem Frühstückswagen hinterherzuckelte und die Zellentüren wieder zusperrte. Nennen wir ihn mal Herr König. Der vorauslaufende Beamte drehte sich erstaunt um, als er meinen Antrag las. »Hier, den können Sie vergessen, das funktioniert nicht«, versuchte er mir mit lauter, befehlender Stimme den korrekt ausgefüllten Antrag in meine Hemdentasche zu stecken. Wieso sollte das nicht gehen? Was passierte mit den alten Zeitungen? Sie wurden doch weggeworfen, oder? In seiner Aufregung übersah genau der Beamte, der mich schon am Anfang mit herrischer Stimme darauf hingewiesen hatte, dass »hier drin, die Hose nicht über dem Hemd getragen werden darf«, dass mein Häftlings-Hemd keine Tasche hatte. Ich weigerte mich den Antrag zurückzunehmen, weil er laut Vorschrift nur schriftlich abgelehnt werden konnte. Somit flatterte der Antrag auf den Gefängnisflur. Er kam unter die Räder, im wahrsten Sinne des Worte, unter die Räder des Frühstückswagens.

Nach einigen Tagen musste Zapata zur Gefängnis-Leitung. Zu einer Art JVA-Tribunal. Zapata hatte in den ersten Tagen seine Bettdecke in Streifen gerissen. Warum – zur Flucht?, zu Selbstmordzwecken? – das sagte er mir nicht. Wahrscheinlich wollte er damit seinem Anwalt, dem das berichtet wurde, andeuten, dass bald was Schlimmes passiert. Zapata behauptete, er hätte aus Langeweile etwas basteln wollen. Er wurde zu einem Schadensersatz von fünfzehn Euro, wegen Zerstörung von Staatseigentum verurteilt. Das wurde ihm von seinem Gefängnis-Konto abgebucht. Aber auch der vollbärtige Kalfaktor musste antreten. War durch meinen Antrag aufgekommen, dass er mit Billigung von Wärter König, die Zeitungen an die Inhaftierten weiterverhökerte? Aber auch die anderen Sachen, Vergünstigungen für die Mitgefangenen, mit denen er Briefmarken einheimste waren dadurch aufgeflogen. Er wurde streng ermahnt, dass er das einstellen müsste, sonst würde er seinen privilegierten Job verlieren. Klaus Kessler, immer und überall im Einsatz für Recht und Gerechtigkeit – sogar hinter den dicken Gefängnismauern in der Karmelitengasse.

Die Kalfaktoren hatten Zutritt in die Küche und in die Kammern mit Geräten und Kleidung. Sogar in die Büros der Wächter. Manche hatten sich außerhalb der Zelle kleine Nischen wohnlich eingerichtet. Da saßen sie mit zischender Kaffeemaschine vor dem dudelnden Radio und warteten auf den nächsten Einsatz. Es war wohl nicht zu vermeiden, dass sich zwischen den Kalfaktoren und den Beamten eine Beziehung aufbaute. Ich denke das ist in jedem Gefängnis so. Einer der angenehmsten Kalfaktoren war ein introvertierter kleiner Mann aus Aichach, ich muss es sagen, er war wegen einer Messerstecherei eingeliefert worden. Der war nicht geschwätzig, der war nicht schleimig, der war nicht fordernd, der war nicht arrogant, der war nicht käuflich, der gehörte auch nicht zu den Kalfaktoren, die ihre Besserstellung heraushängen ließen. Wenn dieser Messerstecher mir in der Frühe den mit Süßstoff aufbereiteten Kaffeeersatz aus einem großen eisernen Topf, in meinen Plastikkanne einschenkte, dann ging der Gefängnis-Tag ganz gut los. Im Suff hatte er sich beim Kartenspiel verstritten, in einer Kaschemme, Streit, Rauferei, Messer ziehen, Drohungen hin und her, zustechen. So schnell kanns gehen. Der machte seinen Gefängnis-Dienst, als wäre er hier angestellt. Fast so viel Bewunderung rang ich mir für den Koch ab. Das war kein Schreibfehler, dass er auf seinem Speiseplan der Woche Kaffeeersatz stehen hatte. Auch die anderen Gerichte waren von ihm in der neuen deutschen Rechtschreibung abgefasst. Der wuchtige Mann, der sonntags brummig wie ein magenkranker Bär, der kaum durch die Gefängnis-Gänge kam, sein Essen auslieferte, das bei mir von einer Schweinshaxe mit Blaukraut und Kartoffelknödeln und Salat gekrönt wurde, einst im legendären Hotel Weißes Lamm die Kochkunst erlernt hatte, schien den Kontakt zur modernen Welt nicht verloren zu haben. Im Gegensatz zur neuen Chefin der Augsburger JVA. Der zweite weibliche Knacki-Boss, eine sehr attraktive Blondine, der nach einer kam, die sogar mit einem Gefängnis-Chef verheiratet gewesen sein sollte. Flitterwochen durch Gitterwochen. Warum hatte Lady

Fragezeichen den Kontakt verloren? Weil ich an einem Aushang gelesen hatte, dass wir Gefangene sogar einen Aufsichtsrat hatten, an den wir uns mit unseren Sorgen wenden konnten. Danke Staat. Wer war das? Auch der Augsburger Landtagsabgeordnete Horst Heinrich. Sicherlich glaubte Lady Fragezeichen an Geister. Wie sollte sich sonst ein toter Landtagsabgeordnerter Horst Heinrich, der sich schon vor längerer Zeit auf den Friedhof verabschiedet hatte, für meine Belange einsetzen können, wenn nicht als Geist, der durch die Kerker-Wand hindurchdringen konnte? Lady Fragezeichen hätte vielleicht mal persönlich durch ihren Kerker spazieren sollen, damit sie am Puls der JVA-Zeit teilhaben konnte, und in meinen Augen nicht als desorientierte Knast-Direktorin galt, die besser in einer Weltraumstation aufgehoben war, wo die anwesenden Roboter keinen humanen Umgang nötig hatten. Entschuldigend muss für sie erwähnt werde, dass die Justizvollzugsbeamten, die meinen Gang im Gefängnishof stundenlang beobachteten, wenn ich in meinen zu weiten Schuhen und meinen kratzenden stinkenden rutschigen Käse-Socken, die wieder mal nicht korrekt von der Kleiderkammer umgetauscht worden waren, um eine Skulptur trottete, auch keinen blassen Dunst hatten. Von was zum Beispiel? Zum Beispiel von welchem Künstler diese Skulptur war, die sie seit Jahren in ihrem Blickfeld hatten. Oder träumten sie sich einfach weg aus diesem Elend in das sie sich freiwillig täglich mit einsperrten. Das wirds sein. Einer wusste immerhin, dass bei der Skulptur ein Brunnen eingebaut war, der aber nicht mehr funktionierte. War dadurch darauf zu schließen, dass sie auch vom Strafvollzug nicht alle Vorschriften kannten? Außer dem einen einzigen, der mit einem Namensschild an der Brust herumlief.

Manche machten mir den Eindruck. Ich konnte die Vorschriften nicht kennen, auch wenn vorgeschrieben ist, dass in jeder Gefängniszelle ein Heft mit den wichtigsten Paragraphen ausliegt, war das nicht der Fall. Lady Fragezeichen träumte sich halt auch weg. Vielleicht in eine Karriere als Justiz-Ministerin? Ich hoffte sie würde bald daraus aufwachen, ihre Augen reiben, und aufwachen, in meiner Zelle Nummer 16, im Keller der JVA, ganz unten. Und Zapata sollte ihre Ohren vollquasseln, bis sie pfiffen. Und sie sollte ein Buch aus ihrer Gefängnis-Bücherei lesen, das ich in der Liste mit über tausend Büchern entdeckte, die mir der schelmisch grinsende Sünder zukommen ließ, der schon seit dreißig Jahren im Knast Dienst schob und von Zeiten erzählte, als manche Gefangene hinter den anderen die Zigaretten-Kippen aufklauben mussten, damit sie auch was zum Rauchen hatten.

Färber traurig: »Die Knackis lesen heute nicht mehr, die hängen nur noch vor der Glotze.«

Vielleicht merkte er auch, dass es genügte die Knackis vor den Fernseher zu hocken, damit sie bequem und einfach aufgeräumt waren. Vielleicht waren deswegen gar keine Aufsichtsbeamten mehr nötig? Wenn die Bevölkerung das erkannte, könnte sich der Staat Milliarden sparen. Machte dies Färber so traurig?

Auf der Bücherliste hatte ich, welch Zufall, Stefan Zweig entdeckt: »Die Augen des ewigen Bruders.« Ein Kalfaktor, der immer dann ein vergnügtes Lächeln im Gesicht hatte, wenn neue Häftlinge eingeliefert wurden, schleppte mürrisch die von mir gewünschten fünf Bücher an. So schwere Arbeit war er nicht mehr gewohnt. Endlich konnte ich das Zweig-Buch weiterlesen, auch wenn es nicht die liebevolle Widmung der Knochen-Gräfin trug. Es ging um den General Virata der sein siegreiches Schwert in einem Fluss versenkte. Grund: Bei seinem Sieg über Aufständische hatte Virata nachts auch seinen eigenen Bruder erschlagen. Dessen tote Augen blickten ihn daraufhin immer vorwurfsvoll an. Virata erkannte, dass Schwert und Kampf zu Elend führt. Er wurde Richter. Dabei bemerkte er, dass er seine Strafen nicht selbst beurteilen konnte. Er ließ sich in den tiefsten Kerker seines Landes sperren. Jetzt spürte er, dass er Menschen das Leben stahl, von denen er nicht wirklich wusste, ob sie die Strafe verdient hatten. Mit dieser Einsicht wurde er Einsiedler. Auch als Einsiedler machte er sich schuldig. Kinder verhungerten, weil deren Vater durch Viratas Vorbild auch Einsiedler wurde und seine Kinder nicht mehr ernährte. Zum Schluss wurde Virata bei seinem König Hundepfleger und schlief im Hundezwinger. Keiner wollte den einst berühmten Mann mehr kennen. Er starb unbekannt. Ohne Grabstein beerdigt in einer Grube. Nur seine Hunde bellten eine Nacht lang kläglich.

Viratas Methode kann ich den Richtern, Staatsanwälten und JVA-Direktorinnen nur empfehlen. Wir enden alle als Nichts. Das ist beruhigend. Stell dir vor, du liegst tot im Sarg, dann verschwinden alle deine Probleme. So einfach ist das.

Ein Heft mit den Vorschriften zum Strafvollzug kursierte wie eine illegale Droge in den Zellen. Darin war zu lesen, dass die Inhaftierten vom JVA-Personal immer gesiezt werden müssen. Die meisten Aufseher hatten eine indirekte Anrede drauf. Nur zu gern begannen sie einen zu duzen, damit eine kumpelhafte Atmosphäre entstand. In dieser war es dann auch leichter möglich neben dem Gesetz zu stehen, alles lässiger durchzuziehen, nützliche Verfilzungen aufzubauen, und auch mal kumpelhaft einen Nörgler weichzukochen. Ich bekam auch mit, wie Inhaftierten Schläge angedroht wurden, wenn sie die Bequemlichkeit, die Interessen des JVA-Personals zu sehr störten, oder zu nervig auf ihren Rechten bestanden. Ich bekam aber auch mit, dass Färber und Sündig diese Beamten sogleich zur Rechenschaft zogen, wenn sie das mitbekamen. In diesem Gefängnis konnten sich kaum Machtstrukturen neben der Gefängnis-Leitung bilden, weil die Fluktuation der Gefangenen zu groß ist. In meiner kurzen Haftzeit war kein Klima des Psycho-Terrors zu spüren.

In meiner Zelle, die mit einer dicken rotbraunen Eisentüre, ohne Griff innen, Spion in Augenhöhe, Durchreicheklappe in Bauchhöhe ausgestattet war, hatte ich einen total geregelten Tages-Ablauf ohne irgendwelche störenden Termine, Besucher, Anrufe, Faxe, oder E-Mails:

- Licht an, Radio an, aufstehen: sechs Uhr.
- Frühstück: sechs Uhr dreißig.
- Mittagessen: elf Uhr dreißig.
- Hofgang: zwölf Uhr, 60 Minuten (falls gutes Wetter)
- Abendessen: sechzehn Uhr dreißig.
- Licht und Radio aus: vierundzwanzig Uhr.

Konnte eine Zen-Zelle in einem japanischen Kloster mehr für einen hektischen Kommerz-Westler bieten? Ich bekam voll Verständnis für die Geschäftsidee, sensationshungrige Leute in Gefängnissen Urlaub machen zu lassen. Dazu noch geschlechtlich gemischt in einer Zelle. Zapata erzählte mir was von einem sexuellen Vorfall im Landsberger Gefängnis, in dem die gesamte Schmutzwäsche der bayerischen Gefängnisse gewaschen wurde, deswegen auch das rote A für Augsburg auf der Knast-Kleidung, die anscheinend auch im Gefängnis nicht diebstahlsicher war. Manche Kleidungsstücke sollen früher ohne dieses rote A verschwunden sein. In der Landsberger Justizvollzugsanstalt soll es eine Wärterin mit einem Gefangenen getrieben haben. Regelmäßig. In der Kleiderkammer. Kein Wunder, dass mich nachts erotische Phantasien überfielen, bei denen feuchtfleckige Bettdecken entstehen können. Wir hatten zwei weibliche Wärterinnen. Eine kleine Dicke mit roten Haaren und eine Langhaarige mit hochgewachsener Figur. Die kleine Dicke würde im Normal-Leben vielleicht hinter einer Metzgerei-Theke stehen, sie strahlte für uns etwas männlich-hartes aus. War größtenteils natürlich aufgesetzt dieses Image, von ihr selbst, damit wir sie als JVA-Bedienstete ernst nahmen. Bei der Langhaarigen tippte Zapata auf Frisöse im Vorleben. Ihre Haare waren meist attraktiv gestaltet. Geschminkt war sie auch recht geschmackvoll. Dann war da noch die Frau Doktor Wurst, die die männlichen Häftlinge als lebende Gefängnis-Genossin, als Onanier-Vorlage hernehmen konnten. Oder die neue Gefängnis-Chefin, die ihr Büro im obersten Stockwerk hatte, die wegen ihrem unaussprechlichen Namen, den nicht mal die Beamten einwandfrei in der ganzen Länge aussprechen konnten, und deswegen passend zur Ärztin den Spitznamen Lady Fragezeichen abbekam. Prickelnd und pervers waren die Vermutungen, die sich manche Gefangene über diese JVA-Frauen in ihrem sexuellen Notstand ausdachten.

Ein Gefangener, der hörte, dass ich draußen Verleger war, bot mir im Hof einen »erotischen Knast-Roman« an: »Einiges was da drin steht, das stimmt sogar, das habe ich hier im Bau wirklich erlebt«, behauptete er.

Ich las ein paar Seiten. Da gings wild zu! Harmlos waren die Telefon-Spielchen von Aufsehern und ihren Kalfaktoren mit Telefon-Sex-Nummern. Eine Aufseherin, eine sehr kräftige, zwang die jüngsten Gefangenen, die ans Bett gefesselt wurden, zu wilden Sex-Spielen. Das spannendste Kapitel hatte der JVA-Autor, ein Rechtsanwalt, der seine Mandanten-Gelder unterschlagen hatte, über die Frau Doktor Wurst verfasst. Laut dem angebotenen Manuskript wurden gutaussehende südeuropäische Männer von ihr in die Patienten-Zellen eingewiesen, die sich neben ihrer Gefängnis-Praxis befanden, wenn ihr nach Lusterfüllung war. Mir brach der Schweiß im oberen Teil des Stockbettes aus, während unten Zapata lag und mir die Predigten des katholischen und evangelischen Gefängnis-Pfarrers wiederholte. Aber auch nicht zu erwähnen vergaß, dass er auch auf absonderliche Gedanken kommt, wenn die langhaarige Aufseherin im Rock beim Pfarrer vorne sitzt und alle männlichen Augen an dem weiblichen Körper mehr sehen wollen, als zu sehen ist. Ich erwähne es gleich hier, am besten verkauften sich im JVA-Supermarkt Magazine wie der Playboy. Frau Doktor Wurst hielt sich in der Phantasie des Rechtsanwaltes also einige Sex-Sklaven. Sie mussten ihre perversen Gelüste befriedigen. Besonders skurril kam mir die Stelle vor, in der ein rumänischer Jüngling von ihr Blut abgenommen bekam. Dieses Blut musste er aus einiger Entfernung über ihren nackten Busen spritzen, den sie vorher mit etwas Opium-Creme aus einem Seifenspender eingeschmiert hatte. Wehe er traf sie dabei im Gesicht, dann musste er zur Strafe die Toilette ausschlecken. Frau Doktor Wurst, die wohl eine Kollegin des transsylvanischen Dracula nachahmte, die blutgierige Comtesse Elisabeth Barthory, die glaubte einen jugendlichen Körper zu bekommen, wenn sie im Blut von Jungfrauen badete, ließ sich im Eisenbett liegend von ihrem eingeschüchterten Sex-Sklaven das eingetrocknete Blut vom Busen knabbern. Wie von einem Scheibenputzer-Fisch. Das durfte nur mit der Zunge und den Lippen geschehen. Wenn sie seine Zähne an ihrem Kürbis-Busen spürte, dann wurde der Ärmste wieder zu einer unmenschlichen Strafe verurteilt, die sie sich spontan einfallen ließ. Harmlos war dabei noch, wenn sie ihm einen weißen Socken in den Hintern steckte und er mit diesem Schwanz wie ein Hase durch die Zelle hoppeln musste. Dabei ritt sie mit ihrem Zweizentnerkörper auf ihm.

Hatte nicht auch der Marquis de Sade, der Begründer des Sadismus, seine pornographischen Gewaltphantasien im Gefängnis geschrieben? Meinen Augen weigerten sich zu lesen, welche derben Gewalt-Orgien sich der schriftstellernde Rechtsanwalt für Lady Fragezeichen ausgedacht hatte. Naja, lange weigerten sie sich nicht. Doch als ich merkte, dass meine Finger dabei zwischen meine Beine wanderten, beendete ich das Studium des Manuskriptes. Ich wollte mir die Freude der echten Liebe mit Iris nicht verderben. Sie konnten mich einsperren, aber mein Herz war frei, legte ich das Manuskript unter mein Kopfkissen. Es würde ein Bestseller werden, das war klar, aber selbst ein gemeiner Verleger und eine wirre Justitia konnten mich nicht in einen abgestumpften Verleger verwandeln, der die Romantik gegen Romanfick vertauschte. Mal ganz ehrlich, die Zeit der Pornos ist vorbei. Oder war das nur eine Auswirkung des Hängolins, das sie uns laut Zapata in die Getränke, in das Essen hineinrührten? Irgendein Mittelchen, das unsere Libido, sprich Geilheit, blockieren sollte. Egal, ich wollte lieber die Finger von Iris über meine Haut wandern sehen. »My body ist a wonderland«, hörte ich aus unserem Zellen-Radio, dessen Lautsprecher in die Wand zwischen Eisentüre und Waschbecken eingebaut war. Zapata und ich waren in den Keller-Zellen ja nur Kurzzeit-Insassen, für die es sich nicht rentierte einen Radio oder einen Fernseher zu besorgen. Ich staunte nicht schlecht, als ich hörte, dass die meisten Zellen, in denen häufig vier Insassen hausten, einen oder mehrere Fernseher hatten. Wohl das beste Beruhigungs-Mittel um durchdrehende Häftlinge zu vermeiden. Man konnte sich den Fernseher von außen bringen lassen, dann wurde er von einem speziellen Rundfunkmechaniker auf Sender und Aufzeichnungsgeräte oder sowas untersucht. Oder sich von den Beamten kaufen lassen. Dann musste er nicht erst untersucht werden und kam ganz schnell in die Zelle als farbigflimmerndes Fenster zur Außenwelt. Computer waren komischerweise nicht erlaubt, obwohl die eher zu Aktivitäten und Weiterbildung anregten. Angeblich, weil kein Mechaniker die richtig untersuchen konnte. Ich glaube wohl eher, weil es hier noch kein Geschäft gab, das den einkaufenden Beamten eine interessante Provision gewährte. Warum sollte ich von denen nichts Böses glauben? Die hielten mich doch auch für einen Kriminellen. Gleich und gleich gesellt sich gern.

Damit wären wir wieder bei dem heftigen Manuskript und der Lady Fragezeichen, die ihre Sex-Spiele, so fantasierte der Rechtsanwalt, von einem verurteilten Mörder auf Video aufzeichnen ließ. Das war doch zu dick aufgetragen, das konnte ich als Verleger nicht durchgehen lassen. Auch wenn mir Färber in einem längeren Gespräch erläutert hatte, dass die Frauen, die per Post mit Gefangenen verkehrten, auch manchmal diese heirateten. Unerklärlicherweise am liebsten Mörder. Frauenmörder sind die Top-Favoriten, grübelte Färber über dieses Mysterium. War das nur Missionarstum der Frauen, oder gab es ihnen im Bett den totalen Thrill? Als harmloser Ordnungsstrafe-Absitzer konnte ich bei Iris kaum bewundernde Image-Punkte kassieren. Ich hatte bis jetzt sowieso nicht vor, ihr von meinem Knast-Aufenthalt zu erzählen.

Einige eklige Stellen hatte ich in dem angebotenen Manuskript angestrichen, um beim nächsten Hofgang mit meinem zukünftigen Autor vernünftig darüber zu reden. Welcher normale Leser würde schon glauben, dass eine zwar »rassige und temperamentvolle, aber studierte hochintelligente aufstrebende Gefängnis-Direktorin mit einem selbstauferlegten allerhöchsten Macho-Faktor in ihrem Büro am Fenster stand, oben herum mit ihrer normalen Kleidung ausgestattet, unten herum nackt, und ihrem Personal im Hof Anweisungen erteilte. Mit einer Stimme, die fast gelangweilt klang, obwohl die Kamera, die ein weiterer Gefangener bediente festhielt, dass am Direktorinnen-Po ein nackter Gefangener kniete, eine Sektflasche in der Hand und ...«

Hier fehlte was.

Die Fortsetzung.

Mitten im Satz fehlten weitere Blätter. Gott sei Dank, das wurde auch langsam unappetitlich. Wort für Wort hatte ich mich, ohne zu sabbern, an die letzten Sätze, an dieses unerwartete Ende hingewagt. Mir fiel an dieser Stelle ein, der Rechtsanwalt wollte, dass ich ihm einen neuen Schreibblock finanzierte. Sozusagen als Vorschuss.

Ein junger Kalfaktor, der auch zur Giftler-Fraktion gehörte, erzählte mir, dass ein Freund von ihm mal mit der Tochter eines früheren JVA-Chefs gegangen sei. Nach Gerüchten soll der öfters Trinkgelage im Knast gefeiert haben. Mit seinen Untergegeben. Verstand ich. Wenn ich die unzufriedenen, frustrierten, enttäuschten, hoffnungslosen Gesichter der Aufseher betrachtete, von denen einige enttäuschter aussahen als manche Inhaftierte, dann hätte ich vielleicht auch zur tröstenden Flasche gegriffen. Sie konnten nicht mehr vedrängen, dass sie auch ein Opfer des Systems waren. Wenn sie nur ab und zu die Zeitung lasen, Radio hörten oder den Fernseher einschalteten, dann erkannten sie, dass die größten Verbrecher selten bei ihnen im Kittchen saßen.

Und wieso sah ich keine Söhnchen oder Töchterchen von sogenannten gut situierten Augsbürgern, den Promis? Die kifften doch wie blöd. Hatten dazu auch die finanzielle Ausstattung, wenn sie nicht ihr gesamtes Taschengeld durch das Benzin für das Sportcabrio verprassten. Unterschlagungen, Alkohol am Steuer, Fahrerflucht, Diebstahl und Betrug war bei denen doch auch nicht seltener.

»Ganz einfach, die wirst du selten hier drin sehen«, erläuterte mir der inhaftierte Musiklehrer, der sich an seinen Schülerinnen vergangen haben soll, »die Kinder von gut betuchten Eltern werden rausgekauft.«

»Wie in der DDR?«

»Hier heißt das Kaution. Die Eltern legen fünf- bis zehntausend Euro Kaution hin, dann bleiben ihre Sprösslinge von der U-Haft verschont.«

In mir kochte die Wut. Das war also die Gleichheit vor dem Gesetz. Ich verlor nun die letzte Ehrfurcht vor der Frau mit der Binde. Justitia sollte sich die Binde nicht um die Augen binden, sondern zum hineinweinen verwenden.

Meistens saßen nur die Leute im Bau, die arme Wursthäute waren. Kaputte Familie, Drogenabhängigkeit, Alkoholismus, Ausländer ohne Durchblick. Die waren von der Polizei leicht zu schnappen. In den Wohnungen der wohlhabenden Familien mussten sie meistens wie begossene Pudels davonschleichen. Da kam der Anwalt der Familie, das waren hochgestellte Leute mit Beziehungen zur Politik, da wurde lange, lange gefackelt. Mit den armen Schweinen machte der Richter kurzen Prozess, weil keine Heere von Verteidigern den Gerichtssaal überfluten, die als artistische Rechtsverdreher schon wegen Verfahrensfehlern ihrem kriminellen Klientel zum Freispruch verhalfen. Hier in der JVA waren die Typen, die mit fünf Gramm Haschisch oder wegen Schwarzfahren eingebuchtet wurden, aber nicht die Typen im Armani-Anzug, die den Staat um Millionen erleichterten. Nur die Frau eines Politikers hatte es mal geschafft ihren Gatten zu bestrafen, der sich von dubiosen Waffenschiebern und Subventionsschiebern Millionen in den Arsch blasen ließ. Sie beging Selbstmord. Dumm war dabei nur, dass der erst im Jenseits erkennen würde, dass das seine Strafe war.

Jetzt mal ganz ehrlich meine Meinung über Gefängnisse, ihre Leitung, ihre Insassen, ihre Mitarbeiter, ihren Zweck: Ein Drittel der Insassen sind harmloser als jeder Angestellte der Augsburger Stadtverwaltung. Es würde reichen, wenn sie Altenheim-Insassen mit dem Rollstuhl im nächstgelegenen Park herumkutschieren würden. Ein Drittel sind Giftler. Das sind Junkies und Mini-Dealer. Die großen Dealer sitzen woanders. Am sonnenverwöhnten Miami-Beach, oder turteln in Caracas auf einer Luxusyacht mit gelangweilten Super-Models. Diese Kleingeld-Giftler, die in Ausburg ihren Stammsitz am Kö haben, werden wir bis zum Ende der Welt nicht los, so lange Drogen nicht freigeben werden. Für die sollten sich die hoch- und überbezahlten Sozialpolitiker eine sinnvollere Beschäftigung einfallen lassen als sie in Gefängnissen dahinschmoren zu lassen, was pro Insasse den Steuerzahler so zwischen hundert bis fünfhundert Euro kostet. Pro Tag. Wie sollte das auch berechnet werden? Keiner will das genau berechnen, wissen, sagen. Ein Drittel sind harte Jungs, für die ist hier schon der richtige Platz. Offen gesagt: zwei Drittel unserer Gefängnisse müssen nicht sein. Das unermüdliche Geplärre der Justizbeamten nach mehr Personal und mehr Gefängnissen, das ist für mich nur Geplärre nach noch mehr Nichtstun, noch mehr Versorgung von überflüssigen Beamten, die uns dann weismachen, dass alles nur zu unserer Sicherheit geschieht, obwohl es um ihre Sicherheit geht, ihre finanzielle. Selten hatte ich so viel Zeit und Muße über den Sinn und Unsinn von Verurteilung und Strafen in unseren verschiedenen Gesellschafts-Schichten zu sinnieren und zu philosophieren als in Zelle 16, wenn ich meinen Dauerquatscher Zapata nachts mit einer Partner-Such-Sendung von Bayern 2, ablenken konnte. Diese Frauenstimmen aus dem Lautsprecher in der Wand, die einen Seelenverwandten, Freund, Geliebten, Vertrauten, einen wetterfesten, treuen, interessierten, vitalen, verständnisvollen, lebensbejahenden, umgänglichen, nicht nachtragenden Mann für gemeinsame Unternehmungen wie Spazierengehen, Sport, Theater, Konzerte, Begsteigen, Tanz, Shopping suchten, die auch Sinn für Humor, Kinder und Tiere besaßen, diese Frauenstimmen waren für uns weit entfernte Engelsstimmen die Sehnsüchte in unsere Herzen säten. Wir hätten jede genommen. Das konnte ich alles mit Iris erleben, nahm ich mir vor. Doch welcher Mann konnte all diese Frauen-Wünsche nach einem Traum-Mann erfüllen? Keiner. Diese Frauen wünschten sich einen Lügner. Solche Männer werden nicht geboren. Sehen wir mal von Jesus ab. Der war aber konsequent und hatte keine Frau. Und wenn sie dem Lügner auf die Schliche kamen, waren sie maßlos enttäuscht. Wie konnte er sich erdreisten ihnen Glück vorzugaukeln? Und wenn die erste Liebe ermüdete wurde sie mit Geschenken eingefordert. Und wenn das Geld nicht reichte, dann musste es illegal aufgetrieben werden. War es folglich nicht Ironie des Schicksals, dass hier die Diebe und Einbrecher, die zu mehr Geld kommen mussten, um ihre Frauen mit Geschenken zu überschütten, dass sie von einer Kerker-Chefin bewacht wurden? Frauen sind eben gefährlicher als wir glauben wollen. Sie lullen uns mit ihren netten Augen ein, schon wars geschehen.

Iris war eine Ausnahme, das wusste ich. Ihre Augen ließen mich in ihre Seele sehen, ließen meine Seele mit ihrer Seele reden – und Seelen haben keine Hintergedanken. So lange du den anderen liebst, hat er keine Macken, nur liebenswerte Eigenschaften, die seinen Charakter erst richtig abrunden. Bitte, wenn Iris eine Vergangenheit hatte, gut so, ich hatte auch eine. Ich wollte mit Iris keine Traumfrau, kein Zauberwesen, keine Wunschnixe, die aus dem Meer stieg, die mit ihrem schuppigen grüngoldglänzenden Fischschwanz in mein Bett stieg und mir auf einer Harfe die schönsten Liebeslieder vorspielte, von der schon ein einziger Kuss genügte, mir endloses Glück zu schenken. Diese Totalpositiv-Liebe würde mich ersticken. Ich wollte mit Iris lieber zum nächsten Obi fahren und mit ihr eine Zauberhöhle bauen, in der wir angebrannten Toast mit billiger Pfirsichmarmelade frühstückten, dazu schwarzen Kaffee tranken, weil die Milch fehlte, die letzten Zuckerkörnchen vom Boden der Zuckerdose kratzten und gemeinsam die Prospekte mit ihren Sonderangeboten studierten. Logo, ich spürte durchaus erotische Gedanken an Iris und ich freute mich auf den Moment, in dem sie vor mir stand oder lag, in dem sie nur ihren blauen Blumen-Bikini anhatte, der fallen würde, wenn ich ihr meine Gedicht vorlesen würde. Mein Seelen-Gedicht, das ich für sie in Zelle 16 geschrieben hatte:

»In der Hand halte ich den Becher
gefüllt mit Kaffee
von einem Messerstecher
Gedanken an dich
durchdringen diese Mauern
und es wird nicht lange dauern
du wirst es nicht bedauern
dann klopfe ich an dein Herz
den Becher meiner Liebe
noch hab ich mich versteckt
mich und meine Gefühle
aber jetzt, so allein
kann ichs spürn
leben will ich mit dir
Zukunft zu zwein.«

Kitsch pur? Nein, keine Angst vor Gefühlen, Klaus, jetzt oder nie. Iris soll merken wie deine Gedanken, deine Gefühle um sie kreisen. Es waren die Worte, die von meinen Gefühlen geboren wurden. Wenn ich zu ihnen nicht stehe, wie kann ich dann zu mir und zu ihr stehen? Ich sollte so cool sein und Gefühle zeigen. Alle. Seelenstrip war angesagt. Echte Liebe scheut keine Blamage, weil sie dann nicht als Blamage erkennbar ist.

Ich tauschte ein paar Kuverts gegen eine paar Briefmarken und adressierte den Brief an:

Iris
c/o Himmlisches Fuggerei-Lädle
Fuggerei
86152 Augsburg

Ein spezieller JVA-Beamter musste ihn nach illegalen Worten, falschen Behauptungen, Geheimschriften und solchen Dingen, die nicht erlaubt waren, durchsuchen, bevor er in den Briefkasten gesteckt wurde.
Ich schrieb als Absender nur »K.K. in der K-Gasse« auf die Rückseite des Kuverts.

Aus dem Radio vernahmen wir auch die Verhaftung des Türkheimer Orchesterchefs Klaus Amman wegen sexuellem Missbrauch einiger seiner noch nicht erwachsenen weiblichen Orchester-Mitglieder. Ausgerechnet dieser Mann wurde durch ein Jesus-Musical bekannt und gefeiert. Er hatte wohl die Nächstenliebe zu ernst genommen. Wir wunderten uns warum dieser nicht wegen Verdunklungsgefahr sofort in U-Haft kam wie jeder erwischte Fünfgramm-Kiffer. Wir diskutierten das. Ausführlich. Waren es Ammanns gute Kontakte zu Leuten in der Politik, in den Medien? Zapata erzählte mir von einem Musik-Lehrer aus Augsburg, der auch wegen sexuellem Missbrauch seiner Schülerinnen mit uns durch den JVA-Hof spazierte. Noch war es uns nicht gelungen herauszubekommen, an welchem Gymnasium er laut Staatsanwalt die jungen Mädchen unerlaubt am Klavier belästigte, betastete und betatschte, womöglich schwängerte.

Zapata und ich vertrieben uns oft den Tag mit Vermutungen über die früheren Berufe unserer Aufseher. Meistens waren es Leute, die aus einem anderen Beruf kamen um in die »gesicherte Armut« zu gehen. Manche reinigten ihre Frust-Seele mit aggressiven Sprüchen aus und drohten meinem unablässig fragenden, auf seine Rechte und Menschenwürde bestehenden Zellen-Kollegen schon mal an: »Hör auf, sonst schlage ich dich in die nächste Ecke.«

Renitente Gefangene, die nächtelang an die Eisentüre trommelten, die Vollzugsbeamten beschimpften, bespuckten oder schlugen, kamen zuerst in eine Einzelzelle wie unsere. Wenn sie weiter tobten, dann landeten sie in der Trockenzelle. Ein Raum, der nur vier weiße kahle Wände hat und in der Mitte des Bodens ein Loch. Für die Notduft. Nachts wird dann eine Matratze zum Schlafen reingeworfen.

Abwechslung konnte man nur durch Kirchgang oder durch einen Besuch des Arztes bekommen. Der musste allerdings mit einem schriftlichen Antrag eingefordert werden. In meinem Fall kam ich als Neuzugang automatisch zum Gefängnis-Arzt. Eine Ärztin. Warum sie von allen Frau Doktor Wurst genannt wurde, konnte ich bald feststellen. Klirr, klirrr, klirr – die Beamten beförderten mich über einige Wartestationen vom Keller bis in den zweiten Stock in die Arzt-Räume. Im Aufzug begegneten wir dem Knast-Frisör. Ein lustiges Kerlchen mit einem Holzkoffer für seine Schneidewerkzeuge in der Hand. Er kannte mich, er arbeitete in Augsburg und Umgebung als Türsteher bei Diskotheken. Zuerst kam ich in das Wartezimmer, das sich nach und nach mit allen möglichen Gestalten füllte. Ein zahnloser Althippie aus Graz las in einem Indianer-Weisheiten-Buch und drehte sich mit Schwarzer-Krauser-Tabak jointähnliche Zigaretten. Einer, der aussah wie aus dem Gulag, stand neben mir und hatte einen Arm in einer Schlinge, die um den Hals geschlungen war.

»Glasknochen«, zischte er nur, als er meinen Blick auf seinen Arm sah.

Zwei unterhielten sich in der Türnische mit verschwörerischer Stimme über Frau Doktor Wurst und ihre Metzger-Methoden.

»Du musst hier alles kurz und klein schlagen, dann erst machen sie was für dich, dann kommst du nach Straubing, dort haben sie gutes Personal, gute Ärzte«, kannte der eine den Weg zur besseren ärztlichen Versorgung.

»Aha«, sagte der andere und wusste nun auch diesen Weg.

»Vorsicht! Homo inside!« stand als Feuerzeug-Graffiti wie eine Warnung – oder ein Versprechen? – über dem Eingang zur Ärztin. Wie war das gemeint? War das auf ihren Vorgänger gemünzt? Hatte sie einen Vorgänger? Manche sprachen von ihr, als wäre sie schon in der Saurier-Zeit hier eingestellt worden. Es sei egal wie schlecht sie sei, aus irgendwelchen unerklärlichen Gründen wurde das Gefängnis sie nicht los, die »bis jetzt noch jeden durch den Fleischwolf gedreht und verwurstet hatte.« Oder wusste der Graffiti-Macher nur nicht, wie man Lesbe schreibt?

Ein kleiner glatzköpfiger Mann mit einer runden Nickelbrille, der ein weiteres Handtuch von der Ärztin beantragen wollte, weil er sich sonst nach dem Haarwaschen erkälte, erzählte mir, dass er schon seit einiger Zeit deutschsprachige Literatur sammle, die mit dem Thema Gefängnis zu tun hat. Das ginge von Goethe bis zu Wedekind. Er konnte mir sogar das Gedicht »Ein Weib« von Heine auswendig aufsagen:

»Sie hatten sich beide so herzlich lieb,
Spitzbübin war sie, er war ein Dieb.
Wenn er Schelmenstreiche machte,
Sie warf sich aufs Bette und lachte.

Der Tag verging in Freud und Lust,
Des Nachts lag sie an seiner Brust.
Als man ins Gefängnis ihn brachte,
Sie stand am Fenster und lachte.

Er ließ ihr sagen: »O komm zu mir,
Ich sehne mich so sehr nach dir,
Ich rufe nach dir, ich schmachte« -
Sie schüttelt' das Haupt und lachte.

Um sechse des Morgens ward er gehenkt,
Um sieben ward er ins Grab gesenkt;
Sie aber schon um achte
Trank roten Wein und lachte.«

Er haute sich nach dem Heine-Gedicht auf die Schenkel und lachte dröhnend. »Jaja, die Weiber. Aus den Augen, aus dem Sinn.«

Ich meinte: »Aber es gibt doch auch treue Frauen.«

Die anderen im Raum schauten mich mitleidig an. Oder wie einen Geistesgestörten, der gerade behauptet hatte, dass eine Frau die Cowboysteifel oder das Fussballspiel erfunden hätte. Würde mich Iris im Gefängnis besuchen, wenn sie wüsste, dass ich drin war? Oder würde sie mich – empört über meinen kriminellen Lebenswandel – stehen lassen? Der kleine Glatzköpfige mit der Nickelbrille befeuchtete seine Finger mit der Zunge und blätterte weiter eifrig in seinen gesammelten Schriften. Endlich hatte er mit mir jemanden, der seine Arbeit schätzte. Er kannte auch ein Gedicht das der in Augsburg geborene Bert Brecht für einen Mann gemacht hatte, der hier in diesem Gefängnis hingerichtet worden war. Das brechtige »Sonett Nr. 1« schilderte die Enthauptung des Josef Klein im Untersuchungsgefängnis zu Augsburg, der einen Raubmord begangen haben soll. Ein schnelles Todesurteil hat schließlich den Vorteil, dass der Hingerichtete nie mehr gegen ein Fehlurteil klagen kann. Der Augsburger Dichter, der vor hundert Jahren in meinem Wohnviertel groß geworden war, den das Böse und dessen Hintergründe faszinierte, schrieb auch eine Ballade über Jakob Apfelböck, der seine Eltern erschlug und im Wäscheschrank versteckte. Bert Brecht fand auch für den scheinbar übelsten Verbrecher noch ein paar gute Worte. Er wusste halt, dass kein Mensch als Gangster auf die Welt gekommen war und dachte über den Werdegang der echten und der vermeintlichen Bösewichter nach. Der Kindesmörderin Marie Ferrar, die ihr Kind mit gepfeffertem Sprit abtreiben wollte, es doch auf dem Gesinde-Abort zur Welt brachte und totschlug als es plärrte, stand er bei:

»Und ihr, ich bitte euch, wollt nicht in Zorn verfallen
Denn alle Kreatur braucht Hilf von allen.«

Der kleine Glatzköpfige mit der Nickelbrille schwärmte von den Passagen die Schiller über Maria Stuarts Aufenthalt im Tower geschrieben hatte. Der Kleine mit der Nickelbrille durchstöberte wie ein literarischer Archäologe die gesamten Bücher in der JVA-Bibliothek, um Stellen zu finden, bei denen eine Haftanstalt vorkam. Diese schrieb er dann ab. Einen Teil seiner Texte hatte er dabei, weil er sie nach Stichwörtern durchsah und diese mit einem roten Farbstift unterstrich. Er reichte mir das Blatt mit einer Theodor-Storm-Gefängnis-Stelle:

»Vom Hofe aus führte eine Tür zu einem Gefängnis, für welches man in dem Unterbaue eines Treppentürmchens Platz gefunden hatte; statt der Strolche und Vaganten, denen sonst darin Quartier gegeben wurde, war jetzt der Stier dort in der leeren Zelle angekettet, zu der Herr Hennicke den Schlüssel in seiner eignen Tasche trug.«

Tja, das ist aus Storms *Eekenhof*', freute er sich über mein Interesse. Auf einem weiteren Blatt machte sich Ludwig Tieck, der 1773 in Berlin als Sohn eines Seilermeisters geboren wurde, Gedanken zum Knast:

»Ist die Welt nicht ein großes Gefängnis, in dem wir alle wie elende Missetäter sitzen, und ängstlich auf unser Todesurteil warten? O wohl den Verworfenen, die bei Karten oder Wein, bei einer Dirne oder einem langweiligen Buche sich und ihr Schicksal vergessen können!«

Wenn man die Angelegenheit aus dieser Perspektive sah, dann war kein Mensch besser dran als ich, das war tröstlich. Vom richtigen Abstand aus gesehen, also vom tiefen Weltall aus, waren wir tatsächlich auf dieser blauen Kugel gefangen. Selbst ein paar unserer besten Astronauten konnten nur bis zum Mond flüchten. Ich riet dem Kleinen mit der Nickelbrille diese Stellen fleißig weiterzusammeln. Daraus ließe sich eine spannende Anthologie zusammentstellen. Wenn ich draußen war, würde ich mit ihm Kontakt aufnehmen.

»Wie lange bleiben Sie hier drin?«, fragte ich ihn.

»Schon noch eine Weile. Ich bin in U-Haft.«

»Wegen was?«

»Unerlaubter Waffenbesitz. Ich soll einen Dealer mit einer Pistole bedroht haben.«

»Und?«

»Ich hatte weder Waffe, noch brauchte ich Stoff. Die Bullen haben da was durcheinandergebracht.« Einer kam aus dem Zimmer von Frau Doktor Wurst und empörte sich: »Der haben sie doch ins Hirn geschissen, in Hessen, im Gefängnis, da haben sie mich auf eine ganz andere Krankheit behandelt, jetzt soll ich was haben, was ich gar nicht habe, die hat sie doch nicht alle ...«

Mir wurde vom Assistenten der Frau Dr. Wurst Blut abgenommen. Vorgeschrieben, aber völlig unnötig, weil die Analyse vierzehn Tage dauern würde und ich in zwölf Tagen schon wieder draußen war. Nebenbei konnte ich sehen, dass ich eigentlich in einem Restaurant saß. Ein Mann in Gefängniskleidung kam herein. Er sammelte die leeren Teller, Tassen und das Besteck der ärztlichen Belegschaft zusammen, denen er zuvor das Essen serviert hatte. Nicht im Eisennapf wie bei uns. Das war normales Haushalts-Geschirr. Das leere Geschirr kutschierte er auf einem Service-Wägelchen gemächlich davon, wie ein mit dem Tagesumsatz zufriedener Wiener Fiaker sein Fahrzeug am Feierabend in die Remise brachte. Der Gefängnis-Kellner kam mit einem Besen zurück. Jetzt fegte er das JVA-Restaurant von Frau Dr. Wurst und Team gründlich aus. Wo der Kehr-Perfektionist seinen Kehricht bunkerte, das konnte ich nicht mehr feststellen.

Ich durfte mich zu Frau Doktor Wurst setzen. Eine Frau wie ein Kleiderschrank. Ich konnte mir die Frage nicht verkneifen: »Macht Ihnen Ihre Arbeit hier Spaß?«

»Sie meinen, wegen den schweren Jungs«, grinste sie fast träumerisch.

Was mochte das für ein weibliches Wesen sein, die sich unter Knast-Insassen wohl fühlte, die im Warte-Raum saßen, nur durch eine Tür entfernt und sie verfluchten. Die Beamten meinten, Frau Doktor Wurst könnte sich nirgends so gut ausleben wie hier. Eine Macht-Position hatte sie. Sie konnte krankschreiben. Sie konnte die gewünschte Medizin und besondere Pflege verschreiben. Dann wurde ich von ihr verwurstet. Mein Blutdruck sei zu hoch. Kaum verwunderlich bei meinem Gewicht. Meiner vorgebrachten Idee, dass ich im Knast abnhmen könnte, schenkte sie keine Glauben. Jeden Tag würde sie bei mir vorbeikommen, den gefährlichen Blutdruck kontrollieren. Diese Pressack-Dame machte dieses Versprechen nicht wahr. Gesiebtes Glück.

Als ich wieder im Warteraum saß, in dem einige verbotenerweise qualmten und die Zigarettenstummel schnell im offenen Klosett im Eck entsorgten, wenn der Aufseher zur Abholung in die Zelle hereinkam, erfuhr ich mehr über Frau Wursts geheimes Leben. Auch über ihr Veilchen. Sie hatte ein blaugeschlagenes Auge, das aber schon auf dem Wege zur Besserung war.

»Dös hot sö söch in dör Brözen geholt«, wieherte ein langhaariger Häftling mit einer Hasenscharte.

»In der Brezen? Was macht die da?«, wollte ich erfahren, was eine Gefängnis-Ärztin in Augsburgs wildestem Säuferschuppen, einer ehemaligen Bäckerei am Kö, zu suchen hat.

»Dö, dö hat do öhre Patienten«, wieherte der Langhaarige wieder, der zwischen anderen Häftlingen eingeklemmt auf der Wartebank saß.

Hatte ich richtig verstanden? Frau Doktor Wurst pflegte ihre Schützlinge auch noch außerhalb der Haft. Ich hatte sie durch ihr vierschrötiges Wesen falsch eingeschätzt. Sie war eine Samariterin.

»Die braucht das. Wenn die Urlaub hat, wird sie ohne Gefängnis-Luft krank. Dann treibt sie sich in den einschlägigen Spelunken herum um ihre Patienten zu treffen. In einen soll sie sich tatsächlich verknallt haben. Einen Albaner. Von dem soll sie sogar ein Kind haben«, flüsterte mir ein Typ ins Ohr, der nebenbei im Stehen ins Klosett pinkelte. »Nicht weitersagen, aber ich habe gehört der Albaner bietet die Frau Wurst für ein paar Euro in der Brezen an.«

Sagte ich gewiss nicht weiter. Das war eine zu unverdauliche abstruse Meldung. Diese Frau Wurst war gewiss keine erotische Sensation, optisch, meine ich. Nur als Extrem-Kletterer hätte die mich gereizt. Solche Gerüchte konnten nur in einem Bunker-Klima entstehen, wo sich die Hirne, abgeschottet vom übrigen Leben, die wahnsinnigsten Dinge vorstellten. Dann verließt ich das Arzt-Zimmer mit einer durch eine Büroklammer zusammengehaltene grünen Arztkarte und einer gelben Karte für den Zahnarzt, von denen ich erfuhr, dass der Arzt am Dienstag und der Zahnarzt am Mittwoch seine Sprechzeit hat. Außerdem erfuhr ich durch die ominöse Formulierungskunst der wenigen Worte auf den beiden Karten, dass ich unweigerlich in den Klauen der Bürokratie war. Der Zahnarzt versprach »Sprechstundenzeiten zu anderen Zeiten nur nach Arztvorstellung«. Tja, was stellte sich der Arzt da vor? Oder wo stellte er sich vor? Ich konnte mir nichts Genaues vorstellen. Der Arzt wies für seine Sprechstundenzeiten nicht nur auf den »Aushang auf den Abteilungen« hin, sondern machte auch auf andere Zeiten aufmerksam zu denen »nur Notfälle« behandelt werden. Frage: Was ist ein Notfall? Kopfweh? Fieber? Blinddarmdurchbruch? Magenkrebs? Woher sollte ich wissen, wann ich zum Notfall wurde? Deutsche Justiz-Bürokraten sind wohl der Ansicht, dass mysteriösen Vorschriften schlecht widersprochen werden kann, weil Widerspruch nur unnötige Arbeit machen.

Ausgerechnet eine Frau Kümmerling kümmerte sich nach meinem Gesundheits-Check in einem Büro per Computer um mein auszufüllendes Formular mit dem Titel »Haftzeitübersicht«. Lange rätselte ich über die angegebene »Dbez«. (Dienstbezeichnung?) die mit »ROS'in« angegeben war. Sie erfasste meine Vollstreckungsdaten unter meiner JVA-Kennung »GefBuchNr 05 1 508/2004« wie Einweisungsbehörde, Art und Tag der Entscheidung, Strafmaß, Strafzeit, Tat/Tatverdacht, Nichtbezahlen einer Geldbuße, Art der Freiheitsentziehung, Information zur Haftart.

»Wir bedanken uns für Ihren Einkauf und wünschen Ihnen eine baldige Entlassung«, las ich am Ende meiner Supermarkt-Rechnung. Ausgestellt an der Kasse vom JVA-Supermarkt on tour.

Ungefähr alle vierzehn Tage packt das Supermarkt-Team aus Bamberg seinen Laster voll und macht in einigen Gefängnissen für ein paar Stunden Halt. Juhu! Dann ist Einkaufstag im Knast. Shopping hinter Gittern. Weitaus grandioser als das Shopping in der Augsburger City-Galerie. Selbst ein Millionär könnte dort nicht diesen geilen Einkaufsrausch verspüren, wie ich in dem Keller-Raum Karmelitengasse 12, der für ein paar Stunden geöffnet hatte und der mit dicht gedrängten Regalen und Waren ausstaffiert war. Gruppenweise wurden wir vom schlüsselklirrenden Beamten in das Einkaufs-Paradies begleitet. Schon Tage zuvor hatten wir eine Liste mit all den köstlichen Dingen bekommen, die wir uns zulegen konnten. Die Preise waren auch dabei. Stundenlang konnte ich mit kalkulieren wie viel ich erstehen konnte, damit der Konsum-Rausch meine öden Gefängnis-Gedanken wegspülen konnte. Das funktioniert dann so: An der Kasse wurde die Summe der eingekauften Ware zusammengezählt, dann wurde es von meinem JVA-Konto abgebucht. Dann erhielt ich den Kassenbon mit dem herzlichen Entlassungs-Wunsch. Der Kontoauszug »SP0001, 01 00508/2004/8 der Hintergitter-Bank, die sich als »Zahlungsstelle der Justizvollzugsanstalt Augsburg« bezeichnet, hat exotische Wörter und Abkürzungen wie »Eigengeld«, »Hausgeld«, »Überbrückungsgeld«, »Taschengeld«, »Überbrgeldsoll«, »Ext. Sparguth.«, »EG-Anteil« und »Vormerkungen«.

Die Einkaufsliste vom Edeka Markt Massak, die ich in den aufgeregt verschwitzten Fingern festhielt, hatte über zweihundert Produkte. Unbekanntes wie Burcu Sosis in der Dose bis zu drei Sorten Senf. Unsere Shopping-Gruppe gelangte kaum in das Innere des viel besuchten Konsum-Tempels. Fast wurde ich von überfüllten Einkaufswägen überrollt. Die afrikanische Fraktion war vor uns dran. Berge von Bananen, Wurzeln, Knollen, exotischen Früchten in Schachteln und Dosen waren im Einkaufswagen gestapelt. Die strahlenden Einkäufer konnten nicht mehr drüberschauen, keinen Gegenverkehr erkennen. Daher kamen also diese eigenartigen Küchengerüche, die nachmittags durch unser Gitterfenster eindrangen. Die Afrikaner kochten landestypisch auf. Tauchsieder gab es auch im JVA-Supermarkt. Ein Wunderland. Sogar Tortenböden und Früchtegelee wurden angeboten.

Färber: »Wenn einer Geburtstag hat, dann basteln die Jungs als Geschenk eine Torte mit Kerzen.«

Ich brauchte kaum was, weil ich bald entlassen wurde, aber ich kaufte mir ein paar Sachen wie Kugelschreiber, Schreibblock, Cola light, Haribo Goldbären, Nagelknipser, Schokolade, Weintrauben und vor allem Briefmarken, damit ich mich auch von diesem wahnsinnigen Einkaufs-Feeling übermannen lassen konnte.

An einer der zwei Kassen stand ein blondes Mädchen. Um sie herum junge Gefangene, die um ihr Leben gewettet hätten, nie wäre vor ihnen eine hübschere Frau gestanden. Auch wenn das blonde Mädchen im Gesicht mit Pickeln übersät war, unreine Haut hatte, krumme Beine und fettige Haare. Meine hellblaue Gräfin hätten die Jungs an diesem Platz neben der Kasse für Heidi Klum gehalten. Hallo Mädels, die ihr glaubt, von der Natur vernachlässigt worden zu sein, vergesst Schönheitsoperationen, werdet Supermarkt-Kassiererin in der JVA!

»Wie kommen die Knackis zu ihren vollen Einkaufswägen, vor allem die, die draußen keine Verwandte haben, die ab und zu Geld auf das JVA-Konto einzahlen. Und selbst die Kalfaktoren-Arbeit bringt doch keine Unsummen an Lohn, was geht da ab?«

»Manche haben draußen ja immer noch ihre Bosse. Die zahlen fleißig auf das Konto ihres Bandenmitgliedes ein. Das schafft nicht nur Dankbarkeit, sondern Abhängigkeit«, erläuterte mir ein Kalfaktor, der für die Mülltrennung zuständig war, den Reichtum mancher Gefangenen. Wieder was gelernt.

Einen Tag vor meiner Entlassung, als ich vom Hofgang zurückkam, riss es mich. Vor einem Büro der JVA-Beamten redete Sara Insagg, die Kommissarin, mit den Strafverteidigern Walter Rubach, F. W. Gildemeier und Ralph Schönauer, der mit Anwalt Leinfelder in der gleichen Kanzlei war. Peinlich, peinlich. Ich wollte mich unerkannt vorbeidrücken.

»Nanu, Herr Kessler, Sie hier?«, erblickte sie mich. »Was haben Sie denn ausgefressen.«

»Ich muss eine Ordnungshaft absitzen«, antwortete ich wahrheitsgemäß. »Und Sie, was machen Sie hier?«

»Ich habe gestern Nachschub gebracht.«

»Nachschub?«

»Sehen Sie den Mann da draußen mit dem Kopfverband?«

Ich blickte durch die offene Türe auf den Gefängnis-Hof. Den Mann mit dem Kopfverband und den schmalen Koteletten kannte ich. Sogar zu gut. Das war mein russischer Quälgeist aus der Fuggerei, dem ich in meinem Hausgang was verpasst hatte, was mir jetzt noch gut tat. Ich würde ihm hoffentlich im Knast nicht begegnen.

»Den kenne ich«, sagte ich zu ihr. »Der wollte mich fertigmachen.«

»Der? Interessant. Lassen Sie hören.«

Sie nahm mich mit in einen anderen Gefängnis-Raum, der frei war, in dem wir beide allein waren.

»Rücken Sie raus mit der Sprache, woher kennen Sie diesen Mann?«

Ich erzählte ihr alles. Ich musste es endlich von der Seele haben.

Sie stimmte mir zu, dass der Russe ein gefährlicher Bursche war, dass er zu einer gefährlichen Bande gehörte, die nach ihrer Ansicht schon einige Menschenleben auf dem Gewissen hatte. Die Bande hatte etwas mit Schmuggel zu tun, erzählte sie mir.

»Damit sind Sie ein guter Zeuge für mich«, grinste sie mich an.

»Das glaube ich kaum. Das ist mir zu gefährlich. Sie haben doch noch nicht alle von denen, oder?«

»Nein«, gab sie zu. »Aber vielleicht mir Ihrer Hilfe?«

»Wie soll ich Ihnen helfen, wenn die mich kaltmachen?«

»Wie meinen Sie das?«

»Die wissen, wo ich wohne, die sind hinter mir her.«

»Da machen Sie sich keine Sorgen, ich werde Sie schon wo unterbringen, wo Sie keiner vermutet, auch die nicht.«

»Versprochen?«, hielt ich ihr meine Hand hin.

»Versprochen!«, schlug sie ein. »Wann ist Ihre Entlassung?«

»Übermorgen soll ich rauskommen.«

»Ich hole Sie ab und quartiere Sie dann an einem sicheren Platz ein.«

Kapitel 10

Kultur-Schock für JVA-Beamten / Liebesspiel am Sandkasten mit bösen Folgen / Klaus und Klaus / Fremde Männer machen Jagd auf einen Schlüssel / Ein Ofen macht Probleme

Durch eine Razzia in den Lokalen am Königsplatz war das Gefängnis überbelegt. Harmlose Insassen wie ich wurden deswegen ausnahmsweise schneller auf die Straße gesetzt. Am Abend vor meiner richtigen Entlassung.

Zapata, der glaubte, dass er einige Tage vor mir entlassen würde, weil er über seine Mutter seinem Anwalt Geld zukommen ließ, damit der ihn bei der Gerichtsvollzieherin freikaufte, glaubte das zu Unrecht. Sein Anwalt zog sich etwas Honorar vom Geld ab, erst mit einem folgenden Geldnachschub über einen Freund, holte er Zapata raus.

Zum Abschied konnten wir einem Wachbeamten einen kleinen aber feinen Kulturschock verpassen. Als dieser Aufseher mich unerwarteterweise aus der Zelle holte, hörte er wie wir uns verabschiedeten:

»Ich hoffe Sie begegnen mir nicht mehr so schnell, hier drin«, gab ich Zapata die Hand.

»Sie müssen draußen gleich meinen Anwalt anrufen«, trug mir Zapata auf, dem ein Rosenkranz aus der Tasche hing, den ihm der Abt des Klosters von St. Stephan bei einer Beichte in der Gefängnis-Kirche geschenkt hatte.

»Unglaublich, Wahnsinn, die siezen sich!«, rang der Justizbeamte bleichwerdend nach Luft.

Er brachte mich zu den Beamten, welche für die Entlassung zuständig waren, denen er allen seinen »die-siezen-sich«-Schock mitteilte.

Mit der Kommissarin ließen sie mich nicht telefonieren.

»Das können Sie draußen stundenlang«, wurde mir beschieden. Wie sollte ich das? In meinem Einkaufswahn hatte ich bis auf wenige Cent das Guthaben auf meinem JVA-Konto verpulvert.

Mir war unwohl in meiner alten Kleidung, die ich wieder verpasst bekam. Sie stank immer noch nach diesem Billig-Bordell-Parfüm. Also marschierte ich zu meiner Wohnung. Mich fror in meinem T-Shirt. Der Wind pfiff um die Ecken. Das Laub wirbelte durch die Parkwiesen und über die Gehsteige. Ein kalter Herbst kündigte sich an. Ich ging an der alten Stadtmauer bei St. Stephan entlang. An der Außenseite, wo ein Spazierweg zwischen der Mauer, Büschen und Bäumen angelegt ist. Nach einem allein stehenden Haus, das fast die Ockerfarbe eines Fuggerei-Hauses hat, kam ein kleiner, von vielen Büschen umwachsener Sandkasten, bevor es durch ein Tor durch die

Mauer zum Stephinger Berg hinaus ging. Bei dem Sandkasten waren Bänke. Ich hob ein besonders schönes blutrot-gelbgrün gefärbtes Ahornblatt auf. Dabei sah ich in der Dämmerung durch einen Busch, an dem nur noch wenige Blätter hingen, am Spielplatz ein Liebespaar, das es sich auf einer Bank bequem gemacht hatte. Sie trieben es heftig. Die Frau saß auf den Schenkeln des Mannes, dessen Hose schon unter die Knien gerutscht war. Sie hob und senkte sich mit ihrem Körper. Ihr Rock war über der Hüfte. Der Pudel zerrte den Slip, der sich in die Strumpfhose verwickelt hatte, als Riesenmaus mit Laufmasche über den Boden. Ihre Stöckelschuhe lagen neben der Bank. Sie griff sich zwischen die Beine und lachte dazu obszön. Er stierte ohne Verstand in den sexten Himmel. Das war kein Liebespärchen, das war ein Porno-Pärchen. Unwillkürlich suchte ich nach dem Kamera-Team, das ein weiteres Aufgeil-Filmchen für den Raum »ab 18« in der Videothek produzierte.

Ich steckte das Laubblatt ein, damit ich es in meiner Wohnung auf den Tisch legen konnte. Zwischen meine Lechkiesel, die dort schon lagen. Ein wenig Natur. Die schönste Zimmer-Dekoration, die es geben konnte. Man musste sich nur bücken. Schöne Sachen ohne Preisschilder aus dem Präsent-Shop. Der Mann erblickte mich über die Schulter der wasserstoffblonden Frau mit hochtoupierter Frisur. Ihr Pudel erspähte mich auch. Er kam bellend auf mich zu. Der Mann wollte die Frau von seinen Schenkeln schiebe. Ich kannte sein Gesicht. Es war der Typ aus dem Fuggerei-Schuppen, der nicht so viel zu sagen hatte. Er drückte die Frau weg, zog sich die Hosen hoch und machte zu mir eine drohende Gebärde, die von russischen Worten passend unterstrichen wurden. Ich machte mich aus dem Staub. Der ist im feuchten Herbst allerdings sehr rutschig. Ich rutschte die Uferböschung zum Stadtbach hinunter, der beim Stephinger Berg von einer Brücke überquert wird. Der Kerl hatte eine Pistole. Er schoss auf mich. Eine Kugel pfiff als Querschläger um meine Ohren. Ich hörte wie der Russe fluchend durch die Zweige der Büsche am Hang mir nachrutschte. Wenn ich den Weg am Stadtbach entlang rannte, konnte der mich abknallen wie ein Moorhuhn. Ich brauchte ein Versteck. Ganz schnell. Die Frau schrie auch was. Schrie sie dem Mann oder ihrem Pudel nach? Das war jetzt wohl egal. Bei der Brücke führten dicke Rohre über den Bach. An einem Rohr stand ein Deckel offen, durch den die Kanalarbeiter einsteigen konnten. Ich wurde auch zum Kanalarbeiter. Selbst im Turnunterricht der Goethe-Schule war ich nicht so gelenkig gewesen. Ruckzuck rutschte ich in das Rohr. Ruckzuck schloss ich den Deckel über mir. Der war mit keiner Pistolenkugel zu durchlöchern. Eine Panzerfaust müsste es schon sein. Im Dunkeln hantierte ich an den Griffen des Deckels. Er musste zubleiben, wenn der Russe ihn hochheben wollte. Nichts geschah. Die Zeit verging. Komisch, im Dunkeln verliere ich immer den Zeit-Sinn. Sekunden wurden zu Minuten, Minuten wurden zu Stunden. Im Rohr roch es nach Schlamm. Es war ringsum feucht und glitschig. Wie lange würde dieser Typ am Deckel auf mich warten? Konnte ich durch das Rohr kriechen? In einer anderen Gegend wieder den Kopf herausstrecken? Unter mir war ein Schacht, durch den man tiefer gelangen konnte. Es rauschte Wasser, da unten. Ich riskierte es im Dunkeln nicht, in die Tiefe zu steigen, auch wenn sich an der Schachtwand Eisenklammern für den Abstieg befanden, wie ich nach Tastversuchen mit meinen Füßen feststellen konnte. Sollte ich verzweifelt sein, oder sollte ich lachen. Kaum war ich aus dem Gefängnis entlassen, war ich schon wieder eingesperrt. Nach schier endlosem Warten, versuchte ich den Deckel über mir hochzustemmen. Es war hier auch viel zu ungemütlich. Vielleicht kamen gerade Leute vorbei und der Russe, falls er noch da war, konnte nicht auf mich losballern.

Mir kam die Erleuchtung. Der war sicher nicht mehr da. Jeder halbwegs vernünftige Mensch würde sich verdünnisieren, wenn er mitten in Augsburg Pistolenschüsse abgegeben hatte. Irgendjemand würde schon die Polizei benachrichtigen. Falls er nicht annahm, dass es sich um Fehlzündungen handelte. Der Deckel über mir ließ sich nicht mehr öffnen. Ich hantierte an dem Verschluss. Der Deckel rührte sich nicht. Ich stemmte mich dagegen. Nicht passierte. Ich hatte mir lebenslänglich verpasst, dachte ich voller Hohn über meine Fahrlässigkeit. Hätte es keinen besseren Fluchtort gegeben? Wieso kämpfte ich nicht mit dem Kerl. War doch nicht sicher gewesen, dass der mich getroffen hätte. Mir fielen viele der Geschehnisse von früher ein, bei denen ich nachträglich der Meinung war, dass ich etwas tapferer vorgehen hätte sollen. Geschah mir recht. Dieser Klaus Kessler konnte von Petrus abgeschrieben werden.

Der Deckel hob sich. Ein Lichtschimmer blendete meine neugierigen Augen. Hundegekläff drang an meine Ohren. Dazu eine weibliche und eine männliche Stimme.

»Mein Sascha, er geht nicht mehr von diesem Deckel weg«, sagte die Frauenstimme mit östlichem Akzent. »Er bellt, als wäre da jemand drin.«

»Wir schauen einfach nach«, sagte die Männerstimme.

Der Deckel klappte auf. Ich schob meinen Kopf hinaus.

»Ihr Sascha ist ein schlauer Hund«, sagte die männliche Stimme.

Ich kletterte an die frische Luft. Ächzend und stöhnend. Bei der Brücke am Stephinger Berg brannten die Lampen über der Straße.

Die Frau mit dem Pudel war diese toupierte Erscheinung, die auf dem

Russen herumgeritten war. Eine Nutte? Der Mann war mein Frisör Klaus Eder. Er guckte mich zweifelnd an.

»Wenn ich mir den Schmutz aus dem Gesicht wegdenke, dann könnte das Klaus Kessler sein, den wir da herausgeholt haben«, sagte er.

»Ich bins, Herr Vornamens-Kollege, danke für die Befreiung, ich muss heim mich heiß duschen, gib dem Hund was Gutes zum Fressen, auf meine Kosten, der hat mich gerettet«, sagte ich und wollte den Stephinger Berg hinunter eilen.

Das ließ er nicht zu: »Was würdest du machen, wenn deine Frau mit deinem besten Freund abzieht?« Diese überraschende und bohrende Frage ließ es nicht zu, dass ich mich schnell vom Acker machte.

»Was ich machen würde? Ich würde diese Frau zum Kaffee einladen«, gelang mir doch schnell die Flucht.

Ich sah nur noch, wie sich mein Frisör bestens mit der Pudel-Frau unterhielt.

Ob meine Wohnung noch beobachtet wurde? Kein silberner BMW vor dem Haus. Vielleicht hatte die Kommissarin doch schon die meisten der Bande geschnappt, machte ich mir Hoffnung. Die Haustüre war wieder offen. Hatte sich die Lage im Haus beruhigt? Hatten sich schon die neuen Besitzer gemeldet. Im Briefkasten war der Brief eines Anwalts. Der drohte alles mögliche an, wenn ich nicht bald die Wohnung verlassen würde. Aha, die neuen Herren wollten das Haus verkaufen. Da konnten sie keinen Mieter mehr gebrauchen. Ich ging in meine Wohnung. Ich setzte Teewasser auf. Die Kochplatte wurde nicht warm. Hatte ich vergessen, mein Strom war ja gesperrt. Aus einem Regal kramte ich meinen Campingkocher. Eine Gaspatrone war noch übrig vom letzten Urlaub. Mein Glück. Dann versuchte ich den Gasofen anzuzünden. Wie ging das nur wieder? Den braunen Knopf drehen und den schwarzen Knopf fest drücken? So schön die Wärme des Gas-Ofens war, so beknackt war der Anzünd-Mechanismus. Ich hasste ihn. Klack! Klack! Klack! Nichts ging. Kein Zündfunke war zu sehen. Hatte ich versäumt den Gashahn aufzudrehen? Ich sah nach. Der war offen. Klack! Klack! Klack! Leichter Schweiß bildete sich auf meiner Stirn. Ich gab auf. Zur Beruhigung erst mal heiß und ganz alleine duschen. Ein Rest Dusch-Gel war noch da. Das tat gut. Ich wickelte mir nach dem Duschen ein Handtuch um die Hüfte und ging zu dem Regal mit der frischen Wäsche.

An meiner Wohnungstüre war ein Geräusch zu hören. Ich erschrak. Schlüsselklirren. Ich war doch nicht mehr im Gefängnis, wo das Schlüsselklirren vom Aufstehen bis zum Abendessen den Ablauf des Gefangenen-Lebens bestimmte? Die Russen-Bande! Sie war doch noch hinter mir her. Ich nahm in eine Hand das Küchenmesser, in die andere den Hammer. Dann platzierte ich mich nur mit einem Handtuch bekleidet hinter der Türe.

Ein Frauenkopf schob sich herein.

Iris schaute mich entsetzt mit großen Augen an. Sie hob abwehrend ihre Hände.

Ich stand vor ihr mit Hammer und Messer.

»Halt, nicht, ich bins!«, rief sie mir zu. »Ich wollte dir deine Kamera zurückbringen«, holte sie aus einer Stofftasche meine Epson heraus.

»Ich dachte, ich wollte ...«, stammelte ich. »Tschuldige, ein Missverständnis, ein Irrtum, komm doch bitte rein, ich tu dir nichts«, legte ich meine Waffen auf dem Küchenschrank ab.

»Wen hast du erwartet?«, fragte sie.

»Einbrecher, oder so ein Gesockse, dich jedenfalls nicht«, nahm ich sie erleichtert in die Arme. »Ich mache uns einen Tee.«

Immerhin hatte sie nicht gefragt, ob ich sie schon vergessen hätte. Zukker-Susi registrierte es mit einem milden Blick, dass mir die Papier-Enden der Teebeutel in die Glaskanne rutschten.

Iris setzte sich an meinen Wohnzimmertisch. Darauf stellte sie meine Kamera ab. Ich brachte ihr eine Tasse und schenkte ihr den heißen Tee ein. Sie ließ ihre Jacke an. Es war ja kalt im Zimmer.

»Ahhhh – das tut gut«, freute sie sich. »Wenn du wüsstest, was ich gerade erlebt habe.«

»Was denn?«

»Zwei Männer haben mich verfolgt.«

»Wieso?«

»Wegen den Schüsseln. Sie wollten mir die Schlüssel abnehmen, die ich von dir hatte. Sie wollten wissen wer ich bin und was ich in dem Haus mache.«

»Und?«

»Ich bin davongerannt. Sie sind mir nach. Ich konnte gerade noch in den Computerladen am Eck flüchten.«

»Waren es Russen?«

»Im Laden? Nein, ein Türke. Ein freundlicher Mann.«

»Das war Ismail, ein netter Kerl«, sagte ich. Ismail ist der Internet-Experte, der mich beim Plärrer-Killer-Fall in die Geheimnisse des E-Mail-Verkehrs eingeweiht hat. »Ich meinte deine Verfolger, ob das Russen sind.«

»Ach so. Glaube ich nicht, die haben gut Deutsch gesprochen. Ich bin sowas von fertig. Was ist bei dir eigentlich los?«

»Ich weiß auch nicht, das muss mit den neuen Hausbesitzern zusammenhängen. Und du Iris, warst du schon öfters hier?«

»Zwei Mal. Aber deine Klingel geht ja nicht.«

»Ich habe dir doch meine Schlüssel gegeben.«

»In deine Wohnung habe ich mich nicht getraut.«

»Heute aber schon.«

»Ich war auf Wohnungssuche. Ich habe mir hier in der Gegend eine Wohnung angeschaut.«

»Du suchst eine Wohnung? Wieso?«

»Ich halte es zu Hause nicht mehr aus. Mein Ex spinnt, meine Tochter spinnt. Ich streite fast jeden Tag mir ihr. Sie hilft immer nur zu ihrem Vater. Sie macht mich für die Scheidung verantwortlich...«, begann Iris zu schluchzen. Ihre Schultern zitterten. Ich stellte mich neben sie und streichelte sie. Es wurde dunkel. Der Herbst schickte die Sonne schneller ins Bett. Ich zündete eine Kerze an. Sie musste nicht mitbekommen, dass ich keinen Strom mehr hatte. Das würde sie nur verunsichern. Dabei rutschte mir das Handtuch langsam von der Hüfte. Ich würde gleich nackt dastehen. Ich ging ins dunkle Schlafzimmer hinüber. In meiner Wohnung waren keine Türen. Hatte ich alle ausgehängt und in den Keller gestellt. So kam mir die Wohnung größer vor, wenn man von einem Zimmer in das andere sehen konnte. Ich suchte nach Unterhose, Jeans und T-Shirt.

»Ist dein Ofen kaputt? Oder wieso ist es so kalt bei dir?«, fragte mich Iris mit einer Stimme, in der die versiegenden Tränen zu hören waren.

»Ich bekomme meinen Gas-Ofen nicht an«, schlüpfte ich in meine Kleidung.

»Lass mich mal ran«, sagte sie. Sie drehte und drückte. Wumms! Schon brannte die bläuliche Gasflamme im Ofen. Es wurde langsam warm.

Ich stand neben meinem flachen Bett und freute mich.

»Bei mir schauts aus«, begann ich mein Bett zu richten.

Aus irgendeiner Decke fiel eine Tüte Kartoffel-Chips.

»Wie wärs mit etwas Knabberei? Ich habe was entdeckt. Komm doch bitte mal mit der Kerze her.«

Sie kam mit der brennenden Kerze zu mir. Wir setzten uns aufs Bett und suchten die Chips, die wir uns gegenseitig in den Mund steckten. Sie stellte die Kerze neben das Bett. Ein Kartoffelchip, der fast so groß wie ein Bierdekkel war, vollendete unsere Annäherungsversuche. Den aßen wir gemeinsam. Unsere Lippen trafen sich in der Mitte des Chips. Wir kuschelten uns unter die Decken.

»Ich habe das noch nie gemacht. Ich war noch keine Nacht von zu Hause weg, seit meine Tochter auf die Welt gekommen ist. Aber heute möchte ich es«, flüsterte sie mir ins Ohr.

»Bleib hier«, sagte ich.

Wir waren wie Bruder und Schwester. Wir küssten und wir streichelten uns. Wir lagen in der Kleidung nebeneinander. Es wurde uns heiß. Wir zogen uns aus. Ich lag an ihrem Rücken. Wir verstanden uns. Wir brauchten nicht mehr. Diese Harmonie war mehr als Sex. Komisch, da komme ich sexuell ausgehungert aus dem Kittchen, eine nackte Frau liegt neben mir und mir genügt es Haut und Haut mir ihr zu liegen. War das Liebe?

Wir schliefen friedlich ein.

Irgendwann in der Frühe weckte mich ein Geräusch. Von draußen schickte die graue Morgendämmerung ein wenig Licht herein. Ein merkwürdiger Geruch war in der Luft. Austretendes Gas? War der Ofen doch kaputt? Wollten uns die Russen mit Gas durch einen Schlauch unter der Türe durch vergiften? Wo war eigentlich Iris? Meine Hände fanden unter den Decken nicht ihren warmen Körper. Es drangen Geräusche an mein Ohr. Es war aber mehr ein freundliches Klappern. Iris schwebte wie ein Engel auf mich zu. Sie hatte ein wunderbares Kleid an. Ein Kleid der Liebe. Sie trug ein rotes Hemd von mir. Unten schauten ihre nackten Beine raus. Kesse Beine.

»Brrrr«, machte sie. »Es ist kalt geworden hier drin. Mach mal Platz ich bringe Frühstücks-Tee.«

»Hast du was gehört, vor der Tür?«, fragte ich.

»Nein. Ich habe nur bemerkt, dass der Ofen nicht mehr brennt. Deswegen bin ich wohl aufgewacht, weils so kalt geworden ist«, informierte sie mich.

»Ich habe so gut geschlafen, wie schon lange nicht mehr. Ich wünsche dir einen wunderbaren guten Morgen«, küsste sie mich.

Ihr waren die Papier-Enden der Teebeutel nicht in die Glaskanne gerutscht. Das war ein gutes Zeichen. Die Zuckertüte stand zwischen Kanne und Tassen. Zucker-Susi lächelte voll Vertrauen in eine süße Zukunft. Ich lehnte an der Schulter von Iris. Wir hatten uns die Kopfkissen hinter den Rücken gestopft. Die dickste Decke hatten wir bis zum Kinn hochgezogen. Den Tee hatte sie auf einem großen alten Atlas serviert. War Iris eine Frau, mit der ich im Wohnwagen um die Welt kurven konnte? So eine Frau fehlte mir noch. Es piepte aus der Handtasche von Iris. Auf ihrem Handy war eine SMS eingetroffen.

»Von meiner Tochter, sie will wissen wo ich bin.« Hastig wählte sie eine Nummer. Sie sah durch mich hindurch. Ihr Blick schien bis nach Hochzoll-Süd alle Mauern zu durchdringen. Jetzt kam bei ihr die besorgte Mutter hervor.

»Sie meldet sich nicht. Das gefällt mir nicht«, runzelte Iris sorgenvoll ihre Stirn.

»Was gefällt dir nicht?« Ich versuchte meiner Stimme soviel beruhigende Töne zu geben, dass sie angesteckt wurde.

»Meine Tochter, sie meldet sich nicht. Sie hat ihr Handy ausgeschalten? Das macht sie sonst nie.«

»Du schläfst auch nie in fremden Betten.«

»Wie meinst du das? Sie muss aufstehen, sie muss in ihr Praktikum. In die Druckerei. Sie darf nicht verschlafen, ich konnte ihr dieses Praktikum mit Mühe und Not besorgen.«

Sie begann sich hektisch anzuziehen.

»Kann ich dein Handy für ein Gespräch haben. Nur kurz?«

Sie nickte, während sie ihren Rock hochzog.

Ich rief Sara Insagg an. Ich erreichte sie. Mit wenigen Worten, damit die Gebühren für Iris nicht so hoch wurden, erklärte ich ihr, dass ich schon aus dem Gefängnis entlassen war, und sie versprach, dass sie in zehn Minuten vor meiner Tür stehen würde. Iris war inzwischen auf der Toilette verschwunden.

Es wurden langsam etwas heller draußen. Es war ein eisig kalter Oktobermorgen mit wenig Sonne. Ich stand auch auf und zog mir ein dickes Flanellhemd über. Dann schlüpfte ich in eine dicke Trainingshose. Die Füße steckte ich in Filzpantoffel.

Iris wollte sich verabschieden. Sie war sowas von unruhig. Ich brachte sie zur Türe.

»Tut mir leid, ich kann nicht anders«, sagte sie. Sie sah mich mit einem Blick an, der mein Herz in Schaumgummi verwandelte. Superweich und aufsaugefähig für alle Arten von Tränen.

»Ist schon gut, ich verstehe dich.«

Wir umarmten uns. Ich drückte ihr meinen Wohnungsschlüssel in die Hand.

»Damit du mich bald mal wieder erschrecken kannst. Machst du das?«

Sie nickte.

»Versprichst du mir das?«

Sie küsste mich. Zum Einverständnis.

Dann entschwand sie die Treppe hinunter.

Jetzt war der Hausflur leer. Aber irgendwas stimmte nicht. Mein Blick wanderte umher. Er traf auf zwei Rohre über meiner Türe. Zwischen den beiden Rohren hatte sich der Gaszähler befunden. Der war verschwunden. Den hatte jemand weggeschraubt. Deswegen diese Wahnsinnskälte in meiner Wohnung. Es musste draußen fünf oder zehn Grad unter Null haben. Ein früher Winter wurde das. Wer hat die Abschrabuerei veranstaltet? Welcher gemeine Drecksack? Drecksäcke? Die Russen? Was wollten sie damit bezwecken? Oder war es der neue Hausbesitzer gewesen? Wollte er mich aus der Wohnung treiben? Ich zog mich an und ging vor das Haus. Da kam schon das Auto der Kommissarin. Die war aber schnell. War ich ihr so wichtig?

»Steigen Sie ein«, sagte sie.

Ihr Auto, der Dienst-BMW, war wunderbar warm.

»Haben Sie schon gefrühstückt?«, fragte sie mich.

»Noch nicht so richtig.«

»Sie machen mir einen zerknirschten Eindruck. Was ist los? Sie leben ja noch. Ich dachte Sie werden von der Russen-Mafia verfolgt.«

»Ich wäre heute nacht beinahe erfroren«, klammerte ich die heißen Stunden mit Iris aus. Irgendwie konnte ich mit der Kommissarin nicht offen über Frauen reden. Irgendwas hemmte mich. Wollte ich, dass sie mich als Single betrachtete? Ich erzählte ihr von dem abgeschraubten Gaszähler. Warum ich keinen Gasofen mehr in der Wohnung hatte. Dass ich wegen dem gesperrten Strom auch keinen Elektroherd aufstellen kann. Und dass ich kein Geld mehr für weitere Gaspatronen für den Camping-Kocher hatte. Ich gestand ihr, dass es mir sauschlecht ging.

»Ja, dann, haben Sie ein gutes Frühstück wirklich nötig«, meinte sie. »Am besten ist es, wir fahren ins Café Anna.«

»Wo ist das? Kenne ich nicht.«

»Es ist in Lechhausen, in der Wartenburgerstraße zwo.«

Anna war die Mutter der Kommissarin. Ein lebendiges Persönchen. Kleiner als die Kommissarin, aber ein Wirbelwind. Ich staunte nicht schlecht. Die Überraschung war gelungen. Sie machte uns Spiegeleier. Dazu gabs Butterbrezen und eine Kanne Kaffee.

»Herrlich, das beste Frühstück der Welt«, lobte ich aus vollem Magen.

»Das werden Sie in den nächsten Tagen öfters genießen können.«

Ich war sprachlos. Insaggs Mutter lachte.

»Ich bin Ihr Hotel.«

»Sie dürfen die nächsten Tage bei meiner Mutter wohnen, bis wir den Fall mit dem toten Russen aufgeklärt haben. Hier wird Sie niemand vermuten. Allerding unter einer Bedingung.«

»Welche?«

»Sie sind kooperativ.«

»Kein Problem«, gab ich ihr die Hand.

»Sie können in meinem Jugendzimmer wohnen. Mama weiß über alles Bescheid.«

Das gefiel mir. Ich gebe es zu.

»Damit es Ihnen nicht langweilig wird, schreiben Sie mir alles haarklein auf, was Ihnen passiert ist, und zwar alles, was ich irgendwie in diesem Fall verwerten kann.«

»Mach ich. Ist das alles?«

»Sie verlassen die Wohnung nicht.«

»Und wenns mir langweilig wird?«

»Dann gehen Sie ins Internet und machen sich mal zum Thema Kaviar schlau. Ach ja, telefonieren ist Ihnen auch streng untersagt.«

Sie zeigte mir noch den Computer mit Internetzugang in ihrem Jugendzimmer. Dann verließ die Kommissarin die Wohnung ihrer Mutter.

»Meine Tochter übertreibt immer«, sagte Anna Insagg und schüttelte den Kopf. »Die macht alles immer dramatischer wie es ist. Berufskrankheit. Wie gehts eigentlich Ihrem Freund, dem Tänzer?«

»Das wenn ich wüsste. Ich habe ihn seit dem Attentat in Bad Wörishofen, Sie waren ja auch dabei, nicht mehr gesehen und gesprochen.«

»Ich wüsste gerne wie es meinem Beschützer geht.«

»Ich weiß zwar wo er wohnt, aber ich darf ihn ja nicht anrufen.«

»Sie nicht, aber ich könnte ihn ja anrufen, wenn ich seine Nummer hätte, und könnte ihn fragen.«

Ich gab ihr Helles Nummer von zu Hause. Keiner meldete sich dort.

»Vielleicht ist er noch in Bad Wörishofen, im Kneippianum?«, riet ich.

Ich suchte im Internet die Nummer des Kneippianums heraus. Insaggs Mutter wählte sie und ließ sich dann mit Helle verbinden.

»Hallo Herr Bärwasser, sind Sie dran? Ich bins, Anna Insagg, die Mutter der Kommissarin. Was, Sie haben mich gleich an der Stimme erkannt? Tatsächlich? Wie geht es Ihnen? Ist Ihre Verletzung schon verheilt? Soso. Aha. Sie können seit einigen Tagen schon wieder tanzen. Das ist ja wunderbar. Sie würden gerne mit mir tanzen? Sie sind aber ein charmanter Süßholzraspler, Sie Schelm. Wann ich nach Bad Wörishofen komme? Wenn ich könnte, natürlich sofort«, klebte Anna Insagg am Telefon. Wann kam sie mal auf mich zu sprechen?

»Wie lange ist er noch unten?«, mischte ich mich ein.

»Sie werden es nicht glauben, Ihr Freund sitzt neben mir. Er will wissen, wann Sie wieder nach Augsburg kommen.«

»Was er bei mir macht? Ob ich ihm Tanzunterricht gebe? Er hätte es nötig?« Sie zwinkerte mir scherzhaft mit den Augen zu. »Jetzt hören Sie aber auf, er guckt schon ganz böse.«

Sie reichte mir den Telefonhörer.

»Hallo Helle, hier ist Klaus, wann kommst du endlich zurück? Dein Kuraufenthalt ist verlängert worden? Wie geht das? Wer hat das für dich gemanagt?«

Helle erzählte was von dieser Nadja, die ihre Beziehung erfolgreich hat spielen lassen, damit sein Aufenthalt in Bad Wörishofen verlängert wird, damit seine Verletzung ausheilen kann. Er nahm an, dass er in einer Woche wieder zurückkam. Ich gab noch Grüße von Anna Insagg durch und legte auf.

»Falls Ihre Tochter anruft, das würde komisch rüberkommen, wenn das Telefon so lange besetzt ist. Die würde sicher wissen wollen, mit wem Sie so lange telefoniert haben.«

»Wissen Sie was, wir könnten einen kleinen Ausflug machen«, schlug Anna Insagg vor.

»Wohin? Ich darf doch nicht aus Ihrer Wohnung, das haben Sie doch auch gehört.«

»Das gilt nur, wenn Sie in Augsburg sind. In einer anderen Stadt verfolgt Sie doch niemand, habe ich Recht?«

»Naja«, zweifelte ich am vollen Wahrheitsgehalt ihrer Worte.

»Meine Tochter hat ihren Privatwagen vor der Türe stehen lassen. Sie ist den ganzen Tag mit ihrem Dienstwagen unterwegs. Den könnten wir nehmen und ein bisschen nach Bad Wörishofen fahren. Ich sehe es Ihnen doch an, dass Sie Sehnsucht nach Ihrem Freund haben.«

Wie sah sie das? Wollte ich unbedingt zu Helle? Womöglich würde mir die perverse Gräfin über den Weg laufen. Das war echt nicht die wichtigste Priorität auf meiner Liste. Es war doch die Mutter der Kommissarin, die mit Helle eine flotte Sohle aufs Parkett legen wollte. Aber es konnte mir doch nur nutzen, wenn ich mich ein bisschen mit Anna Insagg verschwörte.

»Wenn aber Ihre Tochter anruft, was sagen wir, wenn wir nicht in der Wohnung sind, wo wir sein sollten?«

»Die merkt es nicht. Ich stelle mein Netz-Telefon auf mein Handy um.«

»Das können Sie?«

»Warum nicht? Wollen Sie es machen?«

Ich konnte es nicht.

»Wann kommt Ihre Tochter wieder heim?«

»Sie sagte, sie kommt heute erst spät. Nach zwanzig Uhr auf jeden Fall. Sie muss auswärts ermitteln.«

Anna Insagg fiel unter der Fahrt ein, dass ihre Freundin Hannelore seit einigen Tagen auch auf Kur in Bad Wörishofen war. Die könnte sie ja mitnehmen, wenn wir zum Tanzen gingen, dann würde ich nicht wie bestellt und nicht abgeholt rumsitzen.

Gleich nach der Ankunft in Bad Wörishofen holten wir die Freundin ab. Dann fuhren wir zum Kneippianum.

»Ich bin gespannt, was Ihr Freund für Augen macht, wenn wir ihn überraschen«, freute sich Anna Insagg. Sie konnte mit dem Auto bis vor den Eingang zum Kneippianum fahren. Ich ging hinein und meldete mich bei der Pforte zum Besuch bei Helle an. Nach ein paar Minuten kam Helle. Er war in feinster Schale. So hatte ich ihn noch nie gesehen. Er trug eine stonewashed Jeans in der ein weißes Hemd steckte. Seine Füße bekleideten elegante weiße Mokassins, die Fransen hatten.

»Du siehst ja flott aus«, bekam ich meinen Mund nicht mehr zu.

»Du? Ja, sag mal was machst du hier? Wieso hast du mich nicht vorher angerufen.«

»Ich bin nicht allein hier. Deine Verehrerin, die Mutter der Kommissarin sitzt im Auto vor der Tür. Mit ihrer Freundin. Sie wollen mit uns tanzen gehen. So wie du ausschaust, kannst du gleich mitgehen.«

»Das ist eine ungute Situation«, ließ sich Helle in den nächsten Sessel fallen. »Ich habe Besuch auf meinem Zimmer.«

Ich blieb stehen.

»Das ist allerdings eine ungute Situation«, versuchte ich seinen unglücklichen Tonfall nachzuahmen. Schadenfreude ist die schönste Freude. »Wichtiger Besuch?«

»Die Frau, die meinen Kuraufenthalt verlängert hat. Sie hat sogar Sekt und Kaviar mitgebracht. Ich kann sie doch nicht einfach wegschicken.«

Ich wurde neugierig, welche Frau Helle auf seinem Zimmer hatte, dieser Schwerenöter. Endlich konnte ich seinen Kurschatten begutachten.

»Ich habe Durchfall, wenn ich nicht bei dir auf die Toilette gehen kann, dann geht alles in die Hose«, begann ich mich zu krümmen. Das war gelogen. Aber gut. »Ich sage den Damen im Auto, dass sie schon ins Luitpold vorfahren und Plätze besetzen sollen, wir kommen nach, du bist gerade erst aus einer Behandlung gekommen, freust dich mächtig über den Besuch, musst dich aber erst gebührend herrichten.«

Helle schüttelte fassungslos den Kopf.

So sagte ich es den beiden Frauen im Auto.

Sie fuhren los zum Tanzlokal.

Ich ging mit Helle hoch in sein Zimmer. Wen hatte er zu Gast?

»Sie wollte mir etwas gestehen«, murmelte Helle im Aufzug.

»Ihre Liebe zu dir wahrscheinlich«, lästerte ich.

»Ich tanze gerne mir ihr, das schon, aber bis jetzt ist nicht mehr daraus geworden«, winkte Helle ab.

»Dafür bist du aber ganz schön rausgeputzt«, versuchte ich ihn weiter auszuhorchen.

»Ach was, nur die Jeans ist neu.«

Wir kamen zu seiner Appartement-Türe.

»Wie heißt die Frau eigentlich, die du zu Gast hast?«

Helle schob den Schlüssel ins Schloss seiner Türe.

»Nadja heißt sie. Sie ist eine Deutsch-Russin.«

»Ist sie auch auf Kur?«

»Wie kommst du darauf? Habe ich dir nicht gesagt, dass sie dafür gesorgt hat, dass meine Kur verlängert wurde. Sie ist die Leiterin in der Vitalis-Klinik, sie hat ganz ungewöhnliche Beziehungen zu den Krankenkassen und ist eine wunderbare Tänzerin. Wir haben uns im Tanzlokal kennen gelernt.«

Die Tür ging auf. Ich war gespannt auf Nadja. Der Tisch im Zimmer war festlich gedeckt. Zwei Teller mit Unterteller. Daneben standen brennende Kerzen in silbernen Leuchtern.

»Die hat sie mitgebracht«, zeigte Helle auf die Kerzenleuchter. »Das auch«, zeigte er auf eine Platte mit belegten Brötchen.

»Wo ist sie denn?«, wollte ich wissen.

»Als du von der Pforte aus angerufen hast, war es ihr gerade schlecht geworden. Sie ist ins Bad gegangen.«

Helle ging zur Badetüre. Er klopfte dagegen. »Hallo, Nadja, wir haben Besuch, mein Freund Klaus aus Augsburg ist da.«

Es kam keine Antwort. Nur ein Geräusch so ähnlich wie ein Bild, das von der Wand fällt. Dann ertönte ein ruckartiges Stöhnen aus einem Frauenmund.

»Nadja, was ist, gehts dir nicht gut?«, klopfte Helle wieder gegen die Bad-Türe. Dann schaute er mich achselzuckend an. »Vielleicht muss sie brechen und sie hängt über der Kloschüssel.« Mir kam das sehr, sehr komisch vor. Ich drückte gegen die Türe. Einen Zentimeter ging sie auf.

»Nadja, Nadja, mach doch bitte auf«, drückte Helle gemeinsam mit mir gegen die Türe.

Nadja konnte nicht mehr öffnen. Wir mussten sie mit vereinten Kräften beiseite schieben. Sie lehnte mit dem Rücken gegen die Türe. Sie trug ein enges, sehr kurzes schwarzes Kleid mit einem großzügigen Ausschnitt. Die weiße Haut ihrer langen Beine schimmerte durch Netzstrümpfe. Ihre schwarzen Haare mit Mittelscheitel waren verstrubbelt. Einer ihrer Stöckelschuhe lag ein Stück von ihrem Fuß entfernt. Sie hatte einen starren Blick. Einen direkten Blick ins totale Nichts, wie ihn nur Tote haben können. Helle rüttelte an ihrer Schulter.

»Nadja, Nadja!«

»Wir sollten besser den Notarzt rufen«, sagte ich. »Oder hast du was mit ihr angestellt?«

»Ich? Spinnst du? Was soll ich mit ihr angestellt haben?«

»Nach meiner Ansicht lebt sie nicht mehr. Fühle ihr mal den Puls.«

»Ich finde keinen Puls.«

Ich ging zum Telefon. Der Dame an der Pforte sagte ich, sie solle sofort einen Notarzt auf das Zimmer von Helmut Bärwasser schicken.

»Das darf doch nicht wahr sein«, stand Helle fassungslos neben dem festlich gedeckten Tisch. »Komisch ist nur, dass sie von Anfang an in einer gedrückten Stimmung war, heute, als sie zu mir kam. Sonst war Nadja immer voll Lebenslust. So aufgedreht. Sie hat mir vorhin sogar gestanden, dass sie erpresst wird.«

»Von wem?«

»Das wollte sie mir noch erzählen. Sie wollte aus einer faulen Sache aussteigen, doch ihre Partner, die wollten das nicht. Es ging um Medizin, oder sowas.«

»Wie meinte sie das?«

»Frag sie doch!« Helle war verzweifelt.

Er setzte sich an den Tisch. Seinen Kopf legte er in seine Arme. Er wollte nichts mehr hören und sehen.

Der Notarzt kam. Er untersuchte Nadja. »Da ist leider nichts mehr zu machen.« Er wollte von Helle wissen, wie das passiert sei. Helle erzählte ihm, dass es Nadja schlecht und schwindlig geworden wäre, dass sie einen Schwächeanfall hatte. »Was hat sie gegessen?«, erkundigte sich der Arzt.

»Wir sind noch gar nicht zum Essen gekommen«, sagte Helle.

»Was hat sie getrunken?«, fragte der Arzt weiter.

Helle zeigte auf die offene Flasche Krim-Sekt.

»Nicht schlecht, gewiss kein Grund zum Sterben«, kommentierte der Arzt süffisant. »Sie hatte anscheinend noch viel vor. Nach meinem Dafürhalten handelt es sich bei der Toten um Herzversagen.«

Anna Insagg stand in der Türe.

»Was ist hier los? Wieso kommt ihr nicht?«, wollte sie wissen.

»Äh, ja, also, das ist, also, wir können nicht«, stotterte Helle.

»Es ist etwas passiert«, ergänzte ich.

Wir musste nicht mehr weiter reden. Zwei Sanitäter drückten sich an Anna Insagg vorbei, kamen mit einer Trage in Helles Appartement. Auf Anweisung des Arztes legten sie im Bad Nadjas Körper auf die Trage und transportierten sie hinaus.

Die Mutter der Kommissarin schaute betroffen zu. »Wer ist das?«

»Eine Angestellte aus der Vitalis-Klinik«, murmelte Helle.

»Ist sie tot?«

»Der Arzt sagt Herzversagen«, meinte Helle mit gequältem Blick.

»Wie kam sie hier rein?« Anna Insagg wandelte auf den beruflichen Spuren ihrer Tochter.

»Auch durch die Türe«, antwortete Helle lakonisch.

»Haben Sie nicht gesehen, was das für eine Dame ist, welches Gewerbe sie ausübt?«

Helle wusste nicht, was er sagen sollte. Er war für Gewerbefreiheit, das musste genügen. Das Handy von Anna Insagg meldete sich.

»Hallo Sara, ja, sicher, ja, wir sind in der Wohnung, ja, sicher, wir haben Besuch, der Freund meines Gastes ist vorbeigekommen. Wir sollen keinen Fremden hereinlassen. Wie? Hast du nicht gehört, er ist kein Fremder, er ist der Freund, der gerade aus Bad Wörishofen zurückkam, ja, mach ich, wann kommst du? Erst in ein paar Stunden. Soll ich dir etwas zum Essen hinstellen. Ja? Tschüssilein, meine Kleine.«

»Sie flunkern ja das Blaue vom Himmel herunter«, grinste ich sie an.

»Das war eine Notlüge. Was hätte ich sagen sollen? Dass wir in Bad Wörishofen gerade zuschauen wie eine Leiche aus Herrn Bärwassers Zimmer getragen wird.«

Anna Insagg debattierte mit Helle darüber, ob sie noch zum Tanzen gehen sollten, könnten, durften. Ich bekam Hunger. Heimlich biss ich in ein belegtes Schnittchen. Ausgerechnet eines mit Kaviar und Mayonnaise erwischte ich. Ich legte es nach nur einem Biss wieder zwischen die anderen Brötchen und unterdrückte eine Äußerung des Missfallens. Schnell aß ich ein Käse- und ein Schinkenbrötchen hinterher.

Helle packte seine Sachen zusammen. Er wollte nicht länger bleiben.

»Wir können gehen«, sagte er mit dem Koffer in der Hand.

»Was passiert mit den vielen Brötchen?« Anna Insagg baute sich vor den Brötchen auf.

»Die lassen wir liegen«, meinte Helle. »Das sollen die Zimmermädchen entsorgen.«

»Sie sind gut, unsere Generation hat noch gelernt, dass man kein Essen verderben lässt«, begann Anna Insagg die Brötchen einzupacken.

Sie hatte tatsächlich eine Rolle mit zerknittertem Alu-Papier in ihrer Tasche. Wohl schon öfters ab – und aufgerollt. Helle musste ihr helfen. Ich ging schon mit Helles Koffer voraus. Wir fuhren nach Augsburg zurück. Helle durfte neben Anna Insagg sitzen. Ich machte es mir auf der Rückbank bequem. Helle umgab sich mit einer schwermütigen Aura. Ich rätselte mit Helle darüber, was in seinem Appartement wirklich abgelaufen war. Anna Insagg teilte uns dazu ihre Theorie mit.

»Die Mutter einer Kommissarin sieht besser hinter die Kulissen des Lebens«, untermauerte sie ihre Ansicht über einen gutgläubigen Helle, einen Menschenschlag, der immer und überall ausgenutzt wird, diesmal eben von einer gewissenlosen Straßendirne hintergangen, betrogen, ausgeraubt worden war. Ihr Tod war daher ein Akt der göttlichen Gerechtigkeit. Zudem war es ihre Schuld, dass ein schöner Tanz-Abend ausfallen musste. Ich staunte. Frauen können gegenüber anderen Frauen völlig mitleidslos sein.

»Jaja, mit Kaviar macht man die Männer schwach«, stichelte die Mutter der Kommissarin.

Mich nicht. Auch wenn ich zu schwächeln begann. Nach ein paar Kilometern wurde es mir hundeübel. Das wärs noch gewesen. Das hätte den Anschiss durch die Kommissarin bestimmt mächtig verstärkt. Wir hatten nicht auf sie gehört. Obendrein waren wir mit ihrem Auto losgedüst. Drittens wurde bei uns eine Tote gefunden. Mir wurde schwindlig. Ich musste aussteigen, damit ich das Auto nicht vollreiherte. Ich lehnte mich an einen Baum und übergab mich. Alle blickten besorgt aus dem Auto zu mir. Auf dem Rest der Heimfahrt bekam ich Schüttelfrost. Mein Kopf glühte. Ich nahm nichts mehr wahr, dachte an mein letztes Stündlein, das jetzt wohl geschlagen hatte.

Kapitel 11

Klaus Kessler hat einen Schüttel-Frost / Die Kommissarin kommt ans Krankenbett / Was kostet die Miete in der Fuggerei?

Es war schon dunkel, als wir wieder in Augsburg ankamen. Die Mutter der Kommissarin und Helle brachten mich in die Wohnung von Anna Insagg. Ich wurde im Jugendzimmer der Kommissarin auf das Bett gelegt. Ich bekam davon nicht viel mit. Noch immer durchzog alle paar Minuten ein Schüttelfrost meinen Körper. Klare Gedanken waren mir nicht mehr möglich. Anna Insagg machte mir Umschläge. Helle war besorgt um mich. Er meinte, es wäre vielleicht besser, einen Arzt für mich zu rufen. Da war ich auch schon eingeschlafen. Anna Insagg deckte mich zu. Sie saßen neben meinem Bett und unterhielten sich leise. Die Kommissarin kam dazu. Weil ich krank war, und viel Ruhe brauchte, konnte sie ihre Mutter nicht zusammenstauchen. Sie ließ sich aber von den beiden erzählen was in Bad Wörishofen geschehen war. Beim Stichwort Kaviar wurde sie hellhörig. Sie ließ sich die Kaviar-Brötchen zeigen, die ihre Mutter eingepackt hatte.

»Hattest du mal wieder die Alupapier-Rolle dabei«, schimpfte Sara Insagg ihre Mutter. Sie hatte es furchtbar dick, wenn ihre Mutter in den Gaststätten die Alupapier-Rolle hervorholte und übriggebliebene Fleischstücke einpackte. Mit der Bemerkung »das haben wir doch bezahlt.« Als sie von Helle erfuhr, von wem der Kaviar war, wollte sie mehr wissen.

»Wie hieß diese Frau, die in ihrem Appartement verstarb?«

Helle wusste nur den Vornamen Nadja und wo sie gearbeitet hatte.

Die Kommissarin rief bei dem Notarzt in Bad Wörishofen an. Dann bei ihren dortigen Kollegen.

»Das kommt mir alles sehr merkwürdig vor«, packte sie die Brötchen ein, die ihre Mutter aus Helles Appartement mitgebracht hatte. »Normalerweise müsste ich dich tagelang schimpfen, Mama, weil du mal wieder nicht auf mich gehört hast, aber rein zufällig hast du was Richtiges getan«, sagte die Kommissarin mit schmalen Lippen zu ihrer Mutter. Alte Wunden brachen auf.

»Meine Tochter ist immer so streng zu mir«, beschwerte sich Anna Insagg bei Helle. »Ich meinte es doch nur gut. In Bad Wörishofen war dein Freund doch viel besser geschützt als hier in Augsburg, wo sämtliche Gangster hinter ihm her sind.«

»Rede keine Unsinn, Mama. Erstens ist er nicht mein Freund und zweitens, sei so nett und gib mir ein Stück deiner Alu-Folie.«

Die Kommissarin packte die belegten Brötchen wieder ein. »Die lasse ich in unserem Labor untersuchen.« Mit diesen Worten verschwand sie.

Ich schlief wieder ein.

Sara Insagg weckte mich.

»Meine Mutter hat schon den Kaffee gemacht. Ein kräftiges Frühstück kann Ihnen nicht schaden. Sie sehen heute schon besser aus.«

»Ich habe geschlafen wie ein Stein«, sagte ich. »Wenn ich gut schlafe, dann kurier ich mich meistens gut aus.«

Wir frühstückten zu dritt. Die Kommissarin, ihre Mutter und ich.

»Ein tolles Frühstück. Ich würde gerne einen Frühstücks-Zuschuss geben«, sagte ich. »Aber leider sind meine Geldreserven gerade sehr knapp.«

»Das Leben ist heutzutage furchtbar teuer«, jammerte Anna Insagg über die Lebenshaltungskosten. »Besonders seit der Teuro eingeführt wurde. Ich kann mir nur noch die Hälfte leisten.«

»Ich habe meiner Mutter bereits einen Essenszuschuss gegeben. Ich denke, der ist ausreichend«, stoppte die Kommissarin die Klagen ihrer Mutter.

»Ich brauche eine neue Wohnung«, sagte ich. »Eine günstige.«

»Wieviel können Sie dafür ausgeben?«, wollte Anna Insagg wissen. Sie schenkte mir dabei Kaffee nach.

»Je weniger desto besser«, meinte ich. Ich beschmierte mir eine Semmel mit Butter und Aprikosenmarmelade.

»Fragen Sie doch mal in der Fuggerei nach, da kosten die Wohnungen in Augsburg am wenigsten«, meinte Anna Insagg.

»Mama, der Herr Kessler ist noch zu jung für die Fuggerei.«

»Was kostet eigentlich die Miete in der Fuggerei?«, hakte ich nach, geschmeichelt von den Worten Saras.

»Ich glaube Einemarkzweiundsiebzig, hat mir neulich der Stadthauptmann Schlich erzählt«, kramte ich mein Wissen hervor.

»Das war mal. Neulich stand in der Augsburger Allgemeinen, was nun – umgerechnet in Euro – die Miete in der Fuggerei kostet. Es war nicht mal ein Euro im Jahr.«

»Die Hälfte halt, 86 Cent«, beteiligte sich die Kommissarin am Miete-Raten.

»Sichste, wieder mal falsch umgerechnet, es war eine Zahl die mich an das Augsburger Friedensfest erinnerte«, sagte Anna Insagg.

»Das ist immer am achten August«, wusste ich, »also am Achtenachten.«

»Die Tote, bei der man vergifteten Kaviar im Magen fand, sie hatte Münzen in der Hand. Das sagte mir der Notarzt. Und wisst ihr wie viel?«

Anna Insagg schüttelte den Kopf. Ich machte es ihr nach. Wegen dem Kaviar. Darum war ich todkrank gewesen. Aber hatte Helle nicht zu dem Notarzt gesagt, dass er und seine Besucherin noch nichts gegessen hätten? Dazu musste ich ihn nochmal auspressen. Wir legten beide das Messer beiseite und warteten gespannt auf die Antwort.

»Genau achtundachtzig Cent«, sagte die Kommissarin.

»Jetzt erinnere ich mich, so war es in der Zeitung gestanden, die Bewohner der Fuggerei müssen achtundachtzig Cent für ihre Wohnung bezahlen«, freute sich Anna Insagg über das zurückgekehrte Wissen.

Die Kommissarin stand vor Erregung auf. Ihre Synapsen, diese winzigen Kommunikations-Brücken der Nervenzellen, begannen zu glühen. Sie lief durch das Zimmer. Mit einem Croissant in der Hand.

»Pass bitte auf, die Dinger bröseln so furchtbar«, ermahnte sie die Mutter.

»Schon gut Mama, Hauptsache deine grauen Zellen bröseln noch nicht, lass mich, ich muss nachdenken. Ich glaube die Tote wollte uns einen Hinweis geben.«

»Sie meinen, einen Hinweis auf die Fuggerei?«, fragte ich.

»Die wollte doch nur den Geldbeutel ihres Freundes ausräumen«, spöttelte Anna Insagg. »Reiner Zufall, dass sie nur achtundachtzig Cent erwischte.«

»Ihr Freund hat doch gesagt, dass diese Nadja bei ihm ein Geständnis ablegte«, reflektierte die Kommissarin den Abend im Kneippianum-Appartement von Helle.

»Das wird sie schon nötig gehabt haben«, fuhr ihre Mutter dazwischen. »Solche Frauen können im Beichtstuhl übernachten.«

»Mama, jetzt sei bitte mal still mit deinen unmöglichen Behauptungen. Du kanntest diese Frau doch gar nicht.«

»War nie meine Absicht sie kennen zu lernen. Sie war sicher ein Flittchen. Das hat man doch gesehen. Ein professioneller Kurschatten, würde ich sagen. Kindchen, manchmal verstehe ich dich nicht, gerade du als Kommissarin solltest nicht immer so tun, als wären alle unschuldig.«

»Da täuschst du dich aber gewaltig. Nach meinen Erkundigungen war sie eine tüchtige Frau, die immerhin eine Schönheitsfarm tadellos leitete. Das sagte mir der Inhaber in Frankfurt.«

»Den wird sie eben auch um den Finger gewickelt haben. Wenn schon eine Netzstrümpfe anhat. Damit will sie sich doch nur Männer angeln, die sie ausnehmen kann, paahhh!« Anna Insagg machte eine wegwerfende Geste.

»Diese Nadja, mit Nachnamen Godczyko, wie ich erfahren habe, wollte nach den Worten ihres Freundes aus irgendwelchen kriminellen Geschäften aussteigen. Wir wissen seit einiger Zeit, dass von Russland aus Drogen in Kaviar-Dosen nach Deutschland geschmuggelt werden. Ein Umschlageplatz ist in Augsburg.«

»In Kaviar-Dosen? Ich habe so eine Kaviar-Dose«, schreckte die Mutter der Kommissarin zusammen.

»Woher hast du eine Kaviar-Dose?«, fragte die Kommissarin.

»Die hat mir so gut gefallen. Die wollte ich auswaschen und sie als Schmuckdose nehmen«, bekam Anna Insagg einen weinerlichen Ton. Es kündigte sich damit eine größere Enthüllung an.

»Von mir aus kannst du da drin deine Gummibärchen verstauen«, lachte die Kommissarin.

»Ich habe sie gestern mitgenommen«, wurde Anna Insagg noch weinerlicher.

»Wo?«, wurde die Stimme der Kommissarin härter.

»Bei Herrn Bärwasser. Sie lag achtlos im Papierkorb.«

»Mama, ich bin entsetzt, du holst Sachen aus dem Papierkorb?«

»Sie glänzte so schön, so golden. Ich stamme aus einer Generation ...«

»... für die vieles wertvoll war, was heute weggeworfen wird«, setzte die Kommissarin den Satz ihrer Mutter vor.

Wenn man genau hinhörte, konnte man bemerken, dass sie eine ähnlich artikulierte Stimme hatte wie ihre Mutter. »Bring sie sofort her, bitte!«, befahl die Kommissarin ihrer Mutter. »Die ist schlimmer als eine Elster«, wandte sich mir die Kommissarin zu. Sie machte mit den Lippen schmatzende Geräusche, die irgendwas wie ewiges Unverständnis ausdrücken sollten.

»In solchen Dosen können Drogen oder wasweißich zwischen dem Kaviar versteckt geschmuggelt werden«, besah sich die Kommissarin die blaugoldene Dose, die ihr die Mutter gereicht hatte. Dann blickte sie ihre Mutter ernst an.

»Was siehst du mich so an?«, rutschte diese nervös auf ihrem Stuhl hin und her. »Ich schmuggle keine Drogen.«

»Ich glaube, das tut dir nicht gut, wenn Herr Kessler bei dir ist«, sagte die Kommissarin. Dabei versuchte sie ein ernstes Gesicht aufzusetzen, musste dann aber leicht lächeln. »Wir fangen zwei Fliegen mit einer Klappe.«

Ich sah keine Fliegen. Nur einen geflochtenen Korb aus dem fast alle Semmeln, Brezen und Croissants verschwunden waren. Ein geöffnetes Marmeladenglas. Und eine Schale mit der restlichen Butter. Daneben drei Teller und Tassen. »Drei Fliegen mit einer Klappe«, scherzte ich drauflos, „das wärs doch.“

»Das könnte hinkommen, wenn Ihnen meine Idee gefällt«, sagte die Kommissarin. »Wir haben tatsächlich Hinweise, dass die Spuren einer russischen Schmugglerbande in die Fuggerei führen. Dieser Tote, den sie in der Fuggerei sahen, der hat ein längeres Vorstrafenregister. Wir haben uns über ihn auch in Moskau erkundigt. Allerdings wussten sie nichts von einer Schmuggel-Tätigkeit des Toten. Der wurde bei der russischen Polizei eher im Bereich Mädchenhandel, Betrug, Korruption, Erpressung und Körperverletzung angesiedelt.«

Die Kommissarin bekam einen versonnenen Blick als sie mich betrachtete. »Eingedenk dessen, dass Sie – erste Fliege – eine neue billige Wohnung brauchen, dass ich Sie – zweite Fliege – als Lockvogel brauche und dass wir – dritte Fliege – uns einige Leute in der Fuggerei genauer anschauen sollten, schlage ich vor, dass Sie, Herr Kessler ab sofort in die Fuggerei ziehen.«

»Ich habe aber schon für unser Mittagessen und Abendessen eingekauft«, versuchte Anna Insagg die Pläne ihrer Tochter zu torpedieren.

»Wann hast du das gemacht?«

»Erst war ich heute früh beim Bäcker, dann beim Metzger und dann noch im Supermarkt. Sie mögen doch Geschwollene mit Kartoffelbrei, Herr Kessler«, machte mir Anna Insagg den Mund wässrig.

»Die kannst du ihm in der Alu-Folie vorbeibringen«, knurrte Sara Insagg mit einer Stimme, die darauf drang, ihre Idee umzusetzen. Da war auch von ihrer Mutter kein Widerspruch ohne größeren Knatsch möglich. »Ich brauche Herrn Kessler dienstlich in der Fuggerei. Ich kenne den Fuggerei-Verwalter, den Herrn Graf von Hundt, der wird mich dabei sicher unterstützen. Der will schließlich auch keine Fuggerei-Bewohner die kriminellen Geschäften nachgehen.«

Sie telefonierte gleich mit der Fuggerei-Administration.

»Klappt alles, Herr Kessler, Sie können gleich mit mir mitfahren. Es ist ein Zimmer frei in der Fuggerei«, reimte sie. Sie hatte die Lage im Griff.

Sara Insagg brachte mich in die Fuggerei. Sie gab mir einen Fünfzig-Euro-Schein »zum Überleben« und ein Handy. Ihre Nummern, die vom Büro, ihre private und die vom Handy, waren eingespeichert. Die vierte Fliege war, ich bekam wöchentlich ein bisschen Lohn für meine Hilfstätigkeit. Ich wurde offiziell als Gehilfe des Hausmeisters eingesetzt. In der dazugehörigen Arbeitskleidung erkannte sogar ich mich nicht mehr. Dazu hatte ich, wenn ich im Freien arbeitete, auf dem Kopf eine Wollmütze. Die Russen-Gangster sollten mich nicht erkennen, falls sie wieder in der Fuggerei auftauchten. Ich nahm einen schlurfenden Gang an, wenn ich mit Werkzeug oder Besen meine Aufträge erledigte. Reparaturen an den Häusern und in den Häusern. Dabei konnte ich mich gut mit den Bewohnern unterhalten.

Kapitel 12

Thomas will wissen wie es Helle geht / Die russische Seele ist ein ganz besonderes Ding / Gogol oder Odol?

»Hallo Klaus, bist Du's wirklich, ich hätte dich fast nicht erkannt. Du hast dich ja schwer verändert. Arbeitest du jetzt hier? Du Glücklicher, ich habe noch keinen neuen Job. Sag mal, wie gehts eigentlich Helle?«, sprach mich der wieselig-drahtige Thomas an, ein Mann, der stets voller Tatendrang sprühte. Ich nickte und wartete, was noch kommen würde. Seinen wachen Augen entging nichts. Er gehörte zu der Sorte Mensch, die auf jedem Spaziergang irgendeine Sache fanden, eine Armbanduhr, einen Geldbeutel oder einen Ohrring. Thomas ging mit seiner schwangeren Freundin in der Fuggerei spazieren. Es war ein schöner sonniger Nachmittag. »Jelena hatte die letzte Woche stressige Tage«, drückte Thomas seine Freundin liebevoll an sich. »Sie arbeitet bei der Bahn, die letzten Tage hatte sie eine anstrengende Service-Schulung. Aber bald ist sie im Mutterschaftsurlaub.« Nachdem er mir mit verklärtem Blick seine brünett gelockte Freundin, in derem ovalen Gesicht mir die Augen voller Tatendrang auffielen, vorgestellt hatte, redete er weiter: »Ich wollte Helle mal wieder treffen. Vor Wochen. Aber ich habe ihn nicht erreicht.«

»Helle war in Bad Wörishofen.«

»Nanu, was hatte er denn?«

»Er war auf Kur.«

»Hat es was genutzt bei ihm? Hat er zum Rauchen aufgehört? Ich habe ja aufgehört, das kam mir zu teuer.«

»Das nicht. Ich glaube, das bekommst du bei ihm mit dem Kneipp-Wasser nicht hin. Der hört mit der Qualmerei auch nicht auf wenn sie ihm das erste und das zweite Raucherbein abnehmen. Bei dem qualmts noch aus dem Grab. Süchtig eben. Die dürften nicht draufschreiben *Rauchen ist tödlich*, sondern *Rauchern schmeckt das Bier nur halb so gut* dann würde er sofort aufhören.«

»Apropos Wasser, hast du gewusst, dass unser Wasser total verschmutzt ist?«

»Wieso, wo wohnt ihr denn?«

»Warum? Ich meine das Augsburger Trinkwasser.«

»Ist mir neu, ich dachte das Augsburger Trinkwasser ist eines der besten, besser als jedes Wasser aus der Plastikflasche.«

»Da irrst du dich aber gewaltig, stimmts Jelena«, bat er seine Freundin, die einer schwangeren japanischen Besucherin der Fuggerei interessiert nachschaute, um ihre Zeugenaussage.

»Das stimmt«, bestätigte sie.

»Wie kommst du darauf?«, fragte ich ihn.

»Das hat mir neulich ein Bekannter von Jelena gezeigt. Ich bin richtig erschrocken, was wir für eine Dreckbrühe aus dem Wasserhahn erhalten.«

»Das glaube ich kaum, ich denke, dass wir von unseren Stadtwerken bestes Trinkwasser aus dem Siebentischwald bekommen«, gab ich nicht auf das Augsburger Wasser zu verteidigen.

»Ich kann es dir beweisen. Du wirst Bauklötze staunen.«

Thomas gab mir einen fotokopierten Zettel zur Vorführung einer Trinkwasser-Reinigungs-Maschine.

»Morgen um achtzehn Uhr ist das. In der Wohnung von Jelena, im Uni-Viertel, in der Lilienthal-Str. 32. Ihre Mutter ist auch da. Sie macht uns was Russisches zum Essen.«

Das weckte meine Aufmerksamkeit stärker als das angeblich verschmutzte Trinkwasser.

Ich ließ mir die Adresse auf den Vorführungszettel schreiben und sagte mein Kommen zu. Thomas kannten wir noch aus seinem Goißenmaß-Tempel *Aloisius*, die seit einer Weile nicht mehr existierte. Er sucht eine neue, erklärte er mir. Wenn ich oder Helle was wüssten, wir sollten in gleich anrufen. Er schrieb noch seine Handy-Nummer auf den Zettel mit Jelenas Adresse.

»Bring doch Helle mit«, forderte er mich noch auf, als sie weitergingen.

Jelena öffnete Helle und mir am nächsten Abend die Türe. Helle und ich hatten in einem Blumenladen einen großen Strauß Blumen für die Damen des Hauses gekauft. Thomas war mit dem Aufbau seiner Geräte in der Küche beschäftigt. In der Wohnung waren noch Kalinka und Jelenas Großmutter. Wir wurden in die Küche gebeten. Jelena stellte unsere Blumen in eine Vase. Dort war Kalinka, sie hieß Kalinka, eine vierzigjährige Frau die ihre dunkelbraunen Haare zu zwei frechen Kurzversionen von Pippi-Langstrumpf-Zöpfchen geflochten hatte, mit dem Zubereiten des Essens beschäftigt. Sie trug ein weites T-Shirt über einer ausgewaschenen Jeans. Ihre Füße steckten in weißen Wuschelpantoffeln. Die Blicke ihrer munteren Augen wanderten neugierig, aber nicht unangenehm abschätzend, über Helle und mich. Sie brauchte Männer nicht mehr als Sekundenbruchteile zu taxieren. Helle und ich sollten auch mitessen. Es gäbe etwas typisch Russisches.

»Wir sind immer auf Besuch vorbereitet. Das ist bei uns normal«, erklärte Kalinka uns, bevor wir die Einladung ablehnen konnten.

Wir setzten uns auf die Eckbank zu Jelena und Thomas. Jelena erzählte uns, dass ihre Mutter im Modehaus Wöhrl arbeitete. Kalinka stand beim Abwaschbecken. Sie wusch gerade den Salat. Mir fiel ein, dass Iris ein Essen bei mir gut hatte. Sollte ich ihr auch mal was Russisches machen? Mal schauen, wie das ging. Und wie das schmeckte.

Die Oma saß in einem weichen Sessel im Wohnzimmer. Sie war durch die offene Küchentür mit uns verbunden. Wir konnten sie sehen und hören. Sie hatte einen roten zylinderförmigen Filz-Hut auf, ähnlich einem Kosakenhut.

Ihr Füße, die unter einem langen Rock hervorspitzelten, steckten in bunten Pantoffeln. Ihr kleiner, fassartiger Körper war mit Schmuck übersät.

»Schau mal, Oma, sie haben uns Blumen mitgebracht«, stellte Jelena unseren Strauß im Wohnzimmer auf einem Schrankbrett ab.

»Schön sind die, das sind ja Iris«, wusste die Oma.

Sowas. So ein Zufall, dachte ich. Marschiere ich hier mit meiner Freundin rein. In Pflanzenform. Sowas.

»Die Iris-Wurzeln, getrocknet, die kannst du gut für dein Kind gebrauchen«, sagte die Oma zu Jelena.

»Wie meinst du das?«, fragte Jelena überrascht.

»Naja, wir haben die getrockneten Iris-Wurzeln als Beißhilfe für die Babys genommen. Das ist gut für den Zahnwuchs und das Zahnfleisch. Das kannst du auch in meinem Heilkräuterbuch nachlesen«, sagte die Oma im Brustton der Überzeugung.

Ich hatte nichts gegen eine Iris als Beißhilfe einzuwenden.

»Meine Omi ist eine wandelnde Bibliothek«, meinte Jelena.

»Wir haben in unserer Jugend noch viel gelesen, eine gute Seele braucht viel Literatur. Zu den besten Seelen, denen ich in Augsburg begegnet bin, dazu gehören ...«

Ich lauschte gespannt.

»... die Allgäuer Seelen«, formte sie spitzbübisch ihre Lippen.

Welche Allgäuer meinte sie? Theo Waigel, der als Finanzminister mit Helmut Kohl die Rückwanderung der Deutsch-Russen angekurbelt hatte?

»Die mag ich auch«, freute sich Helle über eine Übereinstimmung mit der Oma. »Die vom Schuster sind die besten.«

»Der, der kommt doch aus unserer Hammerschmiede«, dachte ich laut an den Fussballer Bernd Schuster, der als Profi nach Spanien auswanderte. Ja, das Geld macht manche Gegend schmackhaft.

»Mir schmecken die vom Häusler besser«, sagte die Oma.

»Die vom Ihle und vom Wolf sind auch gut«, wurde Helle versöhnlich, schließlich ging es nicht um Biersorten.

Ich schnallte über was sie sich unterhielten. Es ging um ein neues Gebäck, eine Mischung zwischen Semmel und Baguette, das die Augsburger Bäckereien eroberte.

»Bring mir mal den Gogol«, bat die Oma ihre Enkelin Jelena. »Kennen Sie Gogol?«, schaute sie uns fragend an.

»Nur Odol«, bekannte Helle.

»Sie Witzbold, Odol ist für reinen Atem, aber Gogol ist für eine reine Seele.«

Ich fürchtete schon, Helle würde nun darauf tippen, dass Gogol irgendein Gewürz für das Allgäuer Gebäck sei. Damit wäre er wohl abgeschrieben bei dieser gebildeten Frau. Die meisten Frauen mögen keine Männer, die sich nicht mit Büchern auskennen. Rein seelisch, meine ich. Leider nehmen sie dann doch jeden, der sie versorgen kann. Was man da oft für Pärchen sieht, die nie zusammenpassen, aber das Geld hat sie zusammengeschmiedet. Ist es nicht so?

»Gogol ist mein Lieblings-Russe, lesen Sie nur mal *Die verkauften Seelen* von ihm«, wedelte sie mit dem dicken Gogol-Buch in ihrer Hand, das den gesammelten Nikolai Gogol enthielt. »Da wird einer zur höchst angesehenen Person, weil er Verstorbene zusammenkauft. Oder *Die Geschichte vom großen Krakeel*, in der sich zwei Freunde wegen einem dummen Wort verstreiten, ja, zu Todfeinden werden, ihr ganzes Leben damit vernichten.« Die Oma setzte sich eine Brille auf. Sie blätterte in dem Gogol-Buch. »Damit Sie erfahren wie träumerisch und wie realistisch die Russen sein können, lese ich Ihnen ein paar Zeilen vor.«

Wir standen um Jelenas Oma wie um eine Märchentante herum. Mich durchwanderte ein wehmütiges Gefühl, das einen Kern von Glück hatte. Ich hatte die Freundschaft zu Helle gerettet. Mit viel Einsatz zwar, aber eine Freundschaft darf Narben haben. Damit wird sie erkennbarer. Beziehungs-Katastrophen sind nur dann nicht schlimm, wenn die Beteiligten später mal drüber lachen können. Jelenas Oma merkte, dass ich nachdachte. Sie sah mich kurz an, bevor sie ihre Augen in das Buch senkte.

»Die beiden Verstrittenen, ein Iwan Iwanowitsch und ein Iwan Nikiforowitsch, Nachbarn, sollen bei einem Fest des Polizeihauptmannes ihres Ortes wieder versöhnt werden.« Sie hatte uns in ihren Bann gezogen. Ich sah mich in einem russischen Dorf in der unendlichen Taiga mit schlammigen Straßen, Häusern mit Stroh- und mit Schindeldächern mit einem Vorgarten und einem Holzlattenzaun, mit herumspringenden Hunden und mit einer Kapelle aus Holz, die ein kleines Zwiebeltürmchen mit Goldüberzug hatte. Darauf dieses orthodoxe Kreuz mit den zwei Querbalken.

»Wäre der Teufel selber erschienen, so hätte das Staunen der Gesellschaft kaum viel größer sein können, als da Iwan Nikiforowitsch vollkommen unerwartet eintrat. Golopus hielt sich die Seiten und zerplatzte fast vor Freude, weil es ihm gelungen war, die würdige Gesellschaft so schön anzuführen. Iwan Nikiforowitsch küßte sich mit allen ab und sagte: Danke sehr! Inzwischen füllte der Geruch der Rote-Rüben-Suppe den Saal und kitzelte den Gästen, die recht ausgehungert waren, angenehm die Nase. Alles strömte in das Eßzimmer. Ein Zug von Damen, teils geschwätzig und teils schweigsam, teils beleibt, teils mager, ging voran und ließ den langen Tisch mit einem Schlag in hundert Farben flimmern. Ich will die Speisen nicht beschreiben, die es auf dem Tische gab! Ich sage nichts vom Quarkgebäck in saurer Sahne, nichts von den Kaldaunen, die es zu der Rote-Rüben-Suppe gab, nichts von dem Gericht, das aussieht wie in Weißbier aufgeweichte Stiefel, und nichts von der Sauce, diesem Schwanenlied des alten Kochs, der Sauce, die in blauen Weingeistflammen lodernd aufgetragen wurde, was die Damen gleichzeitig ergötzte und erschreckte. Ich will nichts von diesen herrlichen Gerichten sagen, weil es mir unendlich viel vergnüglicher erscheint, sie zu verspeisen als sie zu beschreiben als sie zu beschwatzen.« Jelenas Oma klappte das Buch wieder zu. »Ja, so sind die Russen. Ihre Seele ist wohl zu nah beim Bauch angesiedelt. Sie wollen lieber schweigen, aber sie müssen reden weil sie von den Gefühlen überwältigt werden, weil sie mit anderen Menschen reden wollen, wenn ihre Seele überläuft von Glück, weil sie noch leben, weil der andere auch noch lebt.«

Das verstand ich. Da war ich auch ein wenig russisch. Helle hatte andere Gefühle. Das hatte er noch nie erlebt, dass ihm eine Frau ein Buch vorliest. Er wollte sich mit einer Frage dafür dankbar erweisen.

»Was ist ein Kapaun?«

Da lachte die Oma, dass der Sessel zusammenzubrechen drohte.

»Wollen Sie das wirklich wissen? Sie sind jedenfalls keiner, da bin ich mir sicher.«

»Ja, freilich, äh, wie das?«, blieb Helle dran.

»Ein Kapaun, das ist ein kastrierter Hahn, der gemästet wird, weil er dann besonders gut schmeckt«, versuchte die Oma ihr Lachen zu zähmen. »Das müssten Sie doch aus den Märchen wissen, in denen die Könige bei ihren Festmahlen immer Kapaune aufgetischt bekommen.«

Helle war damit geheilt von der Literatur. Er zog kommentarlos in die Küche. Ich wiederum war bestärkt in meiner Auffassung, dass Märchen zur brutalsten Literatur-Gattung überhaupt gehören. Was war schon Stephen King gegen die Gebrüder Grimm? Ein Grusel-Softie.

Kalinka ging zum Herd. Sie hantierte mit Pfannen und Töpfen. Auf der Küchenkommode lagen auf einem Brett Lauch, Karotten, Kartoffeln und Zwiebeln. Und rote Bete, auch rote Rüben genannt. Gekocht und geschält sah eine aus wie blutige Innereien. Kalinka nahm sie in die Hand. Roter Saft rann zwischen ihren Fingern durch. Sie drückte zu und lächelte dabei betont grausam.

»Wenn ihr wüsstet, an was die mich immer erinnern, wenn ich sie in die Hand nehme«, schaute sie zu uns. War da ein leicht derb-laszives Ton in ihrer Stimme? Dachte sie an ein Männerherz?

In einem Topf auf dem Küchenherd blubberte was.

»Ein Haus, in dem keine Suppe gekocht wird, ist unglücklich, sagt ein russisches Sprichwort«, meinte Kalinka. »Heute gibts mal endlich wieder richtigen Borschtsch. Meine Tochter kennt das schon nicht mehr. Die kennt nur noch dieses Fastfood-Zeugs. Da soll es einen Film geben, bei dem einer sich ein paar Wochen nur von Hamburgern ernährt. Der soll furchtbar dick und krank geworden sein.«

»Wie bei der russischen Küche«, spottete Jelena.

»Was möchten Sie trinken?«, fragte uns Kalinka.

»Zuerst müssen sie Wasser trinken«, meldete sich Thomas, der sein Wasserprüfungsgerät auf unseren Tisch stellte.

»Wir rätseln gerade, welchen Namen wir unserem Sohn geben sollen«, sagte Jelena. Thomas streichelte über ihren Bauch, in dem ihr Kind heranwuchs.

»Alexeji, so hat mein Vater geheißen«, rührte sich die Oma. »Das ist ein wunderbarer Name, was willst du?«

»Ach Oma, ich will meinem Kind keinen russischen Namen geben, es wird es schwer genug haben, hier im Westen mit seiner russischen Abstammung.«

»Maximilian«, sagte Thomas.

»So heißen gerade alle«, murrte Jelena. »Ich bin für Elias.«

»Ein jüdischer Name?«, meldete sich die Oma. »Muss das sein?«

»Woher wisst ihr eigentlich, dass es ein Junge wird?«, fragte ich.

»Vom Ultraschall«, sagte Thomas, der seine Geräte mit diversen Kabeln verband. »Das freut mich aber, Helle, dass du auch mitgekommen bist. Du bist jetzt unser Wasserexperte, weil du in Bad Wörishofen beim Kneipp warst.«

Thomas schloss einen Wasserschlauch am Wasserhahn an. Das andere Ende an das Gerät. Warum verfolgte mich in diesem Jahr das Wasser in all seinen Variationen? Weil ich Fischgeborener bin? Für Helle befürchtete ich nichts Gutes. Was musste ein Trinkwasser-Experte können? Verschiedenes Trinkwasser am Geschmack unterscheiden? Würde Helles Freundschaft zu Thomas auch einen Knacks bekommen, wenn da was nicht richtig lief? Man durfte gespannt sein.

»Hoffentlich dauert das nicht so lange, mein Essen ist bald fertig«, lamentierte Kalinka.

»Bitte nichts mit Kohl«, sagte Jelena.

»Wieso? Willst du keinen Kohl?«, fragte die Mutter.

»Sie will nichts Russisches mehr«, jammerte die Oma. »Sie will keinen russischen Namen für ihr Kind, sie will kein russisches Essen mehr. Sie verleugnet ihre Vergangenheit. Das ist nicht gut. Jeder Mensch braucht eine Vergangenheit, sonst hat er keine Zukunft.«

»Das hat nichts mit der Vergangenheit zu tun, der Kohl, der bläht so, das ist nichts wenn ich schwanger bin«, erklärte Jelena ihre Abneigung gegen das Gemüse.

»Ich will aber Kohl«, sagte die Oma.

»Dann muss ich zwei Essen machen, eins mit Kohl, eins ohne Kohl, ich habe ja noch nicht genug Arbeit«, klagte die Mutter. Nach einem Blick in den Schrank meinte sie: »Ich habe gar keinen Kohl hier.«

»Ich will aber Kohl«, beharrte die Oma. »Ich bekomme nie was ich will. Ohne meine deutsche Abstammung wärt ihr nie nach Deutschland gekommen.«

Aha. So war das. Eine kleine Erpressung am Rande. So funktionierte diese Frauen-WG.

»Natürlich bekommst du deinen Kohl«, wiegelte die Mutter ab. »Wir kaufen ihn geschwind, das ist doch kein Problem.«

»In dem neuen russischen Supermarkt Mix Markt am Postweg, da bekommt man zwanzig Kilo Kohl zum Sonderpreis, habe ich gehört«, sagte die Oma. Mit ihrer resoluten Stimme war das eher ein Befehl als eine Empfehlung.

»Wie soll ich zwanzig Kilo schleppen?«, murrte die Mutter. »Und überhaupt, Oma, wir sind hier doch nicht mehr in Russland, wo wir alles auf Vorrat kaufen mussten.“

»Es kostet aber viel weniger. Ihr müsst doch nicht das ganze Geld verschwenden. Ihr kauft doch auch mit meiner Rente ein«, sagte die Oma.

»Wir drei Frauen, wir legen unser Geld zusammen, damit wir uns mehr leisten können«, erklärte Jelena.

»Ich helfe den Kohl tragen«, entschloss ich mich den Helden zu spielen.

Auch wenn ich Helmut Kohl, diesen rheinischen Aussitz-Buddha, der einst als Bundeskanzler unsere Nation in Dauer-Schlummer versetzte, nicht leiden konnte. Die Deutsch-Russen mochten unseren dicken Ex-Kanzler bestimmt lieber – war es nicht Kohl gewesen, der die deutschstämmigen Russen nach Deutschland einwandern ließ? Und auch wegen ihrem Lieblingsgemüse. Ich geb's zu, ich würde auch lieber einen Kanzler wählen der Salami oder Schinken hieß. Schröder, das klingt nach Schrot-Kur, nicht nach Genuss. Genau wusste ich es nicht mehr, wie das war mit Kohl und seinen deutsch-russischen Fans, die er als Spätaussiedler herüberholte.

Schon lange her. Dafür haben sie den Dicken aus Oggersheim fleißig gewählt. Sonst hätte er sich nicht so lange halten können. Wir wollten ihn endlich auf den Komposthaufen der Geschichte abladen. Da war der Ärger mit den Deutsch-Russen schon programmiert. Aber, sinnierte ich, wäre es nicht langweilig in unserem Land geworden, wenn keine Menschen aus Italien, Griechenland, der Türkei oder Russland gekommen wären? Bestimmt. Wir Deutschen würden aus unserem Land einen einzigen Freizeitpark machen. Arbeiten, damit man Urlaub machen konnte, Urlaub machen, damit man arbeiten konnte. Ganz Sauerkrautland wäre ein Möbelhaus. Es tat schon gut, dass die Menschen aus anderen Ländern Abwechslung und Spannung in unser festgefahrenes Leben brachten. Mit den negativen und positiven Dingen, die dazugehörten.

Ich ging mit Kalinka zu dem russischen Supermarkt Mix Markt im Postweg. Unter dem Slogan »Einfach anders«, stapelten sich vor dem Eingang Kisten und Kartons in die viele Leute schauten und griffen. Es war ein Supermarkt mit Ost-Kost. Eingelegtes Gemüse in riesigen Gläsern oder Plastik-Kanistern, mysteriöse Süßigkeiten und gedörrte, manchmal kopflose Fische, deren eigenartiger Räuchergeruch durch den Raum waberte. Die Preisschilder waren kyrillisch ausgezeichnet.

»Das Geschäft gehört Tamara, einer Freundin meiner Tochter«, sagte Kalinka. »Ich sehe sie leider nicht. Sie weiß immer einiges über unsere Leute.«

»Wo ist Tamara?«, wollte Kalinka von einer Verkäuferin wissen, die hinter der Feinkost-Theke stand.

»Die ist in Köln.«

»Was macht sie da?«

»Hat Verhandlungen. Mit ihrem Geldgeber. Du kennst doch ihre Pläne, sie will in jeder deutschen Großstadt einen russischen Supermarkt aufbauen. Und dann ist da noch diese Angelegenheit mit ihrer Schwester.«

»Schade, dass Tamara nicht hier ist«, meinte Kalinka zu mir. »Sie hätte Ihnen gefallen. Sie ist eine sehr temperamentvolle Person. Sie war früher bei uns eine bekannte Athletin ...«

»Im Gewichtheben?«, fragte ich.

»Nein, das nicht. Sie holte bei der vorletzten Olympiade eine Silbermedaille als Langstrecken-Läuferin.«

»Ihr könnt sie auf Video anschauen«, sagte die Verkäuferin. »Ich wollte ihr heute das Video zurückgeben, auf dem sie mit dem Kaviar zu sehen ist.«

Kalinka nahm das Video, das die Verkäuferin aus dem Nebenraum geholt hatte.

»Das schauen wir uns an. Tamara ist Expertin für Ikra. Vor diesem Supermarkt hat sie Deutschlands größte Import-Gesellschaft für Ikra, also Kaviar, aufgebaut. Sie hat früher in Russland bei der Kaviar-Farm am Kaspischen Meer gearbeitet, bei der auch Jelena im Büro beschäftigt war, daher kennen sich die beiden so gut. Sie sind unzertrennliche Freundinnen.«

Ich schnappte mir noch eine kostenlose deutsch-russischsprachige Abendzeitung, bevor wir den Mix Markt mit den vielen kyrillischen Buchstaben auf Dosen, Gläsern und Packungen verließen.

»Eine nach dem Slawenapostel Kyrillos benannte, aus der griechischen Majuskel entwickelte Schrift der griechisch-orthodoxen Slawen«, wie mir Kalinka mit ihrem verbliebenen Schulwissen aus Russland erklärte.

Als wir in die Wohnung zurückkamen, ich, wie ein russischer Nikolaus, mit einem Sack Kohl auf dem Rücken, schauten Thomas, Helle und Jelena auf das Trinkwasserreinigungs-Gerät. Thomas steckte zwei elektrisch geladene Stäbe in einen mit Wasser aus dem Wasserhahn gefüllten Wasserbecher. Sie sollten den Schmutz daraus hervorzaubern.

»Was kostet denn so ein Gerät?«, fragte ich.

»Um die vierhundert Euro«, antwortete er.

»Willst du die Dinger verkaufen?«, fragte ich.

»Sicher. Ich mache Vorführungen und dabei verkaufe ich diese Geräte, von irgendwas muss ich doch leben. Wenigstens bis ich einen neue Arbeit haben«, erklärte Thomas seine Vorgehensweise.

Nach einer Weile bildeten sich dunkle Flecken auf der Wasseroberfläche des elektrisierten Wassers.

»Schau mal, Helle, solches Schmutzwasser trinkst du jeden Tag.« Thomas' Stimme klang, als würde er uns verkünden, dass das Gundremminger Atomkraftwerk hochgegangen sei. Helle war entsetzt: »Unglaublich, das ist in unserem Trinkwasser?«

»Du musst als Raucher nicht reden«, wurde ich lakonisch.

»Das ist doch ganz was anderes.« Helle blickte auf die dunklen Flecken, die sich auf dem Wasserspiegel an die elektrischen Stäbe klammerten. »Rauchen tu ich freiwillig, aber Wasser brauche ich immer. Das Wasser nehme ich nicht mehr.«

»Und Bier trinkst du auch keins mehr«, bekam ich eine hitzige Stimme. »Mein Gott, begreifst du nicht, dass in jedem Wasser Mineralien sind, die man auch als Schmutz bezeichnen kann. Ohne Mineralien ist das beste Wasser nur eine klare geschmacklose Brühe.«

»Was hat das mit dem Bier zu tun?« Helle besah mich von oben bis unten, wie jemanden, der eine Stricknadel mit einem Tennisball verglich.

»Im Bier ist auch Wasser und das nicht wenig«, versuchte ich ihm den Appetit an seinem Hauptnahrungsmittel zu nehmen.

Helle überhörte das und ließ sich lieber von Thomas die Funktionsweise des wunderbaren Wasserreinigungs-Gerätes erklären, ein technisches Wunderwerk im Einsatz für die Gesundheit des Menschen. Ausgestattet mit mehreren hintereinander liegenden Superfiltern und unzähligen nur laserstrahlgroßen Löchern.

Jelena ging ins Wohnzimmer und legte das Video von Tamara ein. Dann schaltete sie den Fernseher an. Wir setzten uns im Wohnzimmer neben der Oma auf die Couch und schauten zu. Bis auf Thomas und Kalinka, die den Kohl zerschnitt und in das kochende Wasser warf. Mit dem kochenden Kohl durchzog ein Duft die Wohnung, den ich mir immer in typisch russischen Küchen vorgestellt hatte.

Jelenas Oma schnorrte sich bei Helle eine Zigarette, die sie in eine lackierte Zigarettenspitze steckte. Ihre Haltung bekam etwas Vornehmes. Wie eine Hofdame beim Zaren wirkte sie. Helle zündete der alten Frau höflich die Zigarette an und schob ihr den Aschenbecher hin.

Auf dem Bildschirm des Fernsehers erschien eine kyrillische Schrift vor der Ansicht eines großen Sees, aus dessen Wellen die Morgensonne hochstieg. Dazu ertönte Balalaika-Musik und eine russische Stimme, die aber in den Hintergrund geblendet wurde, als eine weibliche deutsche Stimme erklärte was auf der Mattscheibe zu sehen war.

»Das ist Tamara«, sagte Jelena. »Damals, am Kaspi-See.«

»Wo ist eine Tamara? Ich sehe niemanden«, wunderte sich Helle.

»Die Stimme, das ist Tamaras Stimme, sie ist Dolmetscherin«, erklärte Kalinka. »Ich weiß gar nicht, wie sie das zeitlich macht. Den Aufbau ihrer Supermärkte, den Kaviar-Import und das dolmetschen. Sie hat so viel Energie, wenn ich nur eine Teil davon hätte ...«

Ich fand, Kalinka, eine stattliche lebenslustige Frau mit brünetten Haaren und grünen Augen, hatte genug Energie. Das war schon an den kleinen Polsterchen zu sehen, die bei ihrem BH, bei ihrem Rockbund nach außen drängten, die sich nicht einzwängen lassen wollten, die auch teilhaben wollten an den Vergnügungen dieser Welt.

»Tamara ist nicht verheiratet und hat keine Kinder«, sagte die Oma. »Für mich ist sie ein Mann und keine Frau. Sie wird nie glücklich sein. Ich bin nur eine Frau, wenn ich wie eine Frau lebe.«

»Hier hat sie alle Chancen, groß rauszukommen, die nützt sie eben«, verteidigte Jelena ihre Freundin und das neue Glück, das mit neuen Methoden eingefangen werden musste.

Auf dem Fernsehbildschirm sah man die dunklen Silhouetten von Menschen, die im Morgengrauen an das Ufer eines Meeres stapften.

»Links, das neben dem Kapitän, das ist Tamara«, zeigte Jelena auf eine Frau, die mit einer roten Wollmütze, die bis über die Augenbrauen gezogen war, einer weiten Jacke und einer weiten Arbeitshose behände auf einem dahinfahrenden Schiff herumkletterte. Die Haut in ihrem Gesicht war vom Wind gerötet. Den Kragen ihrer Jacke hatte sie bis übers Kinn gezogen. Allein schon ihr energischer Blick, der aus dem Gesicht hervorstach, machte bei mir Eindruck, erweckte in mir das Gefühl von einer zähen Power-Frau, die sich nie unterkriegen ließ.

Das Schiff, so erklärte die weibliche Stimme in deutscher Sprache, fuhr auf das Kaspische Meer, den größten Binnensee der Welt, zur Überprüfung der Stör-Bestände. Außerdem müssten sie gegen Banden vorgehen, die den Kaviar stahlen und ihn in alle Welt schmuggelten. Zu Dumping-Preisen. Das konnte die Existenz der Kaviar-Fischer zerstören.

»Tamara hat schon einige erwischt, die lässt sich nichts gefallen«, erzählte Jelena stolz.

Tamaras Stimme erzählte uns von den eigenartigen Fischen, den Stören, deren Weibchen bis zu sechs Millionen Eier abstoßen können: »Fünf Reihen großer Knochenschilder, von denen die erste längs des Rückens, die zweite und dritte entlang der Seitenlinie und die vierte und fünfte am Bauchrand verlaufen, sind die wichtigsten äußerlichen Merkmale der altertümlichen Störe, lateinisch Acipenseroidei. Zwischen diesen Schildern ist die Haut nackt oder mit kleinen Knochenkörnchen besetzt. Der Körper kennzeichnet sich durch die gestreckte, schnittig-stromlinienförmige Gestalt.« Jetzt war Tamara mit einem zappelnden wohl eineinhalb Meter langen Stör in den Armen zu sehen. Zwei Männer halfen ihr den mächtigen Fisch mit dem spitzmäuligen Kopf festzuhalten. »Das kleine Maul ist zahnlos und mit vier tastenden Barteln versehen. Weit zurückgesetzt sind die Rücken- wie die Bauch- und die Afterflosse. Die tiefgegabelte Schwanzflosse hat einen großen oberen Zipfel«, erzählte die Stimme kenntnisreich weiter.

Der Stör auf dem Bildschirm wurde in eine Wanne mit Wasser gelegt, das kräftig aufspritzte als der hin- und herschlagende Gast eintauchte. Die Tamara auf der Mattscheibe band sich einen gummierten Schurz um. »Die meisten Störe, es gibt so um die zwanzig Arten, wachsen im Meer oder in großen Binnenseen auf. Sie steigen zur Laichzeit zwar in die Flüsse auf, verbringen aber ihre Jugendzeit in den Binnengewässern. Als Jungtiere ernähren sie sich vorwiegend von Insektenlarven, Flohkrebsen, Würmern, Weichtieren und rauben den Laich anderer Fische. Erst die voll ausgewachsenen Tiere können als Raubfische bezeichnet werden. Der Stör, der bis zu fünf Meter lang werden kann, zählt zu den aussterbenden Tierarten.« Tamara ging zu einem anderen Wasserbecken. »In diesem Behälter befindet sich ein Stern-Stör«, sprach sie direkt in die Kamera. Jetzt erkannte ich, dass ihre runden Augen dem schwarzglänzenden Kaviar glichen. »Er liefert den köstlichsten Kaviar, für den die Gourmets gerne jeden Preis bezahlen«, lächelte sie in die Kamera. Es war ein freundlich-bestimmtes, ein geradezu hartes Lächeln. Das undurchschaubare, professionelle Lächeln einer Geschäftsfrau, die mit ihren durchdringenden Blicken im Hirn ihres Geschäftspartners aufspürte was sie für bestimmte Dinge verlangen kann.

Die Bildschirm-Tamara gab der Kamera Anweisungen den Stern-Stör bei seinen kleinen Runden in dem Behälter von oben zu verfolgen. »Die Eier des Störs werden auch Rogen genannt, der von uns konserviert wird, den wir dann als Stern-Kaviar in die gesamte Welt verkaufen.« Nun war ein Mann zu sehen, der mit seinen Händen fest über den Bauch eines Stör-Weibchens strich. Die Kamera zeigte das in Nahaufnahme. »Der Rogen wird aus dem Bauch der weiblichen Störe gemolken«, sah uns Tamara von der Mattscheibe aus an. »Die Raubfischer holen den Rogen leider mit dem Messer aus dem Stör. Der daraus illegal gewonnene Kaviar wird geschmuggelt. Der tote Stör wird auf dem Markt verkauft. Dadurch ist der Stör-Bestand sehr zurückgegangen. Wenn es so weitergeht, wenn diesen Stör-Räubern keine Alternative, keine legale Arbeit geboten wird, dann sehe ich für die Zukunft des Störs schwarz. Für hundert Gramm Malasol-Kaviar zum Beispiel werden von Feinschmecker-Restaurants in Paris, Rom oder Berlin gut und gerne zweihundertfünfzig Euro und mehr gezahlt. Ein großer Stör kann gut fünf Kilo Rogen haben, auch goldene Eier genannt.« Ich rechnete schnell im Kopf: Das wären dann zwölftausendfünfhundert Euro pro Stör. »Das große Geld machen natürlich nicht die Raubfischer, sondern die Anführer der Banden, die den Kaviar schmuggeln. Normalerweise dürfen nur staatliche Betriebe den Kaviar verkaufen.«

Dann zeigte die Kamera, wie der Rogen in Kaviar verwandelt wurde. Der Stör-Melker warf den Rogen in einen eisernen Eimer, dann schüttete ein anderer Wasser darüber, rührte mit beiden Händen um und goss das Wasser ab. Dann wurde der Rogen gesalzen. Fertig war der Kaviar.

Tamara erzählte noch davon, dass manche Raubfischer ihr Leben auf dem Kaspischen Meer einbüßen. Wenn Iwan kommt. So wird der eiskalte Wind genannt, der aus Sibirien kommend, über die Wellen bläst. Bleibt dann ein Boot der Raubfischer wegen Motorschaden im Kaspischen Meer liegen, passiert es manchmal, dass die Besatzung erfriert.

»Ich möchte mal wieder Linj pod Kapustoi essen«, meldete sich Jelenas Oma mit einem Essenswunsch.

»Was ist das?«, fragte Helle.

»Das ist gebratene Schleie mit Kohl«, antwortete Kalinka. »Wir essen gerne Fisch.«

Waren russische Frauen auch auf Fisch-Menschen aus? Wollte mir Kalinka beweisen, dass sie eine gute Partie war? Auf jeden Fall gehörte sie zu dem Frauen-Typ, der das russische Feuer in sich hatte. Ihre Augen blitzten vor Unternehmungslust. Das schien sie von ihrer Mutter geerbt zu haben, die sich wieder zu Wort meldete: »In meiner Jugend konnten wir selbst in den einfachsten Lokalen für ein bisschen Klimpergeld zwischen acht bis zehn Sorten Kaviar wählen, mit Brot und Butter, heißen Kartoffeln oder Bliny.«

»Bliny?«, schaute ich erstaunt zu Kalinka.

»Das sind unsere Pfannkuchen, rund, heiß und schön wie die herrliche Sonne. Blinys waren früher ein Opfer an die Götter, Blinys sind das Symbol für die Sonne, schöne Tage, gut Ernte, glückliche Ehen, gesunde Kinder ...«, schaute Kalinka zu ihrer schwangeren Tochter.

»Wir sollten mal wieder eine Butterwoche feiern«, meinte die Oma in ihrem Sessel. »Mein Gott, das waren noch Feste. Damals. Bei uns. Wisst ihr noch, wie ich als Panther diesen schmierigen Nikolai erschreckte?«, glühten Omas Augen auf.

»Das wissen wir schon noch«, wurden die Lippen von Kalinka schmal. »Das war bei dem Butterfest, bei dem es eine schlimme Schlägerei gegeben hat. Nikolai hat geblutet.«

»Der war doch nur hinter dir her, weil du besser kochen konntest als seine Frau«, behauptete lautstark Jelenas Großmutter.

»Das hast du dir nur eingebildet, der war doch hinter jeder her«, meinte Kalinka.

»Hinter mir nicht«, sagte die Oma entrüstet.

»Du warst jedenfalls schuld, dass es ein blutiges Butterfest wurde«, beharrte Kalinka.

»Ach was, was ist schon ein bisschen Blut? Frauen vergießen Tränen, Männer Blut. So ist das!« Die Oma rückte ihren Kosakenhut zurecht, der durch die heftige Diskussion verrutscht war. Ihr Schmuck vibrierte leicht. Sie war erregt. »Nur wenn Blut in den Boden fließt, dann wird es auch regnen, daran glaubten schon meine Vorfahren«, richtete sich die Oma auf.

»Du mit deinen Vorfahren und ihrem Aberglauben«, winkte Jelena ab.

»Wer wollte denn, dass ich für ihr Kind die Karten legen soll?«, ließ sich die Oma mit stolzer Miene in den Sessel zurückfallen.

»Hast du das wirklich getan?«, fragte Thomas seine Jelena, die ihre Augen beschämt niederschlug.

»Was soll das einem ungeborenen Kind schaden?«, rechtfertigte sich Jelena. »Oma sagte, solange das vor der Hochzeit geschieht hat das keinen bösen Einfluss.«

»Wann wollt ihr endlich heiraten?«, meldete sich die Mutter.

»Erst wenn das Kind da ist«, sagte Jelena.

»Was sind das für neumodische Sitten? Das ist nichts«, hob die Oma mahnend ihren Zeigefinger. »Schon meine Mutter sagte immer: Wenn die Kinder kommen, hauen die Männer ab.«

Thomas schaute verblüfft in die Runde. Die russischen Frauen schienen keine gute Meinung von den Männern zu haben.

»Mein Thomas haut nicht ab«, schmiegte sich Jelena an ihren Freund, der Helle gerade ein Kabel zur Begutachtung hinhielt. »Wir brauchen noch etwas Zeit, bis wir die richtige Wohnung gefunden haben. Seine Wohnung ist zu klein für drei Leute. Die wollen wir auch schön einrichten. Besonders das Kinderzimmer«, küsste Jelena ihren Thomas auf die Backe, um ihre große Vorfreude auf das gemeinsame Dasein als Eltern, als eigene Familie auszudrücken.

»Das finde ich auch«, half Kalinka zu dem Pärchen.

»Was ist ein Butterfest?«, wollte ich mehr über ihre Bräuche wissen.

»Bei der Masleniza, also dem Butterfest, wird der lange kalte Winter vertrieben und der Frühling begrüßt. Wir haben uns dann in Tierfelle eingewickelt, das Gesicht mit Ruß eingeschwärzt und fürchterlich gelärmt, damit die bösen Geister verschwinden«, erklärte Kalinka.

»Das find ich gut«, meldete sich Helle. »Ich würde als Kamel gehen – und du?«, schaute er mich an.

»Ich? Vielleicht als Delphin, aber auf keinen Fall als Stör«, wurde ich leicht originell.

Glaubte Helle, dass er als Kamel noch mehr trinken konnte? Ich wusste, dass Delphine zu den Lieblingstieren der Frauen gehören.

»Sie würden gut zu Tamara passen«, meinte Kalinka. »Schade, dass sie nicht hier ist. Sie würde Ihnen gut gefallen. Oder sind Sie schon verheiratet?«, fühlte mir Kalinka auf den Zahn oder – besser gesagt — auf den Ring.

»Ich heirate nie wieder«, sagte ich. War ich in eine gut getarnte Heirats-Vermittlung geraten? War ich für Tamara vorgesehen? Und für wen sollte Helle den Zukünftigen abgeben? Würde sich Kalinka an Helle ranmachen? Hatte ich da irgendwelche Signale übersehen?

»Mögen Sie noch ein Bier?«, wandte sich Kalinka an Helle. Sie hatte tatsächlich seine schwächste Stelle entdeckt. Er streckte die Hand nach der versprochenen Flasche aus, wie jemand auf der versinkenden Titanic nach dem Rettungsring.

»Sie ist doch hier!«, zeigte die Oma auf den Bildschirm, wo Tamara gerade von den vielen Fischen in Russlands Seen und Flüssen erzählte. Sie stand dabei auf einem Boot, das die Wolga hinunterfuhr. In der rotgelbglühenden Abendsonne. Balalaika-Musik untermalte den Abspann des Videos. »Ta stelys, ta stelys, ta barvinocku, ne korenem ...«, sang eine russische Mädchenstimme zu den schwermütigen Klängen des dreieckigen russischen Zupfinstrumentes mit drei Saiten, das russische Klang-Tier mit dem langen Hals, das ausgetrocknete Herzen in seelische Sümpfe verwandelte in denen die alten Ängste gegen die neuen Hoffnungen kämpften.

Sollte ich fragen, warum Jelena und ihre Mutter keine Männer mehr hatten? Würde ich traurige Schicksale zu hören bekommen? Von Männern, die beim Militär, bei einem Bergwerksunfall, bei einem Flugzeugabsturz, bei einem wüsten Besäufnis, bei einem Terror-Anschlag, oder in den Gefängnissen zwischen Kaukasus und Wladiwostok gestorben waren? Oder nur durch schlichte Scheidung, damit sie in Russland bleiben konnten, die Männer, wenn sie Russen waren?

»Bei der Masleniza durfte kein Fleisch gegessen werden, das war unser Fasching, unser Carneval, deswegen gibt es die nahrhaften Blinys aus Pschenitschnie, Weizenmehl, oder Gretschnewije, Buchweizenmehl. Erst die Hefe in warmer Milch auflösen, gehen lassen, nach und nach mit Mehl und Milch verarbeiten und zu einem glatten Teig kneten. Zugedeckt an einem warmen Ort eine Stunde gehen lassen. Dann Salz, Zucker, Butter und Eigelb in den Teig rein und erneut gehen lassen«, erklärte Kalinka die althergebrachte Bliny-Rezeptur. Sie griff nach einer schweren Pfanne. »Dafür nehme ich immer die gleiche Pfanne. Die spüle ich auch nie. Hier gieße ich den flüssigen Bliny-Teig rein. Dann werden sie mit viel Butter rausgebacken. Da spare ich nicht.«

»Mit heißer Butter, Honig, eingelegten Kirschen, saurer Sahne, Hering, Lachs oder Kaviar, mmmmmmhhh«, schleckte sich die Oma katzengleich ihre Finger ab.

»Da wurde mächtig reingefuttert, bei der Masleniza«, lachte die Mutter. »Schließlich kam dann eine siebenwöchige Fastenzeit.« Ich bemerkte wie es Kalinka gut tat, ab und zu ein russisches Wort zu verwenden. Diese Wörter hatten eine sehnsuchtsvolle Melodie. Ihre Sehnsucht nach der alten Heimat, die Sehnsucht nach den alten Zeiten war dadurch zu spüren.

»Ich decke schon mal den Tisch«, meldete sich Kalinka. »Wenn das Video aus ist, dann können wir essen. Ihr könnt später, sozusagen als Nachspeise, etwas Kaviar probieren.«

Helle sah mich bestürzt an. Ich zog die Mundwinkel so tief es ging.

»Mögt ihr Ikra?, so sagen wir zu Kaviar«, fragte uns Kalinka.

»Nicht so besonders«, sagte Helle mit einer Miene, die um Verständnis bat. Ich versuchte seine Miene nachzuahmen.

»Ihr habt bis jetzt sicher nur Kaviar-Ersatz oder billigen Kaviar bekommen. Der kann scheußlich schmecken«, gab uns Kalinka Recht.

Wir erwähnten Nadja und ihren Kaviar nicht. War zu traurig die Sache.

Das Tamara-Video war zu Ende. Jelena schaltete den Recorder und den Fernseher aus.

»Sei so gut, Jelena, und hol Frau Moser, die darf mitessen«, sagte Kalinka.

»Frau Moser ist unsere Nachbarin«, erklärte uns Jelena und ging los.

»Wir haben schon viel abgelegt, seit wir im gelobten Deutschland sind, aber unsere Gastfreundschaft werden wir behalten«, sagte Kalinka. »Frau Moser schaut ab und zu bei meiner Mutter vorbei, wenn wir nicht da sind.«

»Heute war der WBG-Hausmeister bei mir«, berichtete Frau Moser schon im Gang von ihren aktuellen Erlebnissen.

»Wieso denn, Mütterchen Moser?«, fragte Kalinka.

»Das Abflussrohr war verstopft.«

»Deins? Bei uns war nichts.«

»Im ganzen Haus, auf unserer Hälfte, war das Abflussrohr verstopft.«

»Gehts jetzt wieder?«

»Wenn ich euch erzähle, warum das so war, da bleibt euch die Luft weg«, baute sich Frau Moser in der Küchentüre auf. Sie hatte eine fast so gewichtige Miene aufgesetzt wie eine Tagesschau-Moderatorin. »Ihr werdet es mir nicht glauben, der Hausmeister hat gesagt, die Leute über mir, diese stoffeligen Kalmücken, die haben die Verstopfung verursacht. Und wisst ihr wie.«

Wir schüttelten alle verneinend den Kopf.

»Ja, Mütterchen Moser, wir wissen immer noch nicht, wie es zu dieser Katastrophe gekommen ist«, meinte Jelena mit Ermunterung in der Stimme.

»Stellt euch vor, diese Kalmücken, die haben eine Sau geschlachtet.«

Wir machten erstaunte Augen. Schwiegen. Ließen unsere Ohren wachsen.

»Mir ist es schleierhaft, wie sie das Tier in ihre Wohnung gebracht haben, die arme Sau.« Mütterchen Moser musste sich setzen. Jetzt bekam sie einen kummervollen mitleidheischenden Blick. Sie hatte unser vollstes Mitleid, das sie an die arme Sau weitergeben durfte.

»In der Badewanne, sie haben das Tier in der Badewanne geschlachtet. Der Hausmeister hat gesagt, das Abflussrohr war von den Schweinehaaren total verstopft.«

»Hat die Sau nicht geschrien?«, fragte ich.

»Ich habe nichts gehört. Wie haben die das nur bewerkstelligt?«

»Das muss doch schon zu hören sein, wenn eine Sau die Treppen hochgeschleppt wird«, meldete ich meine Zweifel an dieser Story an.

»Mit dem Aufzug haben die das Tier hochgeschafft«, klärte mich Mütterchen Moser über die Logistik auf. »Wenn eine Sau geschlachtet wird, die schreit doch erbärmlich.«

Wir saßen alle da und rätselten über dieses Wunder im Uni-Viertel. Mütterchen Moser trennte sich als erste von diesem unlösbaren Rätsel. Sie ließ uns mit offenen Mündern sitzen.

»Sie müssen mir noch mal die Karten legen«, ging Frau Moser, zur Oma ins Wohnzimmer. »Bei meinem Sohn ist wirklich einiges eingetroffen was sie vorausgesagt haben.«

»Schon gut, schon gut, das könnt ihr nach dem Essen machen. Setzt euch doch alle an den Tisch.« Das galt nicht für die Oma. Sie bekam einen eigenen kleinen Tisch. »Sie will nach dem Essen rauchen«, erklärte Jelena die Aussiedlungs-Aktion bei ihrer Oma.

Als Vorspeise bekamen wir Tschornoiy-Redki-Salat mit geraspeltem schwarzen Rettich, der mit Salz überstreut worden war. Mit Öl übergossen, mit Essig abgeschmeckt und gemischt. Den Rettichbrei garnierte Kalinka mit erhitzten Brotwürfeln, grüner Petersilie und mit gehackten Zwiebeln, die im Gänseschmalz gebraten wurden. Bevor wir den Salat in unsere Teller bekamen, legte Kalinka auf eine selbstbestickte ovale Tischdecke ein rundes Brot und stellte eine Schale mit Salz dazu.

»Vorher beginnen wir nicht zu essen, vorher ist man am Tisch nicht willkommen«, erklärt sie den Brauch. Dann schnitt sie das Brot in Scheiben und legte jedem eine an den Tellerrand.

Kalinka holte aus der Küchenkommode einen Teller unter einem Tuch hervor. »Meine Mamatschka bekommt ihre Lieblingsspeise, Kapusta marinowannaja po Grusinski, das ist mariniertes Kraut auf georgische Art, mit Weißkohl, Sellerie und Rote Bete, gewürzt mit Estragon, Basilikum, Minze und Dill«, trug sie mit stolz geschwellter Köchinnen-Brust den Teller mit rötlich gefärbtem Inhalt ins Wohnzimmer. Zwischen den Kohlteilen sah ich einige rote Chilischoten. Alle Achtung, die Oma liebte es scharf.

»Wir sollten mit den Damen ein russisches Kochbuch machen«, sagte ich zu Helle.

»Gibt es eigentlich Bier in Russland?«, war seine Antwort in eine Gegenfrage verpackt, die er gleich an mir vorbei stellte.

»Wir haben Kwass, das schmeckt auch hervorragend«, meinte Kalinka.

»Was?«, frage Helle.

»Kwass!«, erwiderte Kalinka.

Helle hatte den Verdacht, dass sie ihn veräppeln wollte.

»Kwass, das ist ein russisches Getränk, das mit Bier-Hefe hergestellt wird«, erklärte sie.

Helle hatte keinen Antwort mehr.

»Ich habe euch eine Kanne Bojaren-Kwass hingestellt, übrigens ein Getränk ohne Alkohol, obwohl die Russen alkoholische Getränke nicht missen wollen, besonders Wodka, aber das wissen Sie ja selber.«

»Alkoholfreies Bier?«, schaute Helle entsetzt das Glas an, das von Jelena mit Kwass gefüllt wurde. Er schaute mich vorwurfsvoll an, als wolle er mich fragen: in welches Haifischbecken hast du mich heute mitgeschleppt?

»Erhebt eure Gläser, möge euch und euren Lieben, euren Kindern und Freunden so viel Leid, so viel Pech und Unglück widerfahren wie Tropfen in euren Gläsern bleiben«, brachte Jelena einen russischen Trinkspruch auf Deutsch aus. Helle wollte mir nicht schaden. Er trank brav alles aus. Ich hatte den Eindruck, er wurde von dem Trinkspruch, Pawlow sei Dank, schon leicht besoffen.

Dann servierte Kalinka uns Borschtsch is karasei, eine dicke Suppe mit Fisch, Weißkraut, Roter Bete, Steinpilzen, Champignons, Karotten, Zwiebeln, Sellerie, Oliven, Butter, Paniermehl, weißen Pfefferkörnern, Essig und Lorbeerblättern.

»In anderen russischen Gegenden heißt die Suppe Schtschi, Soljanka, Okroschka, Botwinija, Rassolnik oder Ucha«, informierte uns Kalinka, während sie mit uns die wohlduftende Suppe aus dem Teller löffelte.

»Den Löffel kannte man schon lange vor der Gabel«, brachte Thomas sein kulinarisches Wissen an Mann und Frau. »Also, ich bin hin und weg, das schmeckt wieder fantastisch.«

»Kein Wunder mit deinem gereinigten Wasser«, gab Kalinka das Kompliment zurück.

»Wir benutzen nur noch den Wasserreiniger von Thomas«, hielt Jelena kurz inne. Verträumt sah sie ihren Thomas an. »Wenn unser Kind da ist, wird es nur bestes Wasser bekommen.«

Thomas blickte triumphierend in die Runde. Seit der Zeugung war er nicht mehr so stark an seine Verdienste als Vater erinnert worden.

Da konnte ich kaum daherkommen, den Besserwessi abgeben, und behaupten, dass wir in Augsburg wohl ein besseres Trinkwasser haben, als sie es in ihrer einstigen Heimat je hatten. Ich trank lieber schmutziges Siebentischwald-Wasser und sparte mir fünfhundert Euro. Um diese Euro – netto! – zu verdienen musste ich mit meinen Papierprodukten, der Druckerfarbe, den Druckmaschinen undsoweiter ja auch wieder die Umwelt, das Trinkwasser verschmutzen. Und um diese Wasserreinigungsmaschine aus Metall, Glas und Plastik herzustellen, was würde das wieder für Umweltgifte freisetzen? Das Gute hatte auch sein Schlechtes. Ich vertiefte mich in die Borschtsch-Genüsse. Mit Essen die Welt vergessen, das war eine meiner Lebensweisheiten.

»Beste Suppe der Welt«, entkam es mir.

Kalinka meinte: »In einer guten Ehe muss es in Bett und Küche stimmen.«

»Das Kochen musst du mir noch beibringen«, sagte Jelena zu ihrer Mutter, »dann kann nicht mehr viel schiefgehen.«

Die beiden lachten.

Thomas, ich und Helle waren verblüfft über die witzig präsentierte Erotik der Frauen aus Russland. Ich war nicht der erste, der vermutete, dass die Frauen von der Wolga jedes Bett in einen Vulkan verwandeln konnten. Heimlich betrachtete ich den Busen von Kalinka etwas genauer. Es quoll übermütig aus ihrem BH heraus, den sie unter einer gemusterten weißen Seidenbluse trug. Heißes Fleisch, das auf Abkühlung wartete. Die gut geformten und üppigen Kugeln ihrer Brüste drückten sich in der Brustmitte zusammen. Das waren keine Äpfel der Lust, das waren magnetische Melonen der Leidenschaft. Kein Wunder, dass in den Sex-Anzeigen der Wochenzeitungen Augsburger Extra und Stadtzeitung russische Frauen-Namen wie Janina, Tanja und Ivanna schon längst die Michelles und Jennys ausgestochen haben. Im Osten ging nicht nur die Sonne auf, da gingen auch ganz andere Dinge auf.

Jedenfalls konnte die Abkühlung des sinnlichen Köchinnen-Fleisches nicht von mir kommen. Essen macht nicht nur klüger, es macht auch sinnlicher. Da ist ein Zusammenhang von der Natur hergestellt worden, dachte ich. Der Borschtsch hatte meinen Körper vom Magen aus erhitzt. Ich kühlte meine Lustgefühle ab. Mit einer eilends herbeigerufenen geistigen Projektion von Iris im Bade-Bikini an meine Gehirnrinde.

»Für meine Jelenischka habe ich heute einen Kuchen gebacken, den sie früher als Kind immer zum Geburtstag bekommen hat«, stellte die Mutter einen vogelförmigen Kuchen auf den Tisch. »Dieser Vogel soll gut auf dich, auf dein Kind und auf Thomas aufpassen«, wurde sie wehmütig. Ich erschrak innerlich, als ich sah, dass sie für die Augen zwei rote Johannisbeeren in den mit Puderzucker bestäubten Vogelkopf links und rechts hineindrückte. Konnte dieses Ritual mit der Leiche im Fuggerei-Teich zusammenhängen? Was wollten die Mörder damit sagen? Dass der Tote nicht genügend aufgepasst hatte? Oder dass er zu viel gesehen hatte?

Nach dem allseits gelobten Essen räumten Kalinka und Jelena ab. Thomas drückte Jelena fürsorglich auf ihren Platz und half dafür mit.

Frau Moser durfte ins verqualmte Zimmer der Oma. Helle und ich gingen hinterher. Frau Moser öffnete sofort die Fenster.

»Sie sollten doch nicht so viel rauchen«, ermahnte sie die Großmutter.

Jelena räumte das Tischchen ihrer Oma ab, die unter ihrem Sessel Karten heraufholte.

»Ach, was, wo Rauch ist, da ist auch Feuer«, kicherte die Oma. Neben ihr stand ein Fläschle und ein Gläsle. Sie hatte einen noch mächtigeren Busen als ihre Tochter. »Wie geht es Ihrem Sohn, Frau Moser?«

»Beim letzten Mal haben Sie doch gesagt, dass es bei ihm bald eine Veränderung geben würde.«

»Richtig, das war wegen der Karo-Sieben neben dem Herz-König.«

Die Oma rutschte in ihrem Sessel ein wenig herum – es handelte sich um Zehntelmillimeter – und machte es sich bequem: »Nach einem guten Essen ist der Mensch klüger.« Sie bat Frau Moser einen gepolsterten Stuhl zu nehmen, damit sie sich gegenüber setzen konnte. Wir mussten das Licht ausmachen und zwei Kerzen auf dem kleinen Tischchen anzünden. Die Zigarettenspitze lag achtlos im Aschenbecher, die letzten Millimeter Tabak verglühten mit etwas Rauch.

»Was ist Ihrem Sohn denn passiert?«, wollte Jelenas Oma wissen.

»Gestern hat er mir seine Volkstanzstrümpfe gebracht. Ich muss sie ihm flicken. Neue sind teuer. Er hat jetzt beim Volkstanz eine neue Partnerin, eine nette Frau, deren Mann vor einiger Zeit verstorben ist.«

Frau Moser erzählte uns von der bösen Schwiegertochter, die ihr den Sohn mit unerklärlichen Tricks weggenommen hat. Ein furchtbar fettes Weib. Hässlich wie eine Kröte. Wäre er doch lieber ledig geblieben, als diese. Die zwar ein eigenes Zimmer für ihre sechs Katzen hätte, aber ihrem Sohn keine Brotzeit in die Arbeit mitgibt. Die lieber mit ihrer Freundin, einer Nonne, die um ihre Entlassung aus dem Kloster bat – wer weiß warum, man kann es sich fast denken – unterwegs ist, als ihrem Mann die Volkstanzstrümpfe zu stopfen.

Jelenas Oma mischte die Karten, legte sie aus. »Schauen wir mal, was sich bei Ihrem Sohn tut«, sprach die Oma, die nichts dagegen hatte, dass

Helle und ich aus dem Dunkel des Zimmers zuschauten. Frau Moser bekam uns vor Aufgeregtheit sowieso nicht mit.

»Herz König, das ist ihr Sohn, ein verheirateter Mann.«

»Aber unglücklich verheiratet«, ergänzte Frau Moser. »Ich habe es ihm gleich gesagt, dass die nichts für ihn ist.«

Jelenas Oma gab undefinierbare Laute von sich, als sie die Karten in drei Reihen – mit dem Rücken nach oben – auf dem Tischchen auslegte. Dann legte sie eine Karte nach der anderen um. »Hier ist ihr Sohn«, zeigte sie auf den Herz-König. Frau Moser traute sich kaum noch zu atmen. »Jetzt müssen wir sehen, wer in seiner Nähe ist«, flüsterte Jelenas Oma, als wäre es nicht gut, wenn wir alles mitbekämen.

»Links neben Ihrem Sohn ist die Pik-As, aha, rechts von ihm ist die Herz-Zehn, über ihm, hoppla!, die Kreuz Dame und unter ihm, aha, sowas, sowas, die Pik-Acht.«

»Was bedeutet das?«, flüsterte auch Frau Moser, die gespannt den Finger der Oma beobachtete, der ab und zu auf die Karten hinunterstach, als wolle sie da irgendwelche Dämonen aufspießen.

»Da braut sich was zusammen«, hob die Oma ihren Blick nicht von den Karten. »Da braut sich einiges zusammen.«

Helle wurde aufmerksam.

»Pik-As steht für eine Gerichtsklage. Die Pik-Acht steht für Ereignisse in den Abendstunden, die Herz-Zehn deutet auf einen schöpferischen Impuls hin und die Kreuz-Dame ist eine Frau, die gern zu Diensten steht.«

»Haut alles hin«, freute sich Frau Moser. Sie rieb sich die Hände, mit Blick auf ihr Orakel, eine Geste, die sie wohl der Schicksalsgöttin abgeschaut hatte. »Die neue Tanz-Partnerin, die hat sich schon angeboten, meinem Sohn die Strümpfe zu stopfen, das wollte er aber nicht, wegen mir, sagte er, damit ich nicht beleidigt bin, er hätte sonst kaum einen guten Grund mehr zu mir zu kommen, ich habe nämlich zwei Söhne, einer ist Pilot in Frankfurt, der hat natürlich nie Zeit mich zu besuchen, und sie lernen gerade einen neuen Volkstanz, das ist der schöpferische Impuls, da kommen sich die bestimmt näher, ich wünsche es ihm so, meinem Anton, diese Schreckschraube hat er doch nicht verdient, die nimmt ihn doch nur aus, Kinder bekommt sie auch keine von ihm, wie auch, wer will schon mit einer hässlichen Kröte schlafen, der Volkstanz ist immer abends, das haut auch hin, sie, also, die neue Partnerin, hat meinen Sohn gestern heimgefahren, das macht man doch nicht, wenn man kein Interesse an einem hat, das haut auch hin, und was war noch?« Wieder die Schicksalsgöttin-Geste.

Beinahe hatte sich Frau Moser die Karten völlig selbst gedeutet. Nach ihren Wünschen und Träumen.

»Die Gerichtsklage«, sinnierte Kalinka über der Pik-As.

»Das ist die Nonne, die prozessiert gegen ihr Kloster, die will einen hohen Schadensersatz, wegen eines angeblichen Unfalls, da ist sie die Zeugin, die Frau von meinem Sohn, das haut auch hin. Das sind doch zwei Schwindlerinnen. Die halten zusammen.«

»Wenn die erwischt werden, dann wandern die vielleicht nach Aichach und ihr Sohn hat freie Bahn mit seiner neuen Volkstanz-Partnerin«, legte ich ein wenig großzügig die Karten für Frau Moser aus. Aichacher Seelen, so hätte ich das Brot nennen können, das wir im Augsburger Knast um sechs Uhr dreißig zum Frühstück oder um sechzehn Uhr dreißig zum Abendessen bekamen. Vom Kalfaktor mit der Zange auf unsere verhauten Küchenbrettchen. Dieses JVA-Brot war von den weiblichen Gefängnis-Insassen in Aichach gebacken worden, erzählte mir Herr Ärger vom Augsburger Knast. Älteren Damen sollte man mit guten Nachrichten das Leben angenehm gestalten. Helle schaute mich nachdenklich an. Überlegte er, was einem alles mit Tanz-Partnerinnen passieren konnte? In der Vergangenheit und in der Zukunft?

»Was ist denn hier los? Eine Geisterbeschwörung? Mamatschka, legst du Frau Moser schon wieder Karten, hoffentlich nichts Schlechtes?«

»Nein, nein, das haut schon hin, sie hat nur gute Nachrichten für mich. Ich freu mich so für meinen Sohn. Der kann sich doch gegen diese fette Kröte nicht wehren. Die ist ihm doch über«, winkte Frau Moser ab.

»Ich habe den Samowar in der Küche aufgestellt. Möchtet ihr den Tee etwas süß oder viel süß?«, wollte sie von uns wissen. In einer Hand hielt sie die Zuckerschüssel. Mit der anderen Hand schaltete sie das elektrische Licht im Wohnzimmer ein. Dabei fiel ihr die Zuckerschüssel aus der Hand. Helle und ich bückten uns, aber wir wussten nicht, wie wir den Zucker auf dem Teppich wieder in die Schüssel zurückbringen konnten. Dafür wusste der Busen von Kalinka nicht, wie er in der Bluse bleiben konnte. »Ihr müsst dann auch meinen Johannisbeerenlikör probieren«, sagte Kalinka. Ich dachte mir nicht viel dabei, schließlich war ich doch für diese Tamara vorgesehen. Die unzähligen weißen Zuckerkörner, die sich auf dem Wohnzimmerteppich ausgebreitet hatten erinnerten mich mit ihrer Form an eine Blume. An eine Silberdistel? Nein, eher an eine silberne Sonnenblume. Zucker-Susi erinnerte mich an Jelena. Danke. Als ich den Perlach-Mörder jagte, verknallte ich mich unsterblich in Monika Suliarso, die Perlachturmwächterin aus Georgien. Es war aber eine sterbliche Liebe gewesen, wie das Leben mir bewiesen hatte.

Kalinka drückte Helle eine Kehrschaufel in die Hand. Ich war nicht mehr anwesend. Mit dem Handbesen kehrte Kalinka den ausgeschütteten Zukker auf Helles Kehrschaufel. Wie konnte Helle noch was erkennen? Jelenas Busen verdeckte seine Sicht auf das Geschehen am Boden völlig.

Thomas und Jelena gesellten sich zur Oma. Sie wollten wissen, was die Zukunft für ihren Sohn bereit halten würde.

Ich brachte Frau Moser zu ihrer Wohnung.

»Was ist das für ein Gefühl, für ein Zustand, wenn ihr wisst, dass Ihr bei uns nicht besonders willkommen seid?«, fragte ich Jelena, die sich im Wohnungsflur wohlig in Thomas Arme kuschelte.

»Schön ist das nicht. Wir waren in Russland als Deutsche keine wohlgelittenen Bürger, und hier sind wir es auch nicht. Aber in Russland waren wir mehr der Willkür ausgesetzt.«

»Wer hört es schon gerne, wenn Russen als Schädlinge bezeichnet werden«, sagte Kalinka lakonisch.

»Wie das?«, wunderte sich Helle.

»Manche Deutsche sagen heute noch zum Ungeziefer Russen.«

»Ahja, meine Großmutter auch«, erinnerte sich Helle.

»Warum seid ihr dann zu uns gekommen?«, wollte ich die wahren Gründe für ihre Auswanderung wissen.

»Hier ist die Zukunft wenigstens planbar. In Russland war ständig ein Chaos. Politisch und wirtschaftlich. Es ist furchtbar, wenn man sich keine schöne Zukunft ausmalen kann. Das hält man nicht aus. Man will einfach nur weg.«

»Aber wird man nicht in zwei Teile gerissen? Alte Heimat, neue Heimat?«

»Das tut weh, sicherlich. Wir versuchen das mit Arbeit, mit Geld, mit Autos, mit Schmuck, mit Wohlstand, mit der Karriere zu kompensieren.«

»Das kann auch schief gehen«, sagte ich. Ich verspürte es gerade am eigenen Leib. Wenn ich mir diese Wohnung anschaute, war ich im Rennen nach Wohlstand gerade etwas abgeschlagen. Aber das war ganz alleine meine eigene Schuld. Ich hatte mit keiner Wirtschafts-Krise gerechnet. Aber da war ich nicht der einzige. Doch wenn du keine Eltern mehr hast, die dich auffangen können, dann wird der Gerichtsvollzieher dein häufigster Gast.

»Unsere Vorfahren, die nach Russland gingen, die wurden mit Land dorthin gelockt. Dann wurden wir zu Eindringlingen und Räubern erklärt, besonders wenn wir Deutsche mehr besaßen, da kamen Neidgefühle hoch, die in Hass gegen uns umschlugen, besonders als die Deutschen den Russen den Krieg erklärten.«

»Das waren sicher harte Zeiten«, nickte ich verstehend.

»Wir wurden umgesiedelt. Man nahm uns Russland-Deutschen Haus und Hof weg. Wir waren manchmal direkt vogelfrei. Wer weiß, was dem Putin und seinen Nachfolgern wieder einfällt, ob wir ins kälteste Sibirien umsiedeln sollten. Diese Unsicherheit, die kann einen wahnsinnig machen. Lieber bin ich hier ein Underdog als dort drüben wie ein tollwütiger Hund behandelt zu werden.«

»Unser Kind, das wird hier schon ziemlich normal aufwachsen.«

»Einige schaffen es nicht besonders gut, sich bei uns einzuleben«, sprach ich die Problem-Fälle an. »Vor allem die Jugendlichen, die sich ihren Platz in unserer Gesellschaft mit Gewalt erkämpfen wollten.«

»Das ist für die so schwierig, die Eltern sind keine Autorität mehr, die Arbeitslosigkeit zermürbt sie, die goldenen Trauben hängen viel höher als vorgestellt und versprochen, sie suchen sich Anerkennung in Cliquen und Banden«, versuchte Kalinka die Misere der Deutsch-Russen zu analysieren. »Und die Trinkerei.«

»Es wir aber einiges getan, um die Jungen hier zu integrieren. Denk doch nur an diese Smena-Sache vor ein paar Tagen, als wir von Cirkus Nikulin im Goldenen Saal eingeladen waren zur Preisverleihung des ersten deutsch-russischen Jugendpreises«, berichtete Jelena. »Meine Mutter singt nämlich im Chor der Landsmannschaft der Deutschen aus Russland.«

»Und Jelenas Großonkel Professor Gennadij Kaganovich spielte am Klavier, das war einfach wunderbar«, schloss Kalinka sich zurückerinnernd die Augen, um nochmal die tanzenden Finger auf den schwarzen und weißen Tasten zu sehen, die die magischen Töne entstanden ließen. Russen stehen auf Klassik, das ist bekannt. „War doch witzig, dass er den Hummel-Flug von Rimski-Korsakow gespielt hat.«

»Ja, das war eine gelungene Anspielung auf den Augsburger Sozialreferenten Dr. Konrad Hummel, der sich um uns kümmert. Mir hat übrigens gefallen, was dieser Dr. Konrad Hummel gesagt hat, und zwar, dass die jugendlichen Aussiedler mit ihren Wünschen und Träumen, mit Eigeninitiative und Selbstorganisation auch selbst für ihre Integration in der Augsburger Bevölkerung sorgen können, dass wir alle zusammenhalten und mithelfen müssen«, beendete Jelena ihren sozialpolitischen Vortrag, der auch Helle nicht unberührt ließ.

»Wie sind eure Vorfahren eigentlich nach Russland gekommen?«, ging er der Sache auf den Grund.

»Die sind vor langer, langer Zeit nach Russland ausgewandert«, sagte Kalinka.

»Ausgerechnet nach Russland? Warum?«, blieb Helle dran. Der Hauch der Geschichte umwehte ihn. Er richtete sich gerade auf.

»Ihnen wurde dort Land versprochen, sie leisteten auch eine Art Entwicklungshilfe in Handwerk und Technik«, sagte Kalinka.

»Ich seh schon, das ist ein längeres Thema«, sagte ich. »Aus diesem Stoff ließe sich wohl ein Buch machen«, kam der Verleger in mir durch.

»Aus unserem Schicksal ließen sich viele Bücher machen«, meinte Kalinka.

»Hast du das gehört?«, stupfte mich Helle an.

»Ja, ja, schon gut, da müssten wir aber viele Gespräche dazu führen«, sagte ich.

»Dann kommt doch mal wieder vorbei, ihr weißt ja, mit Gastfreundschaft haben wir niemals Probleme«, lächelte Jelena.

Sie nahm Thomas beim Arm und sie verabschiedeten sich. Sie hatten Karten zur Eröffnung der *Unabhängigen Filmtage* im Mephisto-Kino.

»Ich zeige euch die Fotos von meiner Familie, wie wir in Russland lebten«, erhob sich Kalinka. »Wo habe ich denn das Album, ich glaube im Schlafzimmer, ganz oben auf dem Schrank.«

Die Frauen und ihre Familienfotos. Immer das gleiche, sie versenken sich einfach zu gern in ihre Erinnerungen, in ihr persönliches Atlantis. »Helfen Sie mir bitte, damit ich das Album vom Schrank holen kann«, fragte Kalinka den sofort eifrig aufspringenden Helle. Er ging mit ihr ins Schlafzimmer, aus dem ihre Stimmen zu hören waren. Die wurden allmählich leiser. Ab und zu machten mich laute Lacher und Seufzer darauf aufmerksam, dass sie im Schlafzimmer waren und blieben. Sollte ich Helle allein mit Kalinka lassen? Mich allein auf die Socken machen? Wäre wohl das beste. Verdammt, dieser Helle kümmerte sich Null um die Frauen – und sie standen Schlange bei ihm. Das packte ich nicht.

Ich blickte auf den Strauß mit den Iris-Blumen. Ich überlegte mir, wie ich zu der Wohnung von Iris kam. Und wenn sich mir ihr Ex in den Weg stellte, was dann? Dann, ja dann rumpelts halt mal im Karton. Ich hatte schon ganz andere Bürschchen besiegt. Ich musste es ja nicht gleich wie der eine im Gefängnis machen, der seinen Nebenbuhler mit einer Bierflasche halbtot schlug. Das war zu lange gesiebte Luft. Das Schlimmste war doch ein Dasein ohne Frau, das war mir im Knast klar geworden. Auch wenn laut Vorschrift pornografische Schmierereien an der Wand verboten waren, waren in den Holzschränken der Gefangenen genügend monströse Geschlechtsteile wie in einem Panoptikum der Triebe zu bestaunen. Irgendwann musste dieser Iris-Ex es erfahren, dass ich sein Nachfolger war. Vielleicht sein direkter – wenn ich mich beeilte.

Ich hörte eine Frauenstimme rufen. Aus dem Wohnzimmer. »Kalinka, Kalinka, wo bist du?«

Es war die Stimme der Oma, die wenig später in ein Schnarchen überging. Weil ich mich verdünnisieren wollte, öffnete ich die Türe zum Schlafzimmer einen Spalt. Falls die da drin immer noch das Foto-Album studierten konnte ich mich ja mit einer Ausrede verabschieden. Ich sah durch den Türspalt zwei Rücken nebeneinander liegen. Angezogen. Nur die Bluse von Kalinka war etwas hochgerutscht. Ich lauschte. Sie redeten nicht. Sie schliefen. Ich war beruhigt. Wenn Kalinka es noch schaffen würde Helle zu verführen, dann würde ich ins Hochsauerland auswandern. Helle war doch nur für Brauereien, aber nicht für Sauereien zu haben. Davon war ich hundertpro überzeugt. Ich schloss die Schlafzimmertüre. Meine Suche nach Euros ergab, dass ich nicht genügend eingesteckt hatte, um mit dem Taxi heimzufahren. Zu Iris war es noch weiter. Hielt hier im Uni-Viertel ein Nachtbus? Bestimmt, aber wo? Ich musste also auf Helle warten, damit wir gemeinsam unsere Heimfahrt finanzieren konnten. Außerdem konnte ich meinen Freund doch nicht im Stich lassen.

Ich blätterte gelangweilt in der deutsch-russischen Abendzeitung für Bayern. Sie bestand hauptsächlich aus kyrillischer Schrift und Bildern. Wie sollte ich das werten? Wollten die Spätaussiedler kein Deutsch lesen?, oder konnten sie kein Deutsch lesen?, oder wollten sie zweisprachig lesen, was ja kein Nachteil war, wenn man an die Geschäfte mit dem Osten dachte.

Von der ersten Seite aus lachte mich der Augsburger SPD-Landtagsabgeordnete Dr. Linus Förster aus einer bezahlten Anzeige an, mit der er wohl beweisen wollte, dass er sich um die Deutsch-Russen kümmerte. Alles auf kyrillisch, von den drei roten Buchstaben SPD abgesehen. Ausgerechnet das türkische Geschäft Can hatte am meisten deutschen Text. Ich freute mich über Worte wie »Rückenschmerzen«, »Reisebüro«, »Benzingutschein«,»Winter-Angebot«, »Orgasmus-Party« bei der Viva-Disco und »Bingo-Lotto im Wert von 100,- Euro«, die mir in meinem Schlaftaumel weismachen wollten, dass ich noch in Deutschland war. Die größten Anzeigen stammten von Möbelhäusern. Klar, die wollten sich in ihrem neuen Zuhause einrichten. Die letzten Seiten vertrieben etwas meine Müdigkeit. Bei den Wetternachrichten wehte es einer Frau nicht nur den Schirm weg, sondern auch den dummerweise hinten geschlitzten Rock hoch. Halterlose schwarze Strümpfe waren zu sehen, die ein schönes Stück Schenkelfleisch bis zum schwarzen Slip freilegten. Sofort verbissen sich meine hungrigen Augen in die abgebildete Werbe-Wurst mit den zwei gestreiften Zwiebeltürmchen auf dem Etikett der Firma www.hansa-mag.de vor einem Regenbogen, der zwischen dicht bewaldeten grünen Bergen über der Wurst schwebte. Durch das Wort »Zensiert« mit drei Ausrufezeichen dahinter, wurde ich auf irgendwelche Sex-Probleme der Spätaussiedler aufmerksam gemacht. Was hatte das Bild zu bedeuten, bei dem ein Damenschuh unter einem Bürotisch im Hosenbein ihres Kollegen nach oben wanderte? Oder der kleine Junge der einer Frau den Roch hochhob und seine Blicke für die Sexual-Aufklärung schärfte? Oder die Frau in dem BH, der durch seinen fehlenden Stoff eigentlich nichts hielt, sondern nur versprach. Gut, die nackten Mädchen in Lack, Leder und mit Peitsche am unteren Rand der deutsch-russischen Abendzeitung hatten Telefon-Nummern mit dabei, die waren mit 0190-Nummern für die Hormon-Balance zuständig. Auch eine Art Integrations-Bemühung. Konnte allerdings teuer werden. Aber auch bei den Deutsch-Russen schien es um das gleiche Missverständnis zwischen Mann und Frau zu gehen, zeigte eine Karikatur. Mann und Frau von hinten, er die Hand um sie gelegt. Gedanken-Blasen stiegen von ihren Köpfen hoch. Sie träumte von einem Herz. Er auch, nur war sein Herz umgedreht, sah wie ein knackiger Popo aus.

Mein Kopf sank am Küchentisch langsam auf meine vor mir verschränkten Arme. Bevor mich die Müdigkeit völlig übermannte machte ich mir noch einige Gedanken zu Helle und Kalinka.

War Helle ein ganz Schlauer? War er, ohne dass ich es mitbekam, auf Tätersuche? War er, ohne es mir zu sagen, auf den Spuren des Mörders seiner Tänzerin Nadja? War er deswegen mit Kalinka ins Schlafzimmer ausgewandert? Aber wie sollte Helle ohne mich einen Täter von einem Nicht-Täter unterscheiden können? War es nicht so, dass er meistens damit beschäftigt war Dosenbier von Flaschenbier und Fassbier zu unterscheiden? Nun war Helle in die weibliche Zwickmühle geraten, vor der er mich immer gewarnt hatte, folgerte ich. Da war die Aufbau-Wirkung seiner Kneipp-Kur bald verschwunden, wenn er mit der einen zum Tanz-Tee musste und mit der anderen den russischen Supermarkt durchwandern. Jaja, die Weiber und der Suff, die reiben uns Männer uff, kam mir ein Spruch in den Sinn, dessen Ursprung ich nicht mehr lokalisieren konnte. Waren wir Naivlinge in ein russisches Bordell gelockt worden, das sich im Uni-Viertel als biedere Wohnung mit Oma tarnte? Wollte uns die russische Mafia günstigerweise zu zweit erledigen? Sollte uns Kalinka nur aushorchen oder gleich um die Ecke bringen? War da was im Essen gewesen? Ich erkundigte mich bei meinem Magen. Wurde es mir schlecht? Eher im Kopf. Hatte sie uns K.O.-Tropfen in den Borschtsch getan? Thomas' wache Augen, hatten die nicht eher etwas Gehetztes gehabt? Ständig in Furcht vor dem Entdecktwerden. Von wem?

Steckte er über Jelena schon im deutsch-russischen Mafia-Sumpf? Diese Video-Tamara mit ihrem Kaviar, die konnte auch unter dieser deutsch-russischen Verbrecher-Decke stecken. Aber wie? Sie war auf mich angesetzt, das war sonnenklar. Zumindest klar wie Fleischbrühe. Von den beiden Fettaugen des Zweifels abgesehen, die mich unerbittlich aus dem blutrot gefüllten Teller anstarrten. Es war wie eine Lust am Untergang. Nach dem Untergang hinter dem der ewige Frieden wartete. Ich wehrte mich nicht gegen die Müdigkeit, die mich am Küchentisch im einschläfernden Griff hatte. Ich starrte in die Flasche mit dem Johannisbeer-Likör. Wo schwamm der Flaschengeist, der jeden Wunsch nach Reichtum erfüllte, wodurch aber ein Mensch hops gehen musste? Meine Neugier über den Fortgang der Dinge, der für mich jetzt unaufhaltsam war, führte mich zur Lust des Untergangs. Ich wollte wissen wie die Sache ausging, heute nacht, egal was geschähe. Spürte auch das Treibholz, das die Wellen über den Ozean zu einem unbekannten Strand spülten, diese Lust an einem unbekannten Ziel, diese Lust am Ausgeliefertsein? Wurde meine Seele schon zum Verkauf angeboten, auf dem Markt der Teufel? Mütterchen Russland wiegte meine aufgewühlte Seele in einem Sarg, der einem riesigen bunt bemalten Suppenlöffel glich. Ich schleppte mich nochmal zum Schlafzimmer, schließlich konnte ich meinen Freund in Todesgefahr nicht ohne Hilfe lassen. Ein Blick durch den Türspalt offerierte mir zwei schlafende Menschen auf einem Doppelbett. Zwischen ihnen einige Foto-Alben. Helle und ich waren Seelenverwandte, deswegen musste er auch einige Dinge erleben, die ich erlebte, kombinierte ich. Ich suchte wieder den Küchentisch, auf den wieder mein Kopf sank. Sie würden mich schon wecken. Aus dem Wohnzimmer drangen die Geräusche des Fernsehers. Sicher war die Oma davor eingeschlafen.

Ich wachte auf. Schreckte hoch. Ich war am Tisch eingeschlafen. Mein Schädel brummte. Eine volle Johannisbeerlikör-Flasche stand vor mir. Wie das? Wir hatten sie doch längst ausgetrunken? Es war die zweite, oder dritte. Helle und Kalinka unterhielten sich über Kaviar. Ganz brav saßen sie da. Auch die Namen Nadja und Bad Wörishofen fielen. Kein Verbrechen weit und breit. Ich war gespannt, was Helle alles rausbekommen hatte. Später, wenn wir lebend aus der Wohnung entkommen waren, würde ich ihn danach fragen.

»Ich habe euch ein Taxi gerufen«, sagte Kalinka.

»Prima«, sagte Helle. »Und vielen Dank für das hervorragende Essen. Wir werden uns revanchieren.«

»Das hoffe ich schwer«, sagte Kalinka, die nun ein dunkelgrünes Polo-Hemd trug. »Ihr müsst uns öfters besuchen. Unsere Oma ist richtig aufgeblüht. Wollt ihr zum Abschied noch ein Gläschen?«

»War super!«, brachte ich noch heraus. Mein Kopf war schwer wie Blei, mein Körper wusste längst nicht mehr, dass ich sein Chef war. Noch ein Glas Johannisbeerlikör, dann würde ich in Kalinkas Toilette übernachten. Ich war erstaunt, dass wir so einfach aus der Wohnung entweichen konnten. Da stimmte doch was nicht. Wollten sie uns im Taxi wo hintransportieren? Im Wald abknallen wie räudige Hunde? Wieder hob die Hydra des Verdachts ihre Köpfe. Wieder öffnete mein Verfolgungs-Wahn nach und nach die ineinandergeschachtelten russischen Püppchen, bis zur letzten, in der ein Fragezeichen mit blutroter Fratze mich anfiel. Kaum war ich ein wenig in die russische Welt eingetaucht, sagte ich mir, schon vermischten sich Phantasie mit Wahn, Melancholie mit Euphorie, Draufgängertum mit Feigheit. Mir wurde klar, dass nichts klar war.

Kapitel 13

Auch in einer Fuggerei-Wohnung kann es ein verstopftes Rohr geben / Eine Frau liest nebenbei Rainer Maria Rilke / Wieso beschwert sich der Mann aus der Finsteren Gasse

Eines Tages, wir reparierten gerade die wackelnden Fensterläden des Fuggerei-Museums in der Mittleren Gasse Nummer 13, verließen auf der anderen Gassenseite ein Mann und eine Frau das Haus. Die Frau mit einem dunklen Kopftuch, das die Haare vollständig verbarg, verabschiedete sich von ihrem Mann. Dann kam sie auf uns zu.

»Wenn Sie haben Zeit, Sie bei uns in Haus schauen, stimmt was nicht mit Abfluss – ist sich verstopft.«

Schon wieder Russen.

»Wenn wir hier fertig sind, dann schauen wir gern zu Ihnen«, antwortete mein Chef.

Hatten die auch eine Sau in der Badewanne geschlachtet? Diese Deutsch-Russen hatten eigenartige Sitten und Gebräuche, ich war in dieser Hinsicht auf alles gefasst.

Wir gingen dann hinüber zu der Wohnung der Frau. Sie erwartete uns schon. Sie war geschwätzig. Dass sie aus der Ukraine kommt, mit ihrem Mann und ihren Kindern. Zwei Söhne und eine Tochter. Die Tochter sei leider an einem falschen Medikament gestorben. In einem Krankenhaus in Kiew. Die Ärzte dort seien Pfuscher. Alle seien dort korrupt. Das meinte auch ihr Mann. Sie zeigte uns an einer Wand ihres Wohnzimmers ein verblassendes Farbfoto ihrer Familie im Format 13 x 18. Eingerahmt von kleinen bunten Leuchtbirnchen. Zehn Jahre alt. Aufgenommen in Kiew als ihre Tochter noch lebte. Ich ging näher an das Foto. Zu sehen waren die Frau, zwei junge Männer, ein dicklicher Mann und eine junge Frau, die unglücklich verstorbene Tochter. Mein Blick saugte sich an dem Gesicht der Tochter fest. Die Tochter der erzählenden Frau erinnerte mich an Iris. Jetzt betrachtete ich mir auch die beiden jungen Männer genauer. Einer sah dem Typen ähnlich, der hinter mir her war, dem ich einen Kopfverband verpasst hatte. Konnte der andere dieser augenlose Karel sein? Das überstieg meine seelischen Kräfte, mir neben dieser Frau die Augen ihres Sohnes wegzudenken.

»Genau an ihrem zwanzigsten Geburtstag ist sie verstorben«, begann die Frau einen jammernden Ton anzuschlagen. Tränen waren nicht fern. »Sie haben sie umgebracht. Gott ist unser Zeuge. Unsere arme Babuschka.« Sie suchte nach dem Zeitungsartikel, der über den Tod ihrer Tochter berichtete.

Während mein Chef mit der Frau zum verstopften Abfluss beim Waschbecken ging, in dem schlecht eine Sau geschlachtet werden konnte, betrachtete ich den Mann auf dem Familienfoto an der Wand genau. Besonders die Hosenträger, die er über dem Hemd trug, die verwandelten meine Augen in spähende Schlitze. Das war dieser Mann, der mit den Zwanzig-Euro-Scheinen als Trinkgeld um sich warf, wenn eine Kellnerin seiner Tochter ähnelte. Was machte ein armer Mann aus der Fuggerei am Tisch von zwei kriminellen Russen und einer Chefsekretärin, rätselte ich still. War die Fuggerei seine Maske? War er kein armer Mann? War er ein Banden-Boss? Das musste ich möglichst bald Sara Insagg melden.

Das tat ich auch. Die Kommissarin kam daraufhin in meine Fuggerei-Wohnung. Sie zeigte mir ein kleines Gerät. Ein Abhör-Mikrophon. Eine Wanze, wie die Experten der geraubten Worte das winzige Ding zu nennen pflegen. Nicht mal so groß wie ein 1-Euro-Stück. Das sollte ich in der Wohnung der Familie aus der Ukraine unbeobachtet anbringen.

Ich summte die Anfangstakte von Mozarts *Kleiner Nachtmusik* als ich nochmals in die Mittlere Gasse ging, in der einst der Maurermeister Franz Mozart wohnte. Der Urgroßvater des berühmten Wolfgang Amadeus Mozart. Heitere Klassikmelodien machen mich sicherer. Die geschwätzige Frau war anwesend. Ihr Mann nicht da. »Ach, er muss oft betreuen Freunde aus alter Heimat«, seufzte sie. »Dauernd er ist unterwegs. Manchmal viele Tage.«

Ich gab vor, dass ich in der Toilette noch eine Kleinigkeit zu erledigten hatte. Ich schaute mich in der Wohnung um. Wo konnte ich die Wanze platzieren? Sie hatte einen selbstklebenden Rücken. Ich musste sie nur an eine glatte Stelle drücken, an der sie nicht gesehen werden konnte.

»Wie alt sind denn jetzt Ihre Kinder?«, stellte ich mich vor das Familienfoto.

»Igor ist jetzt achtunzwanzig, Karel fünfundzwanzig und unsere Agafja wäre diesen Dezember dreißig geworden. Sie war so ein hübsches und braves Mädchen. Mein Mann hat sie vergöttert.« Mit den Worten »ich habe jetzt diesen Zeitungsartikel über meine Tochter gefunden, warten Sie«, zog sie die oberste Schublade aus der Kommode heraus und kramte darin umher.

Schnell klebte ich die Wanze hinter das Familienfoto. Ich musste es nur auf dem großen Nagel, an dem es hing, etwas nach vorne ziehen.

Der Artikel war sogar auf deutsch. »Der gute Bote« hieß die Zeitung für Deutschstämmige in der Ukraine. Sie wollte, dass ich mich beim Lesen des Artikels hinsetzte. Sie stellte mir einen Bäeerenwein hin. Süß und dick war der. Fast wie Sirup. In dem Bericht standen dieselben Vorwürfe gegen die Ärzte, die schon die Frau zum Tod ihrer Tochter geäußert hatte. In meiner Fuggerei-Wohnung ließ die Kommissarin nach meiner erfolgreichen Verwanzungs-Aktion von einem Polizei-Techniker ein Empfangsgerät aufbauen. Zwei Kopfhörer wurden angeschlossen. Die Kommissarin und ich setzten uns die Kopfhörer auf. Wir hörten zwei Stimmen. Der Mann war wieder zurückgekommen. Sie sprachen ein Gemisch aus deutschen und russischen Wörtern. Wir verstanden kaum was.

»Ich werde Ihnen unseren russischen Dolmetscher vorbeischicken«, sagte die Kommissarin. »Lassen Sie ihn bitte in Ruhe arbeiten. Kümmern Sie sich am besten nicht um ihn. Er kommt in der Frühe und geht abends wieder.«

»Und nachts? Wer hört nachts zu?«

»Das können Sie machen, wenn Sie nicht einschlafen können«, meinte sie grinsend. »Wir haben nicht genügend geeignetes Personal, um pausenlos abzuhören. Vielleicht erfahren Sie ein paar interessante Dinge aus dem östlichen Liebesleben?«, schaute sie mich frech an.

Mir hätte zu dieser Zeit schon ein tröstliches Liebesleben genügt.

Am nächsten Morgen kam der Dolmetscher. Tamara Rubitsch, eine Dolmetscherin. Sie hatte einen schwarzen Pagenkopf. Angezogen war sie leger. Unter ihrem Mantel trug sie Jeans und Pulli. Ihre Bewegungen waren schnell und gezielt. Keine Bewegung zu viel. Sie fackelte nicht lange, ließ sich von mir die Abhöranlage in einer kleinen Kammer zeigen. Dort platzierte sie sich mit Laptop, Handy und einer Thermosflasche. Ihr Gesicht kam mir irgendwie bekannt vor. Aber nicht besonders. Ich machte mir nicht viel Gedanken, woher ich sie kennen konnte. Da gab es viele Möglichkeiten, wenn man über dreißig Jahre in der gleichen Stadt wohnt, dann kennt man halt die

Hälfte der Bevölkerung. Ich sprach sie nicht darauf an. Sie schien auch keine große Lust auf Unterhaltungen zu haben. Vielleicht sah sie auch nur jemandem ähnlich. Sie hatte die ganze Zeit von acht bis siebzehn Uhr an der Abhörstation die Kopfhörer auf. Ihr Aschenbecher quoll ständig über. Ihr Kopf war stets von einer Qualmwolke umgeben. Durch ihre langen roten Krallen wanderten in einem Arbeitstag zwei Schachteln Zigaretten. Neben dem Notizblock hatte sie ein Buch liegen, in dem sie anscheinend las, wenn im Kopfhörer nichts aus der verwanzten Wohnung zu hören war.

Samstags und sonntags kam sie nicht. Ihr Buch ließ sie aber liegen.

Es war ein fetter Gedichtband von Rainer Maria Rilke. Ich blätterte darin. Auf dem Klappentext war zu lesen, dass Rilke von 1875 bis 1926 lebte und auch den russischen Autor Tolstoi getroffen habe. Zwischen zwei Seiten steckte ein Stück Zeitung. Eine herausgerissene Meldung, allerdings in kyrillischer Schrift verfasst. Rilkes Gedichte waren aber auf Deutsch:

»Lösch mir die Augen aus: ich kann dich sehn,
reiß mir die Ohren ab: ich kann dich hören
und ohne Füße kann ich dich beschwören.
Brich mir die Arme ab, ich fasse dich
mit meinem Herzen wie mit einer Hand,
halt mir das Herz zu, und mein Hirn wird schlagen,
und wirfst du in mein Hirn den Brand,
so werd ich dich auf meinem Blute tragen.«

Diese Rilke-Zeilen hatten eine Überschrift mit einer kyrillischen Handschrift, die von einer roten Kugelschreiber-Mine stammte. Hatte Tamara diese Zeilen gelesen, weil ihr die Kommissarin mitgeteilt hatte, dass es um ein augenloses Mordopfer geht? Oder war es nur Zufall? Tolstoi, wie hieß der eigentlich mit Vornamen?, hatte Bücher wie »Krieg und Frieden«, »Kreutzersonate« und »Auferstehung« verfasst. Werke, die sich um Totschlag, Mord, Selbstmord, Sühne und die Unerklärlichkeit des Bösen drehten. Wie bei vielen russischen Schriftstellern von Dostojewski, Puschkin bis Tschechow mit seinen »Drei Schwestern«, die von Moskau wegziehen müssen und in der Provinz leiden, dahindämmern und sich nach ihrem Moskau sehnen. Ihre Vornamen kannte ich alle nicht. Sehnten sich die Deutsch-Russen auch nach ihrer Heimat? In meiner Jugendzeit hatte ich viele russische Schriftsteller gelesen. Sie konnten das Innenleben der Menschen einzigartig beschreiben. Das Elend der dunklen Seele und rauschhaftes Glück eines glühenden Herzens. Verrückt gemacht haben mich die Namen der Personen in den russischen Romanen. Die waren ellenlang, hatten eine ungewohnte Buchstabenfolge, waren schwierig zu merken und ähnelten sich meistens. Ich brachte dadurch die Personen oft durcheinander. Aber immer wenn ich das Buch eines russischen Autors in die Hand nehme, dann erscheinen vor meinem geistigen Auge weite Landschaften, Leibeigene mit Lumpen an den Füßen, prächtige Schlitten, Häuser und Kirchen aus Holz, brutale Zaren, endlose Flüsse, vereiste Seen, Wintermärkte im Freien mit tiefgefrorenen Waren, kunstvolle Holzarbeiten, schlammige Dorfstraßen, zusammenwachsende Zuggleise ohne Wiederkehr. Meine Wanderungen in Rußland vollführte ich in meinen Büchern.

An einem langweiligen Sonntag-Nachmittag griff ich nach den Kopfhörern, mit denen Tamara die Wohnung von Igor und Sophia abhörte. Ich schaltete das dazugehörige Gerät ein, das einem Radio ähnelte. Nach einigen Versuchen mit Knöpfen, Schaltern und Schiebern hörte ich zwei russische Männerstimmen. Sie kamen mir beide bekannt vor. Eine war Igors Stimme. Die andere konnte ich nicht gleich einer bestimmten Person zuordnen.

Die Namen Nadja, Tamara, Lara, Bad Wörishofen und Vitalis fielen öfters in dem Gespräch, das sich wie ein Bericht anhörte, der von dem Mann mit der jüngeren Stimme vorgetragen wurde. Die ältere Stimme brummelte dazu lobend. Auch das Wort Ikra fiel zwischendurch. Ich grübelte über den Zusammenhang dieser Worte. Hing das mit dem Tod von Nadja zusammen, Helles Kurbekanntschaft? Schnell setzte ich die Kopfhörer ab, als das Gesicht des Fuggerei-Hausmeisters vor meiner Fensterscheibe zu sehen war. Er klopfte dagegen. Es ging um einem Wasserrohrbruch, der sofort zu beheben war.

Die folgende Nacht gingen mir die russischen Männerstimmen nicht aus dem Kopf. Die Abhörspezialistin in meiner Fuggerei-Wohnung hieß doch auch Tamara, das machte mich stutzig.

Als diese am nächsten Morgen erschien, packte ich die Gelegenheit beim Schopf und führte ein belanglos wirkendes Gespräch mit ihr. Ich musste Tamara jedes Wort aus der Nase ziehen. Sie war aus Kasachstan. Sie kam mit ihrer Schwester, ihrer Mutter und ihrer Großmutter als Deutschstämmige nach Deutschland. Einen Mann schien es in ihrer Familie nicht zu geben. Warum und wieso, dazu verriet sie nichts.

Einmal, als sie sich die Kopfhörer abnahm, weil sie auf die Toilette ging, zog sie sich aus Versehen die Haare vom Kopf. Zum Vorschein kam aber keine Glatze durch eine Chemotherapie-Behandlung, sondern blondgefärbte Haare. Bei mir machte es klick! Mein Bio-Archiv reaktivierte eine Speicherung. Das war das Gesicht dieser Frau, deren Pudel mich unter dem Betondeckel beim Stephinger Berg erschnuppert hatte. Die Frau, die mit einem von der Russen-Mafia wilden Sex auf der Parkbank am Stadtmauer-Spielplatz gehabt hatte. Wie ein Echo erklang dazu in meinem Bio-Archiv die Stimme des dazugehörigen Mannes, den ich bei meiner Abhörattacke belauschte, als er bei Igor gestern den Bericht abgeben hatte. Allerdings ohne das lustvolle Stöhnen.

»Besser, Sie vergessen, wie ich wirklich aussehe«, unterbrach Tamara kühl meine Gedanken. »Keiner, der mich bei dieser Arbeit sieht, soll wissen, wie ich privat aussehe. Sie verstehen?« Mit geübten Griffen hatte sie sich innerhalb weniger Sekunden wieder die Pony-Perücke aufgesetzt. Bei mir machte es abermals Klick. Diese Tamara auf dem Kaviar-Schiff hatte mit der gleichen Bewegung ihre rote Wollmütze auf dem Kopf zurechtgerückt. Nun fiel mir auch die Bedeutung des russischen Wortes Ikra wieder ein. Ikra, das war Kaviar.

Ich verstand. Aber weitaus mehr als ihr lieb war.

Keiner sollte wissen, dass sie mit russischen Verbrechern intimen Kontakt hatte. Mir wurde mulmig. Hatte sie mich schon längst erkannt? Trotz meines verschmutzten Gesichts, als ich schnaufend aus der dunklen Röhre krabbelte? Was, wenn sie ihrem Liebhaber von mir erzählte? Was, wenn dieser erkannte, wer ich war? Bekam sie dann von ihm den Auftrag mich hinterrücks zu erstechen? Oder öffnete sie meinen Mördern heimlich die Türe? Mir wurde bei diesen Gedanken jedenfalls mächtig mulmig, denn wann immer die Kommissarin vorbeikam und sich nach Abhörerfolgen erkundigte, meldete Tamara nichts Verdächtiges.

Während sie auf der Toilette war, versuchte ich mit dem Handy die Insagg zu erreichen. Bei keiner Nummer ging sie ran. Typisch Polizei, immer wenn man sie braucht, ist sie nicht da. Eine SMS-Nachricht würde sie erreichen. Ich tippte folgenden Text in das Handy ein: »Hier Kessler – rufen Sie mich gleich an – Ihre Abhörspezialistin paktiert mit der Gegenseite! Da ist was oberfaul! K.K.« Wie konnte ich die SMS absenden? Dieses Insagg-Handy machte mich verrückt mit seinen unzähligen Menü-Optionen. Ich drückte einige Knöpfe. Ich war kurz davor, es wütend gegen die Wand zu schmeißen. An der Tür klingelte es. Ich legte das Handy irgendwo hin. Ein Mann aus der Finsteren Gasse beschwerte sich über eine klemmende Haustüre. Ich ließ sie mir zeigen.

Ich konnte nicht mehr sehen, wie Tamara meine SMS las, die nicht rausgegangen war, wie ich meinte. Sie löschte die Mitteilung sofort. Ich konnte auch nicht sehen, wie ihre Augen teuflisch glänzten. Wie sie mit ihrem Handy eine SMS absandte.

Kapitel 14

Glühwein wird getestet / Ein Auftrag macht zwei Männer glücklich / Gelbe Namen im jungfräulichen Schnee / Eine Einladung erfolgt / Wie wurde Jakob Fugger wirklich reich?

Wenn ich meine Gänge durch die Fuggerei machte, schaute ich möglichst oft in das Himmlische Fuggerei-Lädle. An den kalten Tagen bediente Iris dort im Café oder verkaufte im Souvenir-Shop. Ich erzählte ihr gleich von meiner neuen Stellung als Helfer des Fuggerei-Hausmeisters. Längere Gespräche blockte sie mit einem distanzierten Verhalten ab. War da ein anderer Mann? War sie ihm bei der Wohnungssuche begegnet? Hatte sie das Verhältnis mit ihrem Ex wieder aufgewärmt? Wegen der Tochter? Alle angedeuteten Fragen in diese Richtung beantwortete sie mit ihrem schweigenden Verschwinden von meinem Tisch in dem kleinen Café-Raum des Lädles.

An einem Freitag-Nachmittag wurde sie gesprächiger.

»Ich war nochmal in deiner Wohnung«, gestand sie mir. »Ich wollte sehen, ob du das Problem mit deiner Gasheizung gelöst hast.«

»Irgendwie schon. Ich wohne jetzt in der Fuggerei«, strahlte ich sie an. »Nicht weit von dir.«

»War das Absicht?«, wollte sie wissen.

»Sowieso«, antwortete ich mit einem verdoppelten Strahlen in ihre Richtung, das kaum steigerungsfähig war.

Sie riss sich davon los. Versuchte Distanz zu gewinnen.

»Ich denke, du kannst so nun besser deinen Harem betreuen«, sagte sie. Lag ein trauriger Ton in ihrer Stimme? Was hatte sie? Sie hatte doch keinen Anlass zu Eifersucht. Gut, ich war nett zu den Fuggerei-Bewohnern, auch zu den weiblichen. Hatte Iris meine Halbtags-Untermieterin, die Abhörspezialistin Tamara, bei mir ein- oder ausgehen sehen?

»Stell dir vor, ich mein, äh, diese neue Sekretärin in der Fuggerei-Administration, diese schwarzhaarige mit der Pony-Frisur, kennst du die auch schon? Kommt die zu euch auch? Ich glaube, sie ist aus der Ukraine, also die sammelt auch unsere Belege ein, fast täglich. Bei euch auch?«, stolperte ich durch einige unvollendete Sätze, die ihr beweisen sollten, dass diese Frau in meiner Wohnung nichts Intimes mit mir zu tun hatte.

»Ich dachte schon, diese Frau, die wohl stundenlang die Belege in deiner Wohnung sucht, chaotisch genug bist du ja, die ist dein neues Foto-Modell für einen FKK-Kalender«, drehte sie sich mit einem auf Verhärtung eingestellten Gesicht um, das wohl ihre verletzten Gefühle nicht zeigen sollte.

Ich verstand nur Bahnhof. Was hatte sie? Ich trollte mich kommentarlos davon.

Am nächsten Tag, ein Samstag, ein arschkalter Samstag am November-Ende, wurde ich schon um elf Uhr wegen einem elektrischen Kurzschluss ins Fuggerei-Lädle gerufen. Iris war da. Ich machte auf großen Schweiger. Tief getroffen von irgendwelchen Missverständnissen.

Ich hörte mir an, dass ihr großer Elektrotopf, in dem sie Glühwein angesetzt hatte, nicht mehr funktionierte. Wahrscheinlich ein Kurzschluss. Die Küche duftete nach dem heißen Getränk für die kalten Wintertage. Mir wurde nicht nur warm ums Herz. Ich schaute mir das Gerät an. Es war nur der Stecker. Er war aus der Steckdose gerutscht. Sie lobte mich so nebenbei, während sie den Glühwein mit einem langen Kochlöffel umrührte und Zukker aus der blauroten Tüte reinschüttete. Zucker-Susi hatte kein Orakel für mich. Doch, »süßer die Glocken nie klingen«, diese Melodie zog sich durch meine geistigen Gehörgänge. Bald war der 24. Dezember, der Heilige Abend. Würde ich ihn diesmal in der Fuggerei feiern? Mit wem?, diese Frage war momentan bei mir tabu.

»Ich bring dir was«, schickte mich Iris ins Café. Ohne viel zu reden setzte ich mich dort an den Tisch.

Ohne zu fragen stellte sie mir eine Haferltasse hin.

»Probier mal, bitte!«

Es war Glühwein.

»Wie schmeckt er dir?«

»Nicht schlecht, ich glaube, da fehlt noch was Kräftiges drin.«

»Mehr Alkohol? Mehr Gewürz? Was meinst du mit was Kräftiges?«

»Wieso? Woher stammt dieser Glühwein?«

»Von mir. Den habe ich nach dem Rezept meiner Oma zubereitet. Ab heute wird bei uns Glühwein verkauft. Kalt genug ist das Wetter schon.«

»Stimmt. Es ist saukalt.« Ich rieb mir dramaturgisch passend mit den Händen ein paarmal die Arme. Ich ließ ein kleines Strahlen durch meine durch sie entstandene seelische Verletztheit dringen. Sie ging wieder in die Küche um ihren Glühwein zu verfeinern.

Helle kam herein.

»Du warst nicht in deiner Wohnung, diese Ta...«, wollte er den Namen meiner neuen Sekretärin und noch was dazu erwähnen.

Konnte er aber nicht. Ich legte blitzartig meinen Finger auf die Lippen. Ich hatte schon genug Ärger mit Iris. Helle schien zu kapieren. Er setzte sich an meinen Tisch.

»Wir haben einen Super-Auftrag bekommen«, freute er sich.

»Wäre nicht schlecht. Den Fuggerei-Kalender für Weihnachten können wir uns abschminken. Du hast einfach zu viel Zeit in Bad Wörishofen vertrödelt.«

Helle schaute mich missbilligend an, als hätte ich ihn völlig zu Unrecht angeklagt. Er schien keine Lust zum Diskutieren zu haben.

»Wir sollen den Prospekt zur AFA machen!«

Das wischte natürlich jeden kleinkrämerischen Wörterkampf vom Tisch.

»Zur Augsburger Frühjahrs-Ausstellung? Wer hat dich von denen angerufen?«

»Der Projektleiter, ein Herr Grosse.«

»Hallo Iris, bitte bring noch ein Haferl zum Anstoßen, ich muss mit meinem Freund was Feiern. Es wird langsam Weihnachten.«

Iris stellte uns ein dampfendes Haferl mit ihrer neuesten Glühweinmischung hin. Helle stellte eine Digicam auf den Tisch.

»Nanu, hast du dir jetzt auch eine zugelegt?«

»Schmarrn, die hast du damals nach Bad Wörishofen mitgebracht, die ist dir ins Wasser gefallen.«

»Auweia, die gehört dem Seibold. Ich muss ihm wohl eine neue besorgen«. Ein paar Euros hatte ich durch meine Fuggerei-Arbeit.

»Du hast Glück, das Ding ist saurobust, die geht.«

»Prima. Dann kann ich sie später dem Seibold bringen.«

»Ich muss aber zuvor noch einige Bilder herunterlöschen«, meinte Helle und zog die Kamera an sich.

Ich stellte Iris meinen Freund und Kollegen vor.

»Nehmen Sie mal einen Schluck«, stellte sie sich an den Tisch und beobachtete, wie Helle vorsichtig am Rand der Tasse die Lippen spitzte, um von dem heißen Gebräu einige Tropfen zu nippen. »Sagen Sie mir ganz spontan, wie Ihnen dieser Glühwein schmeckt.« Helle schaute mich an. Er wollte wissen, ob der Glühwein von Iris war. Er wollte kein falsches Wort sagen. Der Stunk mit dem Bier-Test reichte ihm. Mir auch.

»Sehr heiß!«, stellte er das Haferl ab. »Sauheiß!«

Die Sau ist in Bayern für alles schuld. Für Gutes und Schlechtes, für Schnelles und Langsames, für Kaltes und Heißes.

»Mir gehts um den Geschmack, sagen Sie, würden Sie davon noch ein Haferl trinken? Oder würden Sie davon Sodbrennen bekommen wie von dem Gesöff auf dem Christkindlesmarkt am Rathausplatz?«

»Ein bisschen zu kräftig, der Geschmack, wenn ich Kritik üben darf«, versuchte sich Helle als objektiver Glühweintester.

»Sollen Sie, sollen Sie. Was ich nicht verstehe ist, dass dieser Herr« – sie zeigte auf mich »meinen Glühwein zu schwach findet und dieser Herr« – sie zeigte auf Helle – »meinen Glühwein zu stark findet. Ja, was jetzt? Ich mühe mich hier stundenlang ab, verwende nur Naturprodukte und ihr könnt nur meckern«, machte sie auf dem Absatz einen empörten Abgang in die Küche. Fiel Helle und mir nicht weiter auf. Wir hatten das AFA-Projekt zu besprechen. Dazu stießen wir öfters mit den Glühwein-Haferln an. Iris rührte und würzte weiter an der idealen Glühweinmischung. Ab und zu goss sie einen Schuss Schnaps hinein. Wir durften wieder testen. Glühweintesten macht lustig.

»Jetzt ist er genau richtig, der beste Glühwein der Welt«, lobte Helle das dunkelrote Heiß-Getränk.

»Hey Iris«, wurde ich laut, »in diesem Wein pulsiert dein Herzblut, es macht mich besoffen, Tristan und Isolde hatten nichts Besseres bei ihrer Fahrt in die Zukunft«, wurde ich euphorisch. Noch ein oder zwei Haferl und ich würde Iris meine Liebe gestehen. Mit drei Worten. Von Angesicht zu Angesicht. Oder auf den Knien? Oder an ihrem Hals?

Ein Schwung Touristen füllte das Fuggerei-Café. Wir machten Platz für weitere, die schon hereinspitzelten.

Draußen war schon Schnee gefallen. Ein paar Zentimeter jungfräulicher Schnee bedeckte die gesamte Fuggerei wie Puderzucker. Die Wege zwischen den ockerfarbenen Häuserzeilen, die Dächer der Häuserreihen, die kahlen Äste der Bäume, der Rand des Brunnens in der Fuggerei-Mitte, die Krone der Fuggerei-Mauer wurden Flocke für Flocke mit einer weißen Haut überzogen. Helle und ich gingen, jeder hatte einen Arm um die Schulter seines Freundes gelegt, durch die Gartengasse. Die Flocken fielen zart. Es war feiner Schnee. Schnee, der nicht klebte. Weil es ein kalter Tag war.

»Ich müsste bieseln, dieser Glühwein sprengt meine Blase«, grinste mich Helle an.

»Geht mir auch so.«

Wir waren am platzähnlichen Ende des Fuggerei-Gartens angekommen, hinter dessen Mauer das Meister-Veits-Gässchen vorbeiführt. Helle löste sich aus meiner Umklammerung.

»Dieses Weihnachten könnten wir ja mal zusammen feiern«, wackelte er ein bisschen hin und her. Wie ein Weihnachtsbaum, der keinen ordentlichen Ständer hatte. »Zu viert«, sinnierte er weiter.

»Wir zwei zu viert?«, bezweifelte ich seine mathematischen Kenntnisse nach vier Haferln Glühwein.

»Selbstverständlich«, legte er mir seine Hände auf die Schulter. Er stand fester. Sein Blick wurde eindringlich. »Wir zwei und zwei Frauen. Das wird unser schönstes Weihnachtsfest«, wurde er feierlich. Auf seinen Haaren und Schultern sammelte sich dünner Schnee, der wie Haarschuppen aussah.

»An welche Frauen denkst du dabei? Wegen den Geschenken, meine ich«, wurde ich spöttisch. Helle war voll. Er wusste nicht mehr was er sagte.

»Die Mutter und die Tochter.«

»Damit wir den Weihnachtsbaum mit Sternen aus Alu-Papier schmücken können, deswegen?«

»Und dann zu viert ein Silvester-Menü in Bad Wörishofen«, dachte Helle laut weiter.

Es klang wie ein Offenbarung. Dann erzählte er mir, dass schon mal zwei Schulfreunde von ihm Mutter und Tochter geheiratet hätten. Das sei also nichts Außergewöhnliches. Helle und die Mutter von Sara Insagg? Sind sie sich näher gekommen als ich den Lockvogel-Job in der Fuggerei übernahm? Aha, deswegen hatte er kaum Zeit für mich, und so auch den Fuggerei-Kalender vertrödelt. Das Biergarten-Buch würde auch versanden. Nur der Glühwein hielt meine gute Laune oben.

»Stell dir vor, diese Anna, die wiederum kennt den AFA-Projektleiter Grosse, der ist nämlich ein Mitglied in ihrem Kochclub, und dem hat sie gesagt, dass wir die besten Prospekte machen, weil ich ihr unseren Jubiläums-Prospekt vom Plärrer gezeigt habe«, suchte Helle das Ende seines Satzes.

Mit seinen Fingern suchte Helle bei diesem Vortrag über Vitamin B die Knöpfe, die an der Hose vor seinem männlichsten Teil angebracht waren.

»Wir haben als Kinder immer die Namen unserer Freundinnen in den Schnee gebieselt«, nestelte Helle an seiner Unterhose herum.

»Wir nur Muster«, brachte ich mich als Biesel-Künstler in Stellung. Ich musste einen Reißverschluss aufziehen.

Wir färbten den Schnee gelb. Buchstabe für Buchstabe. Helle begann mit einem N. Ich begann mit einem I. Wir benutzten weiter Großbuchstaben. Kleinbuchstaben sind viel schwieriger in den Schnee zu bieseln. Wir standen einen halben Meter auseinander und kommentierten unsere typographischen Bemühungen. Gut, dass ich keine langen Frauennamen mit meinem weichen Urinstrahl in den Schnee schmelzen musste. Wie gings bei Helle weiter? Es folgte ein A. Bei mir ein R. War er derartig besoffen, dass er kein ANNA zustande brachte? Oder kamen die beiden ersten Buchstaben vor die beiden schon vorhandenen? Ich musste mich auf meine Buchstaben im Schnee konzentrieren. Als ich das gelbe S vollendet hatte, waren hinter mir knirschende Schritte zu hören. Ich verstaute schnell meinen nackten

Schreibstift in der Hose. Helle tat es mir gleich. Ein dicker Mann kam auf uns zu. Er lachte. Er hatte ein Flasche Wodka in der Hand. Es war der dicke Kerl, der Chruschtschow-Typ mit Halbglatze aus dem Haus mit der verstopften Toilette.

»Wir Menschen aus der Ukraine feiern den ersten Schnee mit einem Schluck Wodka und einer guten Suppe«, bot er uns die Flasche mit der durchsichtigen Flüssigkeit an. »Meine Frau hat mich rausgeschickt, sie mag es nicht, wenn ich neben ihrem Suppentopf stehe und ihr sage, wie meine Mutter diese Suppe zubereitet hat.«

»Wir feiern den ersten Schnee mit Glühwein«, witzelte Helle. Stimmte sogar. Mit dem Glühwein und seinen Folgen.

»Sind das die Namen Eurer Freundinnen?«, deutete der Russe auf die gelben Buchstaben im Schnee. »Wem gehört wohl die Iris und wem die Katja? Egal, trinkt, auf den ersten Schnee, Väterchen Frost übernimmt nun die Regierung, nehmt dazu den Wodka von Fuggerei-Igor«, dröhnte die Stimme des dicken Ukrainers, der eine graue Wollweste trug. »Nasdarowje!«

»Das heißt nicht Katja, das soll Nadja heißen«, verbesserte Helle.

»Gott sei ihrer Seele gnädig«, nahm ich einen kleinen Schluck, der nach einem großen ausschauen sollte. Die Russen waren doch schnell beleidigt, wenn man nicht richtig anzog.

»Genau, die meine ich, sie war die beste Tänzerin weit und breit«, sagte Helle.

»Und Anna. Was ist mir ihr?«, fragte ich.

»Die? Die kommt später dran. Die ist ja auch erst nach Nadja aufgetaucht. Wenn die Blase wieder voll ist, dann signiere ich den Schnee für Anna«, grinste Helle der Wodka-Flasche entgegen.

Fuggerei-Igor nahm uns mit in seine Wohnung, Mittlere Gasse, im Haus Nummer 21. Seine Frau trug auch im Haus ihr Kopftuch, nicht im Stil von Moslem-Frauen, eher im Stil der Aichacher Bauernfrauen, wie ich sie vom Augsburger Stadtmarkt her kannte. Er stellte sie uns als Sophia vor. Sie freute sich über uns. Richtig, die russische Gastfreundschaft, bei der man schnell rein- aber kaum noch rauskommt.

»Seit Sie repariert Rohr, keine Probleme mehr, alles gutt! Sie bitte setzen! Igor, los, hol Teller!«, kommandierte sie ihren Mann radebrechend durch die Küche.

Er hatte seine Jacke abgelegt. Ein kariertes Hemd mit Hosenträgern kam zum Vorschein.

»Ich bin bei meinen deutschen Eltern in der Sowjetunion aufgewachsen, Sophia ist eine echte Russin«, erklärte er. »Sie hat ihr bisschen Deutsch von mir gelernt. Meine Eltern legten großen Wert darauf, dass wir neben Russisch auch richtiges Deutsch sprachen.«

Sophias Häppchen, auf einem ovalen Teller angeboten, war etwas scharf. Doch der klare selbstgebrannte Wodka aus der Überkingerflasche, der folgte, brannte jegliche Schärfe aus unseren Därmen.

Wir unterhielten uns mit Igor, der langsam und bedächtig mit dunkler Stimme bestes Deutsch sprach, über die Fuggerei. Er kannte sich aus. Wusste alle legalen und illegalen Tricks von Jakob Fugger und seinen Genossen, wie man zu Geld kommt. Zu viel Geld. Zu Riesen-Reichtum.

»Viele Menschen glauben, die Fugger hätten die Fuggerei für die verarmten Weber als gute Tat gestiftet. Das ist Blödsinn. Absoluter Blödsinn«, äußerte Igor Negatives über die Vorfahren seiner Hausherren.

»Wir haben in Heimatkunde gelernt, dass die Fugger Mitleid mit den Armen hatten, denen sie eine günstige Herberge spendierten«, sagte ich.

»Absoluter Blödsinn«, kommentierte Igor mein Wissen aus dem Heimatkunde-Buch »Mein Augsburg«, das einen Umschlag hatte, auf dem ein kleiner Junge sein geliebtes Augsburg aus Bauklötzchen in einem Karton verstaute – oder auspackte, das war mir nie richtig klar geworden. »Die Fugger, das waren gerissene Geschäftsleute ohne Gewissen.«

»Jakob Fugger wollte doch sogar ins Kloster gehen oder Pfarrer werden«, erwiderte ich.

»Und wenn schon?« Igor hakte seine Daumen im Hosenträger ein. Wir hatten dadurch eine Wodka-Einschenk-Pause. »Die Fuggerei hat der raffinierte Kerl damals gestiftet, weil es ihm an den Kragen ging. Social Sponsoring oder so ähnlich nennen das heute die Konzerne, die Dreck am Stecken haben.«

»Dem reichen Jakob Fugger ging es an den Kragen?«, Helle stieg in einen neuen Pisa-Test ein.

»Sicher, der Pfeffersack machte Geschäfte, die nur den Juden erlaubt waren, die den Christen bei Todesstrafe verboten waren«, grinste Igor verächtlich über unseren Fugger. Da musste widersprochen werden.

»Welche Geschäfte?«, fragte Helle.

»Die Fugger waren von Webern zu Kaufleuten und von Kaufleuten zu Bänkern geworden. Sie verliehen Geld gegen Zinsen. Das war für Christen damals streng verboten.«

»Das dürfen doch die Moslems heute noch nicht«, brachte ich mein aktuelles Wissen ein.

»Absoluter Blödsinn. Die umgehen das nur. Ich weiß das von einem tschetschenischen Geschäftsmann.«

»Die Tschetschenen sind Moslems?«, lenkte ich mit einer Frage von dem für einen aufrechten Augsbürger unangenehmen Fugger-Thema ab.

»Davon abgesehen, dass die Tschetschenen alles Faulpelze, Parasiten, Straßenräuber und Terroristen sind, sind sie auch Moslems. Religion ist sowieso absoluter Blödsinn, das war das einzige womit die Kommunisten recht hatten«, griff Igor zornig nach der Wodkaflasche, die er mit seinen Fingern so fest umspannte, dass die hervortretenden Knöchel die darüber befindliche Haut weiß färbten. »Diese Tschetschenen, das ist eine einzige Mörderbande, ich habe sie kennengelernt, die gehören alle weg!« Igor machte mit der freien Hand die Halsabschneide-Geste. Die Wodka-Flasche schwang er wie einen Molotow-Cocktail.

»Die Fugger haben soooo viel Gutes für Augsburg getan«, lallte Helle daher. »Das sind ganz grooooße Bürger unserer Stadt.« Er hatte meine Gesprächs-Strategie leider nicht erkannt. »Neulich hat ein Bäcker sogar einen Fugger-Laib vorgestellt.«

»Ich glaube beim Dichtl gibts sogar einen Fugger-Dukaten aus Schoko, oder hab ichs beim Eber gesehen?«, kratzte ich mich am Kopf. »Wir sollten mal ein Buch über essbare Städte-Souvenirs machen«, versuchte ich Helle mit einer genialen Eingebung auf meine Gesprächsschiene zu locken. Seit ich in der Fuggerei gegen Lohn arbeitete, sah ich die Fugger auch etwas verklärter.

»Absoluter Blödsinn«, konterte Igor. »Die Fugger verdienten mit allem Geld, was Geld brachte, auf Moral achteten die nicht. Die scheuten sich nicht davor Kriege zu finanzieren, Kinder in Bergwerken verrecken zu lassen, oder Indianer als Sklaven zu handeln, die dann wegstarben wie die Fliegen.«

»Sie haben Kaiser Karl V. auf den Thron gebracht«, verkündete Helle. »Das war schon eine Leistung.«

»Der musste ihnen die Bergwerke abtreten. Die durften sie nach Belieben ausbeuten. Wie die Menschen. Das warf mehr ab als sie in die Kaiserwahl hineingesteckt hatten. Sie konnten dadurch die Preise für die Metalle bestimmen. Damit haben sie viele ruiniert. Lukrativer gehts nicht mehr.«

»Sie haben Kirchen und Kapellen gestiftet«, verteidigte Helle weiter den Ruf der Augsburger Kaufleute.

»Mit dem Geld an dem viel Blut klebte. Wer weiß ob der liebe Gott ein solches Geschenk überhaupt wollte? Auch wenn sie die besten Verbindungen zum Papst hatten – die sie aber auch zur Geldmacherei nutzten.«

»Die Fugger werden gebeichtet haben und von jedem Fuggerei-Bewohner erhalten sie ein Vaterunser«, faltete Helle die Hände.

»Jaja, die Fugger und die Religion. Das ist ein besonders spannendes Kapitel. Wenn das Geld im Kasten klingt, die Seel vom Fegfeuer in den Himmel springt«, krähte Igor. Er haute auf den Tisch, dass die Wodkaflasche einen Hüpfer tat, wie eine freigekaufte Seele im Fegfeuer. »Der Ablasshandel, das war eine Idee des Papstes, der mit seinen Günstlingen in Rom in Saus und Braus lebte, um seine Schulden an den Fugger zurückzahlen zu können. Der Fugger war schlau, der ging auch nach der Methode Vertrauen ist gut, Kontrolle ist besser vor. Ein Fuchs war das. Der schickte mit den Ablasshändlern einen Mann von sich mit. Abends beim Kassensturz der Ablasshändler kassierte der Fugger-Mann gleich seinen Anteil ab.«

»Tetzel«, warf ich einen Namen ein. Igors beide Hände trommelten zur Betonung seiner Vorwürfe gegen die Fugger gleichzeitig auf die Tischplatte. Seine Sophia, die uns eingelegte Salzgurken aufschnitt und hinstellte, schenkte ihm dafür vorwurfsvolle Blicke. Igor bekam einen feuerroten Kopf, was durch seine Halbglatze mit Haarkranz gut zur Geltung kam.

»Die Fugger machten schon lange unerlaubte Geldgeschäfte mit dem Klerus. Viele Bischöfe wussten damals nicht wohin mit dem vielen Geld, das sie den Gläubigen abgenommen hatten. Den Juden trauten sie oft nicht. Aber die Fugger zu Augsburg, die gaben ihnen heimlich Zinsen auf ihr Geld.«

»Aber, aber, die, die Fuggerei, die gute, gute Fuggerei, die älteste Sozialsiedlung der Welt«, hielt Helle ein volles Wodkaglas wie ein Glaskugel in die Luft, in der er die Wahrheit erkennen wollte. »Die wird nur von den Fuggern finanziert, das ist doch sowas von gut, finde ich.«

»Die Fugger wurden damals wegen ihren verwerflichen Geschäften, vor allem wegen den unchristlichen Zinsgeschäften angeklagt. Ihr schlauer Haus-Philosoph Peutinger, auch so eine gekaufte Klugscheißer-Seele, riet ihnen, die Vorwürfe mit einer guten Tat zu entkräften. Fuggerei, gute Tat, absoluter Blödsinn, für verarmte Weber, Blödsinn, wer hat denn dafür gesorgt, dass die Weber verarmten?«

Helle blickte weiter in seine Glaskugel. Seine Augen wurden zu stumm forschenden Instrumenten.

»Die Fugger, die hatten schon im fünfzehnten Jahrhundert erkannt, dass sie mit ehrlicher Handwerker-Arbeit, als Weber, nicht reich wurden, niemals zu den mächtigen Patriziern in Augsburg zählen würden. Deswegen heirateten und verheirateten sie geschickt, gingen in den Handel, diktierten den Webern die Einkaufspreise für die Rohware und die Verkaufspreise für die Stoffe. Nur so wird man reich, meine Herren«, setzte Igor ein wissendes Grinsen auf.

»Aber, die Augsburger, die lieben doch die Fugger, das sind doch Ehrenbürger«, hielt Helle weiter den Fuggern die Stange.

»Absoluter Blödsinn. Wieso hieß Fuggers bester Buchhalter Schwarz? Zufall? Man muss als Verbrecher nur reich genug werden, dann gilt man nicht mehr als Verbrecher. Das war so, das ist so und das bleibt so. Dann ist man auch für die Staatsmänner interessant. Dann macht man eine Stiftung für Arme, die aus der Portokasse bezahlt wird. Die Fuggerei soll dem Fugger damals nicht viel mehr als der Ring für seine Braut gekostet haben, und ist man lange genug tot, dann, schwupps, schon ist man ein Ehrenbürger, die Geschichte macht aus reichen Verbrechern Heilige", wurde Igors Grinsen arg hämisch. »Übrigens wurden damals die neureichen Fugger mit ihren krummen Geschäften lange Zeit von den seriösen Augsburger Patriziern geschnitten. Der Fugger-Clan musste viel Schmiergeld ausgeben, bis er den gesellschaftlichen Aufstieg in das Patriziertum schaffte. Schauen Sie sich diese russischen Wirtschaftsbosse an, oder die amerikanischen, oder die chinesischen, oder die deutschen, diese Millionäre und Milliardäre, die machen es heute nicht viel anders«, begann Igor über die Schlitzohrigkeit der Genannten zu strahlen, als würde er dabei in den Spiegel schauen.

»Aber die Fuggerei bleibt die Fuggerei, sie ist Augsburgs bekannteste Sehenswürdigkeit, die älteste Sozialsiedlung der Welt«, stellte Helle seine Kristallkugel ausgeleert ab. Er war der geborene Touri-Führer. Diese Begeisterung, dieses Wissen.

»Ich habe nichts dagegen, wenn schlechtes Geld in gutes verwandelt wird«, versuchte ich dem Dalai Lama Konkurrenz zu machen. »Habe ich es dir schon gesagt, wir machen einen Fuggerei-Kalender für das Weihnachtsgeschäft.«

»Tolle Idee!«, beschränkte sich Helle auf wenige und gut aussprechbare Wörter.

»Wieso wohnen Sie denn hier, wenn die Fuggerei ein Werk der bösen Fugger ist?«, fragte ich Igor.

»Ich wohne gern in der Höhle des Löwen«, antwortete er mit einem breiten, ein wenig zynischen Lächeln.

Kapitel 15

Ein feuchter Abschied / Klaus Kessler und Helle haben sich nicht viel zu sagen / Warum beißt der Pudel so kräftig zu?

Wir waren huckehackedicht, als wir die Wohnung von Igor und Sophia verließen. Es dämmerte bereits. Vielleicht war es fünfzehn Uhr, oder sechzehn Uhr? Spät genug. Um elf Uhr hatte ich bei Iris den Stecker in die Steckdose gesteckt. Auch wenn es eine ungewollte und doofe Anspielung war, ich musste zu Iris. Ich musste ihr meine Liebe gestehen. Helle sollte mit. Er sollte es hören. Auch wenn sie entsetzt war, ich würde ihr ihren Namen im Schnee zeigen. Wir mussten uns nur noch von Sophia und Igor vor ihrer Wohnungstüre verabschieden. Sophie ging wieder rein, aber Igor drängte uns noch einen Abschieds-Schluck aus der Flasche auf.

Ein Mann mit Kopfverband kam aus der Herrengasse um die Ecke in die Mittlere Gasse. Sein Kumpan war auch dabei. Und noch zwei ähnliche Typen mit gefährlichen Gesichtern. Sie sahen uns. Sie riefen Igor was auf Russisch zu. Der schaute uns verwundert an. Ich wurde etwas nüchterner. Aber nicht nüchtern genug, um zu verhindern, dass wir auf eine akustisch unverständliche aber gestikalisch deutliche Anweisung von Fuggerei-Igor von ihnen überwältigt wurden.

»Nix schreien, sonst ihr kaputt!«, drohte uns der Kopfverbands-Typ. Er hatte eine voll hässliche Mimik drauf. Sie zogen unsere Hände auf den Rücken und drückten uns Waffen derart kräftig in unseren Rücken, dass wir automatisch vorwärtsstolperten. War aber bei unserem Promille-Gehalt leichter als sich zu wehren. Durch die Ochsengasse zum Ochsentor. Wohin wollten sie uns verfrachten? Fuggerei-Igor rief ihnen was nach.

Ich hoffte einfach auf einen Zufall. Iris konnte uns sehen und die Polizei anrufen. Oder Tamara konnte mich suchen und die Kommissarin anrufen. Oder Graf von Hundt konnte mit seinen Hunden durch die Fuggerei spazieren. Der Zufall hat viele Möglichkeiten. Der Himmel würfelte das Schicksal manchmal genial aus. Diesmal schien die Hölle die Würfel zu haben. Wir wurden mit Stricken, die sie aus dem Kofferraum eines parkenden Autos holten, an das Geländer des Lechkanals gebunden, der vor dem Ochsentor an den ockergelben Fuggerei-Häusern vorbeifließt. Helle an einem Strick und ich an einem Strick. Dann ließen sie uns in das kalte, reißende Wasser des Kanals hinab.

»Wenn ihr reden, wir holen euch raus!«, versprach uns der Kopfverband-Typ.

»Was wollen die von uns?«, begann Helle zu reden. Mit mir. Das war für den Kopfverband-Typ noch lange kein Grund uns aus dem Wasser zu holen. Am Rand des Kanals hatte sich schon eine Eisschicht gebildet, die ein paar Zentimeter über die Kanal-Wellen reichte. Das kalte Wasser durchdrang meine Kleidung schnell. Ich nahm mir vor alles zu gestehen, was die Typen da oben am Geländer von mir hören wollten. Der Kältetod war mir im Kanal sicher. Außerdem konnte Helle nichts dafür. Er war unschuldig. Zuerst zogen sie Helle hoch.

»Was wissen du von Nadja?«

»Welche Nadja?«, stellte sich Helle dumm.

Er bekam eine schallende Ohrfeige.

»Rede, sonst du wieder in Wasser! Lange!«

»Sie ist doch tot«, packte Helle aus.

»Das wir wissen. Was hat gesagt sie zu dir?«

Den Rest des Verhörs bekam ich nicht mit. Ich bekam auch nicht, dass Helle keine brauchbar Auskunft gab und daraufhin wieder in den Kanal hinuntergelassen wurde. Die starken Wasserwirbel des Lechkanals drehten mich um die Längsachse mit dem Gesicht unter die Oberfläche. Ich musste meinen Mund verschließen um nicht zu viel Wasser zu schlucken. Die Kälte machte mich total nüchtern. Das nützte mir nichts. Im Gegenteil, ich konnte als Realist nur noch konstatieren, dass ich bald Nadja treffen würde. Im Jenseits. Manchmal, wenn mich das Wasser auf den Rücken drehte, konnte ich Luft schnappen. Das kalte Wasser lähmte meine Körper. Ich begann zu sterben. Langsam. Die Kälte schien sich in Wärme zu verwandeln. Eine tödliche Kneipp-Kur. Ein klein wenig tröstete mich der Umstand, dass wir zu zweit starben. Helle und ich. Zwei Freunde bis in den Tod. Ich hätte Helle gewünscht, dass er in einem Kanal ertrunken wäre, der voller Bier ist. Wir waren zusammen im Wasser, wo wir hergekommen waren, dem Fruchtwasser unserer Mütter. Element des Lebens. Element des Todes. Augsburg ist eine Wasser-Stadt mit seinen Bächen, Flüssen und Kanälen. Früher hatten sie die wertlosen Abfälle in die Kanäle geworfen. Gestern waren wir noch wertvolle Mitglieder der Menschheit gewesen. Wir haben vielen geholfen. Viele bewunderten uns. Jetzt waren wir nur noch nasse Säcke. Manchmal schlug Helles Körper gegen meinen. Wieso half uns niemand? Es war aus und vorbei. Irgendwann ist eben die Uhr abgelaufen. Ich versuchte das zu akzeptieren. Das Wasser rauschte an mir vorbei. Wieso wehrte ich mich gegen das Sterben? Lieber ein Ende mit Schrecken, als ein Schrecken ohne Ende. Wenigstens würden mich nicht die Würmer zu fressen bekommen. Lieber Fischfutter. Wie Jonas im Wal. Ich versuchte glücklich zu lächeln, als ich mir vorsagte, dass ich mit all den Menschen die ich gern hatte an einem langen Fluss, der durch ein ewig weites grünes Tal fließt, wiedergeboren würde. Ich versuchte mich Namen für Namen an alle zu erinnern, die ich dort sehen wollte.

Kapitel 16

Sara Insagg besorgt eine Decke / Wieso denkt Klaus Kessler an einen nassen Tee-Beutel? / Wieso werden zwei Eingänge benötigt? / Wer hoch steigt, der fällt manchmal tief

Sara Insagg war es, die mich aus dem Wasser zog. Ich war nicht ans Telefon gegangen. In der Fuggerei-Wohnung hatte sie mich auch nicht gefunden. Es war ein schwer Verletzter, der durch sein Geschrei ihre Aufmerksamkeit vor dem Ochsentor auf sich lenkte. Sie fand mich am Ende des Stricks, der am Kanalgitter befestigt war.

»Sie müssen auch meinen Freund herausholen«, bat ich sie zitternd und schlotternd.

»Wo ist der?«

»Am anderen Strick, sie haben ihn an den anderen Strick gebunden.«

Polizeiautos und ein Notarztwagen kamen mit Blaulicht. Sara Insagg ging zu ihnen. Ich schaute in die Kanal-Wellen und sah keine Helle. Ich beugte mich bibbernd über das Geländer, doch Helle blieb veschwunden.

»Hier hat wohl ein Bandenkrieg stattgefunden«, informierte die Kommissarin die Polizisten, die sich um das Verstauen der Toten, es waren zwei, kümmern mussten. Fünf Schwerverletzte wurden mit Bewachung davongefahren. »Darauf habe ich schon gewartet, da hat sich was zusammengebraut. Die kennen wir fast alle«, wickelte sie mich in eine Decke, die sie aus dem Notarztwagen genommen hatte. Ich wusste nicht genau, ob ich noch in meinem Alptraum war, der meinen Tod im Kanal begleitete.

»Sie müssen Helle aus dem Kanal holen«, blieb ich penetrant an der Rettung meines Freundes dran. Meine Stimme hatte nicht genug Nachdruck, war nach meiner eigenen Einschätzung sogar ziemlich kläglich.

»Der hat sich schon selber gerettet«, zeigte mir die Kommissarin den nassen Strick, an dessen Ende kein Helle mehr war. Wieso dachte ich an einen heißen Tee mit Iris? War es Zucker-Susi, die mir zuflüsterte: Du musst Helle finden! Es war schon dunkel geworden. Wie lange hatte ich wie ein Teebeutel in den Kanalwellen gehangen? Nicht lange genug jedenfalls, um mit meiner Seele das Lechwasser zu versüßen.

Sara Insaggs Handy meldete sich. Sie lauschte.

»Ihr Freund ist wieder aufgetaucht. Im wahrsten Sinne des Wortes. Er wird gerade von einer Polizeistreife in die Notaufnahme des Vincentinums transportiert.« Sie steckte lächelnd das Handy ein und schaute mich an. Sie wartete auf eine Frage.

»Wie geht es ihm?«

»Den Umständen entsprechend gut. Er konnte sich an einem Kabel über dem Kanal festhalten und nach Hilfe rufen.«

Es war wieder ruhiger geworden vor dem Ochsentor. Auch eine kleine Gruppe von Zuschauern war verschwunden.

»Wissen Sie, wo sich unsere Tamara aufhält? Ich konnte sie in den letzten Stunden nicht erreichen. Das bin ich von ihr nicht gewohnt. Sie saß vorhin auch nicht an der Abhöranlage.«

»Heute ist Samstag. Sie hat doch heute gar keinen Dienst«, erstaunte ich mit meiner Meldung die Kommissarin.

»Ich habe es auch privat bei ihr versucht. Sie hätte in ihrem russischen Supermarkt sein können. Die wussten aber auch nicht, wo sie ist. Ich habe kein gutes Gefühl.«

»Ich kann Sie mit einer guten Meldung vielleicht trösten«, zog ich die Decke ganz fest um mich. »Lassen Sie uns zu meiner Wohnung gehen und ich erzähle Ihnen, was ich gerade erlebt habe. Eine heiße Dusche könnte mich jetzt retten.«

»Natürlich, Sie brauchen eine heiße Dusche. Beeilen wir uns. Was ist passiert?«

»Ich weiß, wer der Boss der Russen-Bande ist. Er lebt tatsächlich mit seiner Frau hier in der Fuggerei.«

»Vergessen Sie nicht, es waren die Mitglieder von zwei Banden, die wir als Hackfleisch bei Ihnen gefunden haben.«

»Wenn es zwei Bosse gibt, dann kenne ich einen.«

»Gut, und wo steckt der?«

»Ich habe vorhin mit ihm Wodka getrunken. Zusammen mit Helle.«

»Auf ihre Mitgliedschaft in seiner Bande, oder was?« Die Kommissarin wurde bissig.

»Nein, auf den neuen Schnee.«

Sie blieb beim Fuggerei-Brunnen stehen, schaute mich an, wie man einen anstarrt, der erklärt der Original-Napoleon oder Original-Rasputin zu sein.

»Ihr Hirn ist immer noch eingefroren«, lästerte sie.

»Mittlere Gasse einundzwanzig, da wohnt er mit seiner Frau. Es ist doch der Mann, den wir abgehört haben. Diese Tamara ...«

»Zuerst besorgen wir für Sie trockene Kleidung«, unterbrach mich die Kommissarin und eilte mit mir zu meiner Fuggerei-Wohnung, »dabei erzählen sie mir alles.« Sie ließ mich kaum zu Wort kommen.

»Haben Sie eigentlich meine SMS wegen Tamara erhalten?«, fragte ich sie, als ich in eine trockene Hose schlüpfte und meinen Schlüsselbund an die Gürtelschlaufe hängte, durch die angelehnte Türe.

»Mhm«, machte sie. Ich konnte nicht sehen, wie sie abwesend in dem Rilke-Buch blätterte, das an Tamaras Arbeitsplatz lag.

»Das ist doch eine äußerst bemerkenswerte Spur«, rief ich durch das Unterhemd, das ich mir über den Kopf zog.

»Mhm«, machte sie wieder.

»Sie hatten einen Schutzengel«, sagte sie, als ich in trockener Kleidung vor ihr stand. »Wissen Sie was Rilke von Schutzengeln schreibt?« Sie wartete keine Antwort ab und las mir vor:

»Du hast mich oft aus dunklen Ruhn gerissen,
wenn mir das Schlafen wie ein Grab erschien
und wie Verlorengehen und Entfliehen,-
da hobst du mich aus Herzensfinsternissen
und wolltest mich auf allen Türmen hissen
wie Scharlachfahnen und wie Draperien.«

»Meine Draperie, mein Faltenwurf stimmt, wir sollten los zu Igor, wenn wir ihn fassen wollen«, sagte ich ungeduldig.

Die Kommissarin klappte das Rilke-Buch mit einem schwermütigen Einatmer zu. In letzter Zeit überrollte mich eine Literatur-Lawine. Sie vergewisserte sich, dass sie ihre Pistole im Schulterhalfter hatte. »Wo ist seine Wohnung. Zeigen Sie sie mir!«

Ich führte sie hin.

»Da sind ja zwei Türen«, sagte sie.

»Eine für die Wohnung im Erdgeschoss. Eine für die Wohnung im ersten Stock.«

»Ein Luxus. Das hatten die damals schon? Wenn ich das bei meiner Mutter gehabt hätte, hätte ich nicht ausziehen müssen.«

Bei der Erdgeschoss-Wohnung von Igor und Sophia brannte das Licht.

»Sie sind da!«, sagte ich leise.

»Kommen Sie, wir benutzen einen Uralt-Trick. Während ich meine Kollegen zur Hilfe rufe, bewachen wir den Eingang.«

»Am besten von der anderen Seite aus«, bot ich einen guten Beobachtungspunkt an.

Ich hatte den Schlüssel des Fuggerei-Museums dabei. Hier war öfters was zu reparieren. Die ausgestellten Gegenstände stammen größtenteils aus der Einrichtung einer Fuggerei-Wohnung im siebzehnten Jahrhundert. Kupferpfannen und ein Tellerregal an der Wand, ein offener gemauerter Ofen über dem ein eiserner Kessel hängt, ein Himmelbett mit hölzerner Decke und ein blauer mit Blumen bemalter Schrank. Hier ging oft was kaputt. Das nötige Werkzeug hatten wir auch in dem historischen Raum verstaut. Wir gingen in das Museum. Hier konnten wir vom Fenster aus die Tür von Igor beobachten.

»Seine Wohnung hat einen Hinterausgang«, sagte ich. »Zumindest durch das Fenster in dem Schuppen an der Rückseite der Wohnung.« Ich war stolz, dass ich mich in der Fuggerei schon so gut auskannte. »Ich werde mal nachschauen was sich an der Hinterseite tut.«

Sara Insagg streichelte mir wohlwollend die Backen.

»Tun Sie das. Nehmen Sie von mir ein Handy mit. Ich schicke meine Leute auf ihre Posten.« Sie drückte mir das Handy in die Hand.

Ich schlich mich um die Häuserreihe der Mittleren Gasse herum und näherte mich der Wohnung des Banden-Bosses und dem dazugehörigen Holzschuppen durch die Saugasse von hinten.

Durch eine kleines Fenster fiel in dem Holzschuppen etwas Licht auf den neuen Schnee. Ich riskierte einen Blick. Durch eine schmalen Spalt, der von bunten Kartons gebildet wurde, sah ich Tamara. Mit einer Pistole hielt sie Igor in Schach. Ich hörte ihre russischen Stimmen durch die Holzwand. Sie zischten sich an. Wo war Igors Frau? Es schepperte in dem Schuppen. Tamara wurde von einigen Kartons begraben. Igor hatte eine Maschinenpistole in der Hand. Er hielt sie Tamara an die Stirn. Die Perücke war ihr ins Gesicht gerutscht. Mit dem Lauf der MP schob er ihr die Perücke ganz vom Kopf. Ihre blondierten Haare lagen flachgedrückt, ergeben auf ihrem Kopf. Was sollte ich tun? Besser erst mal nichts, dachte ich mir. Ich wollte kein Blutbad riskieren. Plötzlich hatte der gemütliche Igor die Beweglichkeit einer Raubkatze. Er verließ mit Tamara vor der Mündung seiner MP den Schuppen und verschwand in seiner Wohnung. Hastig unterrichtete ich die Kommissarin von dem Geschehen. Ich machte mich auf den Weg zur Kommissarin. Ich bog gerade um Ecke als ich ihre Stimme rufen hörte: »Tamara, was hat der Kerl mit dir vor?«

»Er will mich abknallen! Helfen Sie mir, bitte, bitte, Frau Kommissar«, antwortete Tamara mit hysterisch greller Stimme.

Da bellte Igors Maschinenpistole los. Schussgarben peitschten durch die Luft. Querschläger jaulten von Häuserwand zu Häuserwand. Putz spritzte und bröckelte aus den Einschussstellen. Fensterscheiben zersplitterten im Kugelhagel. Igors Maschinenpistole zuckte hoch wie eine Klapperschlange. Einige Polizisten schoben sich vor mich, bis an die Hausecke, wo die Mittlere Gasse begann. Einige Fuggerei-Bewohner schauten verängstigt aus ihren Türen oder Fenstern. Eine Lautsprecherstimme warnte sie: »Bleiben sie in ihren Wohnungen, sonst können wir für ihr Leben keine Garantie übernehmen!«

Ein Polizist sagte zu mir: »Sie verschwinden besser sofort hier. Nach hinten raus, sofort!« Ich tat wie befohlen. Weitere Polizisten hetzten an mir vorbei. Sie schleppten sogar einen Scheinwerfer. Auch Graf von Hundt, der Fuggerei-Verwalter war dabei. Dann postierten sich die Scharfschützen hinter den Häuserecken. Einer informierte die Kommissarin übers Handy: »Wir haben die Fuggerei umzingelt. An jedem Tor stehen mindestens zehn Polizisten und je ein Scharfschütze. Alle tragen schusssichere Westen. Wie gehts es weiter? Sehen Sie ihn? Was ist mit der Geisel?«

Wie konnte ich der Kommissarin klarmachen, dass diese Tamara keine gute Geisel war. Zumindest nicht für Igor. Hatte sie überhaupt mein SMS bekommen – zum doppelten Spiel von Tamara?

Igors Maschinenpistole jagte eine Salve durch die Mittlere Gasse. Geschrei. Schritte hasteten. Gestalten huschten durch die Gassen, die nun alle finstere Gassen waren. Scheinwerfer klatschten ihr Licht an die ockerfarbenen Hauswände, die grünen Fensterläden und Türen.

»Lasst mich hier raus, verschwindet, sonst muss sie sterben!«, drohte Igor der Kommissarin und den Polizisten.

Seine Drohung unterstrich er mit einem weiteren MP-Feuerstoß. Die Polizisten drückten sich dicht an die Hauswände. Querschläger surrten und pfiffen durch die Luft. Ich fiel vor Schreck hin. Sirrrrr! Eine Kugel zischte knapp über meinen Kopf durch die nächtliche Fuggerei.

Igor schleppte Tamara bis zum Himmlischen Fuggerei-Lädle. Das Ochsentor zum Sparrenlech war von der Polizei verbarrikadiert. Die anderen Tore auch. Sie hatten ihre Einsatz-Autos hingestellt. Sie trugen schwarze Wollmützen die das Gesicht verdeckten. Sie warteten auf Igor. Die Scharfschützen zielten mit ihren Präzisionsgewehren unablässig auf ihn. Sie warteten nur auf ein Kommando der Kommissarin, um sein Leben auslöschen zu dürfen. Falls günstigerweise ein Scheinwerferlicht seine Gestalt beleuchtete, die nun mit Tamara im Schwitzkasten im Fuggerei-Lädle verschwunden war. Hoffentlich war Iris nicht mehr anwesend? Oder würde sie immer noch mit diversen Glühweinrezepten experimentieren? Bitte, bitte, liebe Zucker-Susi, ich hoffe kein Körnchen meiner schlimmen Gedanken bewahrheitet sich. Wieder peitschte eine MP-Garbe durch die Nacht. Die Polizisten vor mir hetzten nun zum Brunnen, der sich ein paar Meter neben dem Fuggerei-Lädle befand. Wo war die Kommissarin? Noch im Museum? Ich schlich mich hin. Auf mich achtete niemand. Die Polizisten an den Toren waren genügend damit beschäftigt die Neugierigen zurückzuhalten. Die Kommissarin war nicht mehr im Museum. Wo war sie? Was machte Igor mit Tamara im Fuggerei-Lädle? MP-Schüsse knatterten. Ein langgezogener Schmerzensschrei gellte durch die Nacht. Wer war getroffen worden? Iris? Ich sah die Kommissarin durch einen Lichtstrahl zum Fuggerei-Lädle hetzen. In diese Richtung schlich ich mich auch.

»Er ist in den Glühwein gefallen, Hilfe!«, kam Iris aus der Türe des Fuggerei-Lädle.

Sie stand im Lichtkegel wie die Hauptdarstellerin im Theater. Die Kommissarin rannte zu ihr, packte sie am Arm, zerrte sie weg vom Ort des Geschehens. Die Polizisten hinterher. Nach ein paar Minuten kamen sie mit Igor heraus. Igor, der von zwei Polizisten gehalten und geschoben wurde, hielt sich beide Hände wimmernd vors Gesicht. Die Kommissarin kam mit Iris hinterdrein. Ich stürmte zu ihnen hin.

»Was ist passiert?«

»Das kann Ihnen diese Frau erzählen, die Sie jetzt betreuen dürfen. Warten Sie mit ihr, vorne an den Weihnachtsständen, bis ich wieder zu Ihnen stoße!«

Das machte ich gerne.

Ich umarmte Iris. Dabei verrutschte ihre Cordmütze, unter der ihre kastanienbraunen, schulterlangen Haare herauswuchsen. Sie rückte die Mütze gleich wieder zurecht. Dann gingen wir zum Markusplätzle. Der mit Laternen und Fackeln beleuchtete kiesige Platz zwischen der Fuggerei-Administration und der Markus-Kirche mit den Verkaufs-Buden und den vielen angebotenen Christbäumen, wo sich die Fuggerei-Gäste normalerweise drängelten, war menschenleer. Die Polizei hatte alle vor die Fuggerei verbannt. Die Würstchen brutzelten in einer Bude vor sich hin.

»Die sollten wir essen, die verkohlen bald«, sagte Iris.

»Ich glaube, die täten mir jetzt gut«, antwortete ich.

Iris ging in den Stand neben der Markuskirche. Auf einem Teller, an dessen Rand sie etwas Senf aus einer großen Dose pumpte, reichte sie mir zwei Bratwürste. Sie legte eine Scheibe Brot dazu. »Glühwein?«, fragte sie unschuldig schuldig grinsend.

»Wär schon gut gegen die Kälte, aber ich trinke ihn nur mit deinem Rezept.«

»Denen habe ich meinen geliefert«, öffnete sie den Hahn an dem Glühweintopf und füllte mir eine Tasse voll. Sie machte sich auch eine Tasse.

»Was ist im Lädle passiert? Wie wurden die beiden überwältigt?«, wollte ich von ihr wissen.

»Er schleppte sie zu uns rein. Er rannte gegen einen Postkartenständer. Dabei konnte sie ihm entkommen. Sie flüchtete in den ersten Stock. Er ihr nach. Mit der Maschinenpistole. Ich ging hinten raus, in den Hof, wo vor unserem Geräteschuppen mein Glühweinkessel stand.«

»Was geschah dann?«

»Ich habe nur gesehen, dass er das Fenster öffnete. Er wollte über das Dach des Schuppens abhauen.«

»Und, ist es ihm gelungen?«

»Er kletterte auf das Dach, von da aus schoss er in das Zimmer hinein. Wahrscheinlich tauchte schon die Polizei auf.«

»Wo war Tamara?«

»Keine Ahnung, vielleicht konnte sie sich im ersten Stock verstecken?«

»Wie kam es zu seiner Festnahme?«

»Er rutschte das Dach herunter. Ausgerechnet bei meiner Seite.«

»Und?«

»Er fiel in meinen Glühweinkessel mit dem heißen Glühwein.«

»Wie das?«

»Ich habe doch einen alten Waschkessel genommen und bemalt, den ich als Glühweinkessel einsetze. Da passt viel mehr rein. Ich bin mit dem Glühweinverkauf mit dem normalen Topf nicht mehr nachgekommen.«

»Wie kam er wieder raus? Hat ihn die Polizei herausgeholt oder du?«

»Diese Frau, die du Tamara nennst, die ist an mir vorbeigestürmt und ist auf ihn los. Dann kam schon das SK.«

»Die Kommissarin auch?«

»Weiß ich nicht, die kenne ich nicht.«

»Da kommt sie«, zeigte ich zum Fuggerei-Tor auf die Jakoberstraße.

Sara Insagg kam auf uns zu. Hinter ihr die Leute, die zum Weihnachtsmarkt gehörten. Iris kam aus dem Stand heraus. Wir zahlten brav unsere Würstchen. Den Glühwein bekamen wir spendiert. Der Christbaumverkäufer zündete wieder sein Feuer am Baumstamm an. Die Kommissarin stellte sich zu uns.

»Wo blieb die Maschinenpistole?«, fragte ich.

»Die lag am Boden des Glühweinkessels«, antwortete Sara Insagg.

»Was hat diese Tamara mit dem Mann angestellt?«, wollte Iris wissen.

»Sie hat ihm die Augen rausgekratzt.«

»Diese Tamara, mit der ist einiges oberfaul«, brummelte ich so, dass es gegenüber Sara Insagg wie ein Vorwurf klang. »Aber niemand merkt es.«

»Soll das ein konkreter Vorwurf sein?«, holte sich die Kommissarin auch einen Glühwein.

Ein fetter Mercedes schob sich wie ein Hammer-Hai durch das Tor herein. Die Weihnachtsmarktbesucher wichen erschrocken aus.

Die Türen des Mercedes öffneten sich. Vier großgewachsene Männer mit Stoppelfrisuren und viereckigen Gesichtern sprangen heraus. Sie hatten Maschinenpistolen in der Hand. Wir zuckten zusammen. Unwillkürlich versuchte ich mit Iris hinter einen Stand zu gelangen. Es schaute nach einer Schießerei aus. Waren das Leute von Igor? Das war das Ende. So kurz vor Weihnachten. Nur die Kommissarin blieb bewundernswert ruhig. Verdächtig ruhig.

»Wo ist er, wo ist Anatol, wo ist seine Bande?«, näherte sich einer von ihnen der Kommissarin. Ein hünenhafter Mann. Um die zwo Meter groß. Schwarze Haare, seitlich gegelt, oben flach bürstenartig abgeschnitten, exakt ausrasiert. Funkelnde Augen. Breite Lippen. Energische Nase. Allesschnellerfassenderblick. Ausgestattet mit einem knielangen, innen pelzgefütterten Mantel, der großen Taschen besaß.

»Ich wollte Sie gerade anrufen, Sergeij, wir haben ihn«, strahlte ihn die Kommissarin an. Wenn Iris nicht neben mir gewesen wäre, hätte ich glatt eifersüchtig werden können. »Das ist Sergeij Komarow, ein russischer Kommissar aus Moskau, der hervorragend Deutsch spricht, er hat in Ost-Berlin Germanistik studiert«, stellte uns Sara Insagg den Hünen aus dem Mercedes vor. »Sergeij hilft uns bei der Aufklärung eines Falles.«

»Dafür dürfen Sie ihn darüber aufklären, das er sich in einer Fuggerei befindet, in der nicht mal das Fahrradfahren erlaubt ist«, versuchte ich so nebenbei wie möglich das Auto-Verbot in der Fuggerei zu erwähnen. »Außerdem stört er den Weihnachtsmarkt gewaltig.«

»Das habe ich nicht gewusst, das tut mir Leid«, sagte der russische Kommissar. Selbst wenn ein Russe Hochdeutsch spricht, dann klingt das besser, als wenn ein Schwabe dies versucht, das wurde mir bewusst. Ich dachte, nur bei russischen Frauen ist dieser russische Singsang so attraktiv. Täuschung, Klaus. Dieser hochgewachsene Sergeij, ein Typ wie dieser Action-Held van Damme, dem nicht nur die Muskeln dauernd seinen Anzug sprengten, ließ seinen Fahrer den Mercedes hinauskutschieren. Die Kommissarin spendierte ihm und seinen Leuten einen Glühwein. Ich traute meinen Augen kaum. Anna Insagg kam auf uns zu.

»Hallo Sara!«, machte die Mutter der Kommissarin auf sich aufmerksam. »Schau mal, wen ich mitgebracht habe.« In ihrer Begleitung war Helle. »Wisst ihr wie ich ihn gefunden habe?«, gab sie uns ein Rätsel auf. Helle schmunzelte dazu.

Wir zuckten die Schultern.

»Er war im Krankenhaus. Er hat mich angerufen, weil er sonst niemand erreichen konnte. Und weil er Angst um seinen Freund hatte, dem wollte er unbedingt beistehen, da habe ich ihn dort herausgeschmuggelt.«

»Mama, das darf doch nicht wahr sein, wieso kannst du dich nicht raushalten, wieso musst du jedem ins Handwerk pfuschen«, empörte sich die Kommissarin.

»Mein Kleines, es war doch ein Notfall. Er machte sich solche Sorgen um seinen Freund. Ich unterstütze eine solche wunderbare Freundschaft, wo ich nur kann.«

»Und wie hast du ihn aus dem Krankenhaus geschmuggelt, er war doch sicher noch auf der Intensiv-Station?«

»Er war schon im Krankenzimmer. In habe ihn aus der Alu-Folie gewickelt und mit einem Rollstuhl hinausgeschoben. Du hättest mich mal als Krankenschwester sehen sollen.«

»Alu-Folie?«, fragte ich.

»Wegen meines Kälteschocks. Ich kam erst hinter dem Alten Stadtbad aus dem Kanal«, erklärte Helle.

Anna Insagg machte ihrer Tochter eine lange Nase. »Die kann ich gut gebrauchen, das weißt du ja?«

Sara Insagg wusste nichts. Sie schaute uns im Kreis verständnislos an, ob wir auch so wenig kapierten wie sie. Nur Helle schaute auf die Tasche von Anna Insagg. Diese öffnete ihre Tasche. Sie zog die Alu-Folie heraus in die Helle im Krankenhaus eingewickelt war.

»Oh nein«, stöhnte ihre Tochter auf.

»Falls ich die Bratwürstchen nicht schaffe«, grinste die Mutter spitzbübisch. Sie zerrte Helle zu der Bratwurstbude.

»Wie kommt der russische Kommissar nach Augsburg«, wollte ich von Sara Insagg wissen.

»Das ist eine lange Geschichte, stimmts, Sergeij?«, sagte die Kommissarin.

Er nickte.

»Ich bin auf ihn gestoßen, als wir einer deutsch-russischen Bande hinterher waren, die sich auf gefälschte Medikamente spezialisiert hat. Er wusste über Anatol, der sich hier Igor nennt, bestens Bescheid.«

»Anatol war Kommandeur einer militärischen Spezialeinheit für die gefährlichsten Einsätze«, erklärte der russische Kommissar.

»Wir haben nicht nur gefälschte Medizin in seinem Schuppen gefunden, sondern Pistolen, Maschinenpistolen und Handgranaten. Einige Munitionskisten waren auch vorhanden.«

»Wo haben Sie Anatol, ich muss ihn vernehmen«, sagte der russische Kommissar zu Sara Insagg.

»Der sitzt schon in U-Haft. Sie können morgen mit mir zu ihm.«

Die Begleiter des russischen Kommissars spazierten durch den Weihnachtsmarkt, der von den Lautsprecher-Klängen eines CD-Players mit feierlicher Weihnachtsmusik beschallt wurde. Die Besucher suchten sich Weihnachtsbäume aus, die von dem Verkäufer in ein Netz gesteckt wurden, damit sie besser zu transportieren waren.

Als eine russische Volksweise ertönte, stellten sich die Begleiter des Kommissars in einer Reihe auf und sangen mit wunderbar poetisch klingenden russischen Worten mit. Die russische Seele war nun in der Fuggerei zu spüren. Iris und ich umklammerten uns noch fester.

Beifall ertönte für den russischen Gesang.

Als dann *Jingle Bell* von James Last zu hören war, tanzten Helle und Anna Insagg über den Markusplatz der von Kerzen und dem Baumstammfeuer romantisch erleuchtet war.

Herr Seibold erschien mit seiner Frau am Geschenkesstand mit Spielsachen aus Holz. Sie betrachtete eine Puppe.

»Gut, dass ich Sie sehe«, sprach er mich an. »Ich bräuchte meine Kamera zurück. Meine Verwandschaft kommt an Weihnachten. Da möchte ich gern Bilder machen.«

Wo war Seibolds Kamera? Noch in Bad Wörishofen? Haben wir sie wieder aus dem Wassertretbecken geholt? Oder wurde sie nicht von der Bombe zerstört? Ich sah Helle Hilfe suchend an.

»Ich wollte dir das Teil doch vorhin geben«, sagte er.

»Vorhin? Wo?«

»Im Fuggerei-Lädle, beim Glühweintest.«

»Achja, da steht noch einiges von euch rum«, meinte Iris. »Wartet mal, ich hole die Sachen.«

»Wie hast du ihn erwischt?«, wollte der russische Kommissar von Sara Insagg wissen.

»Wir waren lange hinter ihm her. Aber wir hätten nicht gedacht, dass sich der Chef einer Bande, die gefälschte Medizin für viel Geld vertreibt, ausgerechnet in der Fuggerei aufhält.«

»Warum nicht«, war der russische Kommissar erstaunt, »hier ist es doch schön.«

»Wie kam er überhaupt auf die Idee mit dem Handel mit gefälschter Medizin?«, fragte Sara Insagg.

»Anatol lernte über seinen Militär-Arzt in einem Moskauer Labor Wissenschaftler kennen, die teure Medizin aus dem Westen kopieren mussten. Das ging sogar von der Regierung aus. Damit sparte man sich viel Geld für Lizenzen. Aber vor einigen Jahren, als Putin Präsident wurde, wurden solche illegalen Methoden unterbunden, damit sich die diplomatischen Beziehungen in den Westen verbessern konnten. Die westlichen Pharma-Konzerne wussten doch Bescheid über die Moskauer Fälscher-Labors.«

»Aber Igor machte weiter, oder?«

»Mit einigen Wissenschaftlern baute er sich eine eigene Produktion für gefälschteMedizin auf. Irgendwann glaubt er auch, er sei ein neuer Rasputin. Er kam sogar auf die Idee eigene Medizin herzustellen. Wundermedizin. Die russischen Neureichen haben dafür Millionen hingelegt. Igors Medizin half gegen alles, von Impotenz bis Brustkrebs.«

Daher diese Kartons in Igors Fuggerei-Schuppen.

»Kein schlechtes Versteck, die Fuggerei, für einen Verbrecher, der Millionen hat«, meinte ich.

»Ich werde später den Grafen von Hundt fragen, mit welchen falschen Angaben Igor als armer Mensch in die Fuggerei durfte«, sagte die Kommissarin. »Vier Dinge haben mich allerdings bei der Fahndung nach Ihrem Anatol, unserem Igor, verunsichert. Zuerst die Leiche in der Fuggerei. Eine Bombe und eine Deutsch-Russin in Bad Wörishofen, die durch Gift starb und der Bandenkrieg«, sagte die Kommissarin. »Ich hatte oft den Eindruck, ich jage ein unfassbares Phantom. Ich werde deswegen diesen Igor-Anatol noch ausquetschen müssen, was alles auf seine Kappe geht.«

»Wie war der Name der vergifteten Frau?«

»Nadja Golodczyk.«

»Dieser Name sagt mir nichts«, meinte der russische Kommissar.

»Wir haben herausgefunden, dass sie die Medizin für die Vitalis-Klinik, diese Schönheitsfarm in Bad Wörishofen einkaufte«, erklärte die Kommissarin. »Auch bei Igor, zu hohen Summen. Vor allem diese Anti-Aging-Sachen, diese Hormon-Präparate fürs Jungwerden, die kosteten ein Heidengeld.«

»Wie haben Sie das herausgefunden?«, fragte der russische Kommissar.

»Wir bekamen einen anonymen Hinweis aus einer großen Krankenkasse, dass sich Besucher der Vitalis-Klinik hinterher besonders häufig als Kranke in ihren heimischen Kliniken meldeten.«

Iris kam mit Seibolds Digicam zurück. In der anderen Hand hatte sie meine. Sie strahlte wie ein Weihnachtsengel. Ich konnte mich nicht so recht freuen. Was war, wenn sie die Schaumbad-Bilder mit Ursula darauf gesehen hatte? Sie hatte. Da war ich ziemlich sicher. Aha. Alles klar. Deswegen verhielt sie sich derart reserviert in den letzten Tagen. Es war ihr verletzter Stolz. Sie hatte mir aus Sympathie ständig die Kamera nachgeschleppt und darauf eine nackte Frau entdeckt, die mich aus ihrem Biergarten abgeschleppt hatte. Wie hätte ich umgekehrt reagiert? Genauso wie sie.

»Machen Sie doch bitte ein Bild von uns«, bat Anna Insagg aufgeregt Herrn Seibold, dem ich gerade seine Kamera zurückgab. Ohne zu sagen, dass ich vermutete, dass sie durch den Fall ins Wasser vielleicht kaputt war. Es begann zu schneien. »Ich weiß nicht, ob das meine Kamera verträgt«, meinte Seibold. Er wollte sie in seiner Manteltasche in Sicherheit bringen.

»Keine Sorge, was Sie da haben, das ist eine äußerst robuste Kamera, die hat schon einen Aufenthalt im Kneipp-Wasser überstanden«, lachte Helle. Dann verstummte er plötzlich.

»Äh, warten Sie Herr Seibold, ich müsste allerdings ein paar private Bilder herunterlöschen«, griff Helle nach Seibolds Kamera.

»Das kannst du später auch noch«, fiel ihm Anna Insagg in den Arm. »Erst ein Foto von uns allen. Ich will ein Bild vom schönsten Weihnachtsfest meines Lebens.«

»Ich weiß leider nicht, wie die Kamera funktioniert«, sagte Seibold. »Das wollten Sie mir doch erklären«, zeigte er auf mich.

Ich fummelte daran herum. Das Display an der Rückseite leuchtete im Bildbetrachtungs-Modus auf. Hoppla, was konnte ich da sehen? Roter Kaviar auf zwei Brustwarzen. Ich blätterte die digitalen Bilder mit dem Plus-Knopf schnell weiter.

»Haben Sie das fotografiert?«, wurde Seibold neugierig.

Der russische Kommissar schaute uns über die Schulter zu. »Sehr sexy«, kommentierte er die weiteren Bilder.

Kaviar auf nackter Haut, Kaviar im Bauchnabel, Kaviar zwischen den Schenkeln einer Frau.

Ich wollte Helle gerade nach dem Namen seines unbekannten Models fragen, als rote Lippen zu sehen waren, aus denen sich eine lüsterne Zunge schlängelte, um mit der Spitze den roten Kaviar aus der Dose zu fischen. Dabei blickten ihre großen Rehaugen direkt in das Kamera-Objektiv.

»Halt, diese Frauen kenne ich«, griff der Kommissar nach der Kamera, als auf dem Display Helle mit zwei Frauen auftauchte. Sie gossen ihm mit einer alten Gießkanne Wasser über einen nackten Fuß, an dem er das Hosenbein hochgezogen hatte. Dabei lachten sie in das Objektiv.

»Schau mal, Sara, diese Frauen kenne ich. Sie sind Schwestern. Ihr junger Bruder verlor sein Augenlicht durch die gefälschte Medizin Igors.«

»Die kenne ich auch. Das sind Nadja und Tamara. Das sind Schwestern? Besser, das waren Schwestern, Nadja wurde ja vergiftet. Bist du sicher? Das habe ich nicht gewusst", staunte die Kommissarin. Mir kam es vor ihr Blick zum russischen Kommissar fragte eher danach, wo er später schlafen wollte.

»Ich bin sicher«, nickte der russische Kommissar. »Das sind Schwestern. Auch wenn sie sich nicht ähnlich sehen. Welche lebt nicht mehr. Die linke oder die rechte?«

Sara Insagg zeigte auf die linke Schwester, »diese hier, Nadja.«

»Bei uns in Moskau hieß sie Lara. Die andere heißt wirklich Tamara. Von wem wurde Lara vergiftet?«

»Das untersuchen wir noch«, sagte die Kommissarin. »Vielleicht von Igor? Und woher kennst Sie sie?«

»Wieso haben sie dann verschiedene Namen? Ich habe doch öfters erwähnt, dass bei uns eine Tamara als Dolmetscherin arbeitet, ist Ihnen da nichts aufgefallen«, begann die Kommissarin an ihrem Supermann zu zweifeln.

»Tamaras gibt es bei uns wie Sand am Meer. Ich weiß nur, dass die Schwestern mit ihrem Bruder eine Weile in Moskau lebten. Zu der Zeit als wir die Machenschaften mit der gefälschten Medizin aufzuklären begannen. Ihr Bruder hatte eine schlimme Augenkrankheit. Er sollte in einer Klinik vor der Blindheit gerettet werden. Durch Igors gefälschte Medizin hat er aber sein Augenlicht verloren. Später beging er Selbstmord.«

»Tamara soll Nadjas Schwester sein«, staunte die Kommissarin erneut. Das ging nicht so schnell in ihren Kopf.

Mir hingegen fiel es wie Schuppen von den Augen. Lag in Moskau der Schlüssel für die herausgeschnittenen Augen? Aber wer steckte dahinter, Nadja oder Tamara, oder wie sie hießen? Um das zu erfahren wollte ich weiter dem Gespräch der beiden Kommissare lauschen. Aber ein innerer Rededrang wollte was anderes.

»Das wollte ich Ihnen schon die ganze Zeit sagen, dass mit dieser Tamara einiges nicht stimmt«, sah ich die Gelegenheit gekommen, ein bisschen das Interesse auf mich zu lenken. Längst hatte ich bemerkt, dass der fesche Kommissar die Augsburger Frauenherzen höher schlagen ließ.

»Wieso haben Sie es dann nicht gemacht?«, wurde die Kommissarin patzig. »Das hätte uns viel Ärger erspart.«

Ich schluckte. Wo war eigentlich Iris? Hatte sie meine akustische Niederlage mitbekommen?

»Sie haben mir ja nie zugehört«, griff ich zu einer bewährten Floskel, die aus dem weiblichen Niedermach-Arsenal stammte. »Ich konnte sagen, was ich wollte.«

»Dieser Herr, der mit Lara und Tamara auf dem Foto ist, der kann uns vielleicht verraten wo und wie dieses Bild zustande kam«, zog der russische Kommissar den abdriftenden Helle zu sich.

»Bitte, wir hören«, versuchte die Kommissarin mit minimalem Einsatz Helles Stimmbänder gesprächig zu machen.

Mir fehlten die Worte. Ich war von der Kommissarin enttäuscht. Sie hatte mich zur Randfigur degradiert, obwohl ich Igor aufgetrieben hatte. Ich war auch von meinem Freund tief enttäuscht. Er hatte es nicht verdient, dass ich ihm bei größter Hitze, unter größten Strapazen sein Lieblings-Bier nach Bad Wörishofen geschleppt hatte. Der Kasten Riegele-Bier unter seinem Weihnachtsbaum war ab sofort gestrichen. Unglaublich, er hatte mir nichts davon erzählt, dass er Nadja nur mit Kaviar bekleidet fotografiert hatte. Deswegen kam ich also unpassend an jenem Abend.

»Das war so, eines schönen Nachmittags kam diese Tamara nach Bad Wörishofen, weil sie ihre Schwester besuchen wollte. Sie hatte einen Freund dabei, der übrigens auch auf einem der Fotos sein müsste. Tamara brachte Nadja eine Dose Kaviar mit. Nadja aß nichts lieber als Kaviar pur. Sie sagte mir, dass ihre Schwester erotische Werbe-Fotos für Kaviar benötige. Mit einer digitalen Kamera, das wäre optimal für die Präsentation im Internet.«

»So ein Miststück«, ereiferte sich Anna Insagg. »Wie können kluge Männer auf sowas reinfallen. Diese Russenweiber wollen sich nur unsere besten Männer angeln.«

Dieses Argument klang mir nicht sehr glaubhaft.

»Wo ist das Foto mit diesem Mann?«, wollte der russische Kommissar wissen.

Helle griff nach der Kamera. Er blätterte in den digitalen Bildern weiter.

»Hier, zusammen mit Tamara«, zeigte Helle Sara Insagg und dem russischen Kommissar ein Bild auf dem Display.

Sie konnten nicht viel mit dem Gesicht des Mannes neben Tamara anfangen. Ich schon. Der Kerl spielte eine Doppelrolle, war ein Verbindungsmann zwischen Igor und Tamara. Aber in welchem Auftrag? Im Auftrag von Tamara oder von Igor? Die ganze Sache war verwirrend. Der Glühwein war nicht besonders gut geeignet, dieses Tohuwabohu als logisch nachvollziehbare Geschichte darzustellen.

»Das ist der Kerl aus Igors Bande, einer von den zweien, die mich in der Gerätekammer folterten, ausgerechnet der hatte ein Verhältnis mit Tamara, aber das habe ich Ihnen doch schon per SMS vor einigen Tagen mitgeteilt«, wurde ich patzig und erzählte ihnen die Geschichte von meiner kleinen Abhöraktion am Sonntag Nachmittag und bei der Parkbank am Stephinger Berg.

»Habe ich nicht bekommen«, schüttelte die Kommissarin den Kopf. »Das hätten Sie mir besser mündlich gesagt.«

»Sie haben ja nie zugehört, ...«, verlor ich langsam die Lust an unnützen Erklärungen, die mich nur als ewigen Besserwisser hinstellten.

»Helle erzählte mir, dass Nadja aus einer kriminellen Sache aussteigen wollte, wobei doch nur das Medizin-Geschäft mit Igor gemeint sein kann, dann hatte Igor bestimmt großes Interesse daran, dass Nadja nichts erzählen konnte, dass er sie mundtot machte. Vielleicht mit vergiftetem Kaviar?«, erhöhte ich den Aufmerksamkeitsgrad für meine Person wesentlich. Ich winkte Iris zu. Sie beguckte sich mit Anna Insagg die Weihnachtsbäume. Würde sie mit ihrer Tochter Weihnachten feiern? Helle mit der Mutter der Kommissarin? Und ich? Verbotene Denkzone! Verflucht, warum nahm man diese Weihnachtstage so wichtig?

»Aber wie kommt das Gift in den Kaviar«, runzelte Sergeij die Stirn. »Tamara wird kaum ihre geliebte Schwester vergiftet haben. Mir kommt es eher vor, als wollten die beiden Schwestern gemeinsam Igor das Handwerk legen.«

»Mir ist in Bad Wörishofen nur aufgefallen, dass der Freund von Tamara, als die beiden Schwestern sich das Kneipp-Museum anschauten, etwas in die Kaviar-Dose legte.«

»Was war das?«, fragte ich.

»Tamaras Freund sagte, es wäre eine Überraschung zum Namenstag von Nadja. Ein goldenes Herz, das wäre bei ihnen so Sitte.«

»Das hast du wirklich geglaubt?«, fragte ich Helle.

»Warum nicht? Wie soll ich die russischen Namenstage kennen. Ich bringe diese Namen sowieso ständig durcheinander.«

Das verstand ich absolut.

»Igors Mann hat den Kaviar vergiftet«, meinte der russische Kommissar. »Das ist Igors Methode. Er lässt die Verbrechen immer von seinen Lakaien durchführen. Deswegen war er nicht zu fassen.“

»Jetzt haben wir ihn jedenfalls. Er hat auf uns geschossen. Das reicht für eine lange Haft«, sagte die Kommissarin triumphierend.

»Schauen Sie her, so kann man bei Ihrer Kamera die Bilder nach vorne oder hinten durchblättern und so kann man sie löschen«, erklärte ich Seibold seine Kamera. »Nanu, hier ist sogar noch ein Bild mit Igor drauf«, hielt ich die Kamera den beiden Kommissaren unter die Nase.

»Stimmt, das ist er«, sagte die Kommissarin. »Erkennen Sie ihn auch?«

»Ja, das ist Anatol«, bestätigte Sergij.

»Morgen, wenn wir ihn besuchen, dann werden Sie ihn vielleicht nicht mehr erkennen, er hat seine Augen verloren.“

»Wie das?«

»Irgendwie bei der Schießerei. Das wird uns der Arzt noch sagen.«

Iris kam mit einer kleinen Tanne zu mir. »Wie findest du den als Weihnachtsbaum?«

»Gefällt mir«, sagte ich. Ich hatte aber momentan Wichtigeres zu sagen: »Tamara und der Kaviar, die Augen und der Kaviar, wenn ich das zusammenzähle, dann rächt sich Tamara durch das Herausschneiden der Augen für den Tod ihres Bruders.«

»Das könnte sein, Sie haben Recht. Das klingt überzeugend. Wo mag Tamara jetzt sein? Sie ist uns in dem Durcheinander abhanden gekommen. Wir müssen sie finden. Sie ist gefährlich«, wurde die Kommissarin hektisch.

»Vielleicht will sie Anatol töten?«, überlegte der russische Kommissar.

Sara Insagg griff nach ihrem Handy, damit sie die Polizisten vor Igors Krankenzimmertüre warnen konnte.

»Wenn ihr diese Tamara sucht, die habe ich vorhin da hinten in der Mittleren Gasse herumirren sehen«, sagte Iris, als würde sie uns mitteilen, dass der Glühwein bald aus ist.

Der Kommissar gab seinen drei Kollegen die Anweisung Tamara zu suchen. Nach wenigen Minuten wurde sie von denen angeschleppt. Einer blutete aus tiefen Kratzern im Gesicht. Er hielt ein Taschentuch drauf, durch das das Blut sickerte. Tamaras blondierte Haare klebten in ihrem Gesicht. Ihre energischen Augen glühten wie Kohlen aus dem Höllenfeuer in ihrem Gesicht.

»Tamara, was haben Sie gesucht?«, wollte die Kommissarin wissen.

»Die sollen mich sofort loslassen. Was wollen die? Bin ich jetzt auch eine Verbrecherin«, wehrte sich Tamara.

»Es sieht leider so aus«, sagte die Kommissarin. »Sie kennen sicher diesen Mann?«

Tamara spuckte vor Sergeijs Füßen aus. »Er hat nicht verhindert, dass unser Bruder blind wurde. Er ist schuld an seinem Tod. Er hätte damals Anatol verhaften können.«

»Konnte ich nicht«, sagte der Kommissar. Seine bisher feste Stimme wurde etwas unsicher. »Wir hatten damals keine handfesten Beweise, dass Igor mit der gefälschten Medizin zu tun hatte.«

»Der hat euch doch geschmiert. Das ist kein Problem, als ich später viel Geld hatte, konnte ich mir auch die richtigen Leute kaufen.«

»Wir glaubten an Anatols Unschuld. Er hat sogar seine Tochter verloren. Sie starb auch durch ein falsches Medikament. In der gleichen Klinik, in der die Augenkrankheit ihres Bruders behandelt wurde. Wir nahmen daher nicht an, dass Anatol in diesen Medizin-Skandal verwickelt war.«

»Haben Sie Igors Augen ruiniert?«, wollte die Kommissarin von Tamara wissen. »Wie haben Sie das angestellt?«

Tamara kniff trotzig ihre Lippen zusammen.

Auf Befehl des russischen Kommissars nahmen zwei seiner Kollegen die Hände von Tamara, die am Gelenk in Handschellen steckten, und bogen mit viel Anstrengung die dazugehörigen Finger nach vorne. Der russische Kommissar befühlte kurz ihre Fingernägel.

»Die sind gefährlicher als Tigerkrallen«, meinte er.

Aus der Innentasche seines langen Ledermantels holte er einen Leatherman. Mit der Zange zog er einen Fingernagel von der Fingerkuppe. Wie ein mittelalterlicher Folterknecht. Tamaras Lippen entwich kein Laut. Der zerkratzte Kollege schaute besonders interessiert zu.

»Wie ich vermutet habe, das sind keine normalen Fingernägel, die sind aus Metall, mit scharf geschliffenen Kanten. Damit kann sie spielend jedes Gesicht zerschneiden.«

Er ließ Tamaras Fingernagel in die Hand der Kommissarin fallen. Diese schaute sich diese winzige Waffe genau an.

»Wir können doch nicht hier mitten im Fuggerei-Weihnachtsmarkt der Frau ihre Nägel herunterreißen. Das ist zu barbarisch.«

»Aber sie ist gefährlich mit diesen Nägeln, auch mit Handschellen«, wurde der russische Kommissar unruhig, während seine Kollegen immer noch Tamaras Metall-Krallen geradeaus in die kalte Winterluft hielten.

Ich flüsterte Helle was ins Ohr. Der flüsterte Anna Insagg was ins Ohr. Sie nickte ihm bestätigend zu. Ich holte ein Stück Netz, das für die Weihnachtsbäume gebraucht wurde.

»Jetzt meckere noch mal mit deiner Mutter herum«, bekam Anna Insagg eine triumphierende Stimme.

Die Metall-Krallen wurden mit Alu-Folie überzogen. Darüber kam das Christbaumnetz. Tamara Krallen waren bis zu ihrer endgültigen Entfernung kratzsicher verpackt.

»Gut gemacht«, lobte uns der russische Kommissar. »Du hast eine hervorragende Truppe hier in Augsburg, ich beneide dich«, wandte er sich an die Kommissarin.

»Dafür bekommt sie einen Gutschein als Weihnachtsgeschenk«, versprach die Kommissarin. »Für eine Fahrt nach Bad Wörishofen, zusammen mit ihrem Traum-Tänzer.«

Sara Insagg rief ein Polizeiauto herbei. Zwei Polizisten und die Kollegen des russischen Kommissars entfernten Tamara aus dem Weihnachtsmarkt der Fuggerei, Richtung Polizeipräsidium.

»Jetzt wäre doch noch ein Souvenir-Foto schön«, meinte Anna Insagg.

»Eine Kamera haben wir ja noch«, erinnerte mich Iris an meinen meistvergessenen Gegenstand dieses Jahres. »Wer macht das Foto?« Ich meldete mich sofort. Ich wollte die peinlichen Nacktfotos mit Ursula im Schaumbad löschen, falls sie Iris doch noch nicht entdeckt hatte.

»Nein, Sie nicht«, winkte mich Anna Insagg zu der Gruppe mit ihrer Tochter, Helle und dem russischen Kommissar.

»Lassen Sie mich«, ertönte Seibolds Stimme.

»Schaffen Sie das?«, versuchte ich ihn zu verunsichern.

»Ich knipse hier seit einigen Minuten wunderbare Bilder mit meiner Kamera, dann werde ich das mit Ihrer auch schaffen.«

Anna Insagg steuerte unsere Gruppe vor das offene Feuer.

»Wissen Sie überhaupt, wo der Blitz ist?«, wollte ich an meine Kamera gelangen, damit ich die verdächtigen Nacktbilder herunterlöschen konnte. Wenn Seibold aus Versehen eines erblickte, war meine Weihnachtsfeier mit Iris total im Eimer. Das war mir voll bewusst.

»Wie wärs mit einem gemeinsamen Schaumbad in meiner neuen Wohnung, mit Fichtelnadelsalz und so?«, flüsterte mir Iris zu, während Seibold die Blitze aus meiner Kamera zucken ließ.

Sie hatte die Ursula-Bilder doch gesehen. Diese Anspielung war überdeutlich. Ich würde dieses Jahr meine Weihnachts-Feier in der Wärmestube für Obdachlose verbringen.

»Du hast die Bilder gesehen?«, entrang sich mir eine klägliche Stimme.

»Welche Bilder?«, spielte Iris die Ahnungslose.

»Die auf meiner Kamera«, leitete ich mein Geständnis ein.

»Ich muss dir was gestehen«, sagte Iris. »Ich wollte ein Passbild für meine Tochter machen. Dabei habe ich wohl alle Bilder auf deiner Kamera versehentlich gelöscht. Ist das schlimm?«

Beinahe hätte ich gesagt: »Überhaupt nicht, die kann ich doch alle wieder machen.« Ich sagte von diesem verräterischen Satz nur die ersten beiden Worte.

Seibold gab mir meine Kamera zurück. Ich fotografierte noch Iris mit dem kleinen Tannenbaum, den wir uns einpacken ließen. Die dicken Schneeflokken würden wie Zuckerstückchen durch das Bild schweben.

Iris sagte mit Vorfreude in der Stimme die nach mehr als einer Einladung klang: »Ich habe gleich ums Eck, am Jakobsplatz, meine neue Wohnung. Eine wunderbare Mansardenwohnung, mit Blick auf die Fuggerei, da passt allerdings bei zwei Leuten kein größerer Baum mit rein.«

Ich nahm links unterm Arm den kleinen Tannenbaum und rechts hängte sich Iris bei mir ein. Wir verabschiedeten uns von dem russischen Kommissar, der Kommissarin und ihrer Mutter. Sie schälte Helle eine heiße Maroni, die er mit dampfendem Atem abzukühlen versuchte. Helle nahm mich und Iris überschwänglich in den Arm. Solche Gefühlsausbrüche waren mir von ihm fremd.

Er wandte sich mit feuchten Augen an Iris und hielt eine kleine feierliche Rede: »Liebe Iris, du bist für meinen Freund Klaus das schönste Weinachtsgeschenk. Ich wünsche euch schon jetzt ein wunderbares Weihnachtsfest.«

»Das wünschen wir dir natürlich auch«, sagte ich zu Helle. »Gibts bei deiner Mutter wieder Karpfen blau?«

»Nein, heuer gibts Geschwollene mit Kartoffelbrei«, schaute sich Helle nach Anna Insagg um.

Der kleine Weihnachtsmarkt füllte sich. Touristen mischten sich mit den Dastschiburgern.

»Darf ich dir meine neue Freundin vorstellen, die Trixi«, tauchte mein Frisör Klaus Eder mit Begleiterin vor mir auf. »Wir kaufen uns den ersten gemeinsamen Christbaum«, strahlte sie und zog ihn zu den Bäumen.

Langsam verließen Iris und ich den Weihnachtsmarkt in der Fuggerei. Begleitet von den Gerüchen nach gebrannten Mandeln, heißem Glühwein und Duft von Tannen und Fichten. Vor dem Tor zu Fuggerei kam eine munter lärmende Schar vorbei. Es waren AEV-Fans, eingehüllt in ihre rotweißgrünen Schals und in ihre langen Panther-Trikots. Sie freuten sich über den Sieg ihrer Mannschaft. Fröhliche Schlachtengesänge verdrängten für einige Minuten die Weihnachtslieder. Die Eishockey-Fans wurden von Dieter Geier angeführt.

»Mensch Klaus, ein Wunder ist geschehen, wir habens geschafft, wir haben den Ingolstädtern gezeigt wo der Bartel den Most holt«, klopfte er mir begeistert auf die Schulter, dass ich Angst bekam unser Bäumchen verliert dabei seine Nadeln.

»Prima, Dieter, und sonst, wie ist die Lage?«, entgegnete ich.

»Supppr, einfach supppr!«, sagte er. »Außer, dass meine Freundin verschwunden ist. Das ginge aber noch, wenn ich nur wüsste, was ich Edison zu Weihnachten schenken soll.«

»Edison?«, fragte ich ihn, »ist das ein neuer AEV-Spieler?"

»Iwo, kannst du nicht errinnern? Edison, der Edi, das ist doch mein Dakkel, der die gute Spürnase für illegalen Strom hat.«

»Doch, doch«, lachte ich. »Ein guter Hund, immer dem Verbrechen auf der Spur, der hätte schon ein Weihnachtsgeschenk verdient. Wie wärs mit einem Pfund Wienerle?«

»Das ist sowieso unser Weihnachtsessen. Was soll ich ohne Frau großartig aufkochen?«

»Eigenartig, du müsstest doch bei deinem Job genügend Frauen kennen lernen«, meinte ich.

»Die wollen mich immer schnell los haben«, wurden Dieters Augen traurig. »Hast du eigentlich deine Rechnung schon bezahlt?«

»Morgen mach ich das.«

»Das ist aber ungünstig bei den aktuellen Temperaturen, wenn ich bei dir den Strom absperren muss. Ich freu mich immer, wenn ich dich treffe.«

»Bei mir kannst du keinen Strom mehr absperren.«

»Wohnst du jetzt bei deiner Freundin?«, schaute der hektisch von Fuß auf Fuß tänzelnde Dieter Geier mit der rotweißgrüngestreiften AEV-Pudelmütze zu Iris neben mir.

»Naja, besser ihr trefft euch in der Kneipe. Schließlich ist eine Stromrechnung für zwei kein Problem«, meinte Iris gutmütig lächelnd.

»Dann brauche ich mir ja um Klaus' kalte Füße keine Sorgen mehr zu machen«, schloss sich Dieter Geier wissend grinsend und uns winkend den johlenden Panther-Fans wieder an.

»Das Kabel kannst du übrigens behalten«, rief ich ihm nach, »aus dem kannst du für deinen Edison ein Spielzeug als Weihnachtsgeschenk machen!«

Zärtlich schmiegte sich Iris an mich. Ich ahnte, dass diese Frau nicht nur meine Füße wärmen würde. Keine Wärmflasche der Welt konnte mich so inniglich drücken und so lieblich anschauen wie Iris. Eng umschlungen gingen wir auf dem Weg zum Jakobsplatz noch einige beleuchtete Schaufenster rund um die Jakobskirche ab. Angy vom gleichnamigen Trödlerladen räumte gerade ihre Second-Hand-Bücher vor dem Schaufenster in den Laden.

»Wenn Weihnachtsmarkt in der Fuggerei ist, dann lasse ich länger auf«, sagte sie und transportierte wieder eine Kiste Bücher rein.

Natürlich konnte ich es nicht lassen in den verbleibenden Büchern nach einer günstigen Schmökerware für mich zu forschen. Ich entdeckte ein Buch über griechische Götter für drei Euro.

Im Outdoor-Shop »Unterwegs« bei der Tram-Haltestelle, war in einem Schaufenster eine Zelt-Landschaft aufgebaut. Für Globetrotter, die sich nicht scheuten am Nordpol Weihnachten zu feiern.

»Wo würdest du am liebsten mit mir Weihnachten feiern?«, fragte mich Iris.

»Bei dir, Hauptsache bei dir, egal wo.«

Wir gingen ein Geschäft weiter. Ein Dessous-Laden.

»Was soll ich für dich unterm Weihnachtsbaum anziehen?«

»Je weniger, desto besser.«

Wir gingen bis zum nächsten Laden, eine Wellness-Oase.

»Wirst du mich noch begehren, wenn ich unzählige Falten, Schwimmringe und ein Doppelkinn habe«, wurde sie ernst.

»Das ist eine Sache des Gewichts.«

»Das musst du mir genauer erklären.«

»Ich will kein Skelett im Bett«, fühlte ich nach ihren Knochen, die sie bestens unter ihren Rundungen versteckt hatte.

Wo würde die hellblaue Gräfin Weihnachten feiern? Vielleicht unter der Sonnenbank? Ich ging mit Iris ein paar Meter zurück bis zur Apotheke am Eck, bei der es links zum Jakobsplatz ging. In der Apotheke wurden alle möglichen Mittelchen gegen Schnupfen, Husten und Erkältung angeboten. Mir fiel die eiskalte Nacht in meiner Wohnung ohne Ofen ein. Mit Iris unter der Decke. Wir hatten miteinander geschlafen ohne miteinander zu schlafen. Musste ja nicht gleich sein, oder? Sex unterm Weihnachtsbaum? Das kannte ich noch nicht. Durfte man das? Da konnte es leicht passieren, dass die Stimmung nicht so voll erotisch wurde und wenn dann nicht alles wie gewünscht klappte, würde das meiner Potenz einen Knacks geben? Die Schneekristalle glitzerten im Licht des Mondes, der Sterne und der Großstadtlichter. Der fallende Schnee auf dem Weg wurde eine riesige weiße Decke, bei der man nicht wusste wo sie anfing und wo sie endete. Sie dämpfte die Geräusche um uns herum. Die Häuser am Jakobsplatz und der Weihnachtsbaum am Neptunbrunnen wirkten wie in Watte gepackt. Unwillkürlich überfielen mich Bilder, die aus dem weiten Russland stammten. Aus Büchern und Filmen. Endlose weiße Nächte. Eine weiße Wüste ohne Grenzen. Niedrige Hütten kauerten sich mit den geschlossenen Fensterläden unter dem Gewicht des meterdicken Schnees zusammen. Aus vereinzelten Schornsteinen stieg Rauch in die klare Winterluft. Wie würden die Menschen in der verschneiten Taiga ihr Weihnachten feiern? Hoffentlich friedlich. Aus Arthurs Warhouse, Augsburgs verrücktestem Geschenkeladen starrten uns Dracula, die Mumie und Frankenstein mit grün blinkenden Lichtern an roten Nikolaus-Zipfelmützen an. Auf wen warteten sie? Wo durften sie Weihnachten feiern? Holte sie Doktor Schiwago mit seinem Schlitten ab, über die zugefrorene Wolga ins verschneite Sibirien, drängte es sich mir auf. Sollten wir mitfahren? War meine Sehnsucht nach den weißen Weiten Russlands eine Folge des Glühweins? Was würden Jelena und ihre Frauen mit Thomas an Weihnachten kochen und futtern? Warum hatte Kalinka nach ihrem Aufenthalt mit Helle im Schlafzimmer ein grünes Polo-Shirt statt ihrer vorherigen durchsichtigen Bluse getragen? Kalinkas enormer Busen drückte sich auf meine Augen. Wenn Helle nicht zugegriffen hätte, naja, dann hätte ich vielleicht Kalinkas üppiges Fleisch intensivst durchforscht, ob es sich um ein Potemkinsches Dorf mit runden Kuppeltürmen handeln konnte.

»Was meinst du zu russischen Eiern mit Kaviar als Weihnachtsessen?«, schaute mich Iris fragend an. Hatte sie meine abwesenden Gedanken erraten?

Mir fiel fast der Weihnachtsbaum aus der Hand. Konnte ich vor dieser Frau gar nichts verstecken? Omar Sharif fuhr mit seinem Schlitten schnell an uns vorbei. Ihn schien ein anderes Essen zum Weihnachtsbaum bei Geraldine Chaplin zu locken. Würde mich Iris in ihr Herz einsperren? Was tischte wohl der Koch in der Karmelitengasse an Weihnachten für seine Knackis auf? Brat-Ente mit Blaukraut und Kartoffelknödeln? Wenn es nicht so schwierig wäre, ins Gefängnis zu kommen ...

Ich hätte mir von Jelenas Oma die Karten legen lassen sollen.

»Wunderwunderschön, schau mal, die Sterne stehen wie Diamanten am Himmel«, zeigte Iris nach oben. Ich stützte mich sinnend auf dem Christbaum ab. Nur kurz blickte ich in den Himmel. Iris bückte sich und griff in den Schnee.

War Kaviar ein Aphrodisiakum?, überlegte ich. Waren die russischen Frauen deswegen so temperamentvoll in der Liebe?

»Was hast du, worüber denkst du nach?«, warf sie mir scherzend einen Schneeball an den Kopf.

»Übers Weihnachtsessen«, sagte ich wahrheitsgemäß. Langsam putzte ich mir den Schnee des zerstobenen Schneballs aus Gesicht und Haaren. Ein Schneemann konnte nicht kühler dreinschauen. »Ich hätte da gute Beziehungen zu Kaviar.«

»Ich könnte für uns aber auch ganz was anderes machen«, sah mich Iris vielversprechend an. »Aber dazu bräuchte ich deine Hilfe.«

»Wozu?« Welches Aphrodisiakum hatte sie im Kopf?

»Ich könnte kochen und du müsstest schneiden.«

»Was schneiden?«, wurde ich misstrauisch.

»Den Schinken, wie wärs mit Schinkennudeln und grünem Salat? Ein stinknormales Weihnachtsessen, damit wir nicht zu viel Zeit mit Kochen verbringen und Zeit für wichtigere Dinge haben, was meinst du dazu?«, lachte sie schelmisch unter ihrer Cordmütze und den langen Haarfransen heraus. Die Cordmütze hatte sie frech, mit dem Schild nach hinten, aufgesetzt.

Mir fiel ein Stein vom Herz, besser vom Magen. Doch nicht der gesamte Eisberg, der sich in den letzten Sekunden dort angesammelt hatte. Sie bemerkte, dass mich das Kaviar-Trauma immer noch beschäftigte.

»War doch nur ein kleiner Witz, das mit dem Kaviar«, lachte sie koboldhaft und drückte sich ganz, ganz nah an mich. Herrlich, sie war das beste Aphrodisiakum.

»Bin ich voll dafür«, freute ich mich.

Meine Lippen suchten im dichten Schneewirbel ihre. Die Schneekristalle schmolzen auf unseren heißen Gesichtern. Jedes Schneekristall ist anders. Ist wie bei den Menschen. Ich sollte Iris mit keiner anderen Frau vergleichen. Ihr Mantel stand leicht offen. Ich versuchte mit den Rundungen in ihrem weißen Pullover Schneebälle zu machen. Damit konnte ich alle dummphilosophischen Gedanken über meine Beziehung zu Iris verjagen.

»Stopp! Halt mal, die Christbaumkugeln habe ich schon ausgepackt, die können wir gleich an unser Bäumchen hängen, ein Ständer wird ja auch kein Problem sein«, machte sie sich sinnlich lächelnd mit dem du!-du!-Finger von mir los. Wie ein heiligheiterer dreinblickender Weihnachts-Engel an der Christbaumspitze, der seine Flügel nur zum Verstecken der körperlichen Reize benützt, der gleich losfliegt in das weichweiße Himmel-Doppel-Bett.

»Wir sind da«, blieb Iris vor einer Haustüre an einem großen Haus am Jakobsplatz stehen.

»Verflixt, wo habe ich denn nur die Schlüssel hingesteckt«, suchte Iris unter einer Laterne ihre Taschen ab. »Schon wieder wir zwei und die Schlüssel. Schlüsselerlebnisse durch Schlüssel«, versuchte sie mit Witz den aufkeimenden Unmut zu verdrängen. Währenddessen blätterte ich unter der Laterne im Götter-Buch herum. Iris. Es gab ein Stichwort Iris.

»Hör mal«, las ich vor »bei den Griechen war die geflügelte Iris die Götterbotin und somit die Mutter aller Engel. Iris galt auch als Schwester der Harpyen.«

»Weiß ich, ich sammle alles über meinen Namen.Ich weiß nur nicht, wo ich meine Schlüssel verstaut habe.«

»Dass du ein Engel bist, das war mir sofort klar«, sagte ich, »aber was sind Harpyen? Griechische Harpunen?«

»Das merkst du erst, wenn du schlafend neben einer Harpye liegst.«

»Mögen die kein Geschnarche?«

»Das sind Vögel mit Frauenköpfen. Die haben furchtbar spitze Schnäbel, die picken alles an und fressen alles auf, was sie mögen.«

Achja, diese Schwestern. Oft hat eine etwas Bedenkliches an sich.

»Hast Du eine Schwester?«, fragte ich.

»Nein. Aber ich habe jetzt endlich meine Schlüssel.«

Sie angelte ihren Schlüsselbund aus der Handtasche. Das Schlüsselklirren klang in meinen Ohren wie das Läuten von Weihnachtsglocken.

Ich schaute durch das Schneegestöber in ihre Augen. Sie hatten zwar keine irisierenden Farben wie der Regenbogen, waren nur grünbraun, doch sie schimmerten unter dem hauchdünnen Tränenwasserfilm im Licht der Laterne so hold wie Gold. Sie blinzelte nicht. Ihr Blick war nicht irritierend. Ihr Blick war mein Glück. Ich wusste jetzt, wo es für mich, für uns, langging. Ihre Augen waren schöner als Rehaugen, schöner als Engelsaugen und sie sandten mir Hoffnungen und Versprechungen, die in meinem Herz Wurzeln schlugen. Vielleicht wurden sie im richtigen Augenblick zu feinen Beißhilfen?

»Hast du eigentlich mein Gedicht erhalten?«, fragte ich sie.

»Habe ich.«

Sie konnte es mir auswendig ins Ohr flüstern.

Dabei konnte ich den Duft ihrer schulterlangen Haare riechen, die sie mit einem Seitenscheitel trug. Einen Teil ihrer Haare hatte sie hinter die Ohren gesteckt, der andere fiel in langen Strähnen vors Gesicht, verdeckte teilweise ein Auge. Die Cordmütze hatte sie in die linke Hand genommen. Ihre schneefeuchten Haare rochen nach Zukunft. Zu zwein. Odysseus hatte nach seiner langen Irrfahrt endlich zu seiner Frau gefunden. Auch wenn ihn die gefährlichsten Frauen der Welt ins Verderben locken wollten. War Iris nach einer gefährlichen Odyssee endlich meine Penelope? Ich überlegte mir ein Weihnachts-Geschenk für Iris. Für ein Zweihnachten.

Eine Digital-Kamera?

Eine Eincreme-Bürste?

Ein Teeservice, mit Tee, aber nicht im Beutel?

Ein Ayurveda-Essen?

Ein Fingernagel-Set?

Christbaumsterne aus Alu-Folie?

Eine Fahrt nach Mannheim – zur Zucker-Susi?

Peter Garski
DER
PERLACH MORD
a-Crime

Peter Garski
DER INTENDANT
STIRBT DRAMATISCH
a-Crime

Zweiter Augsburg-Krimi von Peter Garski

DER INTENDANT STIRBT DRAMATISCH

Klaus Kessler und Helle ermitteln wieder:

Bei der Premiere des Musicals »Frankensteins Monster« fallen im Augsburger Theater der umstrittene Bauunternehmer Vitus Ziegler und der beliebte Intendant Ludger Stoltze vom Balkon. Sie sterben. Klaus Kessler und Helle, die zufällig in dem Musical als Statisten mitspielen, sind Zeugen des tödlichen Sturzes der beiden Männer. Es stellt sich heraus, dass der Bauunternehmer durch einen Giftpfeil getötet wurde. Klaus Kessler und sein Freund Helle ermitteln im Esoterik-Camp, im Marketing-Club, im Nachtzug, im Botanischen Garten, im Zentralklinikum und in der Theaterkantine, um den Mörder ausfindig zu machen. Kann das Ermittler-Duo im gefährlichen Sumpf aus Leidenschaft und Hass den wahren Täter finden?

Peter Garski
EIN AUGSBURG-KRIMI
KLAUS KESSLER UND HELLE
ERMITTELN WIEDER
DER
PLÄRRER-
KILLER
BONBONNIÈRE
a-Crime

Dritter Augsburg-Krimi von Peter Garski

DER PLÄRRER-KILLER

Klaus Kessler und Helle ermitteln wieder: Zu Beginn des Plärrers, dem großen Volksfest in Augsburg, verbrennen bei einer Wohnwagen-Brandkatastrophe zwei Schausteller. Das Ermittler-Duo Klaus Kessler und Helle wird von einer Versicherung beauftragt, den Brandstifter zu suchen. Dann findet man die Inhaberin des Riesenrades als Opfer eines brutalen Sexual-Mörders. Auch die Inhaberin der Geisterbahn wird getötet. Die beunruhigte Öffentlichkeit spricht von einem Plärrer-Killer. Klaus Kessler, der gegen seine Schlafbeschwerden kämpft, muss dazu noch der neuen Kommissarin wegen polizeiinternen Problemen helfen den Plärrer-Killer zu finden. Auf der Suche nach dem Mörder taucht Kessler mit seinem Freund Helle in die bunte Welt der Schießbuden, Bierzelte, Glückshäfen und Karussells ein, wo Liebe, Neid, Leidenschaft, Rache und Hass tödliche Konflikte herbeibeschwören. Können Klaus Kessler und Helle die Wahrheit finden, auch wenn die grausamen Verbrechen immer größere Kreise ziehen und immer mehr Personen verdächtig werden?